André SEETEN

Drôle de guerre

Editions SDE

Sur simple demande adressée aux Éditions
Société des Écrivains, 147-149, rue Saint-Honoré, 75001 Paris,
vous recevrez gratuitement notre catalogue
qui vous informera de nos dernières publications.

–

Texte intégral

ISBN 2-7480-2147-9

1

– Ce n'est pas comme çà que la guerre sera vite finie!
maugréa Guillaume en laçant ses chaussures avant de se rendre au travail.

La TSF venait de claironner son glorieux et quotidien communiqué de l'Etat major français relatant les exploits de l'un de nos corps francs en territoire ennemi. D'après la nouvelle, l'action de ce commando aurait été couronnée de plein succès!

Guillaume se demandait de quel succès il pouvait bien s'agir. Depuis plusieurs mois, le 4 septembre 1939, l'Angleterre (à Il heures) et la France (à 17 heures) avaient conjointement déclaré la guerre à la belliqueuse Allemagne, dirigée par les Nazis. Les deux alliés signifiaient ainsi leur volonté commune de mettre un frein – enfin! – aux exigences germaniques, de plus en plus arrogantes et menaçantes.

Hitler électrisait ses foules, s'évertuant à démontrer que sa Nation était en butte à de flagrantes et insupportables brimades sur ses minorités disséminées dans divers Pays voisins.

Nos soldats, répondant à l'ordre de Mobilisation générale, étaient partis, sans grand enthousiasme, non pas pour une guerre « fraîche et joyeuse », mais parce qu'il le fallait bien pour clore le bec de cet impudent « gueulard » d'Outre Rhin.

On leur avait seriné que nos troupes étaient suprêmement préparées, dotées d'un matériel abondant et performant. Armée et équipement ennemis ne valaient pas un clou!!! Tout allait s'effondrer telle la maison de paille de l'un des « Trois petits cochons » (l'imprudent) sous le souffle du Grand Méchant Loup de l'histoire enfantine. A part que la « sale bête » était elle-même dans la maison!

De cruelles désillusions les attendaient.

Depuis lors… il ne se passait rien. Quelques escarmouches ici ou là, plus motivées par l'intention de satisfaire une opinion publique somnolente que par de véritables objectifs militaires. Nos troupes d'avant-garde s'endormaient en leurs cantonnements de la Ligne

Maginot, ensemble d'ouvrages fortifiés, genre « Grande Muraille » de Chine qui était censée… stopper les hordes ennemies. Barrière strictement infranchissable ?

Nos brillants stratèges avaient tout simplement omis – sciemment ou non – d'envisager l'hypothèse du contournement de la ligne en passant par les Pays voisins protégés – tout à fait théoriquement – par le Pacte reconnaissant formellement leur Neutralité. Pacte dûment entériné par l'Allemagne.

La violation de la parole donnée ne devait pas troubler outre mesure la conscience de l'Etat major germanique.

Nos soldats battaient la semelle sur le béton de leurs casemates. Quand ils ne battaient les cartes ! Le temps leur semblait bien long, surtout qu'ils avaient l'impression… de le perdre

A l'arrière, les Civils vaquaient à leurs habituelles occupations, leur mode de vie à peine troublé par cette drôle de guerre.

Mais le moral n'y était pas.

L'attente, comme celle d'avant un orage tardant à se manifester, sapait tout enthousiasme et esprit d'entreprise.

C'était la guerre… sans l'être… tout en l'étant.

Pendant que les Alliés sommeillaient dans une quiétude trompeuse, l'Ennemi fourbissait ses armes.

Guillaume se morfondait comme les autres. Avoir dix-sept ans – pardon, presque dix-huit ! – et tourner en rond sans savoir que faire une fois terminées les ennuyeuses heures de bureau… cela n'avait rien de folichon.

Lui aussi rêvait d'actions d'éclat, de bravoure et de gloire. La stagnation de nos armées le déconcertait. Qu'attendent donc nos illustres généraux pour lancer leurs vaillantes troupes soi-disant surentraînées, avec leur matériel incomparable, à l'assaut des fanatiques du tonitruant Dictateur dont elles ne devaient faire qu'une bouchée.

En France, ils étaient légion à raisonner de la sorte. La vocation de stratège en chambre – ou sur le comptoir – avait fait de nombreux prosélytes.

Que de solutions militaires ou autres, étaient exposées à tous vents. Personne n'écoutait sérieusement, chacun ne se préoccupant vraiment que de sa propre version.

Telle était l'ambiance en ces débuts de l'année 1940.

Le bureau de Guillaume l'attendait avec ses besognes aussi fastidieuses que répétitives.

Sorti du Collège, trop tôt sans doute, sous le mince prétexte « qu'il ne s'y plaisait plus » alors que son niveau était plus qu'honorable, il s'était fait embaucher comme aide-comptable dans une Brasserie, fabricant et négociant en bières. Cette entreprise n'avait rien de moderne. Elle tournait par tradition, de Père en Fils. Les Patrons, issus de la bourgeoisie dunkerquoise n'envisageaient pas de serrer la main de l'un de leurs petits employés que leur regard survolait. Pas précisément par dédain, mais tout simplement… parce que cela en avait toujours été ainsi ! On ne mélange pas les torchons d'avec les serviettes !

Le jeune homme avait rapidement déchanté. La vie, dite active, n'avait rien à envier à celle de l'étudiant qu'il venait de quitter inconsidérément.

L'Entreprise brassait de bières de qualités différentes qu'elle vendait en gros et en détail. Plusieurs camions tournaient journellement dans un rayon d'une vingtaine de kilomètres pour approvisionner cafés, magasins de détail, épiceries et même une clientèle particulière, en cette boisson, la *cervoise* de nos Ancêtres les Gaulois. Boisson typiquement nordique.

A chaque client, le chauffeur-livreur remettait un bon extrait d'un carnet à souche mentionnant quantités et prix, encaissait le montant de la livraison présente ou de celle de la semaine, quand le client bénéficiait d'un crédit.

Chaque matin, les livreurs remettaient au bureau leurs carnets à souche et la sacoche en cuir renfermant les encaissements de la veille

Guillaume était investi de la noble (?) tâche de récapituler sur un registre, quantités et sommes afin de vérifier l'exactitude des comptes.

D'où des pages et des pages d'inscriptions et surtout, de ces maudites additions. La moindre distraction suffisait pour perdre le fil des comptes, oublier la retenue… Il fallait alors tout recommencer et tomber juste avec la trésorerie.

Quand çà *ne collait pas* entre écritures et Caisse, où était l'erreur ?

Nouveaux pointages, nouveaux calculs…

Guillaume ne possédait aucune expérience en la matière, ce qui lui aurait rendu la tâche plus aisée. Il pataugeait lamentablement. Une solide pratique lui aurait permis de maîtriser ce boulot ingrat mais, être comptable chevronné ne s'improvise pas du jour au lendemain… En l'état actuel des choses, la besogne était vraiment indigeste !

Ce jour là, Guillaume arriva légèrement en retard. Son chef et unique collègue de travail l'acueillit par un ironique :

– *Alors, on ne sait plus se lever ?*

Le fautif bredouilla quelques vagues excuses, d'autant plus imprécises… qu'il n'en avait pas de valables…

Il se plongea illico dans ses adorables (?) carnets à souche empilés sur sa table par son chef, dans l'espoir d'effacer, par son zèle, la mauvaise impression causée par son retard

Le chef, au demeurant, un brave homme. La cinquantaine bedonnante – un vieillard pour son jeune collègue – le cheveu gris et rare, la mine largement couperosée… La bière dont il usait… sans modération, n'avait pas contribué à lui pâlir le teint, ni à lui mincir la taille. Une vraie publicité vivante pour les boissons de son Patron. Il arborait constamment un complet bleu-marine dont il n'enlevait jamais le veston, fit-il une chaleur caniculaire! Avait-il honte de montrer ses bretelles? Une cravate opulente complétait l'ensemble. Le tout un peu terni et lustré aux endroits de frottement. Quelques auréoles de ci-delà attestaient que l'on avait fait des efforts méritoires pour faire disparaître des taches disgracieuses… sans y parvenir complètement!

Le brave homme vivait seul dans une grande maison – style maison de maître – un peu en mimétisme avec son propre aspect physique. Façade marquée par le temps, intérieur lézardé…

Son veuvage d'il y avait quelques années, l'avait plongé dans un marasme dont il ne pouvait s'extraire sauf, peut-être, sous l'influence malsaine de l'abus de bière!

Quand il s'écartait des propos purement bureaucratiques, sa conversation se limitait à des lieux communs. Peu avare de conseils, qu'il estimait sages, à son jeune adjoint. Celui-ci, ne sachant qu'en faire, l'écoutait néanmoins avec respect et… un intérêt simulé.

Ce n'était pas le grand amour, mais l'entente cordiale!

Les perspectives d'avenir n'enchantaient pas Guillaume. Passer sa vie en tête à tête avec des bons de livraison et des factures n'avait rien d'enthousiasmant. Le meilleur qui pouvait lui arriver était de succéder à son vieux collègue heureux retraité et… plus ou moins, devenir comme lui! Peu encourageant!

Il regrettait chaque jour davantage d'avoir interrompu ses études pourtant bien engagées… Sur un coup de tête!

Un peu tard pour faire marche arrière!

Il pensait:

– *Si je retourne au Collège maintenant, je passerai pour un fameux Guignol aux yeux de ma famille et de ceux des copains*!

Guillaume n'avait cependant rien d'un farfelu, d'un gamin irresponsable. Il manquait simplement de maturité!

Bon fils, sociable bien qu'un peu replié sur lui-même. Etait-ce la crainte constante « de ne pas être à la hauteur »? De bonne compagnie, fidèle en ses amitiés, estimé de ses ex-professeurs, attaché à bien faire. On pouvait se fier à lui…

Le jeune homme attirait la sympathie de par son attitude franche, sans arrogance, son regard droit. Les faux-fuyants, la dissimilation? Pas son genre! Plutôt un manque de diplomatie, n'ayant pas encore appris que « toute vérité n'est pas bonne à dire »!

Sans forfanterie, il s'apercevait bien qu'il n'était pas indifférent aux regards féminins. Ce qui, évidemment, ne lui déplaisait pas ! Au contraire ! Mais il n'avait jamais essayé de pousser… son avantage…

De taille moyenne, il était bien bâti, sans être trop « enrobé ». Une gymnastique assidue, l'équipe de foot dans laquelle il se dépensait hebdomadairement – sans être un super-as – la pratique de la natation, tout cela lui avait conféré un physique plaisant.

Cheveux châtains, solidement implantés, yeux bleus, front dégagé, visage expressif et bien dessiné, Guillaume sortait doucement du cocon de sa tendre enfance !

L'emprise du giron maternel s'estompait peu à peu. Mais, il ne s'était pas encore heurté aux dures réalités de la vie… Bref, un adolescent rempli d'illusions !

Les événements allaient lui apprendre à vivre… au risque parfois, d'en mourir !

Fils unique et, comme souvent, un peu surprotégé, sa prime jeunesse s'était écoulée sous l'aile protectrice de ses parents. Surtout du côté maternel Pas vraiment gâté ! Mais, autant que faire se pouvait, « on » écartait de sa précieuse personne les petites « épines » de la vie courante.

Heureusement, les parents n'avaient pas le loisir, le temps, de couver inconsidérément leur progéniture, du fait de leurs absorbantes occupations professionnelles.

Guillaume avait quelques copains avec lesquels il sortait de temps en temps : cinéma, matchs de foot, réunions sportives. Il s'adonnait aux plaisirs du canoë-kayak sur les canaux de Flandre. Bien sûr, il y manquait rapides et torrents, mais il faut bien se contenter de ce que l'on a !

Pas de dancings ! Il ne savait même pas danser ! Son éducation rigide, dans une école religieuse, lui avait fait apparaître la danse comme une perversion diabolique. Mentalité dont il eut bien du mal à décrocher.

Les filles ne constituaient pas – encore – son grand souci. Son physique agréable, sa bonne humeur plaidaient en sa faveur près de la gent féminine. Jusqu'à présent, cela ne le passionnait pas ! Les copains d'abord ! Pour le reste, j'ai bien le temps, pensait-il !

Son père, représentant de commerce en vins et spiritueux, parcourait la France, par monts et par vaux, à la recherche de clientèle. Cette activité lui procurait des revenus, sinon abondants, tout au moins suffisants pour assurer une certaine aisance à sa petite famille à laquelle il était profondément attaché. Bon vivant, il se laissait parfois aller aux excès de la bonne table, aux délices capiteux d'un bon vin, surtout en compagnie de joyeux lurons du même acabit, de la même profession.

Episodiquement, son estomac lui cherchait des noises, d'où régime draconien « quand cela n'allait pas ». Quitte à l'oublier bien vite à la première occasion, quand l'alerte était passée.

Ses bonnes résolutions étaient autant de fétus de paille s'envolant à la moindre brise Son bagout inné incitait les clients potentiels... à l'écouter d'abord, à hésiter ensuite pour, finalement, se laisser convaincre de passer une commande qu'ils n'envisageaient pas au début de l'entretien. Il est vrai que les produits proposés, s'ils n'étaient pas « donnés », jouissaient, à juste titre, d'une renommée de qualité.

Son heureux tempérament le poussait à la convivialité. L'intérêt commercial n'était pas seul en cause. Etre agréable faisait partie de sa nature. Plaisir sincère et – parfois – désintéressé.

Dans ses « histoires », il possédait l'art d'accommoder les faits réels comme un « maître-queux » pourrait le faire avec ses restes de cuisine. Quelques retouches à la réalité rendaient l'histoire plus plaisante... à la fois pour le conteur et son auditoire. Il arrivait même qu'une anecdote narrée à quelques semaines d'intervalle – et aux mêmes oreilles – ne ressemblât plus exactement à celle d'avant!

Qu'importe, si tous y trouvaient plaisir!

Ancien des tranchées de la « Grande Guerre », celle de 1914/1918, blessé de guerre (il avait perdu la vision sur l'œil gauche tout en le conservant), médaillé militaire, croix de guerre avec palme... Il était intarissable sur ses faits d'armes. L'essentiel était certainement vrai!

Pour lui, son fils unique était presque une « petite Merveille ». Le surprenant est que le rejeton n'en était pas convaincu! Pour son fils, il rêvait à de hautes destinées auxquelles lui-même n'avait pu accéder. Fils de modestes maraîchers – on disait alors des « jardiniers » –, les bancs de l'école communale étaient souvent désertés pour les champs de choux-fleurs, pommes de terre ou autres primeurs.

Il n'avait que d'autant plus de mérite à s'être hissé, à la force des poignets, à sa position sociale actuelle.

Son épouse convenait que son mari était « bien brave », mais elle connaissait ses points faibles et veillait à ce qu'il ne se laisse point entraîner outre mesure par son tempérament exagérément optimiste.

Guillaume, par exemple, préférait de beaucoup que son père, plutôt que sa mère, aille chez le pâtissier pour les achats dominicaux de gâteaux. Assuré alors d'avoir, pour chacun, le double de la ration par rapport aux prévisions maternelles. Les objurgations préalables de sa femme restaient sans effets durables. Il se laissait chaque fois séduire par le sourire de la charmante pâtissière ou, plus vraisemblablement, par la succulence des produits exposés à la convoitise des clients.

De petite taille, la maman n'en demeurait pas moins le « chef du foyer », sinon en titre, au moins dans la réalité. Du genre « mamma italienne », truculence en moins! Avec le plein accord – tacite – du mari Yeux bleus, cheveux noirs, elle savait décider et agir de façon efficace et rapide. Un complexe de timidité se cachait pourtant au fond de sa personnalité, ce qu'elle dissimulait derrière une façade de « maîtresse-femme ».

Depuis quelques années, elle exploitait à Dunkerque, un commerce de vins et spiritueux à emporter. En somme, la suite logique de l'activité commerciale de son époux. Elle vendait au détail ce que son mari faisait « en gros », en matière de boissons alcoolisées.

Egalement fille de maraîchers. Ce qui ne l'empêchait pas de honnir les travaux champêtres. Depuis sa tendre enfance, elle connaissait son futur compagnon. Leurs parents respectifs habitaient la même rue (les uns au début, les autres, tout à l'autre bout!) et se tenaient en haute considération. Ce ne fut pas le coup de foudre! Depuis le temps qu'on lui serinait:

– *Ce jeune homme est quelqu'un de bien*... il lui parut tout naturel, ainsi qu'aux familles, que l'union se réalise. Ce fut cependant un bon mariage, contracté au retour de la guerre par le fiancé, échappé de justesse à la tuerie et... pas trop handicapé. Le bébé arriva et, pour ses parents, devint le centre de l'Univers. Il n'y en eut point d'autres!

Dans cette atmosphère capitonnée, Guillaume grandit sans problèmes, ses parents s'ingéniant à lui épargner les désagréments inhérents à la vie d'enfant, puis d'adolescent.

Par bonheur, la « petite merveille » ne devint pas un « boutonneux » imbu de sa valeur ou un mollasson avachi et larmoyant. Il ne s'estimait pas meilleur que les autres. Au contraire, il cultivait un certain complexe d'infériorité qui venait contrebalancer heureusement les jugements partiaux que ses géniteurs portaient sur lui!

La vie du trio familial s'écoulait bien paisible, trop même pour le garçon, estimant son horizon trop étriqué. Et voilà que cette fichue guerre menaçait de perturber des existences si bien réglées!

Alors que depuis tant d'années – le temps paraît long aux enfants – il ne s'était jamais rien passé de sensationnel, tout allait sombrer. Ce passé jugé si monotone, fut même parfois amèrement regretté. On apprécie les choses... surtout quand on les a perdues!

2

Jour après jour, Guillaume se morfondait sur ses écritures rébarbatives, dans son bureau poussiéreux, avec un collègue de travail… qui l'était un peu aussi !

Une pièce tout en longueur, deux fenêtres aux carreaux sales donnant sur le sombre intérieur de l'usine, deux tables baptisées pompeusement « bureaux », une grande armoire et des rayonnages croulant sous le poids de vieux papiers – les archives ! – un sol tristement cimenté. Tel était le bureau dans lequel les deux employés passaient le plus clair de leur existence. Pas de quoi entonner « L'Hymne à la joie » !

On était loin de l'épaisse moquette et des bureaux étincelants des Patrons ! Mais, il faut bien différencier la hiérarchie d'avec… ses prolétaires, fussent-ils des scribouillards !

Un jour, l'ennui naquit de l'uniformité ! Opinion tout à fait partagée par Guillaume qui rongeait son frein sans voir le bout de cette vie à la petite semaine.

Le printemps semblait enfin décidé à se réveiller de son trop long sommeil. Des bourgeons risquaient timidement de pousser leur nez sur les quelques arbres chevauchant les trottoirs. L'air lui-même, devenait plus léger…

Deux heures allaient bientôt sonner au beffroi. Aucune envie de rentrer au bureau dont, grâce au Ciel, la porte restait close. Le « chef », détenteur de la clef, aurait-il prolongé, plus que de coutume, sa sieste digestive ? Grand bien lui fasse !

Depuis un moment, Guillaume arpentait le trottoir, profitant du soleil et observant, sans grand intérêt, les passants se hâtant vers leur lieu de travail. Sur le même trottoir, une plaisante silhouette se profila, attirant le regard du jeune homme. Une demoiselle trottinait d'un pas pressé. Serait-elle en retard ?

D'un coup d'œil rapide, Guillaume soupesa, fictivement autant que furtivement, les charmes évidents de la « gente damoiselle ». Rien d'opulent, mais juste ce qu'il fallait, là où il le fallait ! Sans prétendre être expert en la matière, il apprécia la gracieuseté de la démarche, la fine silhouette, les longs cheveux plus blonds que châtains que l'allure rapide faisait virevolter sur les épaules.

L'objet de son attention – de son admiration – s'approchait. Il put en détailler les beaux yeux vert-noisette, le petit nez coquin, la jolie bouche, les joues délicatement rosies.

A croquer !

Sa timidité atavique émergea bien vite.

– *Pour se faire remarquer par une fille pareille, il faudrait être un Apollon ! Elle passera sans même m'apercevoir,* soupira-il.

Son émotion transparaissait par tous les pores de sa peau. Inconsciemment, son regard devenait lourdement insistant...

0 miracle ! En le croisant, la jeune fille lui décocha un sourire charmant à côté duquel celui de la Joconde devait-être insignifiant... Sourire fugace, disparu à peine esquissé, au point où Guillaume se demanda s'il n'avait pas rêvé !

A moins d'être une effrontée, une fille bien élevée, n'échange pas de regard de connivence avec un inconnu, lui avait certainement recommandé sa maman !

– *Ce garçon est bien plaisant et je ne crois pas lui être indifférente, si j'en juge d'après son expression. Maman ne m'en voudra pas ! Il est tellement attirant !* pensa-t-elle, en s'accordant l'absolution !

Ne croyant pas en sa chance, Guillaume, pris à l'improviste, tenta de retourner un sourire aussi aimable... qui ressemblait plutôt à un rictus, mais la bonne intention y était. La « Fée » passant près de lui, parut néanmoins être agréablement touchée.

Yeux pudiquement baissés, elle laissa derrière elle un effluve de bonheur. Quelques mètres plus loin, la demoiselle ralentit le pas, se retourna pour un ultime regard avant de disparaître au coin de la rue.

Guillaume sentit des ailes lui pousser, le propulser au septième ciel. La mignonne créature restait présente devant ses yeux, n'en finissant pas de disparaître... dans son imagination. Au diable relevés, additions, carnets à souche et tout ce fatras !

Son compagnon de travail, enfin arrivé, avait remarqué la petite aventure du trottoir, l'émoi du jeune homme, son état d'excitation euphorique.

Il le taquina gentiment : *Je vois que tu as apprécié la demoiselle de tout à l'heure. Je dois reconnaître que tu as bon goût, car elle est vraiment gentillette ! Je crois que tu ne lui déplais pas non plus ! Mais, ce n'est pas une raison pour rêvasser sur ton bureau !* acheva-t-il en simulant une voix courroucée.

Guillaume « piqua un fard » car la flèche l'avait touché à un endroit sensible. A contrecœur, il se remit à ses calculs.

– *Vivement demain !* soupira-t-il.

Le rendez-vous tacite ne manqua pas de se réaliser, le lendemain et les jours suivants.

Leurs sourires devenaient de plus en plus appuyés, leurs regards, plus prometteurs. Leur affection réciproque les envahit lentement, chaque jour apportant une nouvelle pierre à l'édifice de leur amour tout trais éclos. Maintenant, les deux jeunes gens se croisaient en se regardant bien en face, les yeux pétillants du bonheur de se revoir.

« Elle » s'enhardit à dire: bonjour! d'une petite voix étreinte par l'émotion... Voix que son destinataire estima *angélique!* Que n'aurait-il trouvé de non merveilleux émanant d'elle!

Lui-même n'osait se risquer à d'audacieuses improvisations, de crainte d'effaroucher celle qu'il considérait déjà comme l'élue unique de son cœur. Il sentait bien pourtant qu'il lui faudrait prendre une initiative quelconque. Pas question de se satisfaire *ad vitam aeternam* d'un trop rapide bonjour sur le trottoir, même souligné de sourires, fussent-ils enivrants!

Un jour, il se lança – enfin – le cœur battant, dans une tentative d'approche, bien modeste:

– *Mademoiselle, depuis plusieurs jours, j'ai grand plaisir à vous voir passer devant mon bureau, moment que j'attends chaque fois avec beaucoup d'impatience. Vous m'êtes infiniment sympathique. Aussi, je désire faire plus ample connaissance. Ces quelques brèves minutes de rencontre quotidienne ne me suffisent plus! Pourrions-nous nous voir dans un endroit plus discret et... un peu plus longtemps?*

La jolie fille, un peu surprise par cette audace qu'elle espérait néanmoins depuis plusieurs jours, ne voulut pas paraître se jeter, à corps perdu, à la tête d'un garçon, même si réservé... bien que tellement attirant.

Elle rosit un peu de plaisir? d'émotion? Elle répondit hâtivement:

– *Je partage tout à fait votre sentiment! Moi aussi, j'aimerai mieux vous connaître. Je vais y réfléchir!*

Elle s'empressa vers son travail, revêtant tout à coup un caractère d'urgence!

Guillaume restait là, le cœur en émoi, la tête dans les étoiles. Même les rebutants carnets à souche lui parurent sympathiques!

La vie n'était plus monotone du tout Son état euphorique l'aurait même poussé à faire la bise à son « Ancien » qui n'en serait pas revenu, bien que considérant tout cela avec bienveillance. Ils sont touchants, ces jeunes! Il pardonnait volontiers les bévues de son jeune collègue dont l'étourderie ne faisait que croître et embellir.

Le lendemain, Guillaume attendit anxieusement le passage de sa bien-aimée. En vain! Faisait-elle la coquette? Ou, ne voulait-elle plus s'engager d'avantage dans leur liaison? Ou, encore... Maladie? Accident?

La fin du Monde n'était pas loin!

Le surlendemain. *Alléluia!* Telle une apparition miraculeuse, la présence tant espérée se profila au bout de la rue. S'approcha rapidement et dit :

– *Il ne m'a pas été possible de passer hier. Ce qui m'a beaucoup chagrinée, car je savais que vous m'espériez. Enfin, me voilà ! Ne m'en veuillez pas ! Dimanche prochain, à dix heures, je pourrais être au Square Guynemer, pas loin d'ici. Pas longtemps, car mes parents ne me laissent que peu de liberté.*

Elle s'éclipsa rapidement après un doux sourire dans lequel elle avait mis toute son affection, ayant lu son plein consentement dans les yeux du jeune homme.

Le reste de la semaine s'écoula dans une lenteur désespérante, tant l'impatience de Guillaume était grande… Les heures n'en finissaient pas ! Elles devaient maintenant compter sûrement plus de soixante minutes…

Le jour dit, Guillaume prétexta un quelconque rendez-vous avec un copain. Ce qui n'était qu'un semi-mensonge, puisqu'il ne portait que… sur le sexe du prétendu copain ! Il avait apporté un soin particulier à sa toilette et à sa tenue vestimentaire, lui qui ne s'en souciait peu d'ordinaire, ce qui fit sourire sa mère, légèrement goguenarde : *Tu te mets bien en frais pour ton copain !*

Le Square Guynemer n'était pas très étendu. Quelques arbres et buissons, quelques allées gravillonnées. Le risque n'était pas grand de manquer la rencontre. Le jeune homme, arrivé bien avant l'heure, arpentait fébrilement les allées, presque désertes à cette heure. Quelques personnes promenaient leur chien en faisant la causette, vantant probablement les mérites respectifs de leurs toutous.

Allait-elle tenir sa promesse ? N'aurait-elle pas un empêchement ? Et si… Et si… Et si…

A l'heure convenue, la chère blondinette surgit au détour d'une allée. Etait-ce l'allure rapide ? L'émotion causée par le premier rendez-vous ? Toujours est-il que ses joues avaient agréablement rosi, la rendant encore plus mignonne.

Guillaume sentit son cœur fondre d'amour !

Ils se serrèrent gauchement la main. Que celle de la demoiselle était menue et tout frémissante… Aussi troublés l'un que l'autre !

Que dire en pareille circonstance et ne pas paraître idiot ? Quel sujet de conversation aborder ? Mais, plus important que les paroles, les ondes de bonheur émanaient de leurs êtres suffisaient à combler les silences.

Guillaume se jeta à l'eau… façon de parler, car le temps était sec, pas une flaque, un vrai jour « spécial amoureux » :

– *Je suis très heureux de votre chère présence ! Toute la semaine, j'ai espéré ce moment ! Cela m'a paru affreusement long !*

Elle murmura :

– Moi aussi, je suis très contente de vous retrouver et, aussi, de mieux vous connaître!

Le dialogue était engagé: *Je me nomme Guillaume Seyname. J'aurai bientôt dix-huit ans. Vous savez où je travaille. Je ne suis, en quelque sorte qu'un modeste gratte-papier, mais je compte bien ne pas en rester là durant toute ma vie... Vous êtes la première fille à laquelle je m'intéresse vraiment. Déjà, vous occupez toutes mes pensées!*

Moi, je suis Reine Maury. J'ai sensiblement le même âge que vous. Je travaille dans une librairie où je suis vendeuse. Je ne gagne pas grand-chose, mais le travail me plait. Mon patron est très gentil et correct. J'aime être entourée de livres. Mon père est électricien, salarié dans une petite entreprise en ville. Ma mère s'occupe du ménage. Je n'ai ni frère, ni sœur... Mes parents me tiennent court, craignant les déboires qui, selon eux, arrivent fatalement aux filles trop libres!

Elle avait débité sa tirade d'une seule traite. Les présentations étaient faites!

Une demi-heure s'écoula à une vitesse folle, entrecoupée de profonds silences. Ils avaient pourtant tant de choses à se dire, tout ce qu'ils s'étaient promis de faire lors de leurs rêveries.

Aussi intimidés l'un que l'autre. Troublés par la profondeur du sentiment qu'ils sentaient croître en eux, les envahissant comme un raz-de-marée

Les deux tourtereaux étaient débordants de fraîcheur. Leur gêne, leur maladresse transparaissaient dans leur attitude, empruntée certes, mais combien touchante...

Ils durent se quitter. A regret! Avec promesse commune de se revoir, le dimanche suivant, même heure, même endroit.

Guillaume osa frôler de ses lèvres, la joue soyeuse de sa compagne... qui le lui rendit avant de s'enfuir, tout énamourée, telle une biche effarouchée...

Leurs rencontres se renouvelèrent souvent alors que leur attirance mutuelle ne faisait que grandir. Leur amour s'ancrait au plus profond de leur être. Ils ne vivaient que dans l'attente de se revoir!

Les parents de Guillaume s'étaient, bien évidemment, aperçus de la profonde transformation survenue dans le comportement de leur fils. Ils n'en soufflèrent mot, bien que jugeant celui-ci trop jeune pour s'éprendre aussi sérieusement.

Que pouvaient-ils faire pour y remédier? Ils sentaient la puissance de l'attachement de leur garçon. Comment maîtriser la force d'un torrent que rien ne peut faire dévier de son cours impétueux?

Leurs rencontres devinrent peu à peu, plus intimes. Plus les lieux de rendez-vous étaient discrets, plus ils pouvaient se cajoler, se mignoter... en toute innocence, car la « belle » entendait bien imposer – et s'imposer à elle-même – des limites à ne pas dépasser, à ne pas franchir, malgré tout le désir secret qui la taraudait elle-même.

Guillaume, bien que frustré, n'en respectait que d'autant plus son amie dont il admirait la pudeur alliée à une fière force de caractère. Il savait que tout geste osé ou inconsidéré encourrait inévitablement une vive désapprobation. Tant bien que mal, il se maîtrisait, ne voulant surtout pas perdre la confiance de son aimée… laquelle se montrait cependant ardente dans ses effusions, ne se rendant pas compte des feux qu'elle attisait chez son compagnon. Feux qu'il avait bien du mal à… éteindre ensuite!

Ils se jurèrent un amour éternel, une incorruptible fidélité. Ils cherchèrent le moyen de concrétiser la fermeté de leur mutuelle passion. Echanger du sang? Un peu cruel et… mélodramatique…

Reine arriva un jour en arborant une belle boucle tranchée dans sa magnifique chevelure: – *Tiens, c'est pour toi, en souvenir de moi! Conserve toujours cette partie de moi près de ton cœur… comme je le suis moi-même!*

– *Mais, tu as taillé un bon morceau et… sur ta chevelure, çà se voit!*

– *Je le sais! J'ai fait exprès de couper à l'endroit le plus visible afin de te démontrer que toi seul compte et que je me moque d'être échevelée… si c'est pour toi!*

Emu jusqu'aux larmes, Guillaume reçut la mèche soyeuse comme s'il s'agissait de la « Toison d'Or »

A son tour, il sacrifia une mèche de ses cheveux. Il dut chercher un moment avant de trouver une quantité suffisante dans sa chevelure coupée court.

Reine sourit:

– *Peu importe la quantité. Seule compte la qualité des sentiments que tu éprouves à mon égard!*

Dans cet état de bonheur, le temps passait vite. Les jours faisaient du saute-mouton, d'un rendez-vous à l'autre! Reine, éperdue d'amour, resplendissait de santé et de beauté. Ses parents, pas dupes eux non plus, fermaient les yeux après s'être enquis discrètement de la bonne santé morale du jeune élu… Ils ne voulaient pas contrecarrer le bonheur de leur fille à qui ils accordaient pleine confiance… tout en la surveillant du coin de l'œil.

Pas question pour eux, d'accepter des rendez-vous trop tardifs ou trop prolongés. Ils exigeaient de connaître l'endroit de la rencontre, ce que Reine leur confiait scrupuleusement Non point pour épier les jeunes amoureux, mais par simple mesure élémentaire de prudence se disaient-ils!

Ils auraient voulu connaître ce jeune homme tant aimé du cœur de leur fille, mais ne désiraient pas brusquer les choses. En officialisant la situation, par exemple… Arriverait un moment où il faudrait bien « faire quelque chose ».

Ce qui approchait le plus, et nul ne s'en doutait, c'était la « vraie » guerre que les forces en nemies déclenchèrent comme un éclair, en mai 1940. La « drôle de guerre » avait littéralement anesthésié les Français, leur armée, leurs chefs. Depuis longtemps, nos militaires avaient mis « l'arme au pied », lassés d'attendre.

Déferlement des Allemands sur le Luxembourg, la Hollande, la Belgique, sans se soucier des garanties données quant à la neutralité desdits Pays.

Le ciel s'obscurcit de leurs avions appuyant l'avance fulgurante des blindés que rien ne semblait pouvoir arrêter. Quelques points de résistance héroïque ne purent suffire à contenir la horde germanique, suprêmement bien organisée...

Nos soldats, ceux de la Ligne Maginot, attendirent de pied ferme un ennemi qui ne vint pas! Le « Grand Méchant Loup » n'avait pas joué le jeu, leur réservant un mauvais tour, à sa façon. La pagaille s'installa rapidement. Les populations apeurées quittaient leurs foyers pour un ailleurs plein d'incertitude, encore moins sécurisant... La panique gagnait de proche en proche. Les plus résolus à rester chez eux sentaient leur décision s'effilocher devant l'afflux incessant de réfugiés déferlant sur les routes. Ils venaient grossir les rangs de la misérable cohorte de l'exode!

Sur les routes encombrées, militaires et civils se mélangeaient dans une fuite incontrôlée. Les avions ennemis ne se livraient pas à de subtiles distinctions entre les uns et les autres. Ils s'attaquaient sans remords à la foule hétéroclite qui serpentait sous leurs ailes. Pratiquement sans riposte aérienne des Alliés!

Le Gouvernement français, inquiet pour le devenir immédiat de ses jeunes gens – il était bien temps! – décréta l'évacuation obligatoire de ceux-ci. Par leurs propres moyens! Lui, Gouvernement, n'en avait donc plus? Ceci dans la vaste zone frontalière bordant la Belgique directement menacée par l'avance éclair de l'ennemi.

Or, les deux tourtereaux et leur famille habitaient Dunkerque, en plein dans le couloir dans lequel l'ennemi était supposé s'engouffrer!

Pour y répondre, les Patrons de Guillaume décidèrent de fermer les portes de l'Entreprise et d'évacuer ceux qui le désiraient, avec priorité aux « Jeunes ». Vers des Cieux plus cléments. Restait à déterminer où se trouvaient ceux-ci!

Un camion, affecté en temps ordinaire aux livraisons, allait se muer en autocar improvisé. Bien inconfortable! Seul équipement: quelques bancs hâtivement alignés en remplacement des caisses de bière.

Un temps minuté fut alloué aux partants pour leur permettre de se précipiter chez eux, de faire leurs adieux, de se munir du strict minimum et, de revenir dare-dare vers le véhicule déjà sous pression...

Guillaume, désemparé, fit comme les autres. Il courut chez lui, expliqua brièvement la situation à sa mère éplorée, emplit un sac, un peu au hasard. Embrassa maman, non encore revenue de ce qui leur arrivait... Papa, coincé du côté d'Orléans, ne se doutait de rien!

Le cœur à l'envers, le jeune homme, au triple galop, se précipita vers le lieu de rassemblement… en passant devant la maison de Reine dans le fol espoir de lui faire ses adieux. Hélas, tout était clos, sans le moindre signe de vie!

La mort dans l'âme, il rejoignit ses compagnons d'exil…

Les temps difficiles commençaient!

3

La progression s'avérait difficile sur les routes surchargées. Le camion se frayait péniblement un chemin parmi la foule se traînant lamentablement. Certains venaient de bien loin, poussaient ou tiraient charrettes, voitures d'enfant, bicyclettes, toujours largement surchargées de valises, colis, couvertures. Une Cour des Miracles ambulante !

Quelques civils, plus chanceux ou plus fortunés, voyageaient à bord d'automobiles de tous gabarits. Elles aussi disparaissaient sous passagers et colis. Leur avance n'était guère plus rapide que celle des piétons, en dépit de leurs coups de klaxon rageurs. La place n'était cédée qu'au dernier moment, juste à temps pour éviter de se faire écrabouiller…

Le plus souvent, les véhicules étaient militaires dont les passagers arboraient plus ou moins de galons… Repli stratégique pour poursuivre le combat plus au sud ? Rares étaient les simples soldats bénéficiant d'une motorisation. Eux, cheminaient le plus souvent à pied, mélangés aux civils. Pas dans la meilleure des formes !

Tous transbahutaient leur paquetage. Certains s'étaient délestés de leurs armes, ayant sans doute perdu tout espoir de résister. Une vraie débâcle !

Parfois, quelques camions bondés de soldats remontaient à contre-courant. Ils allaient vers un front bien problématique, sans savoir exactement où il se trouvait, obéissant probablement à des ordres largement périmés. Extraordinaire, leur entêtement à persévérer dans leur marche en avant. En voulaient-ils encore ?

Dans le camion-autocar de la Brasserie, une quinzaine de passagers, à prédominance jeune et masculine. Une dame d'âge mûr, une autre, un peu plus jeune et une demoiselle, visiblement fille de la première…

Guillaume apprit, par la suite, qu'il s'agissait de la famille du fondé de pouvoir de l'Entreprise (l'épouse, la belle-sœur et la fille), lui-même resté sur place pour prendre les ultimes dispositions de sauvegarde quant à la fermeture de l'usine. Il avait profité du transport improvisé pour mettre les siens à l'abri (?). Ces dames bénéficiaient d'ailleurs d'un traitement de faveur. Leurs postérieurs fragiles auraient beaucoup souffert de l'inconfort des bancs. Assises à l'avant, à côté du chauffeur… Bien que serrées, elles échappaient aux mauvaises banquettes, tout juste recouvertes de maigres couvertures. Sort du commun des mortels!

La dame, du genre boulotte, simplement vêtue, étant données les pénibles conditions du voyage, se terrait dans son coin contre la portière, ne soufflant mot. Quel sujet de conversation à aborder entre un chauffeur et l'épouse du semi-patron?

La fille, plus prolixe, se risquait à quelques échanges verbaux, soit avec mère ou tante, soit avec le chauffeur, visiblement embarrassé.

Cheveux courts et bouclés, chatains foncés, yeux sombres et pétillants de vie dans un joli visage, la demoiselle était plaisante à regarder. Quinze, seize ans? On devinait en elle, la gracieuse personne qu'elle deviendrait... D'agréables rondeurs naissantes promettaient des lendemains de splendeur!

Chose étonnante en pareil équipage, elle était vêtue d'un uniforme de collégienne, bleu-marine, agrémenté de liserés et col blancs. Comme si elle sortait en ligne droite de son établissement scolaire! Elle lançait de furtifs regards vers l'arrière, à travers la vitre de séparation, où les garçons résistaient, tant bien que mal, aux rudes cahots de la route.

Guillaume ressentit l'impression qu'elle lui portait un intérêt particulier. A un moment donné, il crut faire l'objet de sa conversation avec sa mère... Ce qui ne l'émut nullement, confiné dans sa peine. Les filles ne l'intéressaient pas... hormis « l'irremplaçable »!

Les hommes parlaient peu. Ouvriers, chauffeurs-livreurs de l'usine, ils se connaissaient et s'interpellaient par leur prénom. Mais l'ambiance n'était pas folâtre. Chacun ruminait son chagrin d'avoir dû quitter si brusquement ses proches.

Parmi eux, Didier, ouvrier, la trentaine bien sonnée. Un peu fruste, voire même légèrement simplet. Sa spécialité: la fabrication du genièvre, activité annexe de la Brasserie, dans laquelle il était passé maître, opérant « au flair » à défaut de connaissances techniques livresques. Un brave type!

Au travail, il était souvent l'objet de lazzis de la part des autres ouvriers, le plaisantant sur ses méconnaissances manifestes des réalités de la vie. Guillaume l'avait tant soit peu pris sous sa juvénile protection, n'hésitant pas à se dresser contre les railleries quand celles-ci devenaient par trop cruelles. Son côté « Mousquetaire – Bon Samaritain! »

Didier éprouvait une profonde gratitude envers Guillaume qu'il considérait comme son ami. Pour l'instant, tous le laissaient en paix. L'heure n'était plus aux taquineries!

L'attitude de Guillaume ne détonnait pas dans le groupe. Comme les autres, il arborait une mine de carême, ressassant son malheur d'avoir dû abandonner ses parents et, encore plus, sa bien-aimée, sachant qu'elle se torturait dans l'angoisse, ne sachant ce qu'il était devenu. Sa peine lui serrait la poitrine. Un reste de fierté le retenait de grogner comme un enfant... ce qu'il était d'ailleurs encore un peu...

Toute la journée, ils furent malmenés sur leurs bancs inconfortables. Fesses meurtries, dos douloureux. Personne ne se plaignait. Ils étaient tous logés à la même enseigne!

La route défilait monotone, le plus souvent toute droite entre des rangées de grands arbres. A perte de vue, des champs de céréales, betteraves, pommes de terre... en pleine croissance. Quelques bovins ruminaient flegmatiquement comme si toute cette agitation ne les concernait aucunement. Ce qui, somme toute, était bien le cas!

De temps à autre, une courte pause pour permettre de satisfaire des besoins que l'on qualifie de naturels. Encore fallait-il trouver un endroit propice, avec toute cette cohue. Tout un problème quand le véhicule devait reprendre la route en réintégrant la file hétéroclite.

A bord, ces voyageurs d'un nouveau genre, n'avaient pas grand' faim. Nécessité de manger quand même pour tenir le coup. Quelques provisions, hâtivement emportées lors du départ, furent déballées. Solidarité oblige en de telles circonstances: partage de la pénurie... Même les dames, un peu plus largement pourvues, y participèrent.

Lors du départ précipité, Guillaume, dans son affolement, s'était peu soucié de ravitaillement. Heureusement, sa mère y avait remédié, enfournant dans son sac quelques tartines, du fromage, une bouteille d'eau. De quoi ne pas périr d'inanition!

« Vivre d'amour et d'eau fraîche », c'est bien beau – en théorie –, encore moins à leur âge! Ses voisins lui refilèrent quelques victuailles, sans espérer de contrepartie. Mais, il n'était pas question d'oublier le benjamin de la troupe!

Les autres garçons, plus âgés, étaient aussi plus endurcis. Ils avaient passé l'âge d'être « chouchoutés » par maman, en supposant même qu'ils ne l'aient jamais été! Plus aptes à résister aux mauvais coups du sort, ils avaient néanmoins bon cœur et ne voulaient pas laisser tomber le « gamin »!

Ceux-là n'avaient pas été mobilisés, au début de la guerre, l'Armée ne sachant qu'en faire. Soutiens de famille nombreuse, affectés spéciaux, handicaps divers...

Par chance, le temps était particulièrement radieux. En contrepartie, dans le véhicule non couvert, le soleil tapait dur sur les têtes et les épaules! La soif ne tarda pas à les tarauder. Les provisions liquides furent vite épuisées. Lors de la traversée de villages, les garçons sautaient à terre, à tour de rôle, pour refaire le plein des récipients, à la fontaine publique.

Jusqu'alors la guerre ne s'était manifestée que par l'écoulement incessant des réfugiés. Pas de bruits guerriers: tirs de canons, de mitrailleuses... Pas de tanks. Rien de menaçant dans un ciel d'azur. Trop beau pour durer!

Soudain, un avion allemand surgit à l'horizon. Il volait en rase-mottes et manifesta vite des intentions belliqueuses au-dessus du long serpentin humain. Après un court laps d'hésitation, tout le monde se précipita dans les fossés bordant la route. Par chance, ils étaient à sec! Le « chasseur », déjà passé alors que les plus traînards ne s'étaient pas encore planqués, continua son survol de la route à basse altitude, semant la panique sur son passage…

Il disparut à l'horizon. Les gens, rassurés par l'attitude apparemment pacifique du gros oiseau, se disposaient déjà à reprendre la route en sortant de leur refuge. Parmi eux, un officier – un capitaine, si l'on en croyait son ordonnance le suivant fidèlement – observait attentivement le ciel à travers ses jumelles. Soudain, il hurla : *Il revient ! Restez cachés !*

Un vieux monsieur, n'avait pas encore réussi à se mettre à l'abri… depuis la première alerte. Guillaume et Didier unirent leurs efforts pour le transporter, en le bousculant un peu, jusqu'au fossé. Avant d'y replonger eux-mêmes !

Près d'eux, le capitaine continuait sa surveillance : *Un Messerschmitt, chasseur en piqué ! Il revient vers nous,* murmura-t-il tout bas, comme pour ne pas attirer une attention maléfique. Le chasseur, ayant en effet, fait demi-tour, survolait de nouveau la route, en sens inverse. Comme les autres, Guillaume sentait ses cheveux se dresser sur la tête. Les deux dames et la fille, sans plus aucun souci de leur toilette, se collaient contre le sol en gémissant de peur, serrées l'une contre l'autre.

A proximité, une jeune dame tenait dans ses bras son petit garçon, lui-même très absorbé à bercer un mignon chaton, noir et blanc. Le seul trésor qu'il avait emporté dans la débâcle ? L'animal, niché au plus profond de l'aisselle de son petit maître, miaulait à fendre l'âme, au summum de la panique. La guerre, si elle n'est pas faite pour les chiens… ne l'est pas non plus pour les chats !

Le *Messerschmitt* piquait sur la route, manifestant d'évidentes intentions meurtrières. Sporadiquement, il lâchait de courtes rafales faisant gicler des cailloux, touchant çà et là quelques véhicules abandonnés sur la chaussée. L'un d'eux prit feu, menaçant de communiquer le brasier aux autres.

– *Trop risqué de tenter de l'éteindr* dit l'officier.

Le vrombissement infernal du moteur, le staccato des mitrailleuses, les hurlements de quelques dames terrorisées, tout cela atteignait l'insupportable ! Guillaume n'en menait pas large. Il faillit céder à la tentation de fuir ce cauchemar, de quitter ce fossé, de se sauver le plus loin possible à travers champ.

Un reste de sang-froid et… la poigne du capitaine couché près de lui, le retinrent…

Le petit chat se débattait de toutes ses forces décuplées par la terreur, malgré les paroles apaisantes du garçonnet, craignant plus pour son compagnon à quatre pattes que pour lui-même ! Au comble de l'effroi, l'animal réussit à se dégager de l'étreinte protectrice, détala sur la route pour se réfugier sous une charrette où il se blottit. A son tour, son maître échappa à sa mère, bondit hors du fossé pour récupérer le fugitif. L'avion arrivait en tornade !

Didier jaillit de son abri dans le but évident de ramener l'enfant à sa mère, paralysée de peur. Au même instant, comme dans un ballet bien synchronisé, le chasseur passait, lâchait une courte rafale et… fauchait Didier, protégeant le petit garçon de son corps

Un grand silence succéda au vacarme infernal de l'avion qui disparaissait, sa besogne macabre achevée… Personne n'avait eu le temps de bien réaliser ce qui s'était passé en l'espace d'un éclair. L'oiseau de malheur s'évanouit à l'horizon, portant ailleurs son action dévastatrice. Quelques personnes, dont le capitaine et Guillaume, se risquèrent prudemment hors de leur refuge et se précipitèrent au secours du malheureux, inerte sur le sol…

L'enfant hurlait de frayeur en étreignant le chat sur son cœur. Tous deux, sains et saufs. Hélas, le pauvre Didier avait reçu le tir fatal en plein corps. Du sang partout ! Il était visiblement en très mauvais état !

Le capitaine l'examina sommairement et fit une grimace significative.

Guillaume, luttant contre la nausée, souleva la tête du moribond qui ouvrit les yeux, esquissa un sourire crispé et exhala dans un soupir :

– *Je crois que j'ai eu mon compte ! Au moins, j'ai sauvé le garçon et son chat !*

Guillaume, réprimant les sanglots qui lui serraient la gorge, murmura à son oreille :

– *Tiens bon ! Les secours vont arriver et tu seras soigné ! Grâce à ton courage, le petit garçon est indemne !*

– *Pour moi, il est trop tard ! Guillaume, tu es un chic type !* répondit péniblement Didier.

La maman serrait éperdument son fils dans ses bras. Le visage inondé de larmes, elle se pencha sur Didier, lui baisa tendrement le front en murmurant simplement :

– *Merci* !

Le mourant parvint à sourire. Sa tête retomba. Un flot de sang jaillit de sa bouche… Un dernier soubresaut et l'âme du brave garçon quita cette terre où la vie ne lui avait pas toujours été bien douce…

Déjà la masse humaine ressurgie des fossés, tentait de reprendre son long cheminement. Le corps, au milieu de la chaussée maculée de sang, faisait barrage. Ce qui n'aurait pas duré longtemps, la foule impitoyable l'aurait foulé aux pieds.

Que faire de cette misérable dépouille et lui témoigner un minimum de respect ? S'en aller et la laisser au bord de la route ? Impensable !

Le capitaine prit une décision énergique. Avec l'aide de son ordonnance et de quelques jeunes, il poussa son véhicule militaire et celui de la Brasserie à l'écart afin de laisser le passage à la foule, qui déjà s'impatientait.

Le soldat et son chef se munirent de pelles extraites de leur voiture. Quelques garçons, dont Guillaume, se portèrent volontaires pour les aider. Ils creusèrent une fosse sommaire destinée à recevoir les restes sanglants. Une bâche de l'armée servit de linceul !

Une brève prière au pied du léger renflement de terre fraîche, une croix bricolée avec des branches plantée dessus. Nul ne pouvait s'éterniser en cet endroit sinistre!

Le Bon Samaritain galonné s'était emparé du portefeuille du défunt. Il vérifia s'il renfermait bien les pièces d'identité et dit:

– *Je vais remettre ces documents à la prochaine Gendarmerie que je rencontrerai sur ma route en leur expliquant ce qui est arrivé, ainsi que l'endroit de la tombe improvisée*!

De ses jumelles, il inspecta une dernière fois le ciel et conclut:

– *Pour l'instant, tout est calme! Le danger est passé. Au revoir les garçons! Faites attention à vous et... gardez le moral! Des jours meilleurs reviendront!*

Remontés sur le camion, Guillaume et ses compagnons revivaient le cauchemar qu'ils venaient de subir. L'ambiance était devenue funèbre!

La guerre se révélait de moins en moins drôle!

4

Le camion-autocar brinqueballa encore plusieurs heures. Le souvenir de Didier continuait de les obséder, mais tous étaient éreintés. De temps en temps, une alerte aérienne les faisait replonger dans les fossés. Par chance, les gros oiseaux métalliques ne firent qu'être menaçants, sans plus!

Le soir approchait. Les passagers d'infortune se demandaient où ils allaient atterrir. Le chauffeur donnait l'impression de suivre un certain itinéraire. La grand-route fut quittée pour d'étroites départementales, sinueuses et verdoyantes. Cahin-caha, le véhicule déboucha sur la place d'un petit village que la guerre ignorait encore… pour le moment!

– *Tout le monde descend* annonça le chauffeur.

– *Nous avons l'impression d'être attendus* pensa Guillaume.

En effet, plusieurs personnalités du village sortirent de la Mairie pour assister à l'arrivée. Ils conduirent leurs hôtes, avec leurs maigres bagages, vers un grand bâtiment, une grange que les circonstances avaient promue au rang de dortoir. Avec de la paille fraîchement épandue, en une épaisseur sympathique…

Les draps blancs de maman ne constituaient déjà plus que le souvenir d'une autre existence pourtant pas tellement lointaine!

Tous avaient le ventre vide. Les émotions, çà creuse, surtout quand on est jeune! Où, quoi et quand allons-nous manger, s'inquiétaient-ils.

La Municipalité y avait paré! Plusieurs personnes s'activèrent pour distribuer à chacun un morceau de pain et un bout de fromage. Comme boisson, une sorte de cidre-piquette dont les palais juvéniles durent bien se satisfaire, à défaut de leur bière coutumière.

Le pain était plat, compact et dur, du genre biscuit de soldat. Mais, ce n'était pas le moment de faire les difficiles! Chacun, assis sur la paille, grignotait laborieusement son quignon. Le cœur n'était pas à la conversation… Encore moins à la plaisanterie!

Ils eurent l'explication de leur bon accueil. Le fondé de pouvoir dont femme, sœur et fille les accompagnaient, connaissait le Maire de la petite commune. Un coup de téléphone l'avait prié de vouloir bien secourir le petit groupe…

Des bénévoles passèrent remettre des couvertures qui avaient été péniblement collectées à cette intention. Une couverture par personne. Ils ne pouvaient faire mieux.

Ce qui posait problème!

La mettre en dessous, sur la paille et… rien pour se couvrir? Ou, la poser sur soi? Le contact direct et rugueux de la paille n'était pas des plus plaisants… surtout pour des fesses citadines.

La solution fut vite trouvée: se mettre à deux! Encore fallait-il trouver… l'âme sœur! Les copains s'entendirent rapidement pour la nuit… Mais le nombre de garçons était impair. Guillaume aurait bien partagé sa couche avec Didier! Mais hélas!

Tristement, il étendit sa couverture dans un coin. S'allongea dessus! Epuisé physiquement, traumatisé par le destin tragique de son copain, rongé par le chagrin de la séparation d'avec ses êtres chers, son moral n'était pas au plus haut.

Tant pis s'il avait froid! Tout habillé, bien sûr! Qui aurait pensé à se munir d'un pyjama en pareille occurrence? La grange n'avait rien d'un « Hilton » aux multiples étoiles de prestige.

L'obscurité s'épaississait… Pas d'électricité en ces lieux rustiques! Interdiction absolue d'allumer briquet ou bougie en raison des grands risques de périr tous… rôtis! Quelques rares torches électriques jetaient de fugaces faisceaux lumineux. Une consigne: économiser les piles, car personne ne savait combien de temps il faudrait s'en servir! Des jours? Des semaines? Plus?

Guillaume commençait à somnoler tout en grelottant. Soudain, une lueur éclaira brièvement son visage. Une agréable voix féminine s'adressa à lui:

Ma mère est couchée un peu plus loin avec ma tante. Vous êtes seul! Moi aussi! Me permettez-vous d'unir… nos deux couvertures

Tout interloqué, Guillaume mit quelques instants pour réaliser ce qui lui arrivait. Non, il ne rêvait pas! C'était bien la fille du Patron qui s'adressait ainsi à lui… qui demandait s'il acceptait sa compagnie nocturne! En tout bien tout honneur! De loin, la maman témoignait de son assentiment. Nul doute qu'elle s'était sérieusement documentée sur le compte du jeune homme, moralité et consort…

La situation était peu commune. Il est vrai que les circonstances ne l'étaient pas non plus. Puisqu'il avait l'aval tacite de la maman, pourquoi ne pas acquiescer à cette proposition, évitant ainsi de se geler. La fraîcheur nocturne croissait sans arrêt!

Guillaume, profondément gêné, sentait l'attitude goguenarde de ses voisins. Il toussota:

– *Si votre mère est d'accord, je veux bien! Je commençais d'ailleurs à ressentir bigrement le froid, sans rien sur moi!*

La jeune fille s'allongea sur la couverture aux côtés de Guillaume et étendit la sienne sur eux. Grandement bienvenue!

Pas question de se serrer de trop près! Ni l'une, ni l'autre n'en manifestait l'intention. Mais, les couvertures n'étaient pas grandes... Pour conserver un peu de chaleur... ils se rapprochèrent... insensiblement...

La demoiselle, peut-être un peu inquiète quand même du fait de cette situation insolite, ne dormait pas! Les voisins les plus proches n'étaient pas à proximité immédiate et... ronflaient allègrement!

Elle murmura à l'oreille de son compagnon:

– *Je m'appelle Elisabeth. Je suis ici avec ma mère et ma tante. Mon père est resté à Dunkerque pour veiller aux derniers instants de la Brasserie dont il est responsable. Mes parents connaissent ce village depuis plusieurs années. Vous avez sans doute remarqué que j'ai un uniforme de collégienne, c'est celui de l'Institution où je suis pensionnaire. Mon père est venu m y prendre ce matin pour me conduire directement à l'endroit du départ, avec vous tous. Je n'ai pas pu passer chez nous, je n'ai donc que ce que j'ai sur moi. Même pas une brosse à dents! Peu importe d'ailleurs! Je suis contente d'être en votre compagnie!*

Qui ne serait flatté d'une telle confiance? Certes, Guillaume le fut, sans pour autant être émoustillé par cette fraîche présence féminine. Rien, ni personne ne pouvait le consoler de la douleur de la séparation qui l'obnubilait. Il trouva néanmoins grand agrément en la compagnie de la gentille demoiselle, laquelle lui apportait un réconfort réel... en même temps que sa chaleur!

Sa fatigue s'estompa! Pourquoi ne pas bavarder un peu puisque sa compagne inopinée semblait en éprouver un tel besoin? Parler à voix basse n'incommoderait certainement pas les autres... Guillaume n'exposait pas facilement ses états d'âme, ses sentiments, ses chagrins... Il se laissa cependant gagner par la sincère cordialité de la jeune fille. Soudain, il déballa tout: son amour éperdu qu'il partageait avec Reine, son désarroi d'avoir été contraint de s'enfuir sans l'en avertir, la détresse que celle-ci devait éprouver!

Elisabeth, subjuguée, écoutait, émue par la profondeur de la passion qui émanait du garçon. Elle chuchota des mots sincères de réconfort, de compréhension:

– *Reine a beaucoup de chance d'être l'unique objet d'une si fidèle affection! Et de telle qualité*

Spontanément, elle glissa une main fine et menue dans celle de son voisin. Une douce paix, empreinte d'amitié, envahit le cœur des deux jouvenceaux. Ils s'endormirent d'un sommeil fraternel!

L'aube frisquette réveilla Guillaume. Toujours sur lui, la couverture amie mais, à ses côtés, la place était vide. Le joli rossignol s'était envolé! Il se demanda d'abord... s'il n'avait pas rêvé? Il apprit que les trois femmes s'en étaient allées au petit matin avec un membre de leur famille venu les quérir en automobile afin de fuir plus avant...

Guillaume n'avait rien senti, rien entendu!

Il se retrouvait un peu plus seul, un peu plus malheureux. Il regretta la disparition de son gentil papillon de nuit… Il ne la revit jamais! Ses compagnons s'éveillaient les uns après les autres. Tous, plus ou moins courbaturés par cette nuit à la dure… Et transis! Ils se réunirent à l'extérieur, drapés dans leurs vieilles couvertures qui leur conféraient l'aspect de grognards de l'Armée napoléonienne en déroute. Un peu de paille, quelques morceaux de bois ramassés çà et là, une allumette… Une maigre flamme leur donna l'illusion d'un peu de chaleur dans la rosée matinale.

Des dames ne tardèrent pas à leur apporter une marmite de café fumant… Pas du « nectar »! Mais c'était bien chaud. Et l'incontournable et indigeste morceau de pain-pavé. Malgré tout, bienvenus par les estomacs creux et les corps frigorifiés. La commune les aidait dans la mesure de ses modestes moyens.

La rumeur se répandit vite – et elle se confirma –: les Allemands avaient atteint la Somme. Avant eux! D'où, barrage que nul ne pouvait franchir sans risquer de se faire descendre. L'exode vers le sud tournait court. Interdiction de circuler sur les routes principales, elles devaient rester disponibles afin que les Armées du Grand Reich puissent circuler sans entraves… Le piège se refermait sur les jeunes réfugiés. Impossibilité à la fois d'aller plus loin et de rebrousser chemin. Seule solution: attendre et espérer.

Or, ils étaient pratiquement démunis de tout. Un minimum d'hygiène collective et privée ferait bientôt défaut. Malgré tous ses efforts, la municipalité ne pouvait pourvoir qu'aux besoins essentiels… Et encore… pas trop longtemps. Déjà le système D fonctionnait. Il fallait bien se laver, se changer, faire un peu de lessive, se nourrir un peu mieux, si possible. Ce n'était pas facile. La pénurie menaçait et les jeunes gens ne roulaient pas sur l'or pour se payer certains articles ou denrées devenus rares… Les villageois éprouvaient de la compassion pour eux et les dépannaient selon leurs possibilités, elles-mêmes assez limitées.

Parmi les compagnons de misère de Guillaume, un jeune homme, Cheminod. Plus âgé, vingt cinq ans environ, célibataire. La mobilisation l'avait épargné en tant que soutien de famille: sa mère veuve; avec de jeunes enfants.

Les deux garçons, bien que très différents, sympathisèrent.

Le nouveau copain: chauffeur-livreur, taillé en hercule, grand, beau gars, fieffé coureur de jupons. Plein de bagout, débrouillard, rude, parfois grossier mais dans le fond, honnête et droit

L'aventure sentimentale « fleur bleue » de Guillaume que celui-ci n'avait pu taire longtemps, le faisait ricaner mais, la fraîcheur, la naïveté de l'idylle romanesque, le touchaient quand même sans qu'il consente à se l'avouer… Il n'avait jamais connu çà! Ses nombreuses expériences sentimentales se bornaient à de passagères amourettes sans lendemain, à base de satisfactions purement physiques.

L'attitude prostrée de son jeune ami, constamment replié sur son chagrin, se trouvant le plus malheureux du Monde, finit par l'agacer. Il le rabroua :

– *Tu la reverras ta « nana »! Une séparation de quelques jours, même de quelques semaines, n'a rien d'une catastrophe. Regarde donc ce qui se passe autour de toi! La France coule à pic. Des gens se font tuer, pense à Didier! Et, toi, tu pleures sur ton pauvre sort! Il faut bouffer d'abord! Ce n'est pas en pleurnichant qu'on y arrivera! Secoue-toi un peu et arrête de regarder ton nombril.*

Guillaume, vexé, dut admettre que son aîné avait raison. Il fallait réagir, penser à autre chose qu'à son amour meurtri... En leur compagnie, se trouvait souvent un troisième larron : Maxime, de même profession que Cheminod. Tous ne le connaissaient que par son prénom, son nom de famille, sans doute d'origine polonaise, s'avérait imprononçable pour une gorge française. Personne n'avait même essayé !

Son premier abord, plutôt... du genre réfrigérant. Et une vague méfiance que rien ne justifiait vraiment. A l'usage, on se rendait compte que son air bourru n'était qu'apparence.

Orphelin jeune, il avait appris à se débrouiller tout seul, trop fier pour quémander charité ou pitié. Ne se confiant qu'à bon escient, qu'après mûres réflexions. De petite taille, lui aussi du genre costaud. Il parlait peu et agissait promptement. Il ne mit pas longtemps pour s'adapter aux difficiles conditions de sa nouvelle existence de réfugié.

Son amitié se révéla sincère. Du genre porc-épic, mais bien brave. Guillaume, dont la personnalité juvénile demeurait bien malléable, aurait pu plus mal tomber. Ses deux rudes compagnons l'épauleraient dans les moments critiques... sans le dévoyer.

Le trio déambulait dans l'unique rue du petit village, ne sachant à quoi employer son temps et son énergie. Les deux aînés risquèrent quelques tentatives d'approche, accompagnées de quelques œillades polissonnes aux rares demoiselles rencontrées, lesquelles, effarouchées par tant d'audace dont elles n'avaient pas coutume, se dépêchèrent de s'éclipser en essayant de ne plus se trouver sur le trajet des « Don Juan » déçus...

Qui les qualifièrent de « bécasses paysannes ». Ils commençaient à douter de l'efficacité de leur système de séduction sur la gent campagnarde.

Le plus jeune suivait, vaguement offusqué par cette familiarité vis à vis du beau sexe, fût-il même rustique. Ses copains l'avaient mis en boite au sujet de sa première nuit « accompagnée » dans la grange, du genre :

– *Tu as dû t'en payer une bonne tranche avec la nénette du Patron*!

Voyant que ce genre de plaisanterie passait mal aux oreilles de l'intéressé, ils s'abstinrent de le taquiner une nouvelle fois sur ce sujet.

Un jour, Cheminod, sorti seul, revint tout excité. A peine arrivé, il explosa:

– *Une fille, que j'ai connue à Dunkerque, m'a fait parvenir un billet par lequel elle m'appelle au secours! Elle se dit séquestrée par un mec et me supplie de la délivrer. Je ne peux pas la laisser tomber! Je compte sur vous pour me donner un coup de main!*

Et d'exposer le plan qu'il avait hâtivement bâti: attendre la nuit, escalader la façade (c'était facile, d'après lui), casser une vitre si la belle ne pouvait ouvrir, faire descendre celle-ci par une corde (qu'il s'agissait de trouver...) Maxime et Guillaume, interloqués, pensèrent que leur copain avait lu trop de romans-feuilletons ou vu trop de films d'aventures rocambolesques. Ils s'unirent pour tenter de raisonner ce nouveau « Don Quichotte », lui démontrer l'insolite de la situation... Si la fille pouvait l'aviser lui, pourquoi ne s'adressait-elle pas à la gendarmerie, si elle était vraiment en danger? Connaissait-il bien la demoiselle en question? N'était-elle pas un peu « fêlée »? Se rendait-il compte des risques encourus par les éventuels sauveteurs? Violation de domicile, peut-être bagarre... Cela pouvait mener loin! Les « Anges gardiens » d'un genre nouveau se retrouveraient derrière les barreaux! Les séquestrés, ce serait eux!!!

Cheminod le prit d'abord très mal. Ses copains étaient des dégonflés! Il agirait seul! Tant pis si cela tournait mal! Ce serait de leur faute, etc... A force de discuter, de palabrer, il finit par se calmer et admettre que toute cette histoire était cousue de fil blanc. Il conclut:

– *Je vais remettre ce billet à la mairie! Ils en feront ce qu'ils jugeront bon!*

Et personne n'entendit plus jamais parler d'une quelconque prise d'otage rurale.

La faim se rappelait constamment à leur bon souvenir et, à leur âge, l'appétit fait rarement défaut. Pas grand-chose à se mettre sous la dent pour compléter leur maigre ordinaire communal.

Ils décidèrent de tenter une « opération pommes de terre »

Maxime avait repéré un champ desdits tubercules pas bien loin, mais suffisamment à l'écart de toute habitation.

– *Si nous prélevons quelques pieds, le préjudice ne sera pas grand pour le cultivateur. Et çà nous permetrait de « caler un coin »*!

Ils attendirent l'obscurité pour se glisser tels des Indiens sur le sentier de la guerre, vers les rangées convoitées. Avec les mains, ils grattèrent laborieusement à la base de quelques plans. Leur manque d'expérience en jardinage ne les avait pas mis en garde. Ce n'était que le printemps et les précieux tubercules avaient la taille de billes et étaient parfaitement immangeables. Penauds, ils battirent en retraite après avoir réparé, autant que possible les légers dégâts causés aux plantations. Maxime – encore lui, avait-il plus faim que les autres? – avait remarqué, avec grand intérêt, la sarabande de colonies de lapins dans un pré voisin. Le hic: celui-ci était proche de la ferme! Le cultivateur ne goûterait pas forcément une incursion sur ses terres, même dans l'intention louable (?) de le débarrasser de fâcheux prédateurs. Mieux valait éviter les histoires.

Les deux « grands » s'entendirent pour désigner leur cadet comme délégué près du fermier en question. N'était-il pas le plus jeune ? Le plus apte à inspirer pitié ? A l'attendrir ? A contre-cœur, Guillaume, par un bel après-midi, se rendit à la ferme. Il fut annoncé par les aboiements furieux de deux molosses, heureusement solidement enchaînés. Ils faisaient, en toute conscience leur boulot de chiens de garde. La fermière sortit sur le pas de sa porte et s'enquit, près de son visiteur intimidé

– *Que désirez-vous, jeune homme ?*

– *Bonjour Madame ! Je vais sans doute vous étonner ! Je suis réfugié, logé dans une grange dans votre commune. Manger est l'un de nos gros problèmes ! Avec deux copains, nous avons remarqué que beaucoup de lapins avaient élu domicile dans le pré voisin, tout au moins pour y faire leurs galipettes. Ils causent certainement d'importants préjudices à vos cultures. Nous permettez-vous d'essayer d'en capturer quelques uns afin d'améliorer notre menu plus que modeste ? Nous n'avons pas voulu agir sans votre accord ! D'abord par correction et aussi... dans la crainte de prendre quelques chevrotines dans les fesses, de par votre mari, furieux de cette violation de propriété privée !*

La fermière, poings sur les hanches, rit et répondit sans façons :

– *Jeune homme, vous me plaisez bien ! J'aime votre franchise et votre politesse. Je me charge d'obtenir le consentement de mon mari qui n'est guère vindicatif. Allez donc ! Posez vos collets ! Car je suppose que c'est ainsi que vous voulez procéder ? C'est interdit par la loi, aussi, officiellement, nous ne sommes au courant de rien. Vous devenez des braconniers, mais le garde-champêtre a d'autres choses à faire que de s'occuper de quelques malheureux lapins. Je suis certaine que ceux-ci ne porteront pas plainte ! Et puis... c'est la guerre ! Même pour les lapins !*

Pas sans humour, la dame !

Prête à rentrer chez elle, elle se ravisa en ajoutant :

– *Vous me paraissez plutôt maigrichon ! Entrez donc quelques minutes !*

Guillaume obtempéra, se demandant ce qu'on pouvait bien lui vouloir ! La dame semblait bien aimable... Elle découpa un morceau de lard qu'elle enveloppa avant de le remettre au garçon :

– *Voilà de quoi vous nourrir un peu... en attendant les lapins !*

Guillaume se répandit en remerciements, d'autant plus que s'y mêlait un peu de remords... le champ de pommes de terre devait appartenir à la brave dame !

Tout guilleret, il rejoignit ses deux compères qui, ne le voyant pas revenir, se demandaient ce qui lui arrivait... Ils furent bien étonnés et agréablement surpris quand ils apprirent l'agrément obtenu pour la chasse – prohibée – doublée du merveilleux morceau de lard...

tombé du Ciel. Mais non, pas du Ciel… de la brave fermière, précisa Guillaume, en clignant de l'œil !

Il fallait passer à l'action ! Maxime, grand organisateur devant l'Eternel, dénicha un morceau de câble électrique qui, une fois dénudé, fournit de fins, mais résistants filins métalliques. Après en avoir testé la solidité, le « Maître-braconnier » exposa son plan :

– Nous allons poser les collets aux endroits de la haie où nous remarquerons le plus de traces de passage. Ce soir, nous reviendrons tous les trois en faisant le plus de bruit en gesticulant, en courant chacun de notre côté. Espérons que les lapins auront le bon esprit de s'enfuir par les trouées que nous aurons repérées !

Ses instructions furent suivies à la lettre. L'opération fut répétée plusieurs jours de suite. Sans résultats pratiques… si,… Cheminod se tordit la cheville dans un trou de taupe !

Les lapins n'étaient pas au rendez-vous ou… plus méfiants ou malins que les apprentis braconniers. Les garçons changèrent l'heure de leurs interventions, faisant irruption le matin tôt. Ces sacrés rongeurs aux longues oreilles devaient aimer baguenauder – voire badiner – au clair de lune. Un matin, leur persévérance fut récompensée. De violents soubresauts secouaient deux des collets. Dans l'un s'étranglait un lapereau – à peine de quoi faire une bouchée – mais la faim primait les sentiments… Dans l'autre, un compère de taille plus respectable, son grand frère ou, même son père ?

Cheminod et Guillaume, sans la présence de Maxime, auraient été bien embarrassés pour venir à bout de leurs infortunées victimes. Comme un « pro », Maxime saisit successivement chaque animal par les oreilles après les avoir détachés des lacets, leur asséna un maître coup du tranchant de la main sur la nuque, ce qui les assomma pour le compte. Il sortit prestement son couteau pour les saigner, ce que ses compagnons regardaient avec une admiration teintée de répugnance.

De retour à la grange hospitalière, le « chef » répartit les tâches :

– Moi, je prépare le feu ! Toi, Cheminod, tu écorches le gros, Guillaume, l'autre !

Ce que ni l'un, ni l'autre ne savait faire. Bien en peine pour commencer !

Dans la cour, Maxime entassa brindilles et branches plus grosses. Il tailla deux badines, baptisées « broches », destinées à enfiler les proies pour les rôtir. Pendant ce temps, les deux novices massacraient leur animal. Ils n'avaient pas la moindre idée quant à la façon de procéder tout en ne voulant pas déclarer forfait ! Le « maître d'œuvre » arriva à temps pour éviter trop de gâchis. Il écarta les deux nigauds… En peu de temps, les deux lapins furent proprement écorchés et éviscérés.

Le reste ne fut question que de patience. Obtenir des braises, cuire la viande sans la carboniser en la tournant sans arrêt. Ni beurre, ni huile ! Mais, baste ! Un repas hautement diététique ! Maxime jugea la viande à point, procéda au découpage en parts sensiblement égales – sans se réserver la part du lion –. Chacun coucha son morceau sur une tranche de pain servant d'assiette... Il en avait d'ailleurs la consistance!

Un cordon bleu se serait arraché les cheveux de désespoir et de honte. La viande n'était pas cuite uniformément, presque crue par endroits, carbonisée à d'autres!

Ce fut quand même un repas de rois.

Qui ne se renouvela pas! Les collets restèrent désespérément vides. Le téléphone arabe existe-t-il aussi chez les lapins? Dans le trio des fins gourmets, personne ne songea à verser un pleur sur leurs malheureuses victimes, dont l'une en bas âge. Là encore, ils se dirent: c'est la guerre! Même les lapins en pâtissent!

Pour témoigner leur gratitude, ils se rendirent chez les fermiers. Ne fallait-il pas les remercier à la fois pour les lapins et... pour le lard! Visite peut-être pas tout à fait désintéressée? La fermière apprécia leur démarche et fit, une fois encore preuve de sollicitude. Elle déclara: – *Ce n'est pas avec le produit de vos chasses que vous engraisserez! Allez! Revenez ce soir, vous mangerez avec nous. Oh! Pas un repas de gala! Une soupe aux pois bien épaisse avec du porc qui vous tiendra bien au corps, du fromage de ma production et... si j'en ai le temps, une tarte de ma composition.*

Ses invités ne se firent pas prier! Le fermier lui-même se montra agréable, compatit même à leurs misères. Sa femme et lui se déclarèrent heureux d'avoir un peu de jeunesse à leur table.

Les convives repartirent vers leur grange, la panse bien remplie, ce qui ne leur était pas arrivé depuis un temps qui leur parut immémorial. Leur estomac, renâclant de surprise devant cette subite abondance, leur ménagea quelques ennuis de digestion...

Jour après jour, le temps passait! Leurs conditions d'existence devenaient plus pénibles. Question hygiène surtout! Sans parler de leur moral corrodé par cette longue attente inactive. Cela ne pourrait plus durer très longtemps!

Tous se demandaient ce qu'il advenait des êtres chers qu'ils avaient laissés au Pays. Des rumeurs contradictoires circulaient, douche écossaise de bonnes et de mauvaises nouvelles. D'informations militaires? Point! Personne ne savait exactement où se trouvaient nos armées... Les informations recueillies par l'intermédiaire de rares postes de TSF devaient être prises avec circonspection, les stations émettrices subissant la censure des Occupants!

Dans le village, sporadiquement, passaient voitures, camions, motos, véhiculant des soldats en uniforme vert-de-gris, coiffés d'un étrange casque en panier à salade. Ils ne s'arrêtaient guère!

Au début, les gens crurent qu'il s'agissait de soldats hollandais, eux aussi battant en retraite! Ils se détrompèrent vite. L'attitude des soldats, sans être belliqueuse vis à vis de la population, n'était pas celle d'une armée vaincue! Au contraire! Sans accorder attention à quiconque, ils passaient en chantant à peine gorge, leurs airs martiaux...

5

L'inquiétude des jeunes exilés allait crescendo. Quelques nouvelles, non contrôlées – parce que non contrôlables ! – filtraient, émanant de sources plus ou moins crédibles. Notamment : Dunkerque et ses environs avaient fait les frais de la guerre-éclair. Transformés en ruines encore fumantes ! Qu'étaient devenues mère, femme, fiancée ?

Le moral commençait à flancher sérieusement. Les conditions malsaines de leur existence, la faim, la promiscuité permanente, l'oisiveté… ne facilitaient pas les choses… Ils en arrivaient même à perdre le compte des jours, ne sachant souvent pas ni le jour, ni la date !

Un matin, une visite imprévue… Guillaume était absent. Pas loin ! On vint le chercher. Qui pouvait bien le demander dans ce coin perdu ? Intrigué, il se hâta… pour tomber dans les bras de l'un de ses oncles. Lequel, d'un flegme imperturbable, l'embrassa sans manifester aucune émotion… comme s'ils s'étaient quittés la veille, au coin de la rue.

Il résuma son odyssée personnelle/

– *Nous avons quitté le littoral dunkerquois probablement un peu après vous. Jean* (son fils) *chauffeur, avait obtenu de son employeur l'autorisation d'embarquer femme et parents dans une camionnette de la société. Archaïque, elle réussit quand même à nous traîner près d'ici ! Tout comme vous, devancés par les Allemands, nous n'avons pu aller plus loin. Nous cantonnons dans une grange à une dizaine de kilomètres. Là-bas, j'ai entendu parler de jeunes dunkerquois hébergés à cet endroit. Un villageois m'a prêté son vélo pour faire la route et venir voir si je connaissais quelqu'un. J'ai bien fait, puisque j'y retrouve mon neveu !*

Il réfléchit un moment et ajouta :

– *Nous venons d'apprendre que, depuis hier, les Allemands autorisent le retour des réfugiés chez eux. Avant qu'ils ne changent d'avis, nous allons nous empresser de rebrousser chemin… Dès demain ! En nous serrant un peu, nous aurons une petite place pour toi, Guillaume… si toutefois tu es décidé à mettre fin à tes vacances à la campagne !*

Toujours pince-sans-rire, l'oncle !

Il poursuivit :

– *Les nouvelles de notre région ne sont pas réconfortantes. Il y aurait énormément de dégâts, de quoi se demander en quel état nous retrouverons le reste de la famille, sans parler de nos maisons.*

L'oncle, du genre taciturne, ne parlait que rarement aussi longtemps ! Sa bavarde d'épouse, d'ordinaire, comblait aisément les vides, faisant souvent seule les frais de la conversation... que son mari ne suivait que d'une oreille distraite.

Guillaume n'aspirait qu'au retour... quitte même à faire la route à pied. Il se tourmentait, maintenant qu'on lui avait appris le cataclysme ayant dévasté la zone côtière. Sa Reine ? ses parents ? Toujours en vie ? Blessés ? Disparus ?

Il serait parti même si le signal du départ eut été immédiat.

Aussi, s'empressa-t-il de répondre :

– *Je suis vraiment impatient de retourner chez nous et, heureux de le faire en votre compagnie. Tu parles si j'accepte ton offre de me prendre !*

Il éprouva quand même un léger pincement au cœur à la pensée de quitter Cheminod et Maxime, ses deux fidèles compagnons d'infortune dont la rude amitié l'avait aidé à vivre ces jours difficiles. Leurs destinées se séparaient-elles là ?

Le lendemain tôt, la camionnette brinquebalante du cousin vint hoqueter devant la grange. La dizaine de kilomètres suffisait pour la rendre asthmatique. De la vapeur fusait de dessous le capot, n'augurant rien de bon pour le trajet du retour !

Enfin, s'il faut donner un coup de main dans les montées, avec moi, cela fera toujours deux bras de plus, se dit Guillaume !

Les adieux d'avec les compagnons d'exil furent brefs. Les garçons n'extériorisent pas tellement leurs sentiments. En plus, ils étaient convaincus de se revoir bientôt à Dunkerque...

Le jeune homme se serait bien attendri un peu mais, respect-humain oblige, il eut garde de le laisser paraître. Tout de suite embarqué dans le tourbillon des embrassades avec toute la famille restée sur le véhicule : tante, cousin, cousine... En leur compagnie, quelques passagers, Personnel de l'Entreprise du cousin, propriétaire du rutilant (?) véhicule. Tous avaient la même hâte de rentrer et se faisaient du souci en pensant à ce qui les attendait là-bas

Guillaume grimpa à bord de la camionnette, une sorte de plateau à ridelles sur lequel : étaient disposés quelques sièges de fortune. Aucunement encombré avec ses bagages réduits au strict minimum, il cala ses fesses entre celles déjà installées. Confort non garanti ! Tout valait mieux que de continuer à croupir dans le village. L'important était de rouler, même dans des conditions pénibles mais, dans la bonne direction !

La route défila aussi monotone qu'à l'aller. Tout d'abord, peu de traces du passage guerrier. Quelques rares maisons effondrées, le plus souvent des vitres pulvérisées, des toits aux tuiles volatilisées. Pas de quoi donner le grand frisson !

La camionnette se traînait. La moindre côte équivalait à l'Himalaya. Les hommes, jeunes et moins jeunes, descendaient systématiquement quand le halètement du moteur devenait inquiétant. Autant pour soulager la charge que pour pousser vigoureusement jusqu'en haut… du calvaire ! Sous le capot, un geyser permanent ! Tous les dix kilomètres environ, le chauffeur, toujours aussi décontracté – bien le fils de son père – arrêtait son engin, attendait la décompression pour refaire le plein avec le jerrican d'eau dont il s'était prudemment muni.

De temps en temps, grande urgence de réapprovisionner en ce précieux liquide que le moteur consommait sans aucune modération. Mais, laborieusement, les kilomètres étaient avalés.

Un grand fracas retentit soudain, faisant sursauter les passagers plus ou moins assoupis alors que le véhicule progressait à son allure de tortue sur une petite montée. L'un des passagers, un homme entre deux âges, se trouvait étendu sur le sol. Dans un piteux état !

Le malheureux appuyé sur l'abattant arrière, une charnière ayant cédé, avait été éjecté sur la route. Stop ! Tous se précipitèrent au secours de l'accidenté qui, déjà se relevait, encore tout étourdi. Un examen sommaire décela : pas mal de contusions, bras et genoux largement écorchés, vêtements couverts de poussière, sans compter les quelques accrocs… Mais, rien de cassé ! La cousine, femme de Jean-le-chauffeur, s'improvisa infirmière. Avec un torchon, choisi parmi les moins sales, imbibé de l'eau du jerrican, elle nettoya les plaies heureusement superficielles. En fait de désinfection, cela laissait plutôt à désirer, mais cela valait mieux que rien… Et encore… la précieuse eau ne pouvait être gaspillée, c'était, en somme, le nerf de la guerre. Le radiateur paraissait insatiable et le réapprovisionnement, aléatoire !

Tout le monde remonta à bord, y compris le blessé, pas trop endommagé. Pour une fois, la lenteur de la camionnette fut bénie. En quel état se serait trouvé l'accidenté si sa chute s'était produite lors d'une vitesse plus élevée ?

Jean rafistola l'abattant avec du fil de fer, réparation pour laquelle chacun manifesta la plus grande défiance !

Plus la remontée vers le Nord s'accentuait, plus le spectacle devenait inquiétant… De larges portions de terres recouvertes d'eau… çà et là, des vestiges, déjà rouillés ou incendiés, d'engins abandonnés par les Armées en déroute. De plus en plus, ruines, maisons effondrées ou éventrées… La progression se poursuivait avec une lenteur exaspérante. De loin en loin, un convoi militaire croisait ou dépassait la camionnette haletante. De puissants camions bâchés, remplis de soldats, visiblement en pleine forme et d'humeur guillerette. Ils ne lançaient qu'un regard distrait, quelquefois méprisant, à ces drôles de petits Français équipés d'un carrosse hors d'âge. Il était prudent de se garer rapidement sur le bas côté afin de laisser la route libre à ces nouveaux Seigneurs de la guerre...

Tout à coup, au loin un barrage! Pas question de faire demi-tour ou de bifurquer sans attirer l'attention des sentinelles qui auraient vite fait de rattraper les fuyards. La camionnette se traîna jusqu'à la barrière abaissée où un soldat cria: *Halte!* Ce que s'empressa de faire Jean-le-chauffeur, beaucoup moins décontracté que de coutume! Premier contact direct avec les autorités allemandes. Que voulait le factionnaire... qui baragouinait dans sa langue que personne de ses interlocuteurs ne pratiquait. Ils finirent par comprendre qu'il fallait exhiber leurs pièces d'identité afin que soit contrôlée la destination de chacun des passagers.

Seul le retour des réfugiés en leur domicile d'avant les événements était admis. Tout autre long déplacement: interdit! Ils allaient pénétrer dans la zone côtière qui deviendrait rapidement: « Zone interdite », interdite à ceux qui n'y étaient pas domiciliés antérieurement.

Pour la majorité des voyageurs, il n'y eut pas de problèmes, leurs papiers avec leur domicile bien à Dunkerque. Pour quelques autres, leur habitation mentionnée était dans une commune voisine parfaitement inconnue de la sentinelle... qui s'obstinait à maintenir son verdict: *Verboten*! malgré les explications fournies dont la signification lui échappait sûrement. Véritable dialogue de sourds. Le soldat commençait à s'énerver. Pas facile de s'expliquer posément avec un interlocuteur agitant de façon inquiétante un fusil agrémenté d'une baïonnette pas du tout sympathique.

Par chance, surgit un officier du Poste qui s'empara du problème et le résolut rapidement. Lui, parlait le français. Repérage desdites communes sur la carte d'état major ramenée du bureau. Conformité: tous retournaient bien au bercail!

L'officier expliqua sommairement à son subordonné... lequel s'empressa... de ravaler son agressivité et de soulever la barrière fatidique. De nouveau, la route était libre!

Le moteur fatigué avait eu un peu de temps pour reprendre son souffle durant l'altercation. Il se remit vaillamment en route, plein d'un semblant de renouveau, de vitalité... Les chevaux-vapeur sentent-ils aussi leur écurie comme leurs homologues à crottin?

Ils arrivèrent enfin à proximité de Dunkerque. Certains villages avaient été fortement touchés, sans doute placés sur la ligne du front et traversés par le cyclone guerrier. Rien à voir avec les tranchées de la guerre 14/18!

A dix kilomètres de la côte, Bergues avait certains quartiers complètement ravagés. Son antique et remarquable beffroi flamand… était par terre! Certaines rues ne comportaient plus qu'un étroit passage entre des ruines. Pas moyen de s'y croiser! Heureusement la circulation automobile se faisait rare!

Le vieil engin semblait prêt à expirer. Il ne soufflait plus! Il éternuait! Il lui tardait d'arriver au port!

Par des chemins détournés en raison de certaines zones inondées ou de routes obstruées, ils parvinrent enfin aux abords de Dunkerque… Spectacle de désolation. Vu de loin, un gigantesque tremblement de terre paraissait avoir anéanti une grande partie de la ville. Amoncellement de gravats, certains encore fumants, poteaux électriques abattus, enchevêtrement de fils, de ferraille, de poutres semi-calcinées. Certains quartiers étaient rasés et transformés en paysage lunaire…

Quelques tours émergeaient de cet amas de ruines s'étendant à perte de vue: les clochers des églises St Martin et St Eloi, le beffroi faisant face à cette dernière. Le cataclysme n'avait pas réussi à les abattre, mais dans quel état se trouvait l'intérieur de ces édifices?

La camionnette s'arrêta aux confins de la ville. Ses passagers atterrés par cette désolation, n'en croyaient pas leurs yeux. Comment la vie pouvait-elle subsister au travers un tel déchaînement de fer et de feu? Une pensée lancinante leur taraudait le cœur: quel sort avaient subi les êtres aimés qu'ils y avaient laissés, restés peut-être en plein cœur de la fournaise?

Quelques rares personnes parcouraient les décombres. A la recherche de problématiques souvenirs? L'une d'elles s'approcha et dit, montrant l'amas de décombres:

– Vous ne pourrez pas pénétrer avec votre véhicule. Seules quelques rues principales ont été dégagées pour ménager un étroit passage, tout juste bon pour les piétons! Et encore… avec prudence.

L'oncle se gratta la tête. Où allait-il déposer le neveu avant de poursuivre jusqu'à chez lui? Guillaume suggéra:

– Si ma mère a quitté maison et commerce à Dunkerque, et à coup sûr, elle en a été contrainte, elle s'est certainement réfugiée hors la ville, chez ses parents, mes grands-parents!

La banlieue avait été relativement épargnée… Ils arrivèrent sans beaucoup de difficultés à destination. Une longue maison basse, genre de petite ferme équipée de granges, écuries, hangars Tout de suite, ils constatèrent avec soulagement: pas de dégâts.

Guillaume, suivi de ses oncle, tante et cousins, se précipita à l'intérieur, se jeta dans les bras de sa mère qui manqua de défaillir de joie, de ses grands-parents, n'en croyant pas leur bonheur. Tout le monde pleurait… de joie, de soulagement. Le retour de l'Enfant Prodigue!

L'incertitude du sort de chacun avait torturé les esprits et les cœurs!

La maman, une fois revenue de ses émotions, résuma la situation:

– *Nous n'avons plus de maison, plus de meubles, plus de commerce, donc plus de gagne-pain! Quand les bombardements eurent atteint un niveau insupportable, je vis paraître mon père sur sa charrette verte tirée par son grand cheval blanc. Il venait me chercher, risquant sa vie sans forfanterie, bravant le danger des attaques aériennes incessantes! Il trouvait cela tout naturel!*

J'ai tout abandonné, n'emportant à la hâte que quelques pauvres affaires. Il fallait faire vite, le cheval risquait de s'affoler et de prendre le mors aux dents. Quelques heures après, c'eût été trop tard! Toute la ville s'embrasait, s'écroulai, sous un déluge de feu.

Ton père, Guillaume, n'a pas encore donné de signe de vie, mais, lui, du côté d'Orléans, court beaucoup moins de danger que par ici.

Nous avons tout perdu et c'est bien triste! Néanmoins, je remercie le Ciel de m'avoir conservé mon fils!

Les arrivants, impatients de connaître les détails, la bombardèrent de questions:

– *D'après ce que nous avons vu en arrivant, cela a dû être horrible. Y-a-t-il eu beaucoup de victimes?*

Tout en ne quittant pas des yeux son fils retrouvé dont elle réalisait que peu à peu la réalité de son retour, elle répondit:

– *Personne ne le sait exactement! Les autorités sont débordées. Elles s'occupent en priorité... des survivants, parfois en piteux état, souvent totalement démunis, ayant tout perdu même parfois le contact avec les leurs! Il faut subvenir aux besoins essentiels: se nourrir, se loger... Et déjà aussi parer au pillage des maisons sinistrées pas tout à fait détruites. Les morts ensevelis sous les décombres attendront... Quelques rues ont été sommairement dégagées. Hier, j'ai pu aborder les ruines de notre maison. Il n'en reste rien, sinon la cave écrasée sous des tonnes de briques, poutres et gravats. Spectacle désolant!*

L'oncle et les siens, pressés de partir, n'oubliaient pas leurs compagnons de route patientant dans la camionnette. Ils acceptèrent une tasse de mauvais café après avoir invité les autres à descendre pour se revigorer un peu! Ils réembarquèrent en hâte à bord de leur monstre antédiluvien, rechignant à se remettre en route... Multiples signes de main, promesses de se revoir bientôt. Et grand merci d'avoir ramené le fils, sain et sauf, au bercail!

Guillaume, les premières effusions passées, entreprit de conter ses mésaventures d'exil. Sa mère buvait ses paroles. Grand'mère, les joues mouillées de larmes, remerciait Dieu en égrenant son chapelet! Grand-père, immobile, écoutait attentivement.

Guillaume n'osait exprimer son impérieux désir d'aller prendre des nouvelles de celle qui monopolisait ses pensées. Son auditoire n'était pas dupe. Tous connaissaient, plus ou moins, ce qu'ils qualifiaient d'amourette de collégien. Aussi, l'encouragèrent-ils, unanimement, d'aller faire un tour... en ville. Le jeune homme ne tenait plus en place, tellement son impatience était grande. Sans demander son reste, il s'élança sur la route et franchit, au pas de course, les quelques kilomètres de distance...

Arrivé aux limites de Dunkerque, il put observer en détail ce qu'il avait entrevu au passage. Spectacle apocalyptique! Quelques rares quartiers avaient échappé par miracle au massacre. Dans d'autres, la destruction était totale. Au centre-ville: plus de rues, les immeubles s'étaient écroulés, obstruant tout. Parmi les décombres, quelques étroits passages encombrés de verre brisé, carcasses métalliques, pans de murs branlants. Ce qui ne suffit pas pour réfréner la précipitation de Guillaume... Il voulait savoir! De plus en plus angoissé en constatant que, plus il avançait vers le centre, moins les immeubles avaient été épargnés...

Certaines personnes, l'air hagard, se déplaçaient silencieusement dans ce paysage de cauchemar. Certaines même, escaladaient les tas de gravats au risque de se blesser, à la recherche de vestiges de leurs biens probablement réduits en bouillie ou en cendres.

Guillaume se dirigea fébrilement vers le quartier où, il y avait si peu, logeait celle de ses obsédantes pensées. D'abord, il ne reconnut rien! Tout repère avait disparu, laminé, comme écrasé par la main d'un géant maléfique. Son cœur défaillit en retrouvant quelques vestiges de murs calcinés. Q'était-il advenu des habitants? Comment pouvait-on sortir vivant d'un tel désastre?

Abasourdi, Guillaume restait immobile, se refusant à l'évidence! Sa poitrine lui fit atrocement mal! Il résista difficilement au vertige, à la tentation de se laisser aller à hurler, de s'affaler sur les ruines pour pleurer... pleurer... pleurer jusqu'à en mourir! Un sursaut de volonté le retint!

Un vieillard passa en claudiquant, le front ceint d'un large pansement. Guillaume le héla, d'une voix à peine audible, étranglée par l'émotion:

– *S'il vous plait, Monsieur 1* Si *vous êtes du quartier, savez-vous ce que sont devenus les habitants de ces maisons? Surtout celle-ci, où logeaient M. et M*me *Maury! en* désignant l'amas le plus proche.

Le vieil homme s'arrêta et répondit:

– *Mon pauvre garçon! Je suis l'un des quelques rescapés du quartier voisin. Ma femme y est restée. Je n'ai plus rien et devenu... seul au monde! Quant aux personnes dont vous me parlez, je crains bien qu'elles soient disparues à tout jamais. Non seulement ces maisons ont été bombardées, ce qui les a fait s'écrouler, mais elles ont brûlé de fond en comble. Il y avait probablement aussi des bombes incendiaires pour achever l'œuvre de destruction. Vous voyez, tout est réduit en cendres. S'il y a des corps ensevelis mélangés à tout cela, réduits en poussière au milieu de ces gravats, comment identifier qui que ce soit?*

Allez donc voir en Mairie où doivent être déposées les déclarations de la famille proche.
Sur quoi, il s'en alla, tout courbé, écrasé par son malheur…

Guillaume, éperdu de douleur, s'accrocha à la plus petite lueur d'espoir, se traîna jusqu'au baraquement des Services Municipaux.

– *Que désirez-vous,* lui demanda un employé visiblement épuisé et, par le fait même, exaspéré.

– *Je voudrais me renseigner sur le sort des habitants de la maison au* 77, *rue Caumartin, M. et Mme Maury. Je les connaissai. Surtout… leur fille!*

Le fonctionnaire, s'apercevant de la mine décomposée du jeune homme, se radoucit:

– *Je vois! Je vois! Hélas, je ne peux vous renseigner… sinon que ce quartier a été complètement écrasé par les bombardements et, incendié de surcroît. Il ne reste que des décombres dans lesquels des gens ont été pulvérisés. Il est trop tôt pour avoir plus de précisions. Nous déblayons d'abord les endroits les moins dévastés. Revenez dans quelques semaines! Peut-être en saura-t-on davantage?*

De grosses larmes coulaient silencieusement sur les joues du garçon qui ne songeait même pas à les éponger. Son désespoir était incommensurable!

Il pleurait son jeune amour si pur, si neuf et, en même temps, si profond!

Il imaginait son aimée, terrorisée par le fracas des bombes, ensevelie sous des tonnes de décombres, mourant asphyxiée… ou cernée par les flammes voraces et expirant dans d'atroces souffrances.

– *Je ne la reverrai plus jamais! A quoi sert de vivre quand on a perdu son soleil, son étoile, sa lumière du jour?*

Il se traîna jusqu'à la maison des grands-parents. Sa démarche était devenue celle d'un vieillard, terrassé par sa douleur.

Il refusa de manger. Incapable de dire un mot, il alla se coucher afin de pleurer tout son soûl. Sa mère, ses grands-parents devinèrent la source de cet immense chagrin. Ils en étaient consternés, malades d'inquiétude.

Sa mère vint le voir dans son lit… comme quand il était petit. Elle lui prit la main, lui parla doucement, longuement, essayant de lui insuffler courage et confiance, jusqu'à ce que fatigue et désespoir triomphent de la résistance physique de son fils qui sombra dans un sommeil comateux.

6

Insensiblement, Guillaume reprit goût à la vie. A cet âge, la vie est solidement chevillée au corps en dépit de tout. Pas l'euphorie. Un ressort s'était brisé en lui ! Plus d'allant, plus d'enthousiasme !

Plusieurs fois, il revint consulter les Services de la mairie. Toujours la même réponse : M. et Mme Maury, leur fille ? Disparus ! Volatilisés !

Les ruines du quartier avaient été arasées jusqu'au niveau de la cave, elle même comblée. Quelques vestiges humains, non identifiables avaient été découverts sous les gravats, mais avec l'effondrement général de toutes les maisons du coin, comment savoir de quels corps il s'agissait ?

Guillaume eut l'idée d'enquêter sur le sort de M. Maury chez son employeur-électricien… qu'il ne retrouva pas ! Disparue, elle aussi, la petite entreprise !

Au fond du cœur de Guillaume subsistait quand même une petite lueur d'espoir, bien vacillante, car Reine, si elle était encore de ce monde, n'aurait pas manqué de remuer ciel et terre pour le prévenir, consciente de l'angoisse dans laquelle se débattait son ami !

La vie devait, malgré tout, continuer !

Une bonne nouvelle : son père, franchissant opiniâtrement tous les barrages, était revenu. Il n'avait pas vu la guerre passer et, ne s'était rendu compte de l'ampleur des désastres, qu'en arrivant dans le Nord !

Les événements se précipitaient. Après les ponts de la Somme, ceux de la Loire avaient cédé, laissant la France à la merci de son ennemi. Le Maréchal Pétain avait demandé l'armistice. De son côté, Mussolini, le « Duce » italien, n'écoutant que son courage (?) déclarait la guerre à une France exsangue.

L'Angleterre avait réussi le réembarquement de la majeure partie de ses troupes après les batailles des Plages de Dunkerque du 26 mai au 3 juin 1940. Et… elle tenait bon !

L'Allemagne, essoufflée de par son avance fulgurante, piétinait sur les bords de la mer du Nord, vitupérant contre son adversaire anglais, arc-bouté sur son île, repoussant toute idée de capitulation.

Les soldats allemands avaient l'impression que le « Chanel » n'était qu'un simple canal qui serait facilement franchi pour conquérir cette « perfide Albion », responsable de tous les maux alors que la France s'était sagement rangée sous la bannière à croix gammée !

Un « empêcheur de tourner en rond », fausse note dans tout cela, un obscur officier supérieur français, le général de Gaulle, d'Angleterre où il avait fui, prônait la résistance.

– *La France a perdu une bataille, elle n'a pas perdu la guerre,* déclarait-il !

Les Français, à l'écoute de la BBC (radio anglaise) honnie par l'occupant, suivaient régulièrement l'émission « Les Français parlent aux Français ». Ils balançaient entre deux tendances. Fallait-il écouter le Maréchal Pétain se prétendant le « Sauveur de la France » en évitant un destin pire encore, en pactisant avec l'Ennemi ? Ou, au contraire, suivre l'Appel du 18 juin du jeune général de Gaulle, se dressant pour sauver l'honneur du drapeau français ?

Ce dilemme dura longtemps. Pétiniste ou Gaulliste ? Chacun restait sur ses positions, convaincu de la justesse de ses arguments et motivations...

Le Nord devint vite zone interdite. Rattaché à la Kommandantur de Bruxelles, allait-il devenir une province de la Belgique flamande ?

La zone côtière dite « zone rouge » se trouvait doublement interdite. Obligatoire un laisser-passer pour se rendre à Lille, par exemple. Seuls les habitants de la zone rouge pouvaient y circuler en justifiant de leur domiciliation d'avant les événements !

La France se trouvait coupée en deux par une ligne de démarcation. Au Nord, la zone occupée, soit 55 % du territoire. Au Sud, la zone libre... qui n'allait pas le rester longtemps.

La pénurie s'installa. L'armée d'occupation vivait sur les ressources françaises. Tout commença à manquer tant en alimentation, qu'en combustibles, mobilier, articles de quincaillerie, etc... Les tickets de rationnement ne tardèrent pas à fleurir, ouvrant tout grand la porte au marché parallèle, qualifié de « marché noir ». Avec suffisamment d'argent, on pouvait tout acheter. Certains en profitèrent pour réaliser des profits scandaleux, au détriment de la population.

Les gens, pour améliorer leur maigre ordinaire, battaient la campagne afin d'y collecter quelques kilos de pommes de terre, un peu de beurre, un morceau de lard, une miche de pain... Souvent à des prix prohibitifs ! Certes, c'était manquer de tout sens de civisme mais, la tentation était grande de s'enrichir facilement...

Dans la vie courante, l'armée occupante se conduisait correctement avec les civils. La troupe les laissait en paix!

Tentative d'imposer la discipline allemande parfois pour des détails bien anodins. Ce qui rebutait le tempérament frondeur des Français! Exemple: circuler uniquement sur le trottoir de droite dans le sens de la marche. Ce qui obligeait de marcher sur ledit trottoir, traverser la rue à angle droit pour se rendre dans le magasin sis de l'autre côté, retraverser la rue pour continuer plus loin et refaire l'opération pour un autre commerce situé lui aussi à gauche... Pour trouver lesdits commerces le plus souvent démunis des produits recherchés...

Soldats allemands, policiers français, s'escrimaient à faire respecter cette règle un peu ridicule à laquelle les piétons contrevenaient par esprit de contradiction... dès que les surveillants tournaient le dos!

Août 1940. Les bombardiers allemands pilonnaient l'Angleterre, laquelle organisait une défense acharnée. Churchill, à la tête du Royaume Uni, promettait la victoire après beaucoup de sang et de larmes!

Puis, peu à peu, on vit passer des bombardiers – anglais – volant en sens inverse, passages ponctués par la défense anti-aérienne allemande déchaînée.

Du fait du retour du père, la place devenait exiguë chez les grands-parents de Guillaume qui supportaient l'inconfort de cette promiscuité sans témoigner de la moindre gêne. Oncle, tante – pas ceux du retour – deux cousins de Guillaume, habitaient non loin de là. Très esprit de famille, ils offrirent d'héberger leur neveu durant les nuits.

Ce qui fut bénéfique pour Guillaume au contact quotidien avec les deux garçons, sensiblement du même âge que lui mais, qui n'avaient pas connu la même expérience sentimentale.

Les soirées étaient fréquemment troublées – voire agrémentées – par des alertes aériennes sonorisées (?) par le hululement des sirènes, illuminées par les projecteurs et le ballet des balles traçantes. Personne ne prenait ces alertes au sérieux! Les Anglais n'étaient-ils pas des amis?

Guillaume et ses cousins considéraient ces alertes comme des spectacles « Son et Lumière » qu'ils qualifiaient de « coups de projecteurs », les assimilant à des feux d'artifice! Le ronronnement des grosses forteresses volantes, tout là-haut dans le ciel, devenait familier et vaguement sympathique. « Ils » ne venaient pas pour eux!

L'un de ces soirs, toute la famille s'était rassemblée dans le jardin, répondant au chant de ces sirènes d'un nouveau genre, pour assister aux feux croisés des projecteurs, des balles traçantes, des brèves éclosions de fleurs bleutées que produisait l'explosion des obus allemands.

De loin en loin, l'un des projecteurs repérait l'un des avions. Bref scintillement argenté, vite perdu, déclenchant un tir nourri de toutes les batteries anti-aériennes. Là-haut, les gros oiseaux métalliques poursuivaient imperturbablement leur route vers l'Est.

Un véritable spectacle… gratuit, offert par les belligérants dont Guillaume et les siens ne se sentaient pas concernés. Rien qu'en spectateurs !

Soudain, une déflagration intense malmena leurs tympans. La guerre ne les avait donc pas oubliés ? Un souffle puissant caressa les cheveux de Guillaume, suivi d'un fracas violent de casse, derrière lui.

Le ciel s'illumina tout à coup ! Un incendie, tout proche ! De l'autre côté de la rue montaient des cris déchirants qui les firent frémir. L'oncle et les trois garçons, faisant fi de la frousse qui leur tordait le ventre, se hasardèrent dans la rue. En face, un étage flambait.

Avec des voisins, ils parvinrent à extraire d'entre poutres, gravats, débris de verre, toute la famille : père, mère, sains et sauf bien que meurtris, la fille aînée légèrement blessée au visage. Hélas, la petite sœur, inerte, touchée en pleine poitrine, avait cessé de vivre. Une bavure, bien regrettable des aviateurs ? Aucun objectif militaire ne se trouvait à proximité !

Le voisin d'à côté, déjà amputé d'une jambe durant la guerre « d'avant », contemplait, lui aussi, à sa fenêtre au moment du sinistre, le spectacle aérien. Ses vitres avaient volé en mille morceaux, lui criblant le visage de multiples éclats de verre lui conférant l'aspect d'une grave blessure, vu le sang ruisselant sur sa face. Guillaume proposa de conduire le brave homme, tout à fait désemparé, dans l'école voisine où cantonnaient des soldats vert-de-gris. Un major les accueillit aimablement, retira patiemment l'essentiel du verre incrusté dans la peau, désinfecta le tout et… envoya tout le monde se coucher.

De retour à la maison, Guillaume constata que son propre visage ressemblait à celui d'un ramoneur en pleine action. Probablement, un conduit de cheminée avait généreusement laissé échapper sa suie peut-être stockée depuis des décennies.

Dans le jardin, des débris de tuile… Il en conclut que celle-ci, malmenée par l'explosion, avait décrit une gracieuse courbe dans l'obscurité, par dessus les toits, pour venir frôler sa chevelure ! Quelques centimètres sur une orbite plus courte et la tuile ne se contentait pas de lui caresser le crâne.

Les voies du Seigneur sont impénétrables !

Il jugea bon d'aller rassurer ses parents, certainement alarmés par les déflagrations et lueurs d'incendie. Pour se montrer sain et sauf… A son grand étonnement, il fut réprimandé et taxé d'imprudence. Courir ainsi les rues alors que l'alerte n'était pas encore hurlée par les douces sirènes et les bombardements susceptibles de reprendre de plus belle !

Inconséquente jeunesse !

Désormais, il n'y eut plus de soirées « coups de projecteurs ». Lors d'une alerte, toute la famille se réfugiait prudemment dans la cave...

Vu le manque d'abri en leur maison, parents et grands-parents, en cas de danger aérien, se terraient dans une tranchée aménagée dans le jardin. Sorte de « bunker » recouvert de tôles super-épaisses et d'un bon mètre de terre. Le tout aménagé sommairement pour y veiller et même dormir. Travail réalisé à la pelle par l'industrieux grand-père, infatigable et prévoyant.

Tout ce remue-ménage distrayait Guillaume de son chagrin d'amour. Des moments de profond cafard le frappaient encore, mais son désespoir, comme une plaie se cicatrise, devenait moins cuisant.

Au contact avec le malheur d'autrui, il comprenait que la souffrance n'est pas l'apanage d'un seul!

L'inaction lui devenait de plus en plus pesante. Le grand-père, maraîcher, cultivait un grand champ à l'entrée de la ville. Le travail ne manquait pas, tout se faisant manuellement. Pommes de terre à butter, betteraves et chicorées à éclaircir, choux-fleurs à ligaturer... tous travaux divers, fatigants et fastidieux.

Guillaume proposa de « donner un coup de main ». Ses cousins, tout aussi inactifs, l'imitèrent. Grand-père bénéficia ainsi d'une main d'œuvre bénévole mais... de qualité médiocre. Ces gestes répétitifs lassaient les garçons, peu motivés par les travaux agricoles. En fin d'après-midi, ils pressaient grand-père d'atteler la grande jument blanche – du doux nom de « Gentille » – à la charrette – verte – pour rentrer à la maison. On ne sait qui, du cheval ou des garçons, étaient les plus heureux de rentrer... à l'écurie! Bienveillant, grand-père se laissait dire après s'être un peu fait tirer l'oreille. S'il avait été seul, seule la tombée du jour l'aurait fait rentrer.

Nulle part, il n'y avait d'embauche. Usines fermées ou tournant à l'extrême ralenti... Les hommes qui restaient, ceux qui n'avaient pas été mobilisés, tournaient en rond, ne sachant comment passer leur temps et gagner leur vie, sauf à battre la campagne pour y débusquer un peu de ravitaillement. Cultiver un lopin de terre, afin d'obtenir quelques légumes, ne prenait pas beaucoup de temps.

Quelques activités insolites, dues aux circonstances, se développaient. Après avoir déblayé les ruines, arasées jusqu'au niveau des caves, elles-mêmes comblées pour éviter la prolifération des rats et autres indésirables, reconstruire ou réparer les bâtiments essentiels à la vie, devenait primordial.

Les baraquements se multiplièrent, offrant aux sinistrés un confort tout relatif. Mais, ils avaient un toit! Constitués de bois, carton bitumé ou tôles, certaines parties (les assises, les cheminées, etc...) exigeaient une construction « en dur ». Mais, les briques manquaient...

D'où, un nouveau métier, celui de « capeur de briques ». Par endroits, des groupes de quelques hommes, assis par terre devant un tas de gravats déchargés par un camion, munis d'outils disparates (truelles, marteaux, hachettes...) s'évertuaient à enlever le ciment resté adhérent aux briques récupérées sur les ruines. Celles-ci étaient « décapées », d'où le surnom donné à cette main-d'œuvre improvisée. Travail très modestement payé... Brique par brique, le tas à nettoyer diminuait tandis que celui des matériaux rénovés (?) croissait...

Guillaume et ses cousins ne se sentaient pas la vocation d'agriculteurs. L'aide qu'ils apportaient était plutôt mitigée, tant en qualité qu'en quantité mais, grand-père ne fit jamais allusion à la médiocrité de leur coup de main!

Guillaume prospecta de tous côtés pour sortir de la routine maraîchère mais, les perspectives s'avéraient très réduites. La ville, engorgée par les ruines, se relevait difficilement et demeurait en semi-léthargie...

Il eut alors une idée lumineuse... Il alla voir le « Supérieur » de son ancienne école – celle d'avant le Collège –, école privée dans laquelle il avait réalisé la majeure partie de sa scolarité. Raison invoquée: pour dire bonjour!

Le Directeur l'accueillit cordialement. Il n'avait pas oublié le sérieux, la serviabilité, de son ancien élève. Lequel exposa sa situation: il souhaitait travailler, cherchait et ne trouvait rien! Or, l'oisiveté n'est-elle pas la mère de tous les vices? Comment aider sa famille tirant le diable par la queue? Bref, il développa tous les arguments qui lui vinrent à l'esprit, susceptibles d'attendrir son interlocuteur...

Le Directeur hocha la tête, prit un temps de réflexion avant de se prononcer:

– *Dans quelques semaines, l'année scolaire recommencera. En retard, bien sûr... A ma connaissance, nous serons le seul établissement scolaire à rouvrir ses portes à Dunkerque. A tel point que l'Education Nationale propose de nous prendre en charge! Ce qui est un comble. Nous, Ecole privée, n'avons jamais été en odeur de sainteté près de l'école Publique... avant la guerre! J'envisage un raz-de-marée d'inscriptions d'élèves et... je manque d'enseignants. Or, je t'estime beaucoup et tu tombes à pic! Si tu es d'accord, je t'embauche dès la prochaine rentrée!*

Guillaume abasourdi, ravala sa salive:

– *Serai-je capable d'enseigner? Je n'ai aucune connaissance en la matière!*

Le Directeur se voulut rassurant:

– *A temps d'exception, mesures d'exception! Je sais que tu feras l'affaire! Çà marchera!*

Tout guilleret, Guillaume s'empressa d'annoncer la bonne nouvelle à toute la famille qui s'enorgueillit de cette promotion inespérée: d'ouvrier agricole passer « instit »!

7

La vie devint moins monotone pour le jeune homme en le sortant de son train-train quotidien. Il se disait :

– *Que Reine serait fière de me savoir à la tête d'une classe !*

Guillaume persistait à partager affectivement les moments essentiels de son existence avec l'« absente », tel le veuf inconsolable continuant de converser avec la disparue… comme si elle était encore à ses côtés !

Enfin arriva le jour de la rentrée des classes. Comme pronostiqué, l'école était bien la première – et pour l'instant, l'unique – à accueillir des élèves. Ceux-ci affluaient de toutes parts. Non seulement les inscrits d'un moment, mais aussi ceux dont les parents avaient appris récemment que cet établissement reprenait ses activités scolaires.

Guillaume se vit affecter une classe de garçons de 12 à 14 ans. Pas exactement assoiffés de culture ! Souvent mal nourris, marqués par la guerre, traumatisés par les fréquents bombardements nocturnes. De quoi avoir les nerfs en mauvais état !

Les gosses enduraient sans se plaindre, inconfort, privations, bombardements… comme si toutes ces misères constituaient leur lot normal !

Leur prestigieux (?) « prof » avait 18 ans. Sans la moindre formation pédagogique, ni même d'expérience de la vie elle-même. Les manuels scolaires étaient rares, quelquefois non appropriés aux cours. Même pas un livre pour deux élèves. Et dans quel piteux état ! Pas de cahiers ! Les feuilles blanches, strictement rationnées, étaient coupées en deux ou trois, pour les « interrogations » écrites. Peu de craies pour le tableau noir ! La pénurie partout !

Tout ou à peu près devait être oral. Constamment occuper les enfants pour qu'ils se tiennent tranquilles. Un seau de charbon par jour pour le vieux poêle vorace trônant au milieu de la salle, distribuant sans compter cendres, poussière et fumée… Par temps froid, tout juste de quoi ne pas geler… Le vieil engin dévorait allégrement sa ration journalière de combustible, ronronnant de contentement, rougissant de plaisir en diffusant une chaleur infernale… Le seau vidé, un succédané de Sibérie s'installait dans la classe sujette, en plus, à de multiples courants d'air. Pas de réglage sérieux possible ! Le vieux poêle était seul maître à bord !

La salle de classe en jouxtait une autre, non occupée par des élèves mais par de jeunes Allemands (Jeunesse du Travail, trop jeunes pour être soldats) En uniforme ! Moins de 18 ans, de grands enfants !

Entre les deux salles, une cloison vitrée à mi-hauteur, du moins l'était-elle... avant. Les vitres disparues, de vieilles couvertures clouées sur les croisillons en faisaient fonction. Insonorisation ? Isolation ? Néant !

Dans l'ensemble, les jeunes Allemands, respectueux de l'ordre établi, ne chahutaient pas outre-mesure. Parfois, un « indiscipliné » passait le bras sous une couverture pour venir taquiner un élève du dernier rang, lui tirant les cheveux. Il s'empressait de disparaître quand le « maître » à peine plus âgé qu'eux, grondait ! Ainsi, Guillaume avait en charge la discipline de ses enfants et, accessoirement, une part de celle des jeunes voisins teutons !

Le nombre des élèves ne fit que croître et embellir. Il atteignit le nombre fabuleux de 77 ! Des enfants partout. Tout juste s'il n'y en avait pas sous le bureau magistral ! Bancs, pupitres serrés au maximum. Une véritable boîte à sardines.

Grâce au Ciel, dans les semaines qui suivirent, d'autres établissements ouvrirent leurs portes, souvent dans des locaux, eux aussi, délabrés par le passage guerrier. Le nombre des jeunes têtes décrût progressivement pour se stabiliser aux environs de 55. Ce qui ne constituait quand même pas une sinécure.

Le jour de la rentrée, le Directeur vint présenter aux enfants leur instituteur frais émoulu, leur recommanda d'être sages et studieux, parada quelques instants et s'éclipsa, laissant le jeune adjoint se dépatouiller comme il le pourrait Il avait beaucoup à faire... ailleurs !

Guillaume resta seul face à ces dizaines de têtes plus ou moins blondes. Peut-être plus angoissé que ses enfants. Comment commencer sans perdre la face ? Enseignement uniquement verbal puisque c'était la seule chose non rationnée ! Pas facile de capter l'attention de tous ces garçons ne tenant déjà pas tellement en place. Le niveau des connaissances scolaires des enfants n'avait même pas été examiné pour répartir la clientèle dans les différentes classes de l'école... Seul critère : l'âge. Pour le reste... on verrait bien !

Guillaume avait prévu quelques cours, s'inspirant des quelques trop brèves indications du Directeur. Les débuts ne se passèrent pas trop mal et, ô surprise, le novice eut tout de suite sa classe bien en mains...

Crime abominable (?) : il distribua parfois quelques taloches que les destinataires acceptaient sans mauvaise grâce... quand ils estimaient les avoir bien méritées. Les enfants ont un sens aigu de l'injustice ! Dans l'ensemble, de braves mioches, sans doute plus mûrs que leur jeune âge donnait à penser ! La vie à la dure durcit à la fois corps et âme !

Le jeune « instit » sut se faire respecter et obéir. Surtout se faire estimer, voire aimer de ses jeunes condisciples. Plusieurs d'entre eux le dépassaient en taille. Il avait recours aux bons offices des « grands » quand il fallait, par exemple, changer une ampoule électrique. Les escabeaux avaient cependant déjà été inventés, mais pas encore arrivés dans la classe...

Un léger incident vint un jour troubler cette fragile harmonie.

Un magnifique canif (plusieurs lames, tire-bouchon, décapsuleur) un véritable trésor pour son jeune propriétaire qui en faisait fièrement démonstration à ses copains... se volatilisa soudainement. La victime, désespérée, vint se plaindre au maître en qui « il mettait toutes ses espérances ». Inutile d'implorer St Antoine, le spécialiste des affaires perdues... Le canif n'était pas précisément égaré!

Que faire se demanda Guillaume? Fermer les yeux, laisser le malheureux spolié s'arranger avec son chagrin d'enfant. Cette option pour le laxisme amènerait une dégringolade certaine du prestige du maître d'école dont les élèves mettraient en doute les pouvoirs semi-magiques. Guillaume exigea un silence attentif et prononça sa sentence:

– *C'est mal de s'emparer du bien d'autrui, ce qui est valable aussi bien pour les individus que pour les Nations! J'offre à celui qui a subtilisé le canif la possibilité de réparer sa faute avec promesse d'impunité. Son geste de restitution sera sa pénitence. Que le canif se retrouve sur mon bureau et l'affaire sera close. Promis, juré!*

L'ustensile réapparut miraculeusement. Le coupable avait donné foi à la parole du « prof ». Le prestige de celui-ci bénéficia d'une sérieuse plus-value.

En général, les parents acceptaient de bonne grâce – bien obligés! – l'inexpérience alliée à la bonne volonté du jeune pédagogue. Sans toujours rester logiques!

Un père vint le trouver pour lui exposer ses conceptions sur les principes d'éducation:

– *D'accord pour les sanctions méritées! Evidemment, les gifles sont à proscrire, elles perturberaient l'enfant! Le tenir en retenue après la classe? Pas question! Le garçon doit rentrer à l'heure chez lui! Lui donner des « lignes »? Impensable! Il n'y a pas de papier à gaspiller! Le faire « tourner » dans la cour durant la récréation? Contre-indiqué, l'enfant doit se défouler en jouant!*

Guillaume s'abstint sagement d'exprimer la question lui picotant le bout de la langue. Que lui restait-il comme moyen de coercition?

Un mois après sa prise de fonction, un Inspecteur Primaire (puisque cette école avait acquis un statut semi-public) vint faire un tour pour voir ce qui se passait!

Évidemment, il consacra tout son temps... à Guillaume – qui s'en serait bien passé – en s'installant dans sa classe; tout au fond! Une demi-journée, sans ouvrir la bouche pour encourager ou critiquer... Simplement, prendre des notes!

A un moment, l'Inspecteur soliloqua :

– *Là-bas, vous avez un enfant qui mange !*

L'enfant, au petit déjeuner insuffisant, devait avoir un petit creux ! Manger en classe n'est pas un crime, mais c'est plutôt incorrect !

Guillaume sermonna calmement le coupable :

– *Bien sûr, tu as faim ! Mais tu aurais dû attendre la récréation pour manger ta tartine !*

L'élève rangea docilement son goûter. L'Inspecteur parut satisfait de la bonne conclusion du petit incident.

Le rapport d'inspection arriva quelques semaines plus tard. Plusieurs pages de « Bla, bla, bla » pouvant se résumer ainsi :

– *Enseignant très capable. Fait preuve d'autorité dans sa classe malgré son jeune âge. Manque d'expérience !*

Sur ce dernier point, le contraire eût été surprenant ! Avec une ancienneté de quelques semaines dans la vénérable profession, il ne pouvait être chevronné !

Un soir, en rentrant chez lui, Guillaume sentit son cœur défaillir. Devant lui, la silhouette tant rêvée, la même chevelure blonde flottant au vent… Il courut… Profonde désillusion : ce n'était pas « Elle » ! La demoiselle parut étonnée de l'intérêt subit que lui portait ce jeune homme… lequel bredouilla quelques mots d'excuse. La fille haussa les épaules, se disant probablement :

– *Encore un « dérangé » par la guerre !*

Au plus profond de son être, il persistait à chérir « l'unique et sans rivale ». Rien, ni jamais, n'éteindrait la fragile mais tenace lueur d'espoir de retrouvailles !

D'autant plus bénéfique d'être occupé, d'avoir des responsabilités, plutôt que de se refermer sur lui-même, comme un animal blessé léchant sa plaie… Pour s'en sortir et survivre, il fallait se remuer. Les alouettes ne tombent jamais tout rôties dans le bec.

Le froid arrivait. La maigre dotation quotidienne de charbon ne suffisait pas pour assurer un minimum continu de chaleur. Un fois, le combustible englouti par le poêle boulimique, le thermomètre chutait verticalement. Les pauvres enfants résistaient tant bien que mal. Leurs doigts étaient gourds ! Guillaume pensa à l'immeuble détruit par les bombardements abritant jadis l'Institution des Filles, « l'alter égo » de la sienne, au féminin !

Près de son Directeur, il sollicita l'autorisation de « piller » les ruines, de glaner quelques morceaux de bois émergeant des décombres afin d'améliorer l'ordinaire du fourneau insatiable. Surprise du supérieur qui consentit tout de même à transmettre l'étrange requête aux autorités responsables. D'autant plus que le bois en question ne servait plus à quiconque! Et, tant que c'était pour le bien de l'école! Quitte, si çà ne marchait pas, jouant les Ponce Pilate, d'en accuser les idées farfelues de son jeune adjoint.

Feu vert obtenu!

Sans tarder, Guillaume mit sur pied son commando « bois » Il motiva ses enfants:

– *Nous avons froid et obtenu l'autorisation de ramasser un peu de bois dans les ruines de l'école des Filles. Nous irons demain matin. Ce soir, vous en parlerez à vos parents et ceux qui auront l'autorisation, feront partie de l 'expédition. Nous opérerons dans l'ordre et la discrétion. Personne ne devra nous remarquer, nous prendre pour des « pillards ».*

Le lendemain, seuls cinq enfants, que leurs parents estimaient, à juste titre sans doute, trop fragiles pour ce genre d'exercice, s'abstinrent! A leur grand regret, l'expédition prenait l'allure d'un western scolaire!

La troupe – une cinquantaine – se mit en marche en rangs silencieux. Chics garçons!

Arrivés sur les lieux et avoir eu quartier libre, tous se dispersèrent pour la récolte, formant même spontanément des équipes. Leur « instit » surveillait et réfrénait souvent leur enthousiasme. Pour faire plaisir au maître, ils auraient volontiers démonté poutres et chevrons, poussés par une émulation contagieuse.

Jugeant la récolte suffisante, Guillaume siffla le rassemblement et le signal du départ. Les enfants s'étaient lourdement chargés, tout fiers des résultats de leur glanage.

Il y eut grand problème pour stocker la provende. Dans tous les coins, sous l'estrade... On ne pouvait courir le risque de perdre le produit de ce travail!

Les collègues de Guillaume observèrent avec intérêt et envie le retour du « commando » Eux aussi avaient froid! Leur manquait l'esprit d'initiative de celui qu'ils qualifiaient parfois de farfelu! Trop tard pour renouveler une telle opération qui avait pris tout le monde de court!

Le Directeur effrayé par l'importance de la « manne » récoltée – c'est quand même plus que quelques morceaux de bois – préféra fermer les yeux... à défaut de s'en laver les mains.

Inconsciemment, les opinions anti-pétainistes et pro-gaullistes de Guillaume déteignaient sur ses élèves... Idées peu conformes aux directives de la hiérarchie scolaire pour qui, Pétain était et demeurait le seul sauveur de la France.

Le refrain à sa gloire:

– *Maréchal, nous voilà!*

– *Devant toi, le Sauveur de la France...*

et la suite... devait, par ordre formel, être seriné comme un leitmotiv, à toutes occasions!

Vint une visite officielle imprévue. Rassemblement de toutes les classes, en carré, dans la cour pour leur faire honneur. Les notabilités au centre!

La serinette « maréchâlière » fut bien sur, entonnée. Tous les enfants y allèrent de bon cœur... – ils auraient tout aussi bien chanté « Lily Marlène » – sauf ceux de Guillaume, brusquement frappés d'aphasie. Le Directeur lançait des coups d'œil furibonds à son subordonné qui ne savait quelle contenance prendre. Allez donc essayer de faire chanter une cinquantaine d'obstinés à ne pas ouvrir la bouche!

Puis, ce fut la cantate à « Jean Bart », le corsaire vénéré des Dunkerquois, toléré par les Allemands en tant qu'ennemi irréductible des Anglais... sous Louis XIV! Là, les « aphones » retrouvèrent la voix et écrasèrent, de par leur virulence, la prestation de leurs voisins. Le Directeur n'apprécia guère! Les Notabilités, bien avisées, firent semblant de ne rien remarquer... tout en riant sous cape.

Après la cérémonie, règlement de comptes. Le Supérieur, vexé, tança vertement Guillaume, accusé de pervertir ses élèves par ses idées subversives alors que ceux de ses collègues s'étaient comportés en braves petits Français. Grande honte avait été portée à son Établissement.

L'« accusé » assura – sincèrement – qu'il n'avait rien prémédité, qu'il ne se serait pas permis de contrevenir – ouvertement – aux instructions officielles prescrivant l'adulation du vieux Maréchal! Peut-être avait-il un peu négligé d'en faire l'apologie?

L'affaire fut classée, sans suite... et le coupable, invité à se montrer plus circonspect à l'avenir. Ce qu'il fit... dans sa classe. En dehors, ce fut une autre histoire!

Un matin, quelques élèves arrivèrent tout excités:

– *M'sieur! Cette nuit, un bombardier anglais a dégringolé dans un champ à l'entrée de la ville. En explosant, l'essence a mis le feu à la cabane au milieu du champ. Un bonhomme dormait dedans. Il est mort carbonisé!*

Guillaume ressentit un profond malaise. Son grand-père cultivait un vaste terrain justement à cet endroit avec, en son milieu, une sorte de cabanon. Et un ouvrier agricole y passait ses nuits... Dès que possible, il accourut sur les lieux du sinistre pour y trouver des débris d'avion épars aux quatre coins du champ comme s'il s'agissait d'un stockage de marchand de ferraille!

Le malheureux ouvrier avait bien péri dans le brasier. Des voisins avaient entendu des hurlements de douleur peu après l'explosion de l'appareil. Pauvre type!

C'était François – surnommé Siche! – La cinquantaine peut-être – difficile à évaluer, vu l'état physique délabré de l'individu – Seul au monde, sans logis autre que la cabane en question ne renfermant que quelques meubles essentiels prêtés par son employeur.

De très petite taille, maigre comme un clou, totalement édenté, hirsute, d'une propreté plus que douteuse... Toujours immanquablement coiffé d'un chapeau crasseux à larges bords lui cachant le visage (cela valait mieux!). Complètement illettré, il vivait en marge du monde du commun des mortels.

Le midi, il mangeait chez les grands-parents. Guillaume était stupéfait par la quantité de nourriture que ce petit bonhomme pouvait ingurgiter, à une vitesse incroyable. Sans mâcher – et pour cause – Ne paraissant jamais éprouver le moindre malaise... Quand, par inadvertance, on le laissait se servir le premier, il déversait dans son assiette la majeure partie du plat sans se soucier des convives venant après lui. Sa devise préférée – de son crû – lui servait d'excuse:

– *Y'en a encore qui pousse!* Il ne s'inquiétait jamais du temps qu'il aurait fallu jusqu'à la prochaine récolte!

Il buvait autant qu'il mangeait. De préférence du « tord-boyaux ». Etait-ce pour faciliter sa digestion? Il semblait ne pas avoir d'estomac! Du genre « tout-à-l'égoût », avec branchement direct.

Le pauvre type avait laissé sa peau dans la catastrophe. Il disparut comme il avait vécu... sans que personne ne se tracasse à son sujet.

Guillaume faisait le trajet maison/école et retour à bicyclette... aux pneus sans plus de sculptures, maintes fois rafistolés, aux chambres à air couvertes de rustines comme si elles avaient contracté une nouvelle forme de rubéole. Pour en changer, il fallait un bon-matière généreusement alloué une fois l'an. Avec la mauvaise qualité du produit, leur existence n'était pas de longue durée!

Les oncle et tante qui offraient si généreusement l'hospitalité nocturne à leur neveu, pour raisons professionnelles, durent quitter leur domicile pour aller habiter Lille. L'oncle y regagnait son nouveau poste à la Police des chemins de fer.

Grande peine pour Guillaume!

Ils laissèrent leur maison à la disposition des parents. Celle-ci n'était pas des plus confortables mais, ils retrouvèrent un peu plus d'espace vital, d'intimité en même temps que les grands-parents, de si bon accueil, récupéraient les leurs...

Les statues de bonze des places publiques furent successivement déboulonnées. Les canons du Grand Reich en avaient grand besoin! Pas celle de Jean Bart, toujours hargneusement dressé, sabre brandi, menaçant l'Angleterre. En somme, un partisan des Allemands!

Quais sur le Port et plages devinrent interdits. L'accès en était condamné par des chevaux de frise barbelés, tout un attirail pas bien sympathique... Même après guerre, les plages restèrent longtemps, encombrées de ferrailles de toutes sortes résultant de la grande débâcle: carcasses de véhicules militaires ensablés, bateaux coulés à l'étrave dressée vers le Ciel...

Le ravitaillement, lui, ne s'améliorait pas!

De par sa profession aux Chemins de fer, l'oncle jouissait du transport gratuit et de liberté de circulation. Il se rendait fréquemment en Normandie pour y collecter beurre et fromage. Non seulement pour sa famille, mais aussi pour collègues et hiérarchie. Il devint même le fournisseur attitré du Substitut du Procureur de la République. Il acquit de la sorte une certaine notoriété et... un pouvoir occulte! Gratitude de certaines autorités? Il n 'en abusa pas et n'en tira jamais de profits illicites.

8

Les mois s'écoulaient lentement dans les privations, la faim, le froid, l'inconfort…

Guillaume n'oubliait pas mais, sa peine devenait moins lancinante. Le temps cicatrisait sa plaie.

La journée de travail terminée, il rentrait chez lui sur son inséparable vélo. Il roulait décontracté dans une rue comportant une section étroite quand un violent coup de klaxon le fit sursauter. Il ne pouvait s'agir que d'une voiture allemande pour manifester tant de hargne arrogante ! Il ne se retourna pas, continua de rouler, ne pouvant serrer à droite sans risquer d'accrocher des piétons débordant de leur trottoir obligatoire…

Nouveau coup d'avertisseur encore plus impératif! Guillaume, excédé, demeura imperturbable en lançant par dessus son épaule, un vibrant « M… ! » immortalisé – bien involontairement – par Cambronne.

Le cycliste, arrivé dans une portion plus large, put enfin céder le passage. L'auto le doubla tandis que l'un des militaires à bord, lui intimait l'ordre de s'arrêter un peu plus loin.

Guillaume aurait pu tenter de faire demi-tour, dans l'espoir que les militaires abandonneraient toute idée de poursuite pour lui demander des comptes quant à son incontinence verbale. La pensée de fuir ne l'effleura même pas !

Il s'arrêta pile derrière la voiture, resta assis sur sa selle, posa pied à terre, croisa les bras (pas précisément un signe d'allégeance) le regard droit devant lui et… attendit! Son aplomb était plus de façade que réel ! Une vague d'inquiétude le submergea. Qu'allait-il lui arriver ? Mais surtout ne rien laisser paraître de son affolement… Au point où il en était !

L'officier dont Guillaume ne sut déterminer le grade d'après ses galons, descendit posément, fixant le coupable d'un regard courroucé. Cris, vociférations eussent été moins impressionnants que la maîtrise calculée de l'officier !

C'est qu'il était fringant ! Uniforme impeccable, casquette à haut bord fièrement campée sur une tête altière ! Gants de fine peau ! Bottes étincelantes !

Un frisson d'appréhension parcourut l'échine du jeune homme. N'avait-il pas un peu exagéré dans son besoin de fanfaronner ?

Descendu de voiture, l'officier fit quelques pas mesurés, s'arrêta devant un Guillaume pétrifié, le regarda fixement, surpris de ne pas voir son vis à vis baisser les yeux. Sur le trottoir, les passants, intrigués, observaient la scène, pas trop rassurés… en ayant soin de ne pas s'immiscer dans l'affaire.

L'officier retira posément ses gants – se croyait-il au théâtre – en fit un genre de fouet dont il cingla alternativement les joues du coupable de lèse-majesté. Pas trop fort ! Rien que pour le principe ! C'est ainsi, pensa Guillaume que, jadis, on se provoquait en duel ! Là, il n'avait qu'à encaisser sans broncher. Inutile d'envenimer son cas.

L'officier claqua les doigts. Le conducteur du véhicule – son ordonnance, sans doute – jaillit sur le trottoir, joignit les talons dans un « garde à vous » impeccable, écouta religieusement les consignes édictées posément et acquiesça :

– *Jawohl, Herr Hauptmann !*

C'était donc un capitaine qu'il avait offensé. Celui-ci, après avoir réenfilé ses précieux gants, réintégra son siège tandis que l'ordonnance réclamait les papiers d'identité du jeune Français et en notait soigneusement les coordonnées.

Guillaume ressentait une sacrée frousse. Un signe bref lui permit de partir !

Ce qu'il fit, sans demander son reste et en poussant un gros soupir de soulagement.

Il se voyait déjà embastillé, torturé, voire fusillé et… le voilà libre. Son imagination avait galopé de pair avec sa peur.

Arrivé chez lui, encore tout excité, il conta par le menu sa mésaventure à ses parents inquiets. Loin de le prendre pour un grand Résistant, ils le tancèrent d'importance, lui faisant démonstration de ce qui aurait – et pourrait encore – arriver !

Guillaume ne dormit pas tranquille cette nuit là ! Deux jours passèrent dans l'inquiétude. Rien ! Il commençait à croire l'affaire close…

Deux jours après, le matin tôt, coup de sonnette. Un sous-officier – l'ordonnance – se tenait sur le seuil. Dans un français approximatif, il lui intima l'ordre de le suivre sur le champ. Il était chargé de conduire « *manu militari* » le jeune homme, en voiture, à la Kommandantur.

Le temps d'enfiler un veston, d'embrasser ses parents aux quatre cents coups – lui même pas fier du tout – il suivit le militaire. Traversée de la ville sans gloire, aux côtés du sous-officier ne soufflant mot. A la Kommandantur, on le fit s'asseoir sur un banc – des accusés ? des condamnés ? Où il attendit… ce qui lui parut une éternité, même si cela ne fit qu'une demi-heure.

On le fit entrer dans un bureau rutilant où siégeait le Hauptmann qui l'apostropha dans un français impeccable :

– *Jeune homme, vous êtes un insolent! En vous convoquant, j'ai tenu à vous donner une leçon, espérant que cela vous rendra plus prudent à l'avenir! Manque de chance pour vous, je comprends très bien votre langue... y compris les gros mots! Dans le civil, je suis professeur de français en Allemagne.*

Il poursuivit calmement:

– *Par contre, votre chance est que je ne suis pas vindicatif. Je dirais même que je comprends, sans l'excuser, votre animosité envers mon uniforme. L'incident est clos! Partez et, à l'avenir, châtiez davantage votre vocabulaire!*

Guillaume en resta pantois. Il sortit du bureau, plus du tout arrogant. Calmé pour longtemps. Il avait quand même appris que tous les militaires allemands n'étaient pas des monstres de cruauté!

Ses parents l'accueillirent avec un soulagement immense alors qu'ils croyaient déjà leur fils traîné dans les geôles allemandes, voire dans les camps de concentration d'Outre-Rhin qui commençaient à faire parler d'eux...

La vie continua cahin-caha. Toujours cette blessure sentimentale lui lançant des ondes de souffrance quand il pensait à la Reine de son cœur.

Les grandes Vacances de 1942 arrivèrent! Pas question pour l'Etat français d'accorder deux mois de pleines vacances aux Enseignants. Un seul mois de congés assorti d'un autre de garderie. Ce qui fit beaucoup ronchonner les intéressés, habitués à plus de privilèges!

Les vacances se traînaient. Un peu de cinéma en « noir et blanc », dans la seule salle rescapée de Dunkerque. Souvent des navets précédés d'actualités dites françaises, en réalité sorties des officines teutonnes ou, au moins inspirées par elles.

Quelques baignades. Pas en mer – inaccessible! – Ni en piscine – inexistante! – mais dans des canaux plus ou moins propres... Heureusement, le problème des pollutions agricoles ou industrielles ne se posait pas encore.

Cela n'empêche qu'un jour, Guillaume barbotant avec ses copains, se trouva soudain en peu plaisante compagnie: le cadavre d'un rat flottait, ventre en l'air, près de sa tête. Peu ragoûtant.

9

Tout dynamisme avait quitté Guillaume. Il vivait – ou plutôt vivotait – parce qu'il le fallait bien ! Sans ardeur, ni enthousiasme, si communs à la jeunesse.

Puis, un jour, tout bascula...

La B.B.C anglaise émettait, plusieurs fois par jour, des bulletins d'information, fortement parasités sur les ondes par l'ennemi. Interdiction d'écouter cette station. Passible d'amende le seul fait d'avoir, son poste TSF, même à l'arrêt, réglé sur la longueur d'onde anglaise.

Les gens (les Allemands eux-mêmes, devaient l'écouter) suivaient fidèlement les émissions, oreilles collées contre le haut-parleur, portes et fenêtres bien closes...

Les Français y puisaient un réconfort certain.

La radio anglaise, dans son émission « Les Français parlent aux Français », préalablement aux informations, lançait de nombreux messages – personnels ou non – parfaitement incompréhensibles pour les non-concernés. Du genre :

– *La marguerite refleurit dans les prés* ou

– *Le soleil brille au Levant*

Comme tout le monde, Guillaume écoutait régulièrement les nouvelles, subissant avec impatience la longue litanie des messages abscons. Alors qu'il écoutait d'une oreille distraite, il tressaillit en entendant :

– *Reine à Guillaume du Square Guynemer : Nous deux toujours.*

Avait-il des hallucinations – auditives – ? Non, car le speaker réitéra le même message. Plus de doute possible. Il ne pouvait y avoir, à la fois, d'autres Reine, Guillaume, Square Guynemer !

Reine avait donc survécu au massacre et, d'Angleterre, elle voulait lui insuffler courage et espoir. Les cloches d'allégresse se mirent à carillonner toutes volées... dans la tête de Guillaume comme à Pâques, pour célébrer la Résurrection. Il se sentait renaître, revivre. La vie redevenait merveilleuse !

Mais, bien vite... nouvelles inquiétudes ! Où est-elle ? N'est-elle pas en grand danger dans une Angleterre écrasée sous les bombes allemandes ? Quand nous reverrons-nous ?

L'être humain est ainsi fait ! Il ne peut être longtemps pleinement heureux. Après la joie délirante provoquée par la nouvelle miraculeuse, tout de suite après, les questions déprimantes. Où ? Pourquoi ? Comment ?

Guillaume ne rêvait plus que d'une chose : aller en Angleterre... à n'importe quel prix, n'importe comment. Ce n'était pas chose facile ! Passer par l'Espagne ? De Dunkerque, la frontière espagnole n'est pas précisément à la porte ! Comment connaître les filières. Risquer maintes fois de se faire arrêter en chemin. Même de se faire interner par les « Ibères » eux-mêmes ! La Suisse ? La Hollande ? Probablement aussi difficile. Avec des frontières encore plus surveillées !

L'école continuait. Les mois passaient... A la désespérance avait succédé l'impatience teintée d'inquiétude. Il avait su gagner la confiance de ses gosses qui venaient facilement voir « M'sieur ! » pour lui exposer leurs petits problèmes. Quant à la valeur de son enseignement, nul ne le sut jamais. Mais, il faisait de son mieux !

La vie courante continuait d'être perturbée par les incessants passages nocturnes des bombardiers anglais. Presque chaque nuit, des alertes envoyaient les gens à la cave, sinon pour toute la nuit, souvent pour un long moment. Beaucoup avaient aménagé sommairement leurs sous-sols... en dortoirs. Pas toujours très salubres !

A l'école, fonctionnait une cantine scolaire, certains enfants habitaient loin. Ravitaillée en grande partie par les parents d'élèves, ceux qui étaient les mieux placés pour disposer de quelques disponibilités (bouchers, épiciers, boulangers, cultivateurs...) auxquels le Directeur quémandait – exigeait même parfois – la fourniture hebdomadaire d'approvisionnements divers.

Guillaume assista un jour à une scène déconcertante :

Le Directeur s'adressait au fils d'un cultivateur :

– *Aujourd'hui, tu devais apporter un morceau de porc ! Pourquoi ne l'as-tu pas fait ? Tu l'as oublié ?*

Le gosse secoué, se défendit :

– *Papa, ne « pouvait » pas cette semaine !*

Une gifle cingla la joue du malheureux enfant. Etrange méthode pédagogique ! Est-ce l'application pratique de : « Nécessité fait loi ? »

Bien sûr, chaque élève devait remettre chaque semaine un certain nombre de tickets de rationnement. Chaque enfant touchait chaque jour une pastille de vitamines et deux biscuits également vitaminés fournis par le Gouvernement du vénéré (?) Maréchal. Cela ne calait pas beaucoup les estomacs mais, peut-être était-ce bénéfique pour la santé de la Jeunesse.

1942 touchait à sa fin.

10

1943, nouvelle année de guerre!

Dans sa quête obsessionnelle pour trouver un moyen de passer Outre-Manche, un événement imprévu sembla répondre aux aspirations de Guillaume.

Il rencontre son copain d'exode, Cheminod qui avait, lui aussi réintégré la région dunkerquoise. Il appartenait à un mouvement d'opposition larvée aux Occupants sans faire franchement cause commune avec la vraie Résistance, difficilement opérationnelle dans la zone côtière si étroitement surveillée. Sans zones peu peuplées ou fortement boisées comme le Vercors, les Causses...

Il y avait bien des Résistants dans le coin mais ceux que l'on connaissait l'étaient... sur le comptoir où ils se vantaient imprudemment de leurs hypothétiques prouesses.

Les « vrais » ne se faisaient pas connaître.

Guillaume fit part à son copain de son vif désir de franchir le « Channel » en lui exposant ses motivations sentimentales. Cheminod promit de s 'en occuper, sans donner plus de détails, spécifiant cependant que... ce n'était pas si facile.

Quelques jours après, les jeunes gens se retrouvèrent. Cheminod, aux allures de conspirateur entraîna son collègue à l'écart, pour lui chuchoter à l'oreille:

– *J'ai un copain, Pierre, marin-pêcheur, propriétaire d'un petit bateau avec lequel il allait régulièrement en mer, avant la guerre. Interdit maintenant mais, il obtient de loin en loin l'autorisation de gagner le large en étant étroitement surveillé par les vedettes allemandes. Le produit de sa pêche va exclusivement aux officiers de la Kommandantur, friands de poisson frais. Ce qui explique les brèves dérogations à l'interdiction. Son bateau a un faible tirant d'eau et il connaît bien les passes et bancs de sable. Lui aussi a l'intention de fausser compagnie aux Allemands et de rejoindre l'Angleterre, car il en a marre de l'atmosphère d'ici. Je lui ai raconté ton histoire qui l'a touché. Il veut bien te prendre avec lui, à son bord, lors d'une prochaine occasion sans te cacher que ce n'est pas du tout cuit! Si tu es d'accord, il faudra avoir l'apparence d'un mousse à son service. T'habiller en conséquence. Rendre notamment tes mains plus calleuses. Tes petites menottes de bureaucrate ne sont pas celles d'un travailleur manuel, à plus forte raison celles d'un marin, rongées et crevassées par le sel.*

Réfléchis et donne-moi vite ta réponse car nul ne sait quand viendra la prochaine autorisation. Si je n'avais pas ma mère veuve et de jeunes frères et sœur, je tenterais le coup, moi aussi.

Guillaume opta tout de suite, avec enthousiasme, pour la grande aventure.

Il s'évertua à se durcir les mains, sciant du bois, bricolant dans le cambouis. Plus du tout des mains « d'un lécheur de plumes » comme on surnommait les employés de bureau à Dunkerque. Il négligea sa toilette... Ses parents ne comprenaient pas bien ce qui lui arrivait... Il dénicha des habits élimés qu'il rangea soigneusement. Attifé de la sorte, il espérait avoir un aspect de marin, plus crédible.

Les jours passèrent. Toujours rien! Mai arriva et quelques jours de vacances aussi.

L'avait-on oublié?

Enfin, feu vert! Cheminod l'avisa que Pierre venait d'obtenir l'autorisation de quitter le port, le lendemain, très tôt, dûment muni d'un laisser-passer pour deux heures de pêche pour lui et son mousse, nommément désigné. Pour rejoindre l'embarcadère, ils durent franchir deux barrages où leur autorisation fut scrupuleusement examinée par des sentinelles méfiantes.

Le « grand » avait tout du marin-pêcheur (pour la bonne raison, qu'il l'était!), l'autre, encore un gamin... chargé d'ailleurs de transporter paniers et cordages. Le moteur, qui avait connu des jours meilleurs – il y avait longtemps – consentit à démarrer après s'être fait prier. Le bateau déhâla lentement, quittant le quai où il était enchaîné depuis plusieurs semaines, gagna la passe et se dirigea paisiblement vers la haute mer.

Au loin, une vedette croisait sans apparemment leur prêter attention. Les marins allemands avaient, à coup sûr, été avertis de la sortie programmée par les Grands chefs. Pierre décida de jeter ses filets, histoire de lasser la surveillance du chien de garde côtier. Une demi-heure s'écoula. L'horizon se vida...

L'aube allait commencer à poindre pour de bon.

Pierre préconisa à son coéquipier de se munir de la ceinture de sauvetage, grossier assemblage de lamelles de liège, bien gênante pour effectuer une manœuvre quelconque. Il prit la même précaution. Puis, ils allèrent pêcher plus loin... pour donner l'impression que la récolte n'étant pas bonne, il fallait chercher un peu partout, ce qui motivait leurs fréquents déplacements. Insensiblement, le bateau s'éloignait, franchissant la limite normalement tolérée. Pierre, crispé au gouvernail s'exclama:

– *Toujours rien au loin! Couche toi dans le fond du bateau et ne bouge pas d'un pouce. Nous allons foncer.*

Il mit les gaz à fond. Le moteur eut un hoquet de révolte contre ce subit mauvais traitement. De toute la vitesse que lui permettait sa vieille carcasse, l'embarcation fendit vaillamment les eaux glauques.

Cela ne dura pas bien longtemps.

Surgie d'on ne sait où, la vedette abhorrée se pointa à l'horizon, grossit rapidement. Le haut-parleur brailla, en mauvais français :

– *Vous ! Stoppez ! Ou, nous tirons !*

Pierre pensa tout haut ;

– *Nous sommes prés de la limite des eaux territoriales. Ce n'est pas cela qui les gênera, mais eux-mêmes, en s'aventurant trop loin, courent un certain danger. Nous pouvons encore rebrousser chemin ! Ou, alors nous tentons le tout pour le tout !*

Guillaume, tapi contre le plancher humide, la gorge serrée, acquiesça d'un signe de la tête. « Alea jacta est ! » (le sort en est jeté) Toute la gomme ! Le vieux bateau tremblait de toutes ses membrures, libérant toute l'énergie dont il était encore capable.

Pas de taille à lutter contre la « Kriegsmarine ». Et les marins allemands n'étaient pas d'humeur à réitérer leur ultimatum. Ils ne faisaient pas dans la dentelle !

Une brève salve de mitrailleuse crépita fauchant d'un coup le malheureux Pierre, resté stoïquement à la barre. Il bascula par dessus bord et s'abîma dans les flots teintés du pourpre de son sang. Son corps, remonté par la ceinture de liège reparut, bras en croix, un peu plus loin.

Guillaume, terrifié, ne savait à quel saint se vouer. Bel exercice de tir pour la marine allemande. Quelques rapides coups du canon léger dont ils étaient équipés, trouèrent la coque du rafiot qui, de surcroît, explosa, projetant à tous azimuts des débris divers.

Guillaume fut catapulté en mer. Sa bouée de sauvetage le remonta rapidement à la surface. Par chance, il émergea derrière une volumineuse pièce de bois… de l'autre côté par rapport aux assaillants. Il s'accrocha désespérément… à sa planche de salut.

La vedette fouillait minutieusement la mer de son puissant projecteur. Repérant le corps de Pierre, ils concentrèrent leur attention sur la manœuvre de récupération. La surface de l'eau était parsemée de débris de toutes sortes du vieux bateau…

Guillaume, caché par son radeau de fortune fut absorbé par un courant violent qui l'emporta rapidement hors de la vue des Allemands continuant de tourner en rond. Ils ne s'étaient pas apperçus de la présence d'un second fugitif, bien dissimulé, surnageant grâce à la prévoyance du malheureux patron-pêcheur.

L'eau était froide, surtout par ce petit matin, même si l'on était en mai. La marée était montante et le courant poussait le naufragé inexorablement vers la côte, bien loin de l'endroit où ils avaient embarqué.

Il fut rapidement poussé sur la grève, dans un endroit parfaitement désert et lugubre dans cette semi-obscurité précédant l'aube. Quand il toucha le sable, il était temps, la période de survie dans cette eau froide ne devait pas être bien longue. Sans sortir complètement de l'eau, il détacha la ceinture qui lui avait probablement sauvé la vie. Il rampa sur le sol dans l'eau clapotante avant de relever précautionneusement la tête pour inspecter les alentours.

Aucun signe de vie.

Epuisé et glacé sur une plage déserte. Séparé des siens par barbelés, chevaux de frise, patrouilles. Il n'était pas sorti de l'auberge! Il eut envie de se coucher là, sur le sable, de se laisser aller… La pensée de Reine qui l'attendait, il ne savait où exactement, mais certainement débordante d'amour, lui donna un coup de fouet, un renouveau d'énergie. Il serra les dents… qui claquaient de froid et se dit:

– *Il faut que je m'en sorte!*

Il chassa de sa tête l'obsession de la disparition dramatique de Pierre. D'abord, sauver sa peau. Ne pas céder à la panique! Rester un moment immobile malgré le froid qui s'insinuait au plus profond de ses os. Ne pas se lever et courir de toutes ses forces jusqu'aux dunes bordant la plage. Au contraire, avancer tout doucement en rampant de façon à ne pas se faire repérer.

Aux alentours, tout était calme… à part le cœur de Guillaume battant comme un tambour! Là-bas, au loin, un blockhaus où, inévitablement des veilleurs scrutaient les environs à la jumelle…

Sur la grève, picorant inlassablement, des oiseaux de mer, mouettes, goëlands, courlis, pluviers (son père, grand chasseur devant l'Eternel, lui avait appris à les reconnaître) Bon signe, la présence insolite qu'il constituait, mêlée au sable avec lequel il essayait de faire corps, ne semblait pas les inquiéter. Si le sens aigu du danger n'alertait pas les oiseaux, il y avait une chance qu'en se fondant le plus possible avec l'environnement, Guillaume ne se fasse pas repérer par des humains.

Le soleil commençait à percer la brume matinale. Le ciel s'illuminait. Déjà, il faisait moins froid. Après un long moment d'immobilité, le rescapé se mit à progresser lentement en se traînant sur le sable. Par chance, la marée étant haute, la distance bord de l'eau/dunes s'en trouvait raccourcie.

Couvert de sable, il pouvait faire illusion. Un examen superficiel lointain par des sentinelles décontractées avait des chances de le confondre avec un monticule de sable que le vent avait capricieusement accumulé à cet endroit… A condition de ne bouger qu'insensiblement. Collé contre le sable, il mit un temps fou pour arriver jusqu'aux dunes.

Pas de réaction de la part de la soldatesque aux aguets. Sans se faire d'illusions… il savait qu'il allait se heurter à un système de barrage quelconque entre la plage et l'intérieur des terres.

Peu après la première ligne de dunes dans le creux desquelles il prit un peu de repos, il aperçut la maudite ligne de barbelés. Il connaissait vaguement l'endroit pour y être allé s'y promener jadis, au temps heureux où… il ne se passait rien, où l'existence semblait si monotone !

Le puissant courant marin l'avait emporté loin de la mitrailleuse meurtrière et déporté fortement vers la Belgique. Il se souvenait de quelques maisons bâties de ce côté. Elles faisaient face à la mer, un peu en retrait de la bordure des dunes.

Rampant jusqu'au sommet d'une colline de sable, il poussa prudemment la tête entre des touffes d'oyat. Il aperçut les maisons, abandonnées selon toutes apparences… La ligne des barbelés était ininterrompue d'un bout à l'autre de son champ de vision. Seules les façades des constructions échappaient à l'emprise des pointes acérées. « On » avait jugé les murs subsistant, suffisant pour faire barrage.

Mais les maisons elles-mêmes s'avéraient hermétiquement closes. Toits effondrés, portes et fenêtres défoncées… mais toutes les issues donnant sur la mer avaient été soigneusement condamnées par des planches solidement clouées en leur travers

Guillaume se dit que s'il y avait une faille dans le système d'obstruction, ce ne pouvait qu'être là. Toujours à plat ventre dans le creux des dunes, il progressa jusqu'à proximité des ruines. Il s'immobilisa longtemps, guettant pour s'assurer qu'il n'y avait âme qui vive… à part quelques lapins tout heureux de batifoler dans la rosée. Heureux temps pour eux lorsque les hommes se chassant entre eux, laissent la paix aux animaux, tant à poils qu'à plumes.

Soulagement supplémentaire pour Guillaume : au moindre mouvement suspect, les gentils rongeurs aux longues oreilles auraient décampé en vitesse. Ils ne s'enfuirent que lorsque cet étrange tas de sable parvint près d'eux.

Parvenu jusqu'au pied des murs, il éprouva, minutieusement planche par planche, la solidité de leur fixation… jusqu'à ce qu'il en décèle une mal clouée qui consentit… à céder un passage.

Peut-être le trou avait-il déjà servi, avant lui, à un autre fugitif ?

Il se glissa péniblement dans la fente à peine assez large pour le laisser passer et atterrit dans ce qui fut salon ou salle à manger. Causant grande peur à de multiples bestioles qui détalèrent en tous sens…

La façade arrière n'offrit aucune difficulté pour le passage. Guillaume se trouva dans un jardin devenu brousse, déboucha sur d'autres dunes, plus petites que leurs consoeurs du bord de mer. Malencontreusement couvertes d'épineux dont les pointes acérées provoquèrent maintes égratignures. Mais ce n'était pas le moment de se plaindre. Tout de même, drôlement hargneux ces végétaux!

Se faufilant entre les taillis, il franchit quelques centaines de mètres à l'intérieur des terres. Toujours le grand silence. Rien d'inquiétant ne bougeait, les lapins, les oiseaux faisaient partie du paysage… A croire que l'armée allemande avait pris ses cliques et ses claques pour réintégrer la Rhénanie et autres provinces teutonnes!

Le bord de mer proprement dit prenait fin. Au lointain, quelques maisons dont s'échappaient de cordiaux volutes de fumée. Retour à la civilisation. Persistant à quatre pattes entre les buissons, il parvint, tout surpris, au bord d'une petite route grossièrement empierrée. Déserte, elle aussi. Une grande chance, car comment expliquer son attitude de quadrumane, sa présence en ces lieux à cette heure matinale, hirsute, vêtements humides, englués d'une épaisse couche de sable?

Impossible de continuer ainsi sous peine de périr d'épuisement et d'inanition. Prenant son courage à deux mains, après un rapide coup d'œil aux abords, il se redressa, secoua le mieux possible le sable agglutiné sur ses vêtements, ses mains, son visage, se mit à marcher sur la route d 'une allure se voulant décontractée. Il ne se faisait pas d'illusion, à la moindre rencontre avec des soldats, il ne pourrait passer inaperçu…

Il parvint ainsi au niveau des premières maisons ayant tant soi peu résisté aux assauts de la guerre. Selon toute vraisemblance, inhabitées… Alors qu'il passait devant l'une d'elles, une porte s'entrouvrit brusquement, sans bruit. Il s'entendit appeler dans un chuchotement:

– *Eh! Garçon, viens par ici!*

L'accent était, sans conteste… du terroir! Aucun risque que ce soit un natif de Germanie! Les intentions de son interlocuteur n'étaient manifestement pas belliqueuses. Il s'empressa d'obtempérer, se fiant à sa bonne étoile, se glissa dans l'entre-bâillement inespéré. Il était temps! Une patrouille cycliste passait à grand renfort de rires et d'éclats de voix. Peu soucieux, eux, de passer inaperçus. Les soldats passèrent sans que leur attention ne soit éveillée. L'ange-gardien-portier murmura:

– *Pas de bruit! S'ils nous trouvent, ils nous coffrent tous les deux. En principe, ils ne s'arrêteront pas, trop pressés de regagner la chaleur de leur cantonnement!*

Les cyclistes passèrent sans tourner la tête. L'hôte sauveur poussa un profond soupir:

– *Pour le moment, tout va bien, le danger est écarté. Dans ce quartier, tous les habitants ont été expulsés. Trop près de côte! Seul, j'ai pu rester chez moi. « Ils » ont jugé que j'étais trop vieux pour présenter un danger. Mais, tu es frigorifié, mon garçon. Je ne veux pas savoir qui tu es, d'où tu viens et où tu vas! Je me doute bien que les Allemands auraient beaucoup de questions à te poser… Je vais te donner des habits de rechange, ceux de mon gendre, malheureusement prisonnier en Allemagne. Ils devraient t'aller… à peu près! Tu ne peux continuer accoutré comme tu l'es maintenant, la première patrouille qui te rencontrerait, même en pleine ville, te demanderait des explications… Rien qu'à voir comment tu es installé! Puis, tu mangeras un morceau en buvant un bon bol de café. Du pur ersatz, orge et gland grillé d'appellation contrôlée,* ajouta-t-il avec un gros rire!

Mais au moins, c'est chaud!

Le brave homme tailla un quignon de pain, plus que bis, dur comme de la brique, versa un grand bol de liquide noirâtre brûlant. Cela revigora le jeune homme qui en avait bien besoin. Les vêtements secs enfilés lui procuraient une incomparable sensation de bien-être. Pas vraiment élégants… Avant guerre, il n'aurait jamais voulu s'en vêtir alors que maintenant, il vouait à son bienfaiteur une profonde reconnaissance

Il réalisait qu'il l'avait échappé belle, bénéficiant d'un concours inespéré de circonstances favorables. Il songea:

– *Pauvre Pierre, tu n'as pas eu ma chance!*

Le vieil homme, trop heureux de pouvoir bavarder, reprit:

– *Je ne veux rien savoir de toi. Moins j'en sais, mieux je me porte! Je suppose que tu veux aller à Dunkerque… Nous en sommes à quelques kilomètres. Voici ce que nous allons faire:*

Les Allemands du coin sont habitués de me voir crapahuter ma charrette à bras avec laquelle je vais ramasser des fagots pour mon feu. Pas d'autre moyen de chauffage!

Nous attendrons un peu que le jour soit bien installé et que les gens commencent à circuler. A deux, toi, attelé dans les brancards, moi poussant… Si tu t'en vas seul, tu n'iras pas loin sans te faire coincer!

Guillaume eut ainsi un peu de temps pour récupérer.

Le vieux Monsieur sortit, d'un réduit voisin, une charrette vétuste. Il invita le garçon à se placer entre les brancards et… fouette cocher. A peine la maison quittée, la patrouille revenait. Guillaume sentit l'angoisse l'étreindre de nouveau. Son vénérable compagnon d'attelage lui souffla, entre les dents (elles-mêmes, pas en très bon état):

– *Aie l'air naturel! Parlons à haute voix comme si nous n'avions rien à craindre! Tire! Ils sont habitués de me voir circuler par ici!*

Et, il commença une conversation – plutôt un monologue pour mal entendant, d'après le niveau des décibels émises – Il donnait maints conseils – parfaitement superflus – à son jeune compagnon, sur la façon de tirer la charrette, de l'endroit où il espérait récolter du bois… Les soldats doublèrent le rustique attelage en plaisantant entre eux. Ils lancèrent quelques lazzis aux deux hommes faisant office de bêtes de trait.

Poussant et tirant, ils marchèrent ainsi assez longtemps. Ils avaient rejoint une zone plus habitée où les piétons commençaient à circuler plus nombreux. Après avoir soigneusement inspecté les environs, le vieux compagnon dit à Guillaume :

– *Maintenant, tu peux t'en aller seul ! Marche comme si tu te rendais au boulot... Et que le Ciel te protège !*

Il s'en alla, coupant court à toutes effusions, à tous remerciements.

Le jeune homme poursuivit seul, la gorge serrée. Il avait l'impression d'avoir perdu son ange gardien dont la charrette bringueballante disparaissait au loin.

Il se dit, qu'avec un peu de chance – et, jusqu'ici, il en avait eu beaucoup ! – il allait s'en sortir. Mais, il est rare que tout aille toujours pour le mieux !

A un carrefour : contrôle de police ! Plusieurs gendarmes allemands – avec leur caractéristique « collier de chien » et leur air rébarbatif – arrêtaient les passants pour examiner leurs papiers. Trop tard pour se défiler sans attirer l'attention car d'autres soldats veillaient à proximité. Sommé de présenter ses papiers, Guillaume fut incapable d'obtempérer. Avant le départ, Pierre lui avait recommandé de ne pas prendre avec lui ses pièces d'identité – s'il arrivait malheur, les Allemands ne pourraient retrouver la famille de chacun d'eux – Seul le laisser-passer, disparu dans la tourmente, intéressait les sentinelles préposées à la surveillance de leur embarquement.

Guillaume eut beau se défendre comme un beau diable, de protester de son innocence, de jurer ses Grands Dieux que la fameuse carte d'identité était restée chez lui, qu'il l'avait oubliée... les pandores ne voulurent rien entendre.

– *Kein papier ! Prison !*

« Manu militari, il fut conduit dans une maison faisant office de prison. Fouillé minutieusement – il n'avait absolument rien sur lui, ce qui surprit ses gardiens – on l'enferma dans une pièce sombre dans laquelle il macéra durant quelques heures.

– *Bien la peine d'avoir échappé à la mort et à tous les dangers qui suivirent le naufrage pour me faire bêtement épingler au premier coin de rue... pour un idiot oubli de papiers !*

Il se rassurait quand même en espérant que personne ne pouvait être au courant de son odyssée. Ce qu'on pouvait lui reprocher... ce n'était pas bien grave.

– *Ils ne vont tout de même pas me fusiller pour cette peccadille ! Ni me tenir enfermé !*

Il s'accrochait désespérément à l'espoir que l'on ne pourrait l 'accuser de faute grave... Il serait sans doute embarrassé pour trouver des explications plausibles quant au fait de se trouver sur la voie publique, de si bon matin, sans rien en poches, pas même un mouchoir ! Peut-être surprenant, mais cela ne constituait pas un délit, même pour la Grande Allemagne.

A mesure que le temps passait, enfermé entre quatre murs lugubres, plus il se tracassait quant à son devenir immédiat... Enfin, la porte s'ouvrit brutalement. Un soldat, fusil et baïonnette au canon, comme s'il était face à un dangereux terroriste, vint le prier – si l'on peut qualifier ainsi la rude manière du factionnaire – de le précéder. Levé par le col, poussé hors de la pièce, la pointe de la lame frôlant ses fesses de façon inquiétante...

On l'introduisit dans un bureau voisin où un *feldwebel* (un adjudant ?) l'interrogea sans ménagements. Que faisait-il sans papiers à pareille heure ? Où allait-il ? Quelle était sa profession ? Que répondre ? Dire qu'il était adjoint d'enseignement... accoutré de la sorte ?

Il s'embrouilla dans de confuses explications dont le sous-officier ne comprit goutte.

Retour à la case départ. C'est à dire... à son ersatz de geôle. Encore une longue attente. Visiblement, on ne savait que faire de lui. Son estomac criait famine. Les émotions, çà creuse !

La même sentinelle, toujours aussi charmante et bien attentionnée (?) revint le chercher, l'enfourna dans un véhicule en compagnie d'un soldat qui n'ouvrit pas la bouche et le débarqua... à la Kommandantur !

Assis sur le banc qu'il connaissait déjà – allait-il devenir un assidu des lieux ? – il rongeait son frein avec anxiété. Pas le moment de se faire remarquer ! Plutôt filer doux, en espérant que cela se tasse.

Le Dieu des Amoureux le protégeait-il ? On l'introduisit... dans le bureau du « Hauptmann »... une sorte de vieille connaissance ! Celui-ci haussa les sourcils d'étonnement en reconnaissant le jeune homme. Et, en plus, si bizarrement attifé. Il gronda :

– Il semble que vous ayez une certaine propension à vous trouver dans des situations délicates. Je vous avais cependant bien recommandé de vous tenir tranquille !

Invité à s'expliquer, Guillaume s'embrouilla une fois de plus dans une histoire invraisemblable que le capitaine ne prit pas au sérieux... Mais, somme toute, il n'y avait rien de grave à reprocher à l'accusé. L'officier jugea inutile de poursuivre son interrogatoire, convaincu qu'il ne s'agissait que de gamineries. Il lui vint plutôt l'envie de corriger ce galopin et non de l'assimiler à un dangereux terroriste.

Pour la bonne règle, il sermonna rudement Guillaume qui, tête baissée, laissa passer l'orage :

– Il me suffirait de transmettre le rapport de la Gendarmerie allemande qui vient de vous arrêter, à la Gestapo pour déclencher un processus dont nul ne peut prévoir l'aboutissement. Je vous accorde le bénéfice du doute... En ce sens, c'est une chance pour vous d'avoir déjà comparu devant moi. Ainsi, je connais votre identité, sans quoi je ne pourrais vous laisser partir sans une enquête approfondie sur votre compte. Pour le moment... vous êtes libre !

Il appela un planton à qui il donna quelques brèves instructions. Guillaume crut remarquer une légère lueur d'amusement dans les yeux du capitaine. Ce qui le fit penser :

– *Après çà, on me dira de ne plus balancer de… gros mots sur la voie publique !*

Il fut promptement expulsé hors la sinistre Kommandantur dont il craignait bien de ne sortir libre de sitôt !

D'où sa réflexion :

– *Tous les Officiers allemands ne sont donc pas tous de sombres brutes assoiffées de sang !*

11

Depuis quelques mois, des rumeurs couraient, se confirmant au fil des jours, quant une éventuelle mobilisation – civile, celle-là – de jeunes Français dans le but de les envoyer travailler dans les usines allemandes.

Février 1943 vit à la fois la naissance officielle de la néfaste « Milice française », inféodée au Gouvernement Pétain, dit « de Vichy » et de la création du Service du Travail Obligatoire (S.T.O)

Les autorités de Vichy louangeaient ce S.T.O qu'elle qualifiait de « relève », prétendant provoquer la libération concomitante de Prisonniers français. Sans doute un marché de dupes : aucune comptabilité ne fut jamais exhibée par l'Occupant permettant d'en vérifier la concordance.

De par la Convention de Genève, les Prisonniers de guerre ne peuvent être astreints d'œuvrer pour l'Ennemi. Les travailleurs STO, eux que l'on dénommait volontaires, étaient taillables et corvéables à merci. Raisonnement simpliste : s'ils s'expatriaient pour travailler, ils ne pouvaient refuser de le faire sous prétexte que la machine de guerre ennemie en profitait.

Puis le STO devint strictement obligatoire pour tout Français, normalement constitué, né en 1922. Pile l'année de naissance de Guillaume ! Qui vivait dans la crainte constante de voir se concrétiser ce cauchemar. Ce n'était pas du tout dans cette direction là que se cristallisaient ses aspirations… sentimentales.

Les convocations se mirent à pleuvoir. Guillaume ne fit pas exception au sort commun des « natifs » de sa classe de mobilisation. Dire qu'il avait fui devant l'avance allemande en 1940 sur ordre du Gouvernement français et, que maintenant le même Gouvernement (si l'on peut dire…) l'envoyait lui-même Outre-Rhin ! De quoi avoir un vague regret d'être « normal » physiquement et mentalement ! Les Allemands n'avaient que faire des boiteux, tordus ou faibles d'esprit.

L'année scolaire 1942/43 touchait à sa fin.

En juin, il reçut la convocation tant redoutée, l'invitant (?) à se présenter au Palais de Justice pour y subir une visite médicale ! Prélude à une sorte de condamnation ?

Après une attente prolongée, il comparut devant un corpulent major allemand, haut en couleur (il le fit penser à son ancien collègue de bureau de la Brasserie aux heureux temps où il guettait le passage de Reine) qui passait les Volontaires (?) au crible des critères d'embauche. Ceux-ci tamisaient large! Seuls exemptés: les infirmes, malades, demeurés et autres quasi-moribonds

Le Major fit ouvrir tout grand la bouche de son patient, y fourra largement les doigts. Pour éprouver la solidité de canines et molaires afin de juger de la capacité d'ingérer la bonne nourriture allemande? Aucune garantie quant à la désinfection de ses mains entre chaque patient. Il est vrai que les Français étaient – globalement – des Résistants! Pourquoi pas aux microbes, devait se dire le Major.

Il parut satisfait des résultats de son examen sommaire! Etait-il dentiste dans le civil?

Il poursuivit son contrôle en prenant les mains du garçon. Voulait-il lui manifester sa sympathie? Que non! Il examina soigneusement la paume, les doigts qu'il fit manœuvrer l'un après l'autre… La visite médicale pré-embauche était terminée. Le cœur, les poumons, les reins n'intéressaient pas le Grand Reich! Guillaume ne ressentit qu'un plaisir tout à fait mitigé d'entendre le verdict:

– *Bon pour le Travail!*

Encore une fois, le sort en était jeté!

Que faire pour se soustraire à ces travaux forcés? Sa qualité d'adjoint d'Enseignement ne faisait pas le poids pour être acceptée comme emploi spécialisé et le dispenser du voyage germanique. Il ne pouvait prétendre avoir charge de famille nombreuse! S'engager dans la Milice? Là, il n'y aurait pas eu de problème pour l'exemption du STO mais, le remède était pire que le mal. Se faire embaucher dans les Houillères? Elles étaient déjà surchargées de main-d'œuvre, pas toujours réelle car certains planqués avaient eu assez de « piston » pour y être inscrits sans avoir l'obligation subséquente de « piquer » du charbon à 300 mètres sous terre.

Dans certaines régions, de nombreux jeunes visés par la conscription civile fuyaient en rejoignant des réseaux de Résistance. Très risqué de s'y impliquer vraiment dans la zone côtière où le moindre mouvement était épié… Contrôles et vérifications d'identité pullulaient, rendant difficile toute situation illégale.

Les autorités vichyssoises vitupéraient contre ces « infâmes » jeunes Français se refusant à leur devoir de Service National (?). Elles brandissaient toute une panoplie de sanctions allant de la privation de cartes de ravitaillement à toute la famille jusqu'à l'embastillage des rebelles… au cas où on les retrouverait.

Guillaume se creusa la cervelle pour découvrir un moyen d'y couper… et ne trouva rien de valable. Il se sentit coincé. La mort dans l'âme, il dut se résoudre à partir.

Il reçut la convocation pour se rendre, le 5 juillet 1943, en gare de Dunkerque, emportant une vieille valise en carton, déjà bien élimée, contenant un peu de linge, quelques provisions et objets de première nécessité. Ce n'était pas l'opulence ! Dans sa générosité éperdue (?), la Grande Allemagne lui avait délivré un billet de chemin de fer – en troisième classe – Dunkerque-Lille où il serait pris en charge afin d'être acheminé vers les funestes usines teutonnes.

La mère de Guillaume pleura à chaudes larmes lors de ses adieux d'avec son fils. Quand et dans quel état allait-il revenir ?

Son père ainsi que deux de ses meilleurs copains – assez chanceux pour ne pas être de la même classe de mobilisation – quelques bons collègues de l'école, tout ce petit monde l'accompagna jusqu'à la gare. Cela faisait un peu cortège funèbre… Personne n'avait envie de plaisanter, Guillaume encore moins que les autres ! Il avait le cœur meurtri par toutes ces séparations… Partir vers l'inconnu… Quelques milliers de kilomètres supplémentaires le sépareraient de la personne de ses constantes pensées !

Chacun combla le partant de multiples recommandations, de vœux de bonne santé, d'encouragements… L'expression de leur affection – et affliction – sincère. Obligation de passer sur les quais où ne pouvaient accéder les non-voyageurs. Pénible de se couper de parents et amis, eux-mêmes désolés…

Il ne possédait même pas de photo de Reine. Rien que la mèche de cheveux que son amie lui avait remise lors de leurs premiers rendez-vous, sans se douter de ce que l'avenir leur réservait à tous deux. Mèche précieusement enclose dans un petit sachet suspendu à son cou, contre sa poitrine.

Il avait également sacrifié – que ce sacrifice lui était doux – une mèche de ses cheveux pour sa Reine. Rien que de se savoir, par l'intermédiaire de ses quelques cheveux, suspendu sur la poitrine son grand amour, il se sentait tout revigoré… Pour lui, la blonde mèche était devenue un symbole, une relique, un talisman… de valeur inestimable !

Guillaume ne s'en séparait jamais. Serré contre son cœur, il aurait sacrifié un doigt plutôt que le sachet.

A la porte d'accès aux quais, l'agent des Chemins de fer était doublé d'une sentinelle allemande, chargée de vérifier l'identité des voyageurs. A la vue du bon de transport frappé de l'Aigle germain, le militaire esquissa un sourire de connivence :

– *Voilà un brave petit Français prêt à nous donner un coup de main !*

Opinion que ne partageait aucunement Guillaume.

Le train démarra. D'autres jeunes gens faisaient partie de ce qui n'était pas encore un convoi puisque des voyageurs « ordinaires » leur tenaient compagnie… jusqu'à Lille. Pas beaucoup de conversation dans les compartiments ! Personne n'avait envie de chanter, de clamer sa foi dans la victoire finale (?) comme lors du départ de « vrais » mobilisés. Un départ vers des travaux forcés, nouveau modèle... Chaque tour de roue faisait mal, les rapprochant d'une destinée incertaine.

Voyage jusqu'à Lille en liberté, comme un voyageur du commun des mortels. A l'arrivée dans la capitale des Flandres tout changea radicalement. A la descente du train, les passagers furent triés. Les jeunes gens mis à part et parqués sur un quai, à eux réservé. Défense d'en bouger! Les travailleurs libres l'étaient déjà beaucoup moins.

Pointage tatillon des arrivants. Interdiction corrélative pour le Public d'accéder au quai-prison. Soudain, Guillaume vit à ses côtés son oncle Emile, le policier des Chemins de fer averti, sans doute, de la présence de son neveu par la famille. Il venait le réconforter et... l'aider si possible. Le garçon trouva dans cette présence un réconfort immense : le Ciel et la Terre ne l'avaient donc pas tout à fait abandonné!

On ne pouvait refuser au policier la libre circulation où que ce soit en Gare, son fief!

A voix basse, il suggéra :

– *Vous avez tous été pointés comme partant pour l'Allemagne. Si tu disparaissais maintenant, les autorités allemandes te rechercheraient... de l'autre côté de la frontière. Pour eux, impossible de s'évaporer en route. Je peux te faire sortir d'ici bien que toutes les issues soient étroitement surveillées... par un passage interdit au Public et cadenassé, donc non contrôlé. Décide-toi vite, après il sera trop tard! Si tu viens, abandonne toutes tes affaires pour éviter de te faire repérer.*

Trop content, Guillaume accepta tout de suite. L'oncle partit devant et quitta le quai sans être interpellé. C'était sans compter avec la vigilance de la police allemande. Depuis un moment, un individu, peu rassurant, manteau de cuir noir, chapeau à larges bords, les surveillait attentivement. Alors que Guillaume accédait en tête du quai, le flic allemand s'approcha et lui réclama ses papiers. Celui-ci ne voulut rien entendre d'un « besoin pressant ». Croyait-il les liquides éminemment compressibles? Refoulé sans égards vers son funeste quai... tandis que l'oncle, couvert par sa carte de Service, s'en allait, désolé de son impuissance malgré les risques qu'il avait encourus.

Le quai se couvrit de soldats qui enfournèrent rapidement les jeunes gens dans des compartiments réservés à eux seuls. Ils étaient bel et bien pris dans une nasse dont nul ne pouvait s'échapper. Il pensa une fois encore à Jules César... s'élançant dans la rivière sur sa monture... à part que son cheval à lui était de fer, le Rubicond devenait le Rhin, sa destination, plutôt Berlin que Rome! Mais sa destinée prochaine, tout aussi incertaine.

Après de longues heures sur d'inconfortables banquettes de bois, cahotés d'un bord et d'autre, avec de fréquents arrêts prolongés en rase-campagne ou sur des voies de garage, ils arrivèrent dans une gare immense. Ils déchiffrèrent sur les panneaux : « Aachen », l'Aix-la-Chapelle de Charlemagne!

Affamés, car ils n'avaient grignoté que quelques maigres provisions dont les leurs avaient eu la prudence de les munir, ils furent regroupés nombreux, dans une vaste cour.

Qu'allait-il leur arriver ?

Ce qui arriva ? Du café ! Aussi mauvais que brûlant et un morceau de pain aussi dur que bois. Mais, cela les réconforta, malgré la médiocrité des produits. Il n'était donc pas dans les intentions du Grand Reich de laisser dépérir sa précieuse main-d'œuvre. Pas très rassurés néanmoins quant à la façon dont ils étaient traités : sans brutalité mais comme des ilotes d'une masse anonyme…

De nouveau, des militaires vert-de-gris firent l'appel afin de répartir la foule en groupes de diverses importances. Guillaume se retrouva consigné dans un coin en compagnie d'une vingtaine de jeunes Français. Parmi eux, une dizaine de gars des Flandres, des « Pays » en somme. Pour se donner du cœur au ventre, ils s'étaient passés le mot pour se coiffer d'une casquette blanche leur conférant une allure de « durs de durs ». En réalité, de braves garçons, tout effrayés de se trouver exilés ainsi en pays inconnu… à la merci de l'Ennemi. Pour la plupart, ils venaient en ligne droite de la ferme familiale. Des garçons du Maine-et-Loire complétaient le groupe. Tout aussi ébahis de leur aventure, eux qui n'avaient vraisemblablement jamais bougé de leur canton natal.

Guillaume fit quelques tentatives de rapprochement avec certains, moins « rustiques », plus proches de lui. Pas par snobisme, mais par affinités et parce que ceux-ci, tout comme lui isolés, tentaient de se raccrocher à quelqu'un. Les autres étaient en pays de connaissance et, plus ou moins, copains de longue date…

Ils furent transférés dans un coin de la cour où ils poireautèrent jusqu'au soir, comme des bestiaux à la Foire des Rameaux.

Le midi, on les régala (?) d'un brouet peu consistant dans lequel flottaient quelques pommes de terre et même, des bribes d'une viande inqualifiable. Le chef de cuisine n'avait pas présenté le menu, ni signalé le nombre de ses étoiles accordées par un Guide gastronomique…

Le soir, nouvel embarquement – tout à fait différent de celui pour Cythère – cette fois-ci dans un camion poussif. Sur des banquettes inconfortables, ils roulèrent vers une destination résolument inconnue. Leurs hôtes n'étaient pas prodigues d'informations. Le trajet ne dura pas longtemps. Par le plus pur des hasards, ils avaient été affectés à une usine proche d'Aix-la-Chapelle, donc pas trop loin de la frontière française, alors que d'autres – ils l'apprirent plus tard – furent expédiés au fin fond de la Prusse, de la Silésie… Le fait d'atterrir relativement près de la mère Patrie leur remonta le moral. Ah, que l'on aime son Pays quand on en est séparé !

Ils parvinrent dans une vaste usine dont les haut-fourneaux rougeoyaient dans la nuit. En passant sous le porche, ils crurent déchiffrer « *Bleihütte* » ce que les plus astucieux traduisirent par : « Usine de plomb ».

Ils eurent tout de suite le sentiment d'être moins considérés comme un troupeau que l'on manipule au gré de la fantaisie. Reçus dans un grand réfectoire et servis par des dames affectées à leur service. Repas chaud, assis à table... ce qui ne leur était pas arrivé depuis ce qui leur semblait une éternité. Changement appréciable du régime de restauration!

Oh! Pas un menu de luxe: pommes de terre (inévitablement), choux, saucisses en suffisance. C'était chaud à défaut d'être délicieux, mais ils avaient dépassé le stade de « petits gâtés à leur maman » Boisson: une bière-piquette, préférable quand même à l'eau semi-croupie servie en cours de route.

Les dames étaient aimables. Avoisinant la cinquantaine, elles éprouvaient peut-être des sentiments quasi-maternels envers ces grands garçons tout juste sortis de l'enfance et visiblement dépassés par les événements.

Emportant leurs maigres bagages, on les conduisit vers leur dortoir. Doux euphémisme.

Plutôt un vaste grenier, au dessus d'une partie de l'usine où se stockaient les résidus encore brûlants dont avait été extrait le plomb en fusion. Pas très salubre! Avantage: de la chaleur remontait des blocs incandescents se refroidissant. Ils n'auraient pas froid.

Inconvénient: ils dormiraient dans une atmosphère viciée par les gaz de plomb, hautement délétères. Bains de vapeur non recommandés par le Corps médical!

Chacun choisit son châlit, qui dessus, qui dessous. Installations rustiques: des planches clouées formant lit à deux étages. Pas de sommier. De simples planches soutenant une paillasse bourrée (plus ou moins) de paille. Une couverture unique. Pas l'hôtel quatre étoiles!

Pas le moindre chahut. Les garçons étaient exténués et n'avaient pas envie de plaisanter. Bien vite, les ronflements vibrèrent vigoureusement dans la salle.

Guillaume s'endormit en tenant son précieux talisman. Il eut à peine le temps d'avoir une pensée désespérée pour sa chère Reine, ses parents, sa famille, ses amis. Il sombra dans un sommeil abyssal, réparateur certes, mais altéré par cette inquiétude latente: que leur réservait le lendemain?

12

Le lendemain, aux petites aurores, une sonnerie stridente les fit sursauter. Nouveau plongeon dans cette existence pleine d'incertitudes dont les avait écarté leur profond sommeil.

Un simulacre de toilette dans des lavabos, plus que rustiques, installés dans une pièce voisine. Rassemblement dans une salle où les attendaient les dirigeants de l'usine. Celui qui parut être le grand Chef s'adressa à eux dans un français hésitant :

– *Soyez les bienvenus ! Vous venez nous aider à travailler ! Vous le ferez avec nos ouvriers et vous serez traités comme eux ! Vous serez nourris à notre cantine et payés pour votre travail, compte tenu de la retenue pour le coût de vos repas. Les contremaîtres vous montreront ce que vous devrez faire. Merci pour votre aide !*

Avaient-ils quitté leur statut de bagnards débarquant dans leurs travaux forcés ?

Sans lanterner, les responsables répartirent leurs nouveaux ouvriers dans divers postes en les conduisant sur les lieux de leur futur labeur.

Guillaume fut affecté dans un grand entrepôt cloisonné de stalles dans lesquelles s'amoncelaient de grands tas d'un poussier noirâtre. Il se dit que ce devait être le minerai duquel on extrayait le plomb. A l'aspect, cette poudre semblait légère… En y plongeant une pelle et la soulevant pleine… on changeait radicalement d'avis… Lourd comme du plomb !

Il avait avec lui deux de ses compagnons de voyage. On leur tendit une pelle à chacun. Surprise ! Guillaume se vit cataloguer : gaucher alors qu'il se croyait indéfectiblement droitier en toutes matières. De cette prédisposition naturelle dépendait le côté par lequel l'ouvrier devrait travailler

Chacun fut placé dans un box, devant son tas. Arrivèrent des bennes suspendues, à charge pour eux de les remplir à ras bord. Après un temps minuté – qui parut bien court ! – un mouvement d'horlogerie déclenchait le départ des engins remplis ou non. Celui de Guillaume partit à moitié-plein alors que ses compagnons avaient aisément rempli le leur. Habitués aux rudes travaux de la ferme, ils s'accommodaient parfaitement à ce genre de besogne. Par contre, Guillaume, peu accoutumé à cette sorte de sport, peinait sérieusement.

Après quelques départs incomplets, le contremaître vint manifester son mécontentement. Comment se faisait-il qu'un travailleur « volontaire » mette tant de mauvaise volonté à faire son boulot, pensait-il si fort qu'il n'eut pas besoin de s'exprimer. Il se calma en voyant l'état des mains de son apprenti – manœuvre. En quelques coups de pelle, celles-ci s'étaient ornées de magnifiques ampoules. Le tendre épiderme du novice avait été mis à rude épreuve. Incontestablement, celui-ci n'était pas à sa place... Avis partagé par l'intéressé lui-même.

A son grand soulagement, le lendemain : nouvelle affectation. Sa prestation de la veille n'avait pas été jugée... probante ! Fini le maniement de la pelle huit heures d'affilée, les mains en sang, les reins moulus... avec les vociférations du contremaître en sus !

Il aboutit dans une autre section de l'usine... Il apprit avec étonnement qu'on y fondait, non pas seulement du vulgaire plomb, mais aussi de l'aristocratique argent. Etait-ce une remontée fulgurante dans la bourse des valeurs... ouvrières ? Pas sûr !

Il assista... admiratif mais déconcerté, à la démonstration du travail qu'il aurait à effectuer. Beaucoup moins pénible que celui de la veille mais, ô combien, plus délicat. Il fallait être un artiste, un champion du lancer de fléchettes... pour réussir. Le four dans lequel s'obtenait, par fusion du minerai *ad hoc*, le noble argent, était un grand cube de briques réfractaires d'environ cinq mètres de côté sur deux de haut, percé de quelques meurtrières à divers niveaux. Une trappe occultait chacune d'elles.

Tant qu'elles étaient closes, pas de problèmes. Quand on ouvrait l'une d'elles, c'était un avant-goût du supplice par le feu que devaient subir en enfer les damnés ! On s'attendait à voir surgir Satan armé de son trident et crachant des flammes.

Pas question de s'écarter... (cependant simple réflexe de survie...) Sinon qui aurait approvisionné le monstre en charbon et en minerai qu'il fallait lancer, pelle par pelle, dans une ouverture ridiculement exiguë... (comparativement à la maladresse d'un apprenti)

Seule permettait d'y parvenir la dextérité de l'ouvrier allemand, due à une expérience de nombreuses années. Lequel était sec comme un hareng saur dont, en somme, il subissait le même régime. Soumis à ce sauna infernal et ininterrompu, aucun tissu adipeux ne pouvait subsister en son état originel.

A chaque chargement du foyer – en gros, tous les quarts d'heure – la sueur ruissellait par tous les pores de la peau du suppôt du Diable délégué au haut-fourneau d'argent. Chaque fois, l'Allemand changeait son « bleu » de travail trempé contre celui qu'il avait mis à sécher après l'approvisionnement précédent. Si bien qu'à force de mouillé/séché, le treillis devenait raide comme une armure et... de bleu virait au blanc.

Misère ! Guillaume n'avait qu'un seul « bleu » dû à la délicate (?) attention de l'usine, laquelle ne manquerait pas de le lui faire payer sans oublier le coût de la paire de gros godillots fournis lors de leur arrivée dans cet Eden.

Premier essai – les suivants, tout aussi, d'ailleurs – désastreux ! Dès l'ouverture de la trappe du mini-enfer, il s'inonda de sueur, trempé comme après un plongeon dans une piscine. A chaque pelletée, la moitié atterrissait hors de la gueule rugissante. Le supplice du feu durait ainsi deux fois plus longtemps… tant que la « bête » n'avait pas été rassasiée.

Cependant, question adresse à déployer, il n'en était qu'aux prémices. On passa à l'exercice suivant. L'Allemand, parfaitement à l'aise, démontra comment extraire le précieux liquide, une fois la fusion accomplie… dans des délais dont lui seul détenait le secret.

A un certain niveau – celui de l'argent liquide dans le four – un orifice, de la dimension d'une balle de tennis, restait obstrué par une boule de terre réfractaire. Pour faire couler l'argent, rien de plus simple (?) : percer un trou avec une longue barre à mine à la pointe effilée. Vu la chaleur insupportable et les risques de projection de métal en fusion – on dit que « plaie d'argent n'est pas mortelle », mais sous sa forme actuelle, cela risquait de l'être – l'opération s'exécutait à distance respectable… celle de la lourde barre tenue à son dernier tiers.

Atteindre l'objectif, pour un novice, cela tenait de l'exploit, sinon du miracle !

Guillaume, pas plus maladroit qu'un autre – rien à voir avec le basket – n'y parvint jamais, au grand dam de son initiateur qui voyait s'évanouir la perspective d'une aide providentielle lui laissant espérer une pause dans son travail démoniaque.

La fête n'était pas terminée ! Le coulage fini, il s'agissait de reboucher le trou afin d'éviter qu'à la prochaine fournée, le précieux métal ne s'épande sur les parois du four, au fur et à mesure de la fusion… L'enfance de l'art : malaxer une boule de terre réfractaire – juste de la grosseur et de la consistance voulues, mais lesquelles –, la lancer adroitement, juste dans l'orifice… à deux mètres. Pire qu'aux fléchettes… Trop petite, la boule disparaissait dans le trou, trop grosse, elle retombait à terre.

Une fois la boule en place (c'était tellement simple…), damer avec l'envers de la barre à mine.

Guillaume, une fois encore fut jugé incompétent. Le lendemain, on l'envoya… ailleurs Il se faisait l'effet d'une balle de ping-pong que l'on renvoie d'un côté et d'autre.

Lors de ces expériences malheureuses, sa grande crainte était de perdre ou d'endommager sa « mèche », bien plus précieuse qu'une coulée d'argent. Aussi, il prit la sage habitude de s'en séparer et, à double tour, l'enfermer dans l'armoire métallique dont chacun était doté dans le dortoir.

Un jour, il omit – oubli impardonnable et inexpliqué – de ranger son trésor, l'oubliant sur sa paillasse. A son retour du travail, après s'être beaucoup tracassé en s'en souvenant, il se précipita… Plus rien ! La pochette avait disparu. A voir l'air goguenard de ses voisins de chambrée, il pressentit tout de suite la farce qu'ils lui jouaient et qu'ils estimaient tout à fait innocente.

Guillaume blêmit, foudroya du regard les farceurs, entra dans une fureur noire, lui d'humeur si régulièrement paisible! Il se jeta sur le plus proche qui, du coup, n'éprouva plus aucune envie de plaisanter. Dans sa fureur aveugle, il se mit à tabasser l'infortuné bouc émissaire qui n'esquissa pas un geste de défense tant il était subjugué par la violence de cette réaction.

Ses complices eurent bien du mal à maîtriser celui qu'ils jugeaient manquer de tout sens de l'humour. La précieuse pochette émergea subitement de la poche de l'un des plaisantins… ce qui calma instantanément un Guillaume déchaîné.

Retrouvant son sang froid, il déballa tout: son grand amour, son désespoir devant les ruines qu'il craignait recouvrir le corps de son aimée, le message d'Angleterre, sa tentative de fuite dramatique… Son auditoire écoutait, sidéré par l'intensité des sentiments de leur copain. Ah, s'ils avaient su… ils ne se seraient pas risqués dans cette farce qu'ils jugeaient initialement si innocente!

Leur estime pour leur compagnon s'en accrut. Aucun d'eux ne s'avisa plus d'aborder ce sujet tabou.

Les conditions d'hygiène étaient des plus sommaires. Leur dortoir ne tarda pas à être hanté par de la compagnie indésirable. Des souris, sympathiques tant qu'elles n'étaient pas nombreuses… Elles se multiplièrent, prenant à la lettre la recommandation de Dieu à Adam et Eve:

– *Croissez et multipliez-vous!*

Elles rongeaient tout ce qui leur tombait sous la dent. Les maigres provisions étaient à l'abri dans les armoires métalliques. Gare à celui qui omettait de refermer immédiatement, les petites futées poussaient l'effronterie jusqu'à s'y laisser enclore… afin de se régaler en toute quiétude.

Le pire étaient les insectes: puces et les détestables punaises. Les garçons étaient couverts de pustules, cuisant souvenir de la co-habitation avec les charmantes bestioles.

Auparavant, Guillaume ne connaissait pas les punaises – hormis celles en acier – Il ne tarda pas à faire leur connaissance, bien que jouissant à cet égard d'un régime privilégié… Il n'était piqué que… par inadvertance, lorsque les « vilaines » étaient vraiment affamées… Par contre, certains de ses voisins constituaient de vrais plats de résistance.

Les écraser dégageait une odeur désagréable. Aussi, quand un dormeur découvrait une punaise à côté de son oreille, il se contentait d'expédier l'indésirable, d'une pichenette, par terre ou… sur le lit du dessous quand il occupait l'étage suprême du châlit.

La destruction, au coup par coup, ne servait à rien... sinon à encourir l'animosité des colonies survivantes.

Sporadiquement, le Service d'Hygiène de l'usine – ou présumé tel – répandait, à outrance, une poudre blanche qui intoxiquait également les humains. Les insectes respectaient une trêve de quelques jours pour reprendre vaillamment l'assaut des malheureux épidermes français.

Le lendemain de leur arrivée, les autorités allemandes firent passer les jeunes Français chez le photographe. Ce n'était pas dans la délicate intention de conserver un souvenir ému de leurs soi-disant volontaires, mais pour l'établissement d'une carte d'identité « made in Germany », permettant au titulaire de justifier de la régularité de sa présence dans la région.

Car les jeunes gens n'étaient pas emprisonnés. Le Directeur lors de son émouvant (?) accueil leur avait bien promis le statut de travailleurs libres. Personne ne connut les clauses exactes dudit statut mais, incontestablement, ils pouvaient aller et venir librement dans un certain rayon autour de l'usine.

Lors de leurs temps de repos, ils allaient faire un tour dans la petite ville voisine de l'usine, en prenant soin de ne pas attirer l'attention des autochtones par leur mauvaise tenue ou leurs excentricités. Ils sentaient bien que leur semi-liberté ne tenait qu'à un fil...

Les premiers jours, repas midi et soir, à la cantine de l'usine. La nourriture, au début, à peu près potable, dégénéra en un magma peu ragoûtant. Cela devint franchement mauvais. Que dire du palais difficile de Guillaume alors que ses compagnons, accoutumés aux frustes mais plantureux repas campagnards, eux-mênes s'en plaignaient amèrement. Comme en France, le ravitaillement s'opérait par le système des tickets de rationnement. La cantine prélevait la part du lion pour son approvisionnement.

Le mécontentement allait *crescendo*, la nourriture de plus en plus infecte.

Toujours des « patates », ce qui aurait pu, à la rigueur, ne pas indisposer les gars du Nord coutumiers de ce légume... si elles avaient été épluchées et cuites convenablement. En rituel accompagnement, des choux verts nettoyés à la va-vite... De temps en temps, des vers ou des chenilles bien dodues. Des protéines ? D'accord, mais de préférence... sous une autre forme !

Avec les légumes susdits, les éternelles saucisses. Impossible d'en déterminer les composants. Peut-être valait-il mieux... ne pas savoir. Puis, ce fut la goutte qui fit déborder le vase. S'étant rendus compte que leurs convives mangeaient – un peu – les pommes de terre et jetaient systématiquement les choux – farcis, à la poubelle, les cuisiniers résolurent le problème en moulinant le tout pour obtenir un amalgame indivisible et immangeable.

Quelques meneurs – pas forcément les plus rebelles, probablement les plus affamés – prônèrent la grève. Tout bonnement, comme en France, avant la guerre. Ils ne doutaient de rien, les pôvres.

Un matin, l'ensemble des jeunes STO, bien remontés contre leur cuisine infernale, se regroupèrent dans la cour et refusèrent obstinément de reprendre le travail. Affolement de la hiérarchie de l'usine... Elle n'avait jamais connu çà. Pratiques inconnues chez eux! Exhortations, menaces, rien n'y fit. Seule réponse: maintien des revendications culinaires!

Guillaume participait au mouvement par solidarité, en redoutant de fâcheuses représailles de la part des Patrons. Il se demandait avec inquiétude comment cela allait se terminer. Quelques jeunes s'énervaient de plus en plus et faisaient de la surenchère aux revendications initiales. Guillaume les entendit:

– *Nous en avons marre de votre nourriture infecte, pratiquement du manger pour les cochons. Nous exigeons que cela change et que le soir, nous puissions manger librement. En contrepartie, nous voulons la libre disposition de la moitié de nos tickets de rationnement. Nous ne reprendrons le travail qu'après l'engagement formel du Directeur!*

L'interprète traduisit à l'intéressé qui exigea, au préalable la reprise du travail. L'usine ne pouvait se permettre de stopper son activité, même pour un instant, sans encourir de risques graves de dégâts dans le haut-fourneau.

Les grévistes amateurs ne bronchèrent pas. Les dirigeants se retirèrent sous le prétexte... de réflexion. Peu de temps après, la cour fut cernée par une dizaine de soldats, armés et casqués. Les grévistes se virent rudement alignés contre le mur. Ils n'en menaient pas large, se demandant si leur dernière heure était arrivée!

Guillaume crispait les doigts sur son « porte-bonheur », à travers sa chemise, mouillée de sueur d'angoisse... Le gradé détenant l'autorité de l'escouade choisit, au hasard, cinq sujets dans la file. Comme à la décimation chez les centurions romains coupables de rébellion ou de lâcheté devant l'ennemi!

Guillaume échappa de justesse au mauvais sort alors que son voisin immédiat était sélectionné. Le sous-officier embarqua ses victimes dans le camion avec les soldats et s'adressa aux autres:

– *Vous maintenant, travail tout de suite!*

Ils ne se le firent pas répéter deux fois. Plus question de grève. On leur aurait servi à manger n 'importe quoi, ils n'auraient plus osé protester. Une façon pas très démocratique de clore les conflits sociaux. Mais, diablement efficace. Les cinq boucs émissaires disparurent... On ne les revit que trois jours après... Indemnes! Aucunement brutalisés, mais enfermés durant tout ce temps dans un sinistre cachot, au régime pain sec et eau. Amaigris et affamés, ils se jetèrent sur les quelques provisions conservées dans leurs armoires, même aidés par les copains compatissants. Ils engloutirent le tout, au risque de s'étrangler tant ils dévoraient ! Leurs geôliers avaient trouvé la bonne recette minceur… que les bénéficiaires ne semblaient pas apprécier beaucoup…

D'un commun accord, les cinq rescapés jurèrent qu'on ne les reprendrait plus à parler de grève dans ce foutu Pays !

Avis partagé à l'unanimité ! Le mot « grève » lui-même fut radié du vocabulaire.

13

Après le « galop d'essai » manqué dans la fonderie d'argent, Guillaume, ne faisant pas l'affaire fut refoulé… ailleurs.

Sur les grilles gigantesques d'un immense plateau tournant lentement, se faisait rôtir une épaisse couche de minerai de plomb. Les grilles passaient inlassablement au dessus d'une fournaise, le plomb s'écoulait, que l'on recueillait par dessous. Restait le résidu qu'il convenait d'enlever en grattant pour préparer la prochaine fournée. Le plateau, continuant sa ronde, présentait à la flamme du minerai nouveau tandis que le côté opposé était nettoyé avec un tisonnier géant.

Guillaume fut placé dans un box devant lequel défilaient les grilles engorgées. On le dota d'une longue tige de fer à l'extrémité recourbée… Son tisonnier!

Le plateau poursuivait imperturbablement sa ronde. Les grilles disparaissaient, théoriquement propres, après un bref passage devant le nettoyeur de service!

Guillaume eut beau s'échiner, les grilles s'en allaient toujours trop vite. Il y avait, à coup sûr, une technique qu'il ne possédait pas. Encore une!

Le contremaître vint aboyer dans ses oreilles. Il ne comprit pas un mot de ses éructations, mais réalisa facilement… qu'il n'était pas satisfait du tout. Il s'évertua à faire plus vite. Un vrai train d'enfer. Le chef était vraiment difficile à contenter! Il revint, cramoisi de fureur, saisit son manœuvre maladroit par le col et le secoua d'importance.

Le jeune homme ne pût en supporter davantage. Il se dégagea d'une brusque secousse de l'emprise, brandit au-dessus de la tête de son persécuteur la lourde barre de fer.

– *Tu veux du tisonnier? Tu en auras!*

L'Allemand se calma illico et s'en fut en maugréant contre ces fainéants de Français, volontaires… pour ne rien faire!

Qu'allait-il s'ensuivre? Le contremaître encaisserait difficilement l'affront… Capituler devant un semi-gamin, quelle honte!

La journée se passa sans nouvelle irruption. Cependant les grilles n'étaient pas mieux nettoyées, bien qu'il y mît toute sa bonne volonté, allant jusqu'à l'extrême limite de ses forces… Ses mains s'étaient de nouveau couvertes d'ampoules, tant dues aux brûlures qu'au frottement du tisonnier rugueux.

Il supposa que le contremaître n'avait soufflé mot de son altercation à quiconque, trop gêné sans doute d'avouer qu'il s'était fait rabrouer lui-même, à l'inverse de ce qui se passait d'habitude. Il apprit de ses compagnons de travail, qu'eux, au moins, donnaient satisfaction, plus accoutumés aux rudes travaux manuels. Etait-il le vilain petit canard du groupe ?

Les ouvriers allemands avec lesquels il faisait équipe étaient, en général, de bons bougres. Bien sûr, ils ne faisaient pas de sentimentalité. L'atmosphère d'usine est peu propice à la romance. Le « Front » leur avait été épargné en raison de la spécification de leur tâche. Aussi, se tenaient-ils à carreau. Les chefs ne devaient pas être mécontentés... au risque de perdre la qualification d'ouvrier spécialisé et de se retrouver en Russie !

Surtout pas avec les nouvelles alarmantes en provenance de là-bas – que la propagande nazie ne réussissait pas à occulter complètement – où les armées allemandes après une avance fulgurante, piétinaient lamentablement.

Les contremaîtres non plus n'étaient pas hargneux. Ils ne demandaient que d'avoir la paix, une fois le travail correctement exécuté. Celui des grilles constituait une exception. C'était, parait-il, un Prussien, francophobe de nature...

Le lendemain de la journée « grilles », il gravit un échelon, sinon dans la hiérarchie, au moins quant au niveau... dans l'usine. On le conduisit... au premier étage, juste au-dessus de ses grilles abhorrées. Une salle immense, un plancher d'épaisses plaques métalliques. Au centre, un genre de puits – le sommet du haut-fourneau – dans lequel se déversaient les blocs de minerai, préalablement concassés pour faciliter leur transport Cette matière première arrivait par des wagonnets hissés alternativement par deux monte-charge, constamment en activité.

Le nouveau travail de Guillaume, en attelage avec un ouvrier allemand chevronné, était d'extraire le wagonnet plein à ras bord, de le rouler jusqu'au haut-fourneau, de l'y déverser, puis de le ramener vide dans l'ascenseur et retirer le suivant du monte-charge voisin et recommencer inlassablement l'opération. Là, au moins il ne fallait pas faire preuve d'une dextérité de super-champion, ni d'endurance haut-de-gamme.

Le travail était tout de même pénible, les wagonnets chargés pesaient une tonne (?), pour les manœuvrer et les vider, il fallait le tour de rein voulu (au risque de s'en coller un !) mais on pouvait récupérer quelques courtes minutes de pause quand l'équipe parvenait à ramener le vide avant l'arrivée du plein !

Entre le jeune Français et le vieil (relativement...) Allemand, l'entente était bonne. Celui-ci, père de famille, se faisait beaucoup de souci pour son fils aîné, lequel pataugeait dans la boue russe. De temps en temps, il apportait à son jeune collègue, une tartine, une pomme… ce que Guillaume recevait avec gratitude, pas seulement eu égard… à la valeur énergétique des cadeaux, mais aussi en tant que témoignages d'une camaraderie sous-jacente.

Travail par équipe de huit heures. Une semaine, le matin ; la suivante, l'après-midi ; la dernière, la nuit. Guillaume n'appréciait pas du tout les nocturnes. Il lui était bientôt plus nécessaire de dormir que… de manger. Les premières nuits, vers deux ou trois heures du matin, il éprouva les pires difficultés pour ne pas s'endormir. Il s'était entendu avec son coéquipier pour transbahuter les wagonnets, la nuit, seul, chacun à son tour par demi-heure. Maintenant qu'il avait acquis la pratique de manœuvre du lourd engin, il arrivait à s'en sortir seul… Pendant ce temps : repos pour l'autre.

Souvent, Guillaume devait être secoué, quand son tour venait, afin qu'il émerge de son profond endormissement. Il soupçonna même son compagnon de faire des rallonges, plus que sa part… afin de le laisser récupérer… Il y a de braves gens partout !

Il s'accommoda assez rapidement de son nouveau travail. Mais ce poste était très insalubre du fait des émanations de vapeurs délétères de plomb. Danger de saturnisme (intoxication au plomb…). Ils étaient aux premières loges pour les inhaler, à la remontée du haut-fourneau.

Il comprit pourquoi un demi-litre de lait entier lui était alloué quotidiennement alors que le commun des mortels – fût-il Allemand – sauf les bébés, ne disposait que de lait totalement écrémé, et encore, avec parcimonie.

De temps en temps, le mécanisme du haut-fourneau coinçait. Les blocs de minerai se bloquaient dans la trémie, laissant passer un afflux de gaz toxiques. Il y avait alors péril en la demeure. Une sirène se mettait à siffler son joyeux (?) refrain prescrivant à tout être humain de déguerpir en vitesse. Pas une minute à perdre ! Evacuation immédiate et rapide, les risques devaient être sérieux.

Une équipe spécialisée, munie de masques à gaz et casqués comme des scaphandriers remettait les choses en état. Après une sérieuse ventilation, le travail reprenait de plus belle.

Ses huit heures de boulot terminées, Guillaume ne resentait aucune envie de folâtrer. A part les repas du midi à la cantine, avec des menus un peu moins… équivoques, (la grève avait donc porté quelques fruits), les petits-déjeuners et repas du soir restaient à préparer. Or, les jeunes gens ne disposaient pas de cuisinière, ni même d'un simple réchaud, pour la bonne raison que la moindre flamme dans leur dortoir bourré de paille eut été extrêmement dangereuse.

Ils disposaient de réchauds de fortune, improvisés… A l'étage sous leur dortoir, reposaient de grosses coupelles de fonte suspendues à des rails, renfermant les résidus de la fusion des minerais. Ces engins étaient normalement basculés à terre et les blocs incandescents, abondamment pulvérisés.

D'un accord tacite, les ouvriers chargés de ce travail – Allemands ou autres… – laissaient refroidir dans quelques récipients, la masse rougeoyante. La chaleur irradiée était intense. Les cuissons y étaient ultra-rapides et ne pouvaient être régulées. Tout un problème, par exemple, pour faire bouillir du lait. Celui-ci avait la fâcheuse tendance à passer par dessus bord, à peine la casserole posée sur le fourneau de fortune. Seule alternative : s'en accommoder ou… manger froid !

Les jeunes Français ne se lancèrent pas dans la cuisine fine. Ils n'en possédaient pas les capacités, ni le temps, ni les ustensiles et denrées indispensables pour l'exercice de ce grand art.

Suite à la grève manquée, le Directeur avait consenti à ce qu'une moitié seule des tickets de rationnement soit prélevée sur leur dotation mensuelle. Il leur restait donc de quoi s'approvisionner chichement dans les commerces locaux : un peu de pain bis (leur pain K. K), une grosse noisette de margarine, les lichettes de viande sous forme de charcuterie… Une fois par mois, un gros petit pain blanc, mais d'une blancheur tellement immaculée qu'elle laissait des doutes quant à sa composition purement végétale… Un régal quand même. Le pain KK ne constituait vraiment pas un délice.

Guillaume, comme ses compagnons, allait faire ses courses en ville telles de braves petites ménagères. Ils apprirent à se débrouiller à la fois pour se faire comprendre et pour choisir leurs marchandises. Choix d'ailleurs très limité !

Les commerçants – pas de grosses boutiques – plutôt bienveillants à leur égard, les connaissaient. Beaucoup avaient un membre de leur famille à l'armée. En France ou, pire, en Russie. Ils compatissaient vaguement à la semi-détresse de leurs jeunes clients, lesquels se tenaient très correctement et payaient rubis sur l'ongle les marchandises acquises. Car, ils étaient payés pour leur travail. Pas royalement ; surtout que leur maigre salaire était amputé du coût de leurs repas du midi et des fournitures qu'ils avaient reçues (bleu de travail, chaussures). Une chance encore qu'on ne leur fasse pas payer leur minable logement ! Leur dortoir « trois étoiles »… celles que l'on apercevait au travers des fissures de la toiture.

Guillaume et son bon copain, Félix, déambulaient dans les rues de la petite ville jouxtant l'usine. Un camion les dépassa en klaxonnant bruyamment, leur faisant faire un saut sur le côté tandis que, sur le plateau du véhicule, deux hommes s'esclaffaient.

– Alors les gars, on ne reconnaît plus les « Pays » ?

Il s'agissait de prisonniers de guerre français, leur calot kaki aux pointes fièrement relevées, bien campé sur leur crâne tondu. Tous deux trônaient sur un amoncellement de sacs de pommes de terre. Travaillaient-ils pour un fermier dont ils livraient la récolte ?

L'un d'eux leur cria :

– *Maniez-vous ! Tournez le coin de la rue comme le camion ! Là, il y aura eu un « accident ». Un sac de patates sera tombé sur la rue. Empressez-vous de ramasser l'épave. Salut les gars ! Bonjour à la France, si vous rentrez avant nous !*

Bien que surpris, les deux garçons se précipitèrent. Effectivement, dans la petite rue, un sac d'une vingtaine de kilos de pommes de terre les attendait bien sagement, tandis que leurs généreux donateurs disparaissaient au loin avec moult signes de connivence.

Pas commode de transporter à deux ce don inespéré… sans se faire remarquer. Ils s'encouragèrent en pensant aux délicieux tubercules qu'ils allaient pouvoir cuire à leur guise.

Part à deux ! Chaque part soigneusement stockée dans leur armoire.

– *Cadeau tombé du Ciel !* dit Guillaume.

– *Non, du camion !* rétorqua Félix.

Guillaume ne fumait pas, mais tabac et cigarettes étaient très prisés – façon de parler – comme monnaie d'échange. Il avait droit à un petit contingent mensuel d'herbe à fumer, la qualité du tabac faisait en effet penser plus à de l'herbe séchée qu'à celle à Nicot.

Un jour, il se présenta dans un bureau de tabacs, dans le fol espoir d'obtenir un petit supplément, hors contingent. Devant lui, un client chenu quémandait… le même privilège.

Ce que le buraliste refusait !

– *Non, pas possible !*

Ce qu'entendant, Guillaume s'apprêta à faire marche arrière, se disant :

– *S'il n'y a rien pour un Ancien du village, il n'y en aura encore moins pour moi, le jeune étranger !*

Le commerçant s'aperçut du mouvement de repli, fit signe d'attendre que le client éconduit s'en aille. Sans que le jeune homme n'eût à concrétiser sa demande, le buraliste sortit de dessous son comptoir, un magnifique paquet de tabac. Magnifique, non pas par la qualité – plutôt quelconque – mais par le fait qu'il était inespéré ! Et pas au tarif marché noir ! Guillaume remercia vivement son bienfaiteur qui lui recommanda de dissimuler son précieux paquet avant de sortir du magasin.

Une autre sorte d'approvisionnement lui parvint de France : un colis de provenance d'abord indéterminée… Ses parents se serraient la ceinture pour lui envoyer de loin en loin, une boîte de pâté de lapin (fabrication maison), des haricots secs, du pain grillé, un peu de confiture ersatz, du savon, etc… Leurs disponibilités étaient bien limitées.

Le colis mystérieux, une fois ouvert, débordait de biscuits secs et de pastilles rouges… Des vitamines. Une lettre lui apprit que les élèves de l'école qu'il venait de quitter, s'étaient privés, plusieurs fois par semaine, d'un biscuit et d'une pastille, à son intention… D'abord, ses propres anciens élèves, puis, suivant l'exemple, ceux des autres classes voulurent faire aussi bien. Vu le nombre d'enfants, les stocks devinrent vite pléthoriques.

Ces braves petits se privaient pour l'ex-maître d'école ! Témoignage concret d'affection que Guillaume reçut avec émotion… Les colis se mirent à proliférer. Guillaume, gavé de vitamines, partageait la provende avec ses copains ravis de l'aubaine. Cela ne sauva peut-être pas la race française exilée, de la dénutrition, mais quand même…

14

De temps en temps, l'opportunité se présentait d'aller à la boucherie pour honorer les quelques tickets que la cantine voulait bien leur laisser… Saucisson, saucisses ou autres charcuteries de fabrication maison à base de viandes diverses mélangées à des produits amylacés et autres ingrédients. Ce qui, en somme, convenait le mieux aux jeunes gens, bien embarrassés pour cuire… ne serait-ce qu'un simple steak.

Quand Guillaume entra pour la première fois, tout gêné, dans la petite boucherie (l'unique du village), il éprouva quelques difficultés pour se faire comprendre de la bouchère. Après quelques vains efforts : *Eine moment!* dit-elle en s'éclipsant par la porte derrière le comptoir.

Elle revint avec une jeune demoiselle – sa fille, sans doute – Vingt ans environ. Mignonne tout plein, bien agréable à regarder ! Pas du tout du genre sophistiqué. Pas grande, mais harmonieusement proportionnée… Comme sa mère, elle portait une blouse blanche… qui serrait un peu aux endroits stratégiques ! Fin visage, bouche bien dessinée, grands yeux bleus espiègles, un petit air coquin, sans se prétendre une allumeuse !

Guillaume se sentit immédiatement en confiance et gagné par le charme de la jeune fille. Bien sûr, aucune comparaison avec Reine. Aucune fille n'arriverait à sa cheville ! D'emblée, elle bavarda cordialement avec le jeune garçon comme s'il s'agissait d'un ami de longue date. Et dans un français correct. Elle se déclara ravie de pouvoir converser avec quelqu'un de son âge et de parler agréablement de tout et de rien.

– Mes parents ont toujours aimé la France et les Français. Ils m'ont inculqué les mêmes sentiments. Ce qui fait qu'ils m'ont prénommée Christiane, prénom français qui, en même temps ne dénote pas dans la prononciation allemande ! J'ai étudié votre langue au collège mais il y a longtemps que je ne l'ai parlée. Excusez-moi, si je me trompe quelquefois !

Guillaume la rassura :

– Vous vous exprimez très bien ! Beaucoup mieux que moi en allemand, avec les rudiments collectés au contact des ouvriers de l'usine. Pas toujours du vocabulaire délicat…

La conversation se prolongea… plus que nécessaire pour l'achat d'une saucisse !

Christiane voulait tout savoir. Où travaillait-il ? Etait-ce pénible ? De quelle région de France venait-il ? Quelle était sa profession avant de venir ici ? Pourquoi s'était-il porté volontaire pour travailler en Allemagne ? N'y avait-il plus de travail en France ?

Elle demeura perplexe quand elle sut qu'il était instituteur-adjoint, pas volontaire pour un sou, mais requis d'office. Il n'avait aucune prédilection particulière pour les aciéries et autres fonderies.

Guillaume sentit qu'à la sympathie que lui manifestait la jeune fille s'ajoutait une pointe de compassion…

Au fil des semaines, leur amitié s'affermit au point où le jeune homme se sentit moralement obligé – toujours son côté boy scout ! – d'informer sa nouvelle amie de l'existence de Reine à laquelle il se déclara inébranlablement fidèle.

Christiane ne put cacher sa déception. Avait-elle inconsciemment échafaudé des plans sur le devenir de leur amitié ? A quoi rêvent les jeunes filles…

Elle accusa le coup :

– *Nous nous entendons si bien tous les deux ! Peut-être m'étais-je fait des idées car tu me plais beaucoup ! Que cela ne nous empêche pas de rester bons amis !*

Et ils le restèrent ! Dans des relations tout à fait platoniques ! Ils ne sortaient jamais ensemble ; ce qui eut été très mal vu par les habitants du village – devenant des collaborateurs à rebours ! –. Les parents, bien que tolérants, tenaient à leur réputation…

Guillaume resta fidéle également… à la boucherie ! Mais là n'était pas la motivation essentielle de son assuidité. Il estimait beaucoup Christiane sans se sentir aucunement coupable de trahison vis à vis de Reine.

Christiane remarqua un jour que les mains de son jeune ami restaient profondément striées de sillons noirâtres.

– *Pourquoi as-tu les mains si peu nettes ? Manques-tu de savon ?*

Guillaume, légèrement vexé, répondit :

– *Du savon ? J'en ai ! Pas beaucoup et… pas fameux. Je ne réussis pas à enlever ce noir si profondément ancré dans ma peau. Le minerai de plomb tient, sans doute, trop à moi !*

– *Il faut utiliser de la pierre ponce*! *Je t'en passerai un morceau, quand tu reviendras !* promit Christiane. Ce qu'elle fit et Guillaume se retrouva… les mains propres.

Gros problème pour les garçons : la lessive ! Avec un savon exécrable, une brosse à chiendent empruntée à l'un ou à l'autre, le tout servi par une maladresse innée en la matière. Et le repassage ? « Niet ! » !

Leur linge se détériorait, à la fois maltraité par leurs travaux d'usine et par un lavage réalisé en dépit de toute expérience féminine. Christiane le remarqua rapidement. Elle exigea que son ami lui remette – quelquefois – un morceau de son « vestiaire » pour une lessive digne de ce nom! De ce fait, Guillaume était favorisé par rapport à ses compagnons de travail. Arrivés à peu près correctement vêtus, ils étaient bien loin maintenant de pouvoir postuler dans un coucours d'élégance…

Leurs cheveux? Par chance, un copain « Maine-et-Loire » savait vaguement manœuvrer les outils de coiffeur et… il en avait emportés. Pas une coupe sensationnelle mais, au moins, ils ne ressemblaient pas tout à fait… à des hommes des bois!

Depuis leur arrivée à l'usine, ils entendaient, la nuit, ronronner les forteresses volantes anglaises en route pour déverser leur cargaison de mort à l'intérieur du pays. Cela ne les inquiétait guère, car ces raids prouvaient que les Alliés tenaient bon et rendaient coup pour coup! Sinon quelle espérance pouvaient-ils conserver de voir leur infortune actuelle prendre fin? La propagande allemande clamait haut et fort que leurs propres bombes ravageaient l'Angleterre. Londres ne serait plus qu'un vaste champ de ruines. Sans compter leur nouvelle arme secrète, les terribles bombes volantes! Ce qui inquiétait beaucoup Guillaume! Que devenait sa bien-aimée sous un tel déluge de mort?

Une nuit, le feu venu du ciel éclata à proximité de l'usine. Les garçons, peu inquiets jusqu'alors, réalisèrent que, si une bombe tombaît sur l'usine, avec en prime, les gaz de plomb jaillisant du haut-fourneau, pour eux, ce serait l'Apocalypse.

Quelques-uns, Guillaume en tête, jugèrent prudent dès le lendemain de l'assaut aérien, d'aller dormir à la belle étoile au cas où leurs amis d'Outre Manche éprouveraient le désir de récidiver, cette fois-ci, en ciblant mieux!

La température était douce. Dormir par terre, au milieu du thym et des ajoncs – en supposant qu'il y en ait – du vaste terrain vague contigu aux bâtiments industriels… cela serait plutôt agréable, croyaient-ils naïvement.

Le soir, une dizaine de volontaires émigra sur la prairie voisine. Le sol était rocailleux. Ils durent choisir soigneusement leurs emplacements en écartant les pierres risquant de leur meurtrir les côtes. La nuit était sereine, les étoiles brillaient de tout leur éclat. Une nuit idéale pour les raids aériens.

Quel contraste entre la nature paisible que rien ne peut ébranler durablement et la folle agitation meurtrière des hommes.

Les garçons s'endormirent un à un, un peu enivrés par l'air vif, pas d'une pureté idéale vu la proximité de l'usine, mais, c'était quand même plus respirable que dans leur dortoit surchauffé…

La nuit se passa sans la moindre alerte. Les aviateurs alliés s'étaient-ils octroyés une nuit de farniente?

Manque absolu de confort. Les dénivellations n'épousaient pas vraiment la morphologie des dormeurs à la belle étoile. Quelques cailloux clandestins pointaient insidieusement dans leurs côtes. L'aube commença à poindre. La rosée se mit en plein de la partie, humidifiant sans compter couvertures et occupants. Ceux-ci se retrouvèrent visage et cheveux mouillés comme dans un bain de vapeur. La goutte de rosée perlant sur le pétale d'une rose, c'est magnifique… en photo mais, pas très agréable sur le bout du nez.

Les dormeurs frissonnèrent et pestèrent contre cette malencontreuse idée qu'ils avaient eue de risquer de mourir d'une pneumonie plutôt que sous les très problématiques bombes anglaises. Avant l'apparition du soleil, ils étaient tous bien réveillés, pas besoin de réveil-matin!

D'un commun accord, ils plièrent bagages pour réintégrer leur dortoir malsain mais néanmoins douillet où leurs copains – sédentaires – les accueillirent avec des railleries sur les tendances farfelues de certains amateurs de nuit à la belle étoile… Ces derniers se promirent bien que, sauf en cas de force majeure, on ne les y reprendrait plus!

Les wagonnets ne posaient plus de problèmes majeurs à Guillaume qui s'y était parfaitement adapté. Enfin! Un jour, son coéquipier allemand tomba malade. Il fut remplacé, haut le pied, par un prisonnier de guerre russe. La brute parfaite! Pour quelques cigarettes ou un morceau de pain, il aurait trucidé père et mère… à plus forte raison un minable petit Français dont il pouvait ne faire qu'une bouchée. Les jeunes travailleurs STO avaient souvent le ventre creux. Rien en comparaison des Russes eux, littéralement affamés comme des loups dans un bois. Rien ne les arrêtait pour parfaire leur maigre rationnement.

Ces malheureux étaient parqués dans un camp voisin de l'usine. La responsabilité en incombait à un *oberleutnant* prénommé Godfritz. Peu conforme à l'idée préconçue que l'on pourrait se faire du garde-chiourme d'un camp de prisonniers… russes de surcroît!

Le lieutenant était charmant. Bien obligé de faire respecter la discipline dans son camp, il essayait d'améliorer, tout au moins de ne pas aggraver, le triste sort de ses ouailles contraintes et forcées.

Comme le *Hauptmann* de Dunkerque, Godfritz, lui aussi, professait le français en Allemagne. Il s'exprimait de façon parfaite dans la langue de Molière… au point où il reprenait parfois l'un ou l'autre des jeunes Français, prenant trop de liberté avec la syntaxe…

En plus du camp des Russes, il avait en charge la surveillance des travailleurs STO du coin… qui ne lui causaient aucun souci… sauf le jour de grève où il n'avait pas voulu intervenir personnellement. Cette responsabilité lui permettait quelques relations avec les jeunes gens avec lesquels il aimait bavarder… ayant une préférence marquée pour Guillaume. Celui-ci fut un jour invité, avec son ami Félix, à venir boire un verre… dans le poste de commandement. A l'intérieur du camp russe!

Forte impression, pour ne pas dire oppression! Quelle différence énorme entre le sort des travailleurs français, même vaguement prisonniers du travail, mais libres de circuler et celle des Russes se mourant de nostalgie et de faim, derrière leurs barbelés. Quelques uns, dépenaillés, hâves, les yeux profondément enfoncés dans les orbites, s 'accrochaient aux grillages pour écouter la musique russe que l'officier faisait jouer à leur intention sur un antique gramophone. Les prisonniers savouraient cette musique qui les faisait rêver à leurs lointaines steppes.

Tour à tour:

– *Plaine, ma plaine*... ou

– *Marche, tire*... des Bateliers de la Volga

Et bien d'autres airs encore...

Pour améliorer leur triste ordinaire et ne pas périr de faim à petit feu, quelques prisonniers avaient opté pour le travail en usine. Ils touchaient ainsi un lèger supplément de nourriture, quelques cigarettes... Les durs, les irréductibles, souffraient encore plus, en comparaison, d'une évidente dénutrition.

Certains de ces Slaves provenaient de lointaines steppes désertiques, à en juger par leur comportement de « sauvages ». Souvent complètement ignares, leur seul souci était de manger. Ils ne faisaient aucune concession, pas même entre eux! A plus forte raison... avec les autres!

Le nouveau compagnon d'attelage de Guillaume était pire que le plus mauvais des Allemands. Heureusement, son coéquipier habituel se rétablit vite et reprit son travail... à la grande satisfaction du jeune Français.

Parmi les Russes, quelques individus de taille démesurée, maigres comme des échassiers, au faciès incontestablement asiatique. Les Français les appelaient les « Mongols » sans savoir s'ils l'étaient vraiment. Ils ne parlaient pas un traître mot de français et, à peine plus d'allemand. Difficile d'engager conversation!

De pauvres bougres! Encore pouvaient-ils s'estimer heureux d'être tombés sous la férule de Godfritz. Ils ne communiquaient pratiquement pas avec les autres travailleurs... sauf quelques exceptions, se faisant remarquer au contraire par leur distinction et leur maintien parfait. L'un d'eux reproduisait au fusain, très agrandies, les photos d'identité qu'on lui confiait. D'une ressemblance incroyable! Pour un croûton de pain ou quelques cigarettes. A propos de ces dernières, quand un Russe en recevait une, il s'empressait... d'arracher le papier de l'entourage pour lui substituer une feuille de papier journal. Il en faut pour tous les goûts!

Un colis de provenance familiale parvint à un copain de Guillaume. Dedans une boîte métallique – du pâté de fabrication maison – de la ferme –. Lorsque son destinataire l'ouvrit, une odeur pestilentielle s'en échappa. La stérilisation avait-elle été mal réalisée ? Décision spontanée : destination poubelle. Un « Mongol » chargé de l'enlèvement des ordures ménagères, plongea... D'une main fébrile, il recueillit, parmi les détritus, quelques bribes de viande qu'il engloutit sans sourciller, jusqu'à la dernière miette. De quoi couper l'appétit, même à un demi mort de faim !

On ne sut jamais si le bonhomme en mourut ou fut simplement malade.

Guillaume, sans souffrir de fringale permanente comme la plupart de ses compagnons – rien de comparable avec les Russes – manquait de « douceurs ». Sa mère l'avait habitué aux sucreries, chocolat, gâteaux, confiture. Et maintenant : « Niet » Plus rien !

L'un de ses compagnons d'infortune, fils de fermier, reçut un précieux colis ayant lambiné en route. A l'ouverture : Hourra ! Un magnifique pain-gâteau à la croûte bien dorée. L'eau monta à la bouche de Guillaume qui ne put cacher sa convoitise. Ce que voyant, l'heureux destinataire en découpa une belle tranche à son intention...

Hélas ! L'intérieur du gâteau était strié de moisissure. Même destination que pour le pâté avarié des jours précédents : poubelle ! Guillaume stoppa le geste de son camarade en le priant... de lui remettre l'épave. Ce qu'il obtint sans difficulté...

Sans attendre, il s'attaqua patiemment à l'élimination des abondants filaments verdâtres. Il ne resta pas grand' chose de mangeable... Peut-être la valeur d'une ou deux tartines et encore... d'un goût douteux. N'empêche qu'il s'en pourlécha les babines !

15

Alors qu'il s'y attendait le moins, son travail aux wagonnets étant devenu routinier, au début d'une nuit pas trop bousculée, un contremaître vint le chercher. Il devait se rendre, sur le champ, dans une autre partie de l'usine. L'insatiable haut-fourneau serait temporairement approvisionné par le seul coéquipier allemand, lequel eut beau protester, tempêter, supplier… rien n'y fit ! Un ouvrier blessé devait être remplacé d'urgence dans un travail ne souffrant aucun retard.

Guillaume ne savait pas ce qui l'attendait !

Un toit immense constitué de tôles soutenues par des piliers métalliques. A ceux-ci, des rails étaient fixés, courant d'un côté à l'autre de l'immense salle faisant penser à une gare de triage… tout aussi sinistre. A la différence que les rails se trouvaient en l'air…

Dans le coin le plus éloigné, des coupelles se balançaient nonchalamment, leur contenu rougeoyant finissant de se solidifier sous une forte pulvérisation d'eau. Des engins du même gabarit servaient aux jeunes Français pour réchauffer leurs gamelles.

Le contact de l'eau avec la matière en fusion – le résidu sortant du haut-fourneau après récupération du plomb liquide – provoquait une vaporisation intense.

Jusque là, pas de raison de paniquer.

Sur une voie parallèle, un compagnon, visiblement novice lui-même, se démenait avec ses engins-balançoires qu'il s'efforçait de propulser plus loin. Guillaume essaya d'assimiler les laborieuses explications du contremaître. En résumé :

– le résidu en fusion sort du haut-fourneau après avoir été déversé dans des coupelles. Celles-ci arrivent après chaque coulée par série d'une dizaine. Il y a un temps mort entre chaque coulée, mais il ne faut pas laisser un engin en panne sur son rail car le suivant entrerait violemment en collision. – chaque coupelle arrive à grande vitesse sur son rail et se freine d'elle-même, en raison d'une soudaine contre-pente, à un endroit où il faut la « capturer » avec le crochet et l'expédier plus loin pour qu'elle se gare sous un jet d'eau…

Jugeant sa mission d'initiation terminée, l'Allemand s'éclipsa laissant Guillaume avec son grand crochet métallique. Une boule de feu déferla à une vitesse infernale, droit sur le garçon… qui s'empressa de détaler. L'engin s'arrêta tout seul à l'endroit prévu, où il devait être crocheté, mais Guillaume n'y était plus. La coupelle parut hésiter, puis commença une marche-arrière. Il courut derrière elle pour la rattraper… Mais, la suivante surgissait déjà et vint heurter avec violence l'intruse qui osait se trouver sur sa route… ce qui provoqua un puissant jet de lave incandescente. Un volcan ambulant!

Par chance, Guillaume n'était pas encore parvenu au point d'impact sinon il eut certainement été sérieusement brûlé…

Une préfiguration de l'Enfer de Dante.

Il lutta longtemps pour réexpédier à temps les coupelles vers leur lieu de garage en prenant grand soin d'éviter les endroits périlleux où se produisaient les collisions… quand il ne pouvait plus suivre le rythme.

Traverser les sections abondamment arrosées causait autant de brûlures que de goulettes d'eau bouillante projetées sur la peau. Peu profondes, elles étaient douloureuses du fait de leur multiplicité. Marcher avec les sabots qu'on lui avait remis avant ce travail de bagnard, s'avérait pénible. Il pestait contre ceux-ci avec lesquels il se tordait affreusement les chevilles. Puis, il comprit que ses chaussures de cuir n'auraient pas supporté le contact avec la caillasse acérée résultant des débordements de la lave, vite solidifiée mais restant atrocement brûlante.

Sur le quai voisin, son compagnon d'infortune avec lequel il n'avait échangé que quelques mots, peinait encore plus que lui. Il avait laissé accumuler plusieurs de ces wagonnets aériens qui s'entrechoquaient en série en lançant des gerbes de feu… Impossible de lui prêter main-forte sans risquer de voir sa propre situation devenir inextricable. Le voisin se démenait comme un forcené. Manifestement, il s'épuisait en vains efforts.

Pour rattraper son retard, le malheureux prit des risques insensés. Il s'aventura dans des zones mortelles, là où le liquide incandescent fusait, lors des tamponnements.

Guillaume hurla:

– *Fais gaffe! Tu vas te faire griller!*

Trop tard! Une giclée de feu jaillit d'un récipient heurtant dans sa course folle ses congénères se balançant nonchalamment sur leur rail. Le jeune homme se trouvait en plein dans la trajectoire mortelle.

Horrifié, Guillaume vit son compagnon s'embraser sous ses yeux. Ses vêtements prirent feu tandis qu'il poussait des hurlements désespérés. Il s'effondra, recouvert d'un magma noirâtre: le métal incandescent se solidifiait sur le corps de l'infortuné.

Blême, Guillaume se jeta sur la sonnerie d'alarme. L'usine s'arrêta instantanément: plus de sortie de bombes de feu du haut-fourneau. Une équipe de secours intervint dans les quelques minutes qui suivirent. En vain! Le garçon était mort, recroquevillé sur lui-même, ressemblant à une momie égyptienne. Son corps fut empaqueté et emporté dehors. L'usine recommença à respirer. Comme au cirque, quelle que soit la catastrophe, le spectacle doit se poursuivre.

Le malheureux fut immédiatement remplacé à ce poste mortel. Un gigantesque Russe que l'on avait probablement alléché par la promesse de quelque nourriture.

Guillaume, le cœur sur les lèvres, la peur au ventre, dut continuer. Il sentait ses nerfs sur le point de flancher. Se coucher par terre… et attendre la fin quelle qu'elle soit! La pensée de perdre Reine à jamais l'arrêta.

Immense soulagement, la nuit se terminait enfin. Les premières lueurs du jour commençaient à embraser l'horizon atténuant l'aspect morbide des bacs funestes. L'enfer, ce devait être quelque chose du genre de ce qu'il venait de vivre!

Enfin, la relève arriva. Equipe de jour: encore des Russes. Durant toute la journée, il ne put se défaire du souvenir lancinant des heures terrifiantes de la nuit. Sa hantise: devrai-je rejoindre le même poste la nuit prochaine? En ce cas, comment pourrai-je tenir le coup?

Le soir, quand il se présenta aux wagonnets, son coéquipier allemand l'accueillit avec joie. Il avait fait des pieds et des mains pour obtenir sa réintégration et avait tant « râlé » que satisfaction lui avait été accordée. Cauchemar permanent de Guillaume: la crainte de devoir replonger (en enfer!) un jour ou l'autre.

Quelque temps après sa funeste nuit, l'un de ses copains STO fut, à son tour assigné à ce poste. Il n'y termina pas la nuit! Il piqua une crise de nerfs d'où son hospitalisation durant quelques jours afin de rétablir son système nerveux sérieusement ébranlé… Quand il revint à l'usine, il restait encore un peu déboussolé.

Cependant, ce travail, tout en étant terriblement dangereux, n'était pas vraiment un casse-pipe. Avoir des nerfs solides, ne pas paniquer! De la méthode: ne pas bouger de la place « ad hoc »… Alors, on s'en sortait! Mais fallait-il d'abord en mourir pour s'aguerrir à cette besogne de dingue?

L'usine ne présentait aucune sécurité. Du métal en fusion dans tous les coins, manœuvré souvent par des novices que les ouvriers allemands s'efforçaient consciencieusement d'initier… sans parvenir à éviter des maladresses ne pardonnant pas toujours…

Un copain de Guillaume, un « Maine-et-Loire », costaud, placide, bon garçon, restait constamment au même travail depuis son arrivée. Pas comme Guillaume à ses débuts, voltigeant d'un bord et d'autre. Dans le four du gars de l'étain était extrait. Comme pour l'argent, un grand cube de maçonnerie percée de petites lucarnes. L'étain liquide, quand la fournée tirait à sa fin, affleurait le bas des ouvertures situées à niveau d'homme.

Son travail consistait à racler les impuretés surnageant à la surface. Pour cela, il utilisait une tige de fer de plusieurs mètres, longue en raison de la température infernale rayonnant de l'orifice ouvert. Dans un mouvement incessant, la tige levée entrait profondément dans le four, appuyée sur le rebord de la lucarne, puis abaissée au niveau de l'étain liquide, ensuite ramenée vers la porte où s'écoulaient les impuretés superficielles. Système archaïque!

Travail éreintant mais dont « Maine-et-Loire » semblait bien s'accommoder.

Un jour... la tige cassa! Elle devait être d'un âge vénérable. Pas de matériel de remplacement... Les ouvriers rafistolèrent la tige en ficelant, avec du fil de fer, la partie demeurée intacte sur un long tuyau métallique afin de lui restituer la longueur nécessaire. Apparemment, pas de problème.

Personne n'avait pensé que, lors du mouvement en avant, le tuyau s'emplirait d'étain fondu! Quand le jeune Français releva sa tige pour affleurer la surface du liquide, l'étain du tube se déversa... sur le ventre du malheureux qui s'écroula en poussant des cris affreux.

Conduit d'urgence à l'hôpital, il demeura plusieurs jours entre la vie et la mort. Il finit par guérir mais en restant sérieusement handicapé, ce qui lui valut d'être réexpédié en France. A quelque chose, malheur est bon, mais au prix de quelles souffrances!

Guillaume demeurait en bons termes avec ses copains français d'exil. Peu importaient les différences d'instruction, d'éducation, de goûts et d'affinités... ils s'entendaient bien, se donnant volontiers un coup de main quand l'un ou l'autre se trouvait en difficulté ou... broyait du noir. Ce qui n'était pas toujours évident... Vivre perpétuellement en groupe, dormir, manger, travailler côte à côte à longueur de journées ou de nuits... générait forcément des dissensions. Mais, ils se tenaient les coudes: la solidarité, c'était tout ce qui leur restait de chez eux!

Quand l'un d'eux piquait une crise de cafard – ce qui n'épargna guère Guillaume – les autres tentaient de lui remonter le moral. Tous souffraient d'être loin de leur Pays, de leurs parents, amis, femme ou fiancée... de leur vie d'antan qu'ils avaient parfois tant décriée...

La vie d'usine pesait d'autant plus à Guillaume que rien ne l'avait préparé à cette existence. Physiquement, il s'adaptait, ses muscles durcissaient, ses mains calleuses aussi!

Pas toujours bon moral! Au fond de son cœur stagnait une peine constante. Il revivait avec nostalgie les délicieux moments vécus avant la débâcle, se demandant si cet heureux temps reviendrait un jour. Sa « toison d'or » lui devenait de plus en plus précieuse, s'accrochant à la seule chose matérielle lui restant des jours bénis... ce qui l'empêchait souvent de sombrer dans le désespoir!

Il voyait régulièrement son amie Christiane – en tout bien tout honneur – pour bavarder gentiment, ce qui contribuait à lui sauvegarder le moral. Evidemment, ses copains le mettaient en boîte sur sa petite amie allemande dont il était le *Chouchou.* Guillaume, de bonne grâce acceptait les taquineries tant qu'elles ne dépassaient pas les bornes. Tous avaient retenu de ne pas se hasarder à plaisanter sur « celle » qu'il avait laissé au loin!

Christiane était charmante. Elle lui vouait une affection sincère, bien qu'elle eut renoncé à tout espoir de concurrencer sa liaison française, dans le cœur de son jeune ami… qui lui parla de la précieuse mèche de cheveux détenue enclose dans le sachet de tissu qui se détériorait au fil des jours, à force d'usage. Touchée par la profondeur de ces sentiments, Christiane dénicha un médaillon qu'elle remit à Guillaume afin qu'il puisse y glisser son trésor. Rien de luxueux! Du rustique! Une petite boîte – peut-être de l'argent – suspendue au bout d'une chaîne d'acier… Tout juste ce qu'il fallait! Guillaume, enchanté, fit la bise à la jeune fille… qui devint rouge comme une pivoine.

Les pulsions sexuelles des jeunes Français s'avéraient inexistantes. Les cuisiniers avaient-ils la consigne d'incorporer dans leur nourriture des produits lénifiants, bromure ou autre?

Le travail épuisant, la nourriture « monastique », n'avaient rien d'excitant, même pour des gars de vingt ans. Hors de question de fréquenter de jeunes allemandes!

Les braves parents de Christiane toléraient les bavardages de leur fille… mais rien que chez eux: laisser sortir les deux jeunes: *Verboten!*

Dans le dortoir où ils étaient empilés, dans une totale absence d'intimité, Guillaume n'eut jamais connaissance de liaisons… inter-masculines. En ces temps difficiles, ces mœurs particulières n'avaient pas cours. La mode n'en avait pas encore été lancée!

Les alertes aériennes continuaient de perturber régulièrement la quiétude des nuits mais, jusqu'à présent, le secteur n'avait été que peu touché. Tous se demandaient pourquoi leur usine, un élément pourtant essentiel pour l'effort de guerre ennemi, était épargnée alors que d'autres régions dont des villes importantes, apparemment sans intérêt militaire ou stratégique, subissaient d'intenses bombardements…

Les Anglais voulaient-ils rendre à leurs adversaires la monnaie de leur pièce en leur infligeant le même traitement qu'eux-mêmes supportaient à Londres?

Parmi ses copains, Guillaume en avait un avec lequel il liait des relations plus cordiales. C'était Félix! Un doux rêveur, d'un caractère très accommodant, perpétuellement en retard en raison d'une nonchalance innée, fidèle en ses amitiés… autant qu 'à sa pipe dont il ne se séparait pas – sauf pour dormir – même quand elle était désespérément vide en raison du manque de… carburant.

Lui non plus n'était pas taillé pour les pénibles travaux d'usine. Il éprouvait d'énormes difficultés pour s'adapter, lui l'intellectuel romantique…

De par son air candide, son attitude soumise, il prêtait cible aux houspillages et quoli bets des contremaîtres et ouvriers allemands. Guillaume se rebiffait plus facilement! Finie la période du « gentil-petit-garçon-à-sa-maman ». L'altercation avec le contremaître prussien – celui des grilles – avait fait le tour de l'usine. Téléphone arabe ?

Aussi, lui laissait-on la paix ou, au moins, n'était-il pas tarabusté pour des riens ! A l'occasion, il prenait la défense de son ami en le poussant à ne pas tout accepter sans réagir.

Un autre compagnon STO, beaucoup moins liant – Xavier – inspirait pitié. Arrivé en Allemagne misérablement vêtu, il affichait un air de chien battu. Sa mine hâve donnait à penser que, même en France, il n'avait pas toujours mangé à sa faim : la peau sur les os !

Il ne se liait avec personne en particulier. Ses compagnons de travail, compatissants, lui refilaient quelques nourritures, quand ils en avaient la possibilité, eux-mêmes ne nageaient pas dans l'opulence gastronomique. Guillaume l'avait plus particulièrement aidé et Xavier lui manifestait une certaine gratitude...

Un jour le portefeuille du pseudo « Saint Vincent de Paul » disparut. Catastrophe ! Non seulement les quelques marks évaporés feraient cruellement défaut – bien que le prudent Guillaume eut constitué une réserve soigneusement bouclée dans son armoire métallique – mais sans papiers d'identité, gros problème !

Toute la chambrée alertée fureta partout. On finit par retrouver le portefeuille volage dans la « pampa » voisine... Délesté de tout l'argent. Le reste n'avait pas intéressé le voleur.

Enquête rapide ! Xavier avait été aperçu errant dans le terrain herbeux en question. Qu'avait-il à y faire ? De prompts recoupements cristallisèrent les soupçons sur lui.

Un genre de Tribunal de Guerre fut hâtivement constitué. Xavier, sur le gril, finit par avouer son larcin. La faim ? L'occasion ? Ce qui outra les jeunes gens. Ils croyaient pouvoir se faire une confiance aveugle entre eux... et déception... Tant de duplicité envers un copain si bienveillant... Bref, un crime abominable... pour des garçons, peu enclins à la tolérance (défaut de jeunesse !)

Le verdict tomba : le coupable serait dénoncé aux autorités de l'usine afin d'être sanctionné. Les « juges » escomptaient un blâme, une corvée supplémentaire, quelque chose de bénin en somme. Ils furent atterrés quand deux gendarmes vinrent se saisir de ce dangereux criminel (?) pour l'emmener Dieu sait où. On ne le revit jamais !

Guillaume et ses amis éprouvèrent longtemps de cuisants remords d'avoir si impulsivement cédé à un néfaste ressentiment envers ce pauvre diable. Ils auraient dû sagement *laver leur linge sale en famille.*

16

Episodiquement, les jeunes Français broyaient du noir, se demandant anxieusement quand cette épreuve allait cesser. Durant l'une de ces périodes de marasme, Guillaume, Félix et deux autres copains, Jean, garçon boucher dans le civil, l'autre, Roger, marin,... décidèrent tour simplement, *de se faire la belle :* en un mot, s'évader de ce bagne infect !

Non pas en creusant de fastidieux tunnels sous des clôtures de barbelés ou... sous la couverture d'un quelconque bestiau... puisque les portes leur étaient ouvertes. Pas celles de la frontière, évidemment interdites. Leur liberté d'action se limitait à quelques dizaines de kilomètres.

Tous quatre, aussi inconscients des difficultés les uns que les autres, se lancèrent, tête baissée, dans l'aventure. Sans aucune préparation, sans véritable plan d'action, se fiant aveuglément à leur bonne étoile. Or, à cette dernière, il est vivement recommandé... de donner un bon coup de main !

Guillaume possédait une carte routière détaillée de la région. Leur usine n'était pas très éloignée de la frontière française et, encore moins, de celles de la Belgique et de la Hollande. Peut-être, espéraient-ils, serait-il possible, par là, de gagner leur Flandre natale.

Les Flandres françaises avaient été rattachées par les Occupants, aux Flandres belges et dépendaient de la Kommandantur générale de Bruxelles.

Pour se ménager un alibi en cas d'accrochage, de pépin, les évadés en puissance pensèrent tout de même à proclamer çà et là, leur intention d'aller faire un tour en Belgique pour essayer de glaner un peu de tabac... A moitié vraisemblable car, en ces temps de pénurie, les Belges ironisaient :

– *Tant qu'il y aura de l'herbe en Belgique, il y aura du tabac pour les Français !*

Un fameux label de qualité.

Croisant les pouces et remplis d'anxiété, ils partirent un début d'après-midi, profitant d'une période commune de repos. D'abord le tramway comme d'innocents touristes – ce qu'ils étaient encore – Ils roulèrent jusqu'au terminus. Dommage que le tramway ne soit pas international pour les conduire d'un seul jet... jusque chez eux !

La jonction de la frontière belgo-hollandaise, là-bas, à une dizaine de kilomètres... Descendus de leur cheval de fer, les quatre garçons marcherèrent dans la campagne, vaguement déconcertés par la facilité de leurs prémices d'évasion.

Ils consultaient attentivement la carte, de plus en plus inquiets à mesure qu'ils progressaient. A un certain moment, les fugitifs se rendirent compte qu'errant ainsi dans la campagne, une carte à la main, ils ne tarderaient pas à se faire repérer, ne serait-ce que par le voisinage, intrigué par leur comportement bizarre. Ils se trouvaient sans doute non loin des défenses fortifiées que les Allemands avaient édifiées en similitude avec la ligne Maginot française. La ligne Siegfried, thème du chant moqueur des Alliés, au début de la guerre :

– *On ira pendre notre linge sur le Ligne Siegfried !*

Jusqu'à présent, ils n'avaient pas aperçu beaucoup... de linge flottant au vent ! Les Alliés n'avaient pas eu loisir de donner suite à leur projet chanté...

De là à ce qu'on les soupçonne d'espionnage. Ce qui serait pire qu'un théorique abandon de poste à l'usine, d'une rupture de contrat de volontariat. Guillaume jugea prudent de cacher sa carte dans un buisson, se promettant de la récupérer au retour... si retour il y avait ! Sinon, s'ils passaient, qu'importait la carte !

Devenus enfin prévoyants, les quatre lascars se mirent d'accord sur la version à soutenir mordicus, s'ils étaient arrêtés :

– *Nous avons quitté notre usine pour changer de son air vicié et tenter de nous approvisionner en tabac en Belgique... On nous a dit qu'on en trouvait facilement hors rationnement !*

Même s'il fallait passer pour des simplets.

A peine le document compromettant dissimulé, qu'un soldat, baïonnette au canon – ils avaient l'air de beaucoup y tenir dans ce Pays –, visiblement alerté par des autochtones, surgit de derrière un taillis et leur demanda... leurs papiers (cela devenait une obsession).

Les quatre errants exhibèrent à la hâte leur carte de travailleur STO que le militaire examina minutieusement... déjà radouci ! Ce n'était donc pas de perfides espions.

Il leur demanda, en sa langue :

– *Comprenez-vous l'allemand ?*

Ce à quoi, l'un des garçons, spontanément et innocemment, répondit :

– *Non !*

Le soldat parut surpris... Comment une question posée en allemand pouvait-elle obtenir une réponse aussi rapide de la part de quelqu'un... qui ne la comprenait pas ?

Pour lui, quelque chose ne marchait pas ! Comme en France, tout bon soldat ne doit jamais pécher par excès d'initiative. Son indécision s'évapora pour faire place à une farouche détermination : conduire ces suspects devant le « chef » ! Il obligea ses prisonniers à marcher devant lui. Il avait descendu son fusil de l'épaule où il l'avait garé et pointait avec méfiance son arme vers les fesses de ses victimes… qui n'en menaient pas large en les serrant… (les fesses)

Guillaume frissonna en songeant… à sa carte routière!

Ils parcoururent quelques centaines de mètres pour arriver à un poste de garde. Ils étaient donc pratiquement parvenus à proximité de la frontière hollandaise. Guillaume n'eut pas le loisir de se féliciter d'avoir si brillamment conduit tout son petit monde dans la bonne direction et… dans la gueule du loup, en plein pétrin.

Bousculés dans le Poste de garde, mains sur la tête, ils comparurent devant un gradé qui les palpa… sur toutes les coutures. Pas le moment de se prétendre… chatouilleux!

On leur confisqua couteaux, papiers, argent, ne leur laissant que des objets sans intérêt… pour les soldats. Légèrement intrigués par le médaillon et son contenu chevelu finalement laissé à son propriétaire… Puis, on les interrogea, séparément, conformément aux bonnes habitudes de toutes les polices du Monde.

Idée judicieuse d'avoir convenu, au préalable, de la version à soutenir contre vents et marées! L'interrogatoire terminé, plus ou moins tarabustés, ils furent enfournés dans un étroit réduit, un vrai cachot – mais pas un « cul de basse fosse » quand même – avec une fenêtre-meurtrière aux solides barreaux rébarbatifs et porte blindée, guère plus sympathique. Rien pour s'asseoir. A peine de la place pour se tenir debout à quatre.

Aucun ne faisait le fier-à-bras. Leur trouille s'épaississait plus le temps passait!

On dit que: les émotions, çà creuse! Les garçons ne ressentaient aucune faim. Par contre, un « besoin » insidieux s'empara d'eux: une envie irrésistible… de faire pipi. Comme tous les liquides sont incompressibles par nature, la situation ne tarda pas à devenir critique.

Sauter d'une jambe sur l'autre, dans l'attente désespérée de pouvoir… se libérer, n'apportait pas de remède salutaire. Etrange danse du scalp. Félix avait pu conserver son mini-dictionnaire franco-allemand. Il se mit à le feuilleter fébrilement, tout en continuant sa danse et marmonna:

– *Je cherche comment on dit uriner! Si nous nous exprimons par gestes, ils sont fichus de nous accuser d'obscénité!*

Son précieux dictionnaire avait heureusement… prévu le coup… Dans la crainte d'oublier le mot tabou, il l'inscrivit avec un bout de crayon – lui aussi, généreusement laissé à sa libre disposition par les geôliers – sur le mur de chaux, immaculé. Puis, ils frappèrent sur la porte métallique. D'abord timidement, puis plus fort, à mesure que la « pression » augmentait… Leur cerbère ne daignait pas se déranger!

Félix – encore lui – s'exclama, exprimant la pensée des autres:

– *Il faudra bien qu'on nous sorte d'ici, sinon nous finirons par pisser par terre! Alors là, ce ne sera sûrement pas du goût de nos hôtes!*

Les Anglais, dans leur émission de radio « Les Français parlent aux Français » avaient choisi comme indicatif le « V » – comme Victoire – symbolisé en morse, par le signal : ti – ti – ti – tin motif musical que l'on trouve, en leitmotiv dans la 5° symphonie de Beethoven.

Idée de génie (?), l'indicatif vindicatif fut tambouriné sur la porte. Le geôlier n'était-il pas mélomane : il ne sembla pas apprécier du tout cette musique ! Ou bien écoutait-il parfois la radio anglaise pour être si bien « au courant » !

Le sous-officier, cramoisi de colère, surgit après avoir arraché plutôt que retiré les verrous de la porte massive. Il vitupéra contre ces prisonniers sans-gêne qui le dérangeaient, en le narguant avec leur tam-tam séditieux, frisant la provocation.

Aucun de ceux-ci, ne put ouvrir la bouche, interloqués par l'irruption de la furie en uniforme, mais… pas au point de leur couper leur envie…

Félix, le souffle court, se tourna vers le mur blanc pour y déchiffrer l'inscription salvatrice. Le gradé faillit s'étrangler de rage devant cette nouvelle offense. Oser ternir l'immaculé de son mur. Objet direct de la vindicte, Félix eut beaucoup de difficulté pour ne pas céder à la tentation… libératrice.

Après avoir hurlé, menacé, piétiné de rage, le gradé referma la porte à grands coups de verrous. Les vessies arrivaient à la limite extrême de saturation quand apparut de derrière la porte, de nouveau déverrouillée à grand fracas, un soldat, botté, casqué, armé comme pour un départ pour les grandes manœuvres. Il fit sortir les prisonniers pour les mener aux toilettes, tout en restant derrière eux. Par sadisme, il maintenait sa lame à proximité des insolents. Comme s'il était aisé de tenter une évasion, en pareille posture. Parfois même, il piquait un peu… juste pour le plaisir !

Pas commode en cette situation de satisfaire un besoin si parfaitement naturel. Il fallait qu'il y ait vraiment urgence !

Reconduits, soulagés, en leur geôle, les « repris de justice » se retrouvèrent entre les quatre murs qu'ils venaient de quitter. Pour se morfondre de nouveau, d'autant plus que leur préoccupation primordiale précédente… n'existait plus ! Ils ne furent plus tentés d'inscrire leurs mémoires, même succinctement, sur les murs blanchis Les militaires du coin n'appréciaient pas leur littérature, ni surtout leur façon de s'exprimer…

Ils restèrent enfermés plusieurs heures.

Puis ils furent amenés, toujours rudement, à l'officier devant lequel ils avaient comparu lors de leur arrivée… (il y avait un siècle) Il avait vraisemblablement pris des renseignements près de la Direction de leur usine, apprenant que les quatre fuyards n'avaient aucunement manifesté l'intention de s'évader. Ils se félicitèrent intérieurement de l'heureuse inspiration qui les avait poussés à prévoir… ce qui leur arrivait.

L'officier semblait à peu près convaincu de juger quatre benêts, parfaitement innocents des crimes dont on les soupçonnait au début.

Il prononça sa sentence :

– *Vous pourrez partir, sans sanctions pour cette fois ! Ne recommencez pas ! Vous allez reprendre le tramway à destination de votre usine. On m'avertira dès votre arrivée. Un inspecteur en civil vous filera et vous arrêtera aussitôt, si vous déviez de votre route.*

Ils suivirent sagement les ordres prescrits, sans apercevoir aucun inspecteur. Il est vrai que ces gens-là ont l'art de passer inaperçus ! Leur escapade ne se terminait pas trop mal. Ils avaient échappé à un emprisonnement prolongé, l'avant-goût de celui-ci suffisait pour leur donner une leçon salutaire. La prochaine fois (?), ils seraient plus avisés, mieux organisés… si prochaine fois, il y avait !

Pour le moment : se tenir peinards, se faire oublier…

A l'usine, collègues, ouvriers allemands, contremaîtres firent des gorges chaudes à leur sujet. Tout le monde était au courant, suite probablement à l'enquête rondement menée en vérification de leurs allégations fantaisistes.

L'affaire fut classée « sans suite » mais longtemps ils furent « moqués » à propos de leur grande Evasion bidon !

17

Nouvelle perturbation dans la routine: on avertit Guillaume que le lendemain il embarquerait pour Cologne, en vue d'un travail de quelques jours. Il se demanda:

– *Pourquoi moi?*

Il était le seul de l'usine pour cette surprenante affectation. Un véhicule viendrait le quérir vers neuf heures et procéderait, en cours de route, à d'autres ramassages. Il prit le temps de faire ses adieux, non… un simple au revoir, à Christiane, pas enchantée de ce départ imprévu. Elle devenait un peu « maman-poule », la demoiselle!

– *Et si tu as un accident en route? Et si vous êtes bombardés, la région de Cologne est plus particulièrement visée!*

Et si… Et si… Et si…

Guillaume eut beau lui dire et redire qu'une semaine ne faisait pas une éternité, elle n'aimait pas çà… Mais, il estimait à sa juste valeur l'amitié sans faille de la jeune fille!

Son baluchon sur le dos, il embarqua à l'heure dite – les Allemands sont ponctuels!

D'autres jeunes Français furent ramassés en cours de route puis, direction Cologne. Trajet sans histoires. Ils sommeillèrent plus ou moins malgré les cahots et l'inconfort du véhicule, vite lassés de voir défiler la route par l'arrière. Pas de vitres, la seule ouverture dans la carrosserie bâchée était derrière.

Séparé de ses passagers par une cloison, le chauffeur ne desserrait pas les dents. Il conduisit son petit monde à travers des rues bordées d'immeubles démolis, réplique, à plus grande échelle de Dunkerque en ruines… Les Allemands avaient reçu amplement… la monnaie de leur pièce.

Parvenus à destination, ils furent reçus par un responsable dont ils ignorèrent toujours la qualification. Presque cordialement! Il leur annonça:

– *Vous avez été choisis en raison de votre sérieux, pour travailler ici durant quelques jours. Sans surveillance particulière! Vous déblayerez les étages endommagés. Le matériel nécessaire vous sera remis pour commencer demain! Vous logerez ici et mangerez à notre cantine. Ce sera sûrement mieux que dans vos usines!*

On les conduisit dans leur dortoir… en réalité une vraie chambre avec, ô miracle! de vrais lits, des draps blancs, des couvertures impeccables. Etait-ce un endroit de villégiature pour « petits Français » fatigués? Non! La « boîte » était tout simplement une Entreprise modèle du Nazisme! Ce dont ils se fichaient éperdûment pourvu qu'on ne leur demande pas de saluer à l'hitlérienne et… de marcher au pas de l'oie! Leur *cicérone* ajouta:

– *Installez-vous. Ensuite, vous irez à la cantine du rez-de-chaussée!*

Ce qui réjouit fortement les intéressés, plutôt affamés. Leur estomac avait depuis longtemps oublié le léger casse-croûte remis en cours de route. Un petit brin de toilette! Ils disposaient de vrais lavabos, luxe qui leur parut merveilleux.

Intimidés, ils se présentèrent à la porte de la cantine où les accueillirent deux charmantes dames, frisant la cinquantaine. Atmosphère quasi-maternelle. Les dames leur expliquèrent:

– *Le soir, vous seuls mangerez à la cantine. Nous sommes ici spécialement pour vous servir les repas, matin, midi et soir, durant une semaine.*

Guillaume et consorts n'en revenaient pas de leur coup de chance. A table, avec des couverts d'une propreté irréprochable, ils se régalèrent à leur faim. Pas de la nourriture sophistiquée mais d'une qualité incomparablement supérieure à celle à laquelle ils étaient condamnés depuis plusieurs mois.

La vie était belle! Ils avaient retrouvé un mode de vie décent, semblable à celui d'avant… leur exil. Enfin considérés comme des êtres humains et non comme de simples numéros.

De retour dans leur chambre commune, les six compères se promirent… de ne pas faire les guignols (en réalité, avec une expression beaucoup plus crue) afin de pouvoir profiter au maximum de la bonne aubaine. Byzance, les Délices de Capoue: çà devait être quelque chose du même acabit!

Le lendemain matin, après une nuit de parfaite quiétude ponctuée par de puissants ronflements à la mesure de la satisfaction ressentie par chacun, après le petit déjeuner, on vint les prier de venir travailler. Conduits aux étages supérieurs de la portion endommagée de l'immeuble, chacun reçut une pelle pratiquement neuve en leur désignant un monceau de gravats, plâtras, treillages, encombrant une vaste pièce. Les plafonds effondrés laissaient passer la lumière du jour à travers le toit percé comme une passoire…

Leur rôle consistait à nettoyer l'étage avant sa remise en état. Preuve d'obstination, d'opiniâtreté, vu l'état des immeubles voisins. Peu avaient échappé aux bombes dévastatrices. Et, à l'évidence, ce n'était pas fini.

Toute proche, la superbe cathédrale élançait encore fièrement ses flèches vers le ciel. Interdit de visites: l'édifice fortement ébranlé menaçait de s'effondrer.

De grands paniers, de longues cordes coulissant dans des poulies, les attendaient pour descendre les gravats sur le trottoir de l 'immeuble. Ils se mirent au travail de bon cœur d'autant plus que personne ne leur imposait de cadence. Le tas « d'en haut » diminuait à mesure que celui « du bas » progressait. Ils réalisèrent que l'importance relative desdits tas servirait de référence quant au travail effectué dans la journée... Cependant, si les « contrôleurs » étaient de simples employés de bureau censés ne rien y connaître, inutile de faire du zèle ! Surtout pas... si le tas du jour servait d'étalon pour celui des jours suivants !

Allons-y donc « *Allegro moderato* » se dirent-ils ! Ne pas faire trop vite et avoir fini avant les temps impartis pour se faire renvoyer dans ses foyers – de haut-fourneau – plus tôt que prévu.

Ils refrénèrent – facilement – leur ardeur, surtout l'après-midi. En somme, une longue pause-café... sans café !

En fin de journée, leur interlocuteur habituel – le meneur de jeu – vint les féliciter pour le travail accompli dans la journée. Les jeunes gens se réjouirent d'avoir *vu juste.* Il n'y avait donc qu'à continuer au même rythme... sans se crever à la tâche.

Le midi, à la cantine, l'ambiance différait de celle du soir. La salle était bondée de messieurs en veston-cravate ne manifestant aucune envie de converser avec ces minables petits ouvriers français... qui furent parqués dans un coin. Pas vexés, cela ne leur coupa pas l'appétit. Toujours servis par leurs dames-serveuses attitrées. Les soirées étaient beaucoup plus décontractées. Ils étaient seuls et les dames pouvaient donner libre cours à leurs pulsions maternelles.

Alors, elles engageaient volontiers la conversation – en petit nègre franco-allemand – avec leurs convives, posant de multiples questions : Comment était la vie en France ? Pourquoi venaient-ils travailler ici ? Dans l'intention d'aider la Grande Allemagne à vaincre ses Ennemis ? Elles furent surprises des réponses, bien que celles-ci fussent tout à fait mesurées dans leur propos.

Puis, elles parlèrent de leur famille, de leur existence... L'une d'elles avait un fils sur le Front russe, ce qui la tracassait énormément. Au fil des jours – au plutôt, des soirs – l'ambiance devenait de plus en plus confiante.

Sur le mur du fond trônait un portrait géant du Führer, traitée avec grand respect... le jour. N'était-ce pas un établissement nazi haut de gamme ? Un soir, l'une des dames, après s'être assurée que portes et fenêtres étaient bien occultées, se planta devant l'image vénérée et, très ostensiblement... lui tira la langue. Sa compagne, après un temps d'hésitation, fit de même. Les jeunes Français, déconcertés, n'osèrent réagir. S ' agissait-il de provocation ? Sait-on jamais ! Cette manifestation hautement irrévérencieuse, crime de lèse majesté, devait probablement faire office de soupape de décompression, vengeant les dames des angoisses que leur causaient leur dictateur plus au moins bien aimé...

Les six garçons restèrent sur une prudente réserve, n'osant même pas opiner du bonnet! Leurs hôtesses multipliaient les témoignages de sympathie. Elles ramenaient de chez elles, de petits desserts fabriqués-maison, des pommes de leur verger que les garçons conservaient pour leur casse-croûte accompagnées des incontournables biscuits vitaminés de Guillaume. Pour le moment, ils n'en manquaient pas... de vitamines!

Un après-midi, alors qu'ils s'activaient... mollement, survint leur « correspondant ». Croyant à un contrôle inopiné, ils s'activèrent sur leurs pelles, ce qu'ils avaient un peu négligé... D'un geste, l'Allemand apaisa leurs craintes. Il expliqua quelque chose... que personne ne comprit, regarda successivement les six ouvriers et termina en faisant signe à Guillaume de le suivre... sans sa pelle.

Conduit dans la partie intacte de l'immeuble, où s'activaient de nombreux employés, il attendit devant une porte ornée d'une superbe plaque de cuivre sur laquelle flamboyait: « *Herr direktor* »

Introduit dans le bureau du Grand Chef, bureau et chaises de haut-standing, il foula aux pieds – avec ses grosses godasses – une épaisse moquette. La pénurie ne semblait pas être entrée là-dedans!

De derrière le bureau, un personnage impressionnant de par son allure guindée, lui adressa la parole, dans un français impeccable:

– *Jeune homme, mon épouse et moi, avons quelques courses à faire en ville. D'où des paquets à porter. C'est pour nous aider que je vous ai requis!*

Guillaume n'apprécia que modérément le privilège (?) de servir de larbin à Madame. D'autant plus qu'il se trouvait en habits de travail – grosses chaussures et bleus – généreusement saupoudrés de poussière de plâtre. Les Allemands ne déambulent pas, ainsi accoutrés, dans les rues. A l'usine, les ouvriers prenaient une douche et quittaient leurs vêtements de travail avant de se rendre chez eux. Mais, il aurait été imprudent de refuser!

Madame arriva, en grande toilette, talons hauts, grand chapeau, vraiment la « femme du Directeur »! Elle ne daigna même pas s'apercevoir de la présence de son domestique, tout intimidé dans son coin.

Ils firent quelques magasins, parmi ceux qui avaient échappé aux bombardements. Le Directeur ne semblait pas gêné par des problèmes de rationnement! Guillaume attendait leur bon vouloir à la porte et se chargeait successivement des quelques paquets qu'on lui remettait. Il ne sut jamais ce qu'ils contenaient... ce qui lui était d'ailleurs complètement indifférent.

Pour lui cette promenade fut une grande honte, marchant humblement, comme un gentil petit toutou, à trois pas derrière le « Seigneur et sa... Maîtresse » De retour à l'immeuble, Monsieur esquissa un léger sourire en murmurant un « merci » presque inaudible.

Pour la Dame, il demeura toujours aussi… transparent! Il en conclut qu'en Allemagne, comme ailleurs, dans la hiérarchie, les épouses sont pires que leurs maris, en matière de snobisme.

Les jours s'écoulaient trop vite, à leur gré… Les dames de la cantine s'étaient attachées aux garçons… et vice-versa!

Puis, arriva une nuit d'enfer.

Les Alliés avaient-ils l'intention de parachever leur travail de destruction de Cologne, déjà largement entamé?

D'abord un bourdonnement en sourdine. Les forteresses volantes paraissaient satisfaites. Un véritable essaim emplissait le ciel. Ce qui n'interrompit pas le pesant sommeil des jeunes gens!

La défense anti-aérienne se mit à crépiter tous azimuts. Le ciel se zébra des faisceaux lumineux des projecteurs dans la recherche éperdue de l'ennemi, tout là-haut. Soudain, de stridents sifflements. Les bombes commençaient à pleuvoir sur la ville dans un grondement de tonnerre. Maisons qui s'effondrent, flammes s'éveillant de tous côtés. Pas le moment de crâner! Les six endormis, réveillés en sursaut, sortirent de la quiétude de leurs lits pour se précipiter dans les caves où se terraient quelques personnes, blêmes de peur.

La sérénade dura longtemps… En ces conditions, les minutes font des heures.

L'immeuble tressautait comme secoué par un violent tremblement de terre. Au fracas des explosions succédait le grondement sourd des maisons s'écroulant en série. De la poussière, comme tamisée par les secousses, voletait des voûtes puissamment étayées par de robustes madriers.

Les occupants de la cave ne disaient mot. Plus question de nationalité, tous communiaient dans la même terreur que personne ne cherchait à dissimuler. Le Directeur et son épouse, gris de poussière et de frousse comme les autres, ne se distinguaient plus de leurs subordonnés. Tous se demandaient si le prochain coup leur serait destiné, les frappant de plein fouet, les ensevelissant sous des tonnes de briques…

Brusquement, ce fut le silence!

Ils n'osaient croire à la fin du cauchemar. Etonnés de se retrouver indemnes après être passés si près de l'anéantissement. Quand les jeunes gens remontèrent en leur étage, leurs lits disparaissaient sous une épaisse couche de plâtras. Les quelques plafonds, antérieurement rescapés, avaient capitulé. Ils durent fouiller parmi les décombres pour dénicher leurs affaires enfouies.

L'aube pointait déjà!

Leur chantier, la veille presque complètement déblayé, de nouveau regorgeait de poutres, chevrons, lattes enchevêtrées. Ce qui subsistait de la toiture se trouvait… sur le plancher!

A quoi servait-il de se démener (avec modération...) avec pelles, seaux et poulies pour un si piètre résultat ?

Avis que sembla partager leurs employeurs. Ils devinèrent que leurs bons et loyaux (?) services prendraient fin sans tarder et qu'ils devraient rejoindre leurs usines respectives dès le lendemain ! Bien sûr, ils savaient que cette vie de délices ne pouvait pas durer... Philosophes, ils se félicitaient quand même de la chance qui leur avait permis de retrouver durant une semaine, des conditions de vie moins inhumaines !

Les deux dames de la cantine versèrent quelques pleurs sincères en apprenant le départ de leurs protégés, eux-même navrés de quitter cette ambiance cordiale à laquelle ils avaient pris l'habitude.

18

Rentrés, sans enthousiasme excessif, au bercail, ils retrouvèrent, chacun de leur côté, leur funeste usine avec ses rudes besognes, sa pollution, sa nourriture à peine acceptable...

De quoi flanquer le cafard!

Guillaume retrouva avec joie sa « copine » Christiane qui l'accueillit avec soulagement. Elle était au courant des derniers bombardements achevant d'anéantir Cologne et se chagrinait de ne pas savoir ce qui était advenu à son ami français, ce qui ne déplaisait pas à Guillaume. Quelqu'un s'inquiétait de son sort! Il se disait:

– *Heureusement, Reine n'a eu pas connaissance de tous ces désastres!*

En y pensant, il réalisa qu'elle-même passait peut-être par de durs moments. Toujours cette angoisse latente en se demandant: Où est-elle, que fait-elle, est-elle toujours en vie, blessée? Elle se posait certainement les mêmes questions à son sujet. Quand tout cela se terminerait-il? Cette attente devenait insupportable!

Revenu dans les gaz délétères, le métal en fusion, l'inconfort du dortoir, Guillaume dut bien se faire une raison. Là aussi, il retrouva le ronronnement nocturne des bombardiers alliés... De fréquentes alertes leur faisaient fuir à la hâte leur usine rougeoyant de tous les feux de ses haut-fourneaux.

Mais toujours beaucoup de bruit pour rien... jusqu'au moment où tout bascula!

Cette nuit-là, il n'était pas au travail. Il dormait profondément quand un bruit effroyable le fit sursauter sur son châlit. La sirène d'alarme se mit à hurler. Il était bien temps. Le veilleur s'était-il endormi? Avec les autres, Guillaume se précipita à l'extérieur. Un épais nuage de poussière s'élevait du proche village. Situant l 'endroit du sinistre, il sentit son cœur se glacer. Approximativement... dans le quartier de la boucherie!

Affolé, il se précipita pour constater que ce qu'il redoutait, était arrivé. La boucherie était éventrée. Déjà des flammes léchaient les décombres fumant de poussière.

Quelques voisins, outrepassant l'interdiction de circuler dans la rue lors d'une alerte aérienne, fouillaient fébrilement dans les ruines. Ils en retirèrent bientôt les corps du boucher et de son épouse. Ecrasés, méconnaissables!

Guillaume frémit:

– *Où est Christiane?*

L'incendie, d'abord timide, gagnait de l'ampleur. Les sauveteurs bénévoles reculèrent devant le danger. Des pans de mur brûlants menaçaient de s'écrouler. Ils tentèrent de retenir Guillaume décidé à se lancer au secours de son amie. Il se dégagea brusquement, se jeta dans l'escalier branlant, temporairement épargné par le feu. Il savait que la chambre de Christiane se trouvait à l'étage.

Escaladant poutres, chevrons et autres, il progressa, beaucoup trop lentement à son gré. Les flammes devenaient hardies. Il entendit un gémissement. Forçant un passage obstrué, il se rua vers ce qui fut une chambre. Maintenant, un chantier de désolation!

Horrifié, il aperçut Christiane sous un amoncellement de matériaux, mais surtout, au travers du lit, une poutre maîtresse emprisonnait le corps de la jeune fille. Il s'arcquebouta pour délivrer la blessée qui reprit conscience et reconnut son sauveteur. En dépit de la souffrance, sans doute intense, son visage parut s'illuminer.

En grande hâte, car l'incendie devenait vorace, Guillaume souleva la blessée dans ses bras pour l'extraire du lit. Les draps étaient maculés de sang qui jaillissait de ses profondes blessures. Péniblement, avec son fragile fardeau, il dévala l'escalier enténébré d'une épaisse fumée, manquant plusieurs fois de se rompre le cou tellement il se hâtait… Il était temps… peu après son arrivée au bas de l'escalier, un nouvel éboulement envahit tout l'étage qu'il venait de quitter.

Des hommes vinrent lui prêter main-forte pour finir de transporter Christiane inanimée dans la maison voisine, moins endommagée… La jeune fille souffrait beaucoup et se vidait de son sang par de multiples et profondes lésions.

Elle réussit à sourire à Guillaume en balbutiant:

– *Je vais mourir. Serre-moi très fort contre toi. Je m'en irai heureuse en étant dans tes bras. Pense à moi de temps en temps. Je t'aime beaucoup! Sois heureux avec ta jolie française*!

Une ambulance surgit. L'infirmier examina rapidement la blessée en esquissant une moue d'impuissance, signifiant:

– *Encore une vie perdue!*

Il lui fit une piqûre de morphine pour apaiser le mal atroce. Guillaume reprit dans ses bras une Christiane visiblement heureuse. Elle eut un violent soubresaut, jeta ses bras autour du cou de son ami en le regardant fixement. Regard exprimant un amour immense qu'il lui avait fallu si difficilement réprimer et cacher auparavant et qui se libérait en ses derniers instants.

Ses yeux devinrent fixes… L'âme de Christiane s'évadait vers un monde inconnu…

Guillaume, éperdu, ne tenait plus dans ses bras qu'un corps inerte et ensanglanté. Il ne se décidait pas à abandonner son amie qu'il étreignait toujours contre lui dans le vain espoir de lui insuffler un peu de sa vitalité. L'infirmier desserra délicatement l'étreinte du jeune homme. Il en avait vu bien d'autres mais, il s'émouvait devant le drame émotionnel auquel il assistait. Il transporta le corps dans l'ambulance qui démarra rapidement. Tout était fini !

Guillaume pleura abondamment la disparition tragique de son amie, si pleine de vie, il y avait si peu de temps. Que la guerre est atroce ! Il se raccrocha à la conviction que la demoiselle de ses pensées était, elle, toujours en vie… quelque part en Angleterre. Bizarrerie du sort : il détenait – précieusement – la mèche de cheveux de Reine vivante – il le croyait de tout son être – dans le médaillon de Christiane défunte !

Il se jura de tout raconter à Reine quand ils se retrouveraient. Elle comprendrait – sans avoir aucun soupçon quant à sa fidélité – l'amitié sincère qui l'avait lié à la jeune Allemande.

Le travail aux wagonnets continuait… Quelques jours après les funestes événements, Guillaume fut convoqué dans le bureau du Directeur. Gros émoi ! Que lui voulait-on ?

On le fit entrer dans « le Saint des Saints », sans lui imposer de faire antichambre, comme cela se pratique partout devant la porte d'un Supérieur, rien que pour marquer la différence de hiérarchie !

Le grand Patron se leva de derrière son bureau. Il parlait un peu le français dont il fit une mixture avec son allemand :

– Jeune homme, je vous félicite pour votre conduite courageuse durant le bombardement des maisons voisines. On m'a rapporté que vous n'avez pas hésité, au péril de votre vie, à porter secours à des blessés.

Il serra la main de son jeune ouvrier passé au rang de héros… qui, lui, pensait :

– Si Christiane n'avait pas été en cause, je n'aurais certainement pas été aussi ardent !

Ce dont il eut soin de n'en souffler mot.

Le Directeur, sur sa lancée, ajouta :

– J'ai su aussi que vos habits ont été irrémédiablement perdus. L'usine vous fournira, à ses frais, de nouveaux bleus de travail ainsi que de nouvelles chaussures.

Guillaume se retira après avoir remercié son bienfaiteur (?). Son prestige se haussa d'un cran parmi ses collègues de travail. Le contremaître témoignait maintenant certaines attentions à son égard alors qu'avant, il était plutôt considéré comme quantité négligeable.

Les jeunes Français se trouvaient de plus en plus souvent en contact dans le travail avec des prisonniers russes du camp voisin. Toujours aussi affamés, souvent un peu « sauvages »

L'un d'eux dénotait dans l'ensemble. Les Allemands le considéraient comme un parfait « fada », lequel chantonnait à longueur de journée, d'une voix de fausset… n'importe quoi!

Il se complaisait dans des mimiques grotesques, insensées, faisant rire tout le monde.

Contrairement d'avec ses compatriotes d'infortune, on lui fichait la paix. Aucune tâche difficile, pénible ou périlleuse ne lui était confiée… Il était l'idiot… de l'usine.

Peut-être pas autant qu'il voulait le paraître!

Guillaume le surprit un jour alors qu'il poussait, avec désinvolture, une benne suspendue sur un rail… droit vers un aiguillage largement ouvert. Avant de parachever son sabotage, le Russe lança au jeune Français, une furtive œillade malicieuse… Puis, il poussa délibérément son engin… dans le vide où il s'écrasa dans un bruit de tonnerre. Contremaître, ouvriers accoururent pour constater le désastre. Que reprocher au coupable terrifié, recroquevillé dans un coin? Plusieurs hommes durent unir leurs efforts durant un quart d'heure pour remettre l'engin… dans le droit chemin. Le Russe ne fut même pas requis pour aider… Il avait trouvé la bonne combine!

19

Les jeunes STO venaient d'avoir droit à leurs tickets de rationnement du mois. Ce qui avait permis à Guillaume d'acheter son morceau de pain, blanc comme neige – trop blanc pour être naturel, un petit carré de margarine d'un goût douteux, 100 grammes de confiture ersatz, un bout de saucisson, le tout précautionneusement enfermé dans son armoire métallique à l'abri des souris et… de la fringale parfois incontrôlée de ses compagnons de chambre. Il se promettait de s'en régaler après sa journée de travail. Il était « d'après midi ».

En plein effort, il reçut l'ordre de descendre immédiatement pour subir un examen médical auquel étaient astreints tous les ouvriers. Plusieurs cas de diphtérie avaient été détectés parmi eux, ce qui avait motivé le transfert immédiat des contaminés à l'hôpital, tant pour être soignés que pour éviter la propagation de l'épidémie, bête noire des Allemands. L'un des jeunes gens, gravement atteint, avait ses jours en danger.

Guillaume se sentait la gorge légèrement irritée. Son intense activité physique, juste avant de descendre, provoquait une forte transpiration. Entré dans l'infirmerie, le docteur allemand lui trouva les amygdales d'un rouge suspect. En sus, température corporelle supérieure à la normale. Verdict sans appel : krankenhaus *!* (Hôpital)

Tout juste le temps de regagner le dortoir pour s'y changer avant de regagner l'ambulance piaffant dans la cour, dans l'attente de la fin des examens médicaux pour embarquer sa cargaison de diphtériques. Il tomba en arrêt devant les provisions encloses en son armoire… ce qui le fit saliver d'envie. D'ailleurs, allaient-elles conserver si son hospitalisation s'avérait nécessaire ?

Il ne résista pas davantage. Comme un glouton, il avala pain, margarine, confiture, saucisson dans un ordre aléatoire… Ce qui le rendit réellement malade… d'indigestion !

C'est dans un état nauséeux qu'il arriva à l'hôpital avec quelques compagnons, également soupçonnés de couver la fâcheuse maladie. Guillaume paraissait le plus mal en point, mais lui seul connaissait la vraie raison de ses malaises.

Il fut déshabillé, douché, couché… en un tour de main. Dans un lit douillet aux couvertures moelleuses… entouré de jeunes personnes en blanc officiant sous la férule d'une religieuse à l'abord revêche. Ses « haut-le-coeur » ne l'empêchèrent pas d'apprécier ce nouveau régime. Etait-ce un « remake » des délices de Capoue – ou plutôt de Cologne – Et en mieux !

Chambre-dortoir de cinq lits, tous occupés par de jeunes Français ! Mais eux, souffraient plus que d'une indigestion.

Autour d'eux, infirmières, aides-soignantes, s'activaient fébrilement. La religieuse survint, armée de seringues peu attractives. Le revers de la médaille ? Elle ordonna aux garçons de se mettre sur le ventre, fesses à l'air (est-ce une tenue décente devant ces demoiselles !) Chacun reçut sa dose de sérum.

Honteusement autant que laborieusement, Guillaume avait vomi dans les toilettes, le front soutenu par une gentille infirmière que cette tâche ne semblait pas rebuter. La diphtérie avait bon dos... Ses malaises se dissipèrent comme par enchantement, il put ainsi goûter pleinement aux avantages de sa nouvelle existence inattendue.

Le soir arriva. Incroyable ! On leur fit choisir ce qu'ils préféraient parmi différents menus. De quoi se croire dans un palace ! Tous optèrent pour une soupe au lait et aux fruits. Excellent, même après une sacrée indigestion !

Ils continuèrent à être cajolés, dorlotés, comme de grands nourrissons. La religieuse devenait moins désagréable – mise à part sa piqûre journalière – mais responsable, de ses filles, elle ne pouvait laisser la bride sur le cou à toutes ces demoiselles en blanc à peine plus âgées que leurs malades, ravies de soigner de jeunes garçons... sans défenses, bien que n'étant pas à l'agonie !

L'une des infirmières – ou aide-soignante, peu importait –, celle qui lui avait porté un secours très apprécié durant sa « vidange » – témoignait pour Guillaume une attention particulière. Ce qui ne déplaisait pas à l'intéressé ! Il se rendait compte que les filles le trouvaient « sympa ». Pas au point de regretter que son cœur n'ait plus de place pour en aimer une autre... Mais tendresse et affection de ces demoiselles lui agréaient fort bien... le contraire eut été surprenant !

Ses voisins de lit se moquaient du « chouchou », le trouvant bien bête de ne pas essayer d'en profiter. Guillaume refusait de se considérer comme un benêt indécrottable. Bien sûr, Reine n'en aurait rien su... mais sa droiture innée l'empêchait de manquer à la parole donnée... Ce que traduisaient ses voisins par :

– *Ce que tu peux être c... !*

La disparition brutale de Christiane lui causait encore beaucoup de chagrin...

Pour prévenir une éventuelle contagion de la diphtérie, les malades étaient cloîtrés en quarantaine dans leur chambre. Pas le droit d'en sortir pour aller faire un petit tour dans les couloirs, aucune visite permise, aucun contact avec le monde extérieur. Ils ne s'en plaignaient pas. Enfermés dans un cocon douillet.

Guillaume écrivait à ses parents, se demandant comment il allait poster la lettre, caché derrière l'écran de ses genoux levés sous la couverture. L'infirmière « nounou » entra en coup de vent. D'un coup d'œil, elle comprit à quelle activité illicite se livrait son protégé. Elle le tança d'un air faussement courroucé, faisant ressortir les « énormes » risques qu'il faisait encourir tant à la Germanie tout entière qu'aux Royaumes de France et de Navarre... pour conclure qu'il devait terminer sa lettre rapidement afin de ne pas se faire surprendre par la Soeur, qu'elle se chargerait de poster la missive... Après l'avoir timbrée... à ses frais!

La demoiselle ne put se retenir de demander:

– *Est-ce destiné à une petite amie française?*

Sur un geste de dénégation du maître épistolier, elle sembla vaguement soulagée...

Mais les beaux jours – ce qui est un comble pour qualifier un séjour à l'hôpital – ne pouvaient durer. Les prélèvements successifs de mucus s'avérèrent résolument négatifs chez Guillaume. Il aurait bien voulu détenir quelques petits microbes, virus ou bactéries, histoire de ne pas être exclu si rapidement de cet Eden... Il avait simplement contracté une angine... que son organisme avait vaincue tout seul...

Finis les petits plats, les draps blancs, la dolce vita, les gentilles demoiselles en blanc. Il finissait même par regretter la trogne rébarbative de la Soeur! Heureux mortels, les autres occupants de la chambre restaient. Eux, avaient vraiment contracté la diphtérie et leurs derniers bacilles devaient encore être occis. Au fond de lui-même, Guillaume déplora:

– *Je n'ai même pas réussi à me faire contaminer par mes voisins! De là à les embrasser sur la bouche... D'abord, cela prêterait à équivoque et... ne suffirait peut-être pas pour devenir vraiment diphtérique! Ou alors, suspecté d'avoir opté pour les us et coutumes russes?*

Ses adieux à ses soignantes dévouées donnèrent lieu à quelques larmes. Elles s'étaient attachées à leur jeune pseudo-malade. Même la Dame à la cornette émit quelques regrets de voir partir ce malade-qui-ne-l'avait-jamais-été!

Hélas, l'hôpital ne pouvait se transformer en hôtel, en pension de famille, en maison de vacances... et c'était bien dommage!

L'usine lui tendait les bras... et attendait les siens!

20

Le retour du *Krankenhaus* lui réservait une grosse surprise.

Le groupe des Français STO arrivé avec Guillaume, émigrait vers une autre usine. La Zinkhütte. Ils troquaient le plomb contre le zinc, certainement moins nocif. Mais les intéressés ne se faisaient pas d'illusion, ce n'était certes pas des motivations d'ordre écologique qui motivaient ce chambardement.

Ils avaient été avisés depuis plusieurs jours de ce transfert mais, Guillaume, coupé du monde à l'hôpital, n'en savait rien. Le déménagement devait se faire le lendemain.

La réintégration de l'hospitalisé n'était connue, ni de l'usine qu'il quittait, ni de la nouvelle. Situation rêvée pour prendre la poudre d'escampette! Mais il n'avait rien prévu, ni organisé et son expérience récente d'évasion manquée le rendait prudent.

Ses copains se demandaient, avant son retour:

– *Que faire des affaires du « malade » enfermées dans son armoire?*

L'Oberleutnant du camp russe – Godfritz – se fit le bras de la Providence. Il fit ouvrir l'armoire de l'absent avec le double de la clef détenu par l'usine, y préleva tout ce qui s'y trouvait pour le stocker en son propre bureau du camp.

– *C'est vraiment un chic type,* pensa Guillaume. Il aurait pu ne s'inquiéter de rien, s'en laver les mains. Ce n'était pas son problème! Que Seyname se débrouille, mais il avait l'âme du Bon Samaritain chevillée au corps!

Guillaume se rendit au camp russe pour reprendre son bien puisqu'il était revenu avant le transfert envisagé le lendemain. Godfritz l'accueillit cordialement:

– *La nouvelle usine n'est pas éloignée de la première. Mais, plutôt que de transporter vos affaires à bout de bras, je vous les amènerai dès demain avec la voiture du camp!*

Avec un brin d'ironie, il ajouta:

– *Un fragile rescapé de la terrible diphtérie doit éviter toute fatigue!*

Etait-il au courant de la maladie-bidon de son protégé? Ou, avait-il simplement subodoré la réalité?

Touché par la sollicitude de Godfritz, le jeune homme multiplia ses remerciements… que l'intéressé arrêta d'un geste:

– *Je suis heureux de rendre service à un garçon sérieux et sympathique!*

Le lendemain, tout le groupe regagna à pied la nouvelle usine. Guillaume, exempté de tout fardeau, prêta main-forte à quelques copains, pliant sous leur charge.

Ils s'étaient péniblement accoutumés à leur existence « plombée » et voilà qu'ils devraient de nouveau s'adapter à d'autres conditions de travail. Beaucoup d'incertitudes quant à leur devenir tout proche!

Le paquetage de Guillaume l'attendait dans le hall d'entrée. L'Oberleutnant était vraiment un homme de parole!

Le Directeur de la Zinkhütte les reçut avec un petit mot de bienvenue (il s'exprimait difficilement en français...)

– *Je suis content de votre arrivée, en renfort. Nous avons essayé de bien vous héberger. De votre côté, donnez-nous satisfaction par votre travail! Dans l'usine que vous venez de quitter, vous serez remplacés par des Prisonniers de guerre Italiens!*

Les jeunes gens se creusèrent la tête pour comprendre:

– *Des Prisonniers italiens? L'Italie de Mussolini est l'alliée de l'Allemagne! Comment peut-il y avoir de tels prisonniers?*

Ils ignoraient les récents événements:

– le 25 juillet 1943, Mussolini était destitué.

– le 8 septembre, l'Italie capitulait devant l'avance des armées alliées sur la Péninsule

– le 16 octobre, l'Italie, virant de bord... déclarait la guerre à son ex-allié germanique!

D'où les Prisonniers de guerre en question!

La Zinkhütte était plus moderne que l'antique usine de plomb. Avec grand plaisir, ils découvrirent un baraquement tout neuf, monté spécialement à leur intention. Encore le somptueux (?) mobilier: châlits, paillasses de toile de jute grossière bourrées de paille... mais au moins, tout était « nickel » (bizarre dans une usine de zinc)

Changement radical d'avec leur semi-taudis d'avant, saturé de gaz pernicieux émanant des coupelles se solidifiant sous leur dortoir.

L 'un des leurs se vit bombarder du titre pompeux de *Lagerfuhrer* (chef de camp), responsable de l'ordre matériel et de la propreté du baraquement. Ce n'était pas un simple titre honorifique car ledit chef faisait fonction « d'homme de ménage », s'échinant sur le plancher, nourrissant le poêle, récurant latrines, lavabos et éviers... Pas une sinécure, si l'on ajoutait qu'il devenait responsable de toute détérioration, mauvais fonctionnement ou autres... Mais, il était exempté de toute besogne différente dans l'usine!

Chose surprenante: les latrines – tout à fait neuves – consistaient en un réduit en plein air – manquait le petit cœur dans la porte – A l'intérieur, une longue planche, sentant encore le bois fraîchement travaillé, percée de trois trous à distance respectable, mais côte à côte, surplombant une vaste fosse. Très pratique pour tenir conversation ! Sans comparaison avec le salon littéraire de Madame de Récamier ! Les mêmes propos n' y étaient pas tenus !

L'ordinaire de la cantine se révéla meilleur que celui d'auparavant. Encore une nourriture peu raffinée mais, mieux soignée. Plus de chenilles dans la soupe aux choux. Plus d'épluchures sur les pommes de terre, mieux cuites. En somme, jusqu'à présent, ils n'avaient pas perdu au change. Restait à découvrir ce que leur réservait comme surprise le travail à l'usine. Qu'allait-il encore leur tomber dessus ?

Le lendemain de l'arrivée, ils furent tous alignés dans le hall… comme à la Foire aux bestiaux ou au Marché aux Esclaves. Allait-on examiner leur denture, tâter leurs biceps ? Un aréopage de « Messieurs » épiloguait sur l'apparence des nouveaux venus. Puis, ayant sans doute accordé leurs violons, ils procédèrent au choix de leurs élus. Chaque sélectionné rejoignait un responsable – un contremaître – allemand posté dans une partie de la salle.

Guillaume fut sélectionné d'office et en priorité. Pas plus heureux pour çà ! Il se demandait quel coup tordu allait lui échoir. Sous le joug de quel tyran il se retrouverait ? Encore un travail périlleux (comme aux coupelles de la nuit d'horreur), éreintant (comme avec la pelle du poussier de plomb), ou acrobatique (genre four d'argent) ?

Il resta seul – ce qui l'inquiéta beaucoup – avec le contremaître, lequel ne lui parut pas mauvais bougre. Il lui baragouina quelque chose qu'il ne comprit pas. Sans doute expliquait-il à quelle sauce il allait être mangé !

Conduit dans une partie de l'usine, il se trouva devant une grande machine, ayant quelques similitudes avec… un échafaud ! Moins haut, plus large. Qu'est-ce que c'était encore ce truc-là ! Une machine infernale ?

Il réalisa enfin : rien qu'un laminoir ! Comme son nom l'indique, chargé de laminer, d'aplatir des plaques de zinc… L'échafaud n'en était pas un ! Deux énormes cylindres – du genre « crase-cailloux » de son enfance – suspendus sur un solide bâti, tournaient inlassablement dans l'attente qu'une proie quelconque vienne s'y glisser.

Guillaume frémit en pensant ce qui lui arriverait s'il avait le malheur de trébucher devant le monstre qui s'empresserait de le happer dans ses engrenages… Il y passerai tout entier et en sortirait plat comme une galette et long de plusieurs mètres. Vraiment un outil du diable !

D'un côté, un ouvrier. En face, deux autres… Le premier saisissait, avec une gigantesque pince, un lingot de zinc brûlant sur la pile d'un wagonnet stationnant derrière lui, l'offrait aux rouleaux qui dévoraient leur proie avec une satisfaction évidente. Le lingot sorti de l'autre côté – après un léger temps de digestion ? – avait doublé de longueur et sérieusement minci. Les deux vis-à-vis s'emparaient de la plaque, la repassait par dessus les cylindres pour que le « solitaire » recommence le processus…

Pendant ce temps, sur la gauche du premier ouvrier, un quatrième compère avait manœuvré une roue rappelant la commande du gouvernail d'un bateau. Devant lui, une règle munie de graduations sur laquelle se promenait un index semblant être en liaison avec les mouvements de la roue. Cet ouvrier, nettement plus jeune que les trois autres, manipulait son gouvernail avec aisance, comme s'il s'agissait d'un jouet.

Le contremaître lui expliqua le mécanisme des opérations, explications qu'il n'assimila que très partiellement, mais il avait tout de même réalisé qu'il s'agissait de fabriquer des plaques de zinc à partir des lingots, que la roue de commande réglait l'écartement entre les deux rouleaux. Pour le reste, les manœuvres savantes du barreur par exemple : mystère !

Le contremaître lui dit – et cela, il comprit – de venir le lendemain à six heures du matin, au même endroit, où il servirait de régleur avec une autre équipe.

Lorsqu'il se présenta le lendemain, l'attendaient trois gaillards, de vraies forces de la Nature, la mine peu engageante. Ils avaient l'aspect de catcheurs professionnels hautement qualifiés. Des épaules nues où roulaient de puissants muscles, un cou de taureau… résultat d'une longue pratique de ce travail de forçat. Il ne devait pas être recommandé de mécontenter l'un d'eux. Tout être normalement constitué serait projeté à terre d'une seule chiquenaude de l'une de ces grosses paluches.

Guillaume, intimidé, faisait l'effet d'un maigrichon comparaissant devant Goliath, en triple exemplaire. L'avenir lui apprit qu'ils n'étaient pas aussi terribles que leur mine le laissait croire. Ils parlaient peu – pas un mot de français – jugeant inutile de réitérer les explications données antérieurement par le contremaître, venu faire un tour, histoire de voir si tout allait bien.

Et la galère commença !

Guillaume, placé devant son gouvernail n'avait aucune idée de la façon dont il devait procéder pour arriver, à vitesse grand V, à un hypothétique réglage. L'Allemand en face de lui – l'autre était caché par la machine – mentionnait des chiffres qu'il pigea être ceux qu'il devait successivement indexer à chaque passage de la plaque… Le tout était d'y arriver dans le court laps de temps entre la sortie de la plaque écrasée et sa nouvelle introduction entre les cylindres après son passage au dessus d'eux. Et cela allait bougrement vite.

Le novice se trompait de graduation, revenait en arrière ou poussait un peu plus en avant, interrompant le rythme de travail des lamineurs lesquels paraissaient souffrir de l'incompétence de leur régleur… et de plus en plus courroucés!

Complication supplémentaire: les plaques à obtenir n'avaient pas uniformément la même taille, ni la même épaisseur. Une série comme-ci, puis une autre comme-çà, d'où changement radical des graduations à obtenir…

Guillaume s'enferrait dans ses manœuvres désordonnées. Le mécontentement des trois équipiers croissait rapidement. Ils étaient tenus à un quota de production journalière, sinon ils se faisaient taper sur les doigts et, à ce rythme, pas question d'y parvenir!

Cependant, le jeune homme se démenait comme un beau diable, perdant pied de plus en plus. Il tournait la roue à contre-temps, quand la plaque était engagée. La roue tressautait pour revenir en arrière alors que lui manoeuvrait vers l'avant. A force de secousses, les muscles de ses bras – surtout le gauche – semblaient se déchirer. Il se demandait comment il allait en sortir… avis ostensiblement partagé par ses trois tyrans!

Après obtention de plusieurs plaques considérablement hors gabarit, les costauds s'arrachèrent les cheveux, si l'on peut dire car lesdits cheveux étaient coupés court – l'un d'eux même complètement rasé! Etait-ce pour éviter que leur chevelure soit happée par la machine tel Absalon poursuivi par David, par une malencontreuse branche d'arbre…

Inespéré: pause de quelques minutes!

Les trois Allemands entourèrent Guillaume le couvrant de reproches, de récriminations. Voyant l'air catastrophé du garçon, ils se calmèrent, lui demandant comment il se faisait qu'il soit aussi maladroit. N'était-il pas coutumier à un tel travail en France?

Stupéfaction quand ils apprirent que chez lui, en France, il était *Schule-lehrer* (maître d'école) et qu'un laminoir n'était pas d 'un usage tellement courant dans une salle de classe. Leur hargne s'évanouit. Ils tentèrent de faire rentrer dans la tête de leur apprenti, les rudiments du métier… Ils expliquèrent aussi que leur régleur, un jeune Allemand, soudainement mobilisé, partait prochainement pour l'Armée d'où son remplacement au pied-levé. Contrairement à leur attitude initiale, ils le rassurèrent, il s'en sortirait. Pensez donc: un « maître d'école ». C'est censé tout comprendre!

Le travail reprit… moins heurté. L'ouvrier d'en face, guidait d'un signe rapide: tête haute: graduation supérieure; vers le bas: descendre l'index. Miracle! La machine semblait coopérer, se soumettre aux quatre volontés de son nouveau maître, après avoir été bien rétive.

Les huit heures fatidiques passèrent, pas trop mal! Ses coéquipiers le renvoyèrent à ses foyers – non, à son dortoir – d'une tape amicale sur l'épaule. Ils avaient heureusement pensé à modérer leur force. Guillaume terminait sa journée… sur les genoux, façon de parler pour des bras en compote. Sans manger, sa fatigue lui avait coupé l'appétit, il se jeta sur sa paillasse, épuisé. Il passa la nuit à tressauter comme Charlot dans « Les Temps modernes » après sa journée de travail à la chaîne. A froid, ses muscles se coinçaient, se tétanisaient tant ils avaient été malmenés sans merci. En outre, il se tracassait :

– *Comment vais-je m'en sortir demain ? Encore encourir des récriminations, des engueulades sans fin ?*

Au réveil, pas du tout la forme ! Pas moyen de lever les bras, surtout le gauche, celui qui avait le plus souffert des secousses, lors de ses manipulations à contre-temps. Ses trois Hercules furent – presque – aimables ! Le démarrage fut pénible, mais, échauffés, ses muscles ne le firent plus souffrir et ses bras purent travailler normalement.

A l'expiration de ses nouvelles huit heures, ses coéquipiers s'estimèrent – à peu près – satisfaits par rapport aux résultats catastrophiques de la veille. Quand le contremaître revint les voir, Guillaume sentit... qu'il était adopté.

Au fil des jours, une certaine amitié s'instaura entre les quatre compères. Le fils de l'un des Allemands pataugeait, lui aussi, dans la boue russe... en attendant qu'elle se transforme en neige gelée. Il en parla au jeune Français... qui compatit.

Les trois gaillards étaient des « affectés spéciaux ». Le Grand Reich les estimait beaucoup plus utiles, pour l'effort de guerre, devant leur laminoir qu'aux Armées ! Pour éviter un départ au Front, ils ne pouvaient évidemment pas alléguer... une faiblesse de constitution !

Chaque équipe de huit heures – 6 heures/14 heures – 14 heures/20 heures – 20 heures/6 heures – était astreinte à un rendement variant avec le gabarit des tôles laminées eu égard à leur destination future (imprimerie, journaux ou autre...). Guillaume, aux commandes de l'écartement des énormes cylindres, ressentait l'impression d'être le Maître à bord.

Il acquit une certaine dextérité dans le maniement de son gouvernail. Ses bras, ses épaules, travaillaient intensément durant les huit heures. Excellente culture physique ? Sans doute, car ses muscles prospéraient allégrement, devenant durs comme de l'acier, sans prétendre égaler ceux de ses collègues !

De ce côté-ci du laminoir, Guillaume et son voisin vivaient dans la hantise constante de se faire prendre par les cylindres. De l'autre côté, aucun danger, le sens de rotation les en écartait, au contraire... Du mauvais côté, qu'un pan de vêtement soit happé, et tout le corps y passait... Charmante perspective !

La Direction voulut confier à un jeune Français l'enfournement des plaques comme le faisait le voisin de Guillaume. A peine commencé, l'usine fut prise d'une « danse de St Guy », vibrant tout entière : les cylindres avalaient, en les rognant, la lourde pince échappée des mains de l'apprenti. Elles se laminaient à froid… au prix de quels dégâts ? Le garçon avait-il prémédité son coup ? Les Allemands n'insistèrent pas et le maladroit fut viré à un autre poste. A son grand soulagement !

Eu égard à leurs dimensions finales, les plaques passaient sous les rouleaux compresseurs, deux, trois, quatre fois ou même plus, afin d'espacer leur laminage. L'équipe de nuit travaillait pratiquement sans surveillance. Les contremaîtres, eux aussi, aiment dormir. Les trois acolytes décidèrent de se payer du bon temps en raccourcissant le nombre de passes, occasionnant ainsi une fatigue supplémentaire et imprévue aux rouleaux, les plaques étant aplaties d'un coup beaucoup plus rapidement… au bénéfice d'une fatigue moindre… pour les ouvriers.

Ainsi la production était sérieusement hâtée, avec un gain de temps allant jusqu'à deux heures sur les huit assignées… Temps que les quatre lascars, assis comme des frères, dos à dos, au chaud près du four, passaient en petites ronflettes en chœur, bien agréables…

Pour y parvenir : sabotage. Une plaque demandant quatre passages devait se contenter de deux et, le reste à l'avenant. Les résultats étaient identiques sauf que les coussinets – en bronze – sur lesquels tournaient les rouleaux encaissaient de sérieux à coups du fait de ces efforts non programmés par ces Messieurs les Ingénieurs.

Et les coussinets rendirent l'âme prématurément. Réparation immédiate par des spécialistes, en un temps record, mettant le laminoir… et ses servants, au repos forcé !

Quelques jours après – ou plutôt quelques nuits – nouveaux dégâts… ce qui intrigua les techniciens. Pour ce travail carrément estropié, les trois « pros » devaient obligatoirement obtenir la complicité de leur jeune compagnon. La preuve d'une grande confiance, car ils se mettaient pieds et poings liés à sa merci. Ils lui recommandèrent instamment à plusieurs reprises de soutenir « mordicus » que l'ouvrage, de jour comme de nuit, s'exécutait strictement suivant les normes prescrites. Si leur subterfuge se découvrait, nul doute que le quatuor se retrouverait en taule et, peut-être pour les Allemands, l'expédition vers de délicieux (?) sports d'hiver russes.

Et les coussinets se rompirent une fois de plus. Guillaume estimait que ses collègues prenaient des risques insensés. Leur intellect était-il à la hauteur de leur force physique ? Pour autant jouer avec le feu, ils allaient finir par se brûler sérieusement ! Mais la décision ne lui appartenait en rien, il n'était que l'exécutant.

Lors d'une équipe du matin, après une semaine de « nuits », trois importants « Messieurs » dont la tenue soignée détonnait avec les bleus de travail des ouvriers, vinrent ausculter la machine sous toutes ses coutures. Ils firent suspendre l'activité durant un moment, harcelèrent de questions les trois « suspects », dans leurs petits souliers, leurs gros bras pendouillant, gênés de leur inactivité contre leurs flans en sueur. D'angoisse !

L'entretien dura de longues minutes. Les trois malabars mis sur le gril – soumis au supplice de la Question – se multipliaient en de véhémentes dénégations. Guillaume se dit :

– *Ce sera bientôt mon tour ! S'ils m'interrogent en allemand, je pourrais toujours feindre ne pas bien les comprendre !*

Le trio s'approcha de lui. Manque de chance, l'un des Inquisiteurs s'exprima en un français plus que potable. Il ne pouvait prétexter ne pas piger.

– *Jeune homme, veuillez m'expliquer comment vous procédez pour obtenir une tôle de cette dimension ?* désignant, sur une pile voisine, des plaques laminées en grande longueur.

Ses compagnons allemands se sentaient prêts à défaillir. Si leur régleur les trahissait ou, simplement s'emmêlait dans ses explications, donnait de mauvaises réponses (celles de la vraie cadence nocturne), ils étaient mal partis !

Guillaume réfléchit, se remémorant le barème « officiel » des graduations prescrites et se prononça :

– *De telles plaques passent toujours quatre fois dans la machine aux épaisseurs marquées 7 – 5 – 3 et 1 sur mon cadran !*

L'ingénieur polyglotte traduisit la réponse à ses collègues. Tandis qu'ils en discutaient à l'écart, les coéquipiers... retrouvaient leurs couleurs. La discussion terminée, les Ingénieurs – ou supposés tels – se rapprochèrent des lamineurs et édictèrent, non pas « *Allez en Paix* ! » mais simplement : *Gut !* faisant signe de reprendre le travail.

Les trois lamineurs auraient volontiers embrassé Guillaume tant ils étaient soulagés... Ils se contentèrent de lui lancer un clin d'œil complice. Un véritable coup de soudure pour leur équipe !

Ils convinrent que, maintenant, ils devaient se tenir à carreau, sous peine de s'attirer collectivement les pires ennuis. Leur travail de nuit dura plus longtemps... De temps en temps, ils trichèrent encore un peu, mais avec « grande modération ».

Par miracle – point de vue des Ingénieurs – les coussinets tintent bon ! Ils durent en conclure qu'ils étaient tombés sur une mauvaise série, accusant la qualité défectueuse du matériel en question.

Guillaume améliorait son « jeu » et devenait expert en réglage, sans tâtonner, pour tomber pile sur le bon numéro. A la grande satisfaction de ses trois compères qui le considéraient maintenant comme un équipier fiable, à part entière. L'équipe atteignait le « top niveau » de la production ! Sans tricher, ils pouvaient satisfaire à leur quota avant l'expiration de leurs huit heures. Le jour, ils ralentissaient volontairement leur cadence, sentant très bien que, s'ils maintenaient leur rendement, on leur en demanderait encore plus! Ici comme ailleurs: ne pas gâcher le boulot par un zèle intempestif...

La nuit, en fin de parcours, ils se ménageaient un peu de répit. Alors, comme avant, ils reprirent leurs habitudes, en plus court, de douce somnolence au coin du... four.

Une fois, ils ronflaient consciencieusement quand, pour une raison ignorée de Guillaume, les trois balaizes s'absentèrent un moment, le laissant seul... Il n'eut pas le loisir de persister bien longtemps dans le farniente! D'autres ouvriers veillaient le coup et, sans ménagements, vinrent secouer le dormeur. Ils le sommèrent de les accompagner... pour leur donner un coup de main. Ils pensaient:

– *Inadmissible! Nous, les vieux de la vieille dans l'usine, devons besogner alors que ce gamin français se la coule douce, se prélasse comme un matou au soleil!*

Guillaume eut beau protester de toutes ses forces et prétendre que son travail d'équipe était bel et bien terminé, les contestataires ne voulurent rien entendre, le traînèrent plus qu'à moitié vers les moules de coulage des lingots de zinc.

Un quart d'heure se passa alors que Guillaume mettait en œuvre toute sa bonne volonté... à mal faire son nouveau travail. Trois silhouettes – tant espérées – se profilèrent à l'autre bout de l'allée. Armés de leurs lourdes pinces, marchant de front comme des tirailleurs sur le pied de guerre, les trois collègues arrivaient avec l'intention évidente de bousculer quiconque se mettrait au travers de leur chemin. Pas besoin d'exprimer leurs intentions libératrices, leur aspect belliqueux suffit pour convaincre les nouveaux patrons du jeune homme de renoncer à leur espoir de conserver leur recrue, ni d'émettre la moindre protestation.

Sur un signe, Guillaume les rejoignit et, avec ses imposants gardes-du-corps, il regagna... leur dortoir improvisé où, dos à dos, ils finirent la nuit en toute quiétude. Ouvriers et contremaîtres comprirent que le jeune Français était tabou et que le tarabuster conduisait à de sérieuses représailles.

Ce poste de régleur exigeait force, dextérité et vivacité d'esprit. Emploi tenu en haute considération par les autorités de l'usine... Parmi tous ses collègues STO, il bénéficiait seul du statut de « travailleur lourd », donnant droit à un supplément de rationnement... Relativement soigné comme un coq en pâte.

Il n'avait pu se retenir de conter à ses nouveaux compagnons de chaîne, un résumé de ses déboires affectifs: il aimait – et en était aimé – d'une fille merveilleuse en France, s'abstenant toutefois prudemment de citer son actuel lieu d'exil... en Angleterre. Ils connaissaient déjà son attitude courageuse lors des bombardements ayant coûté la vie à Christiane dont le cuisant souvenir hantait encore ses nuits.

Ce travail de laminage ne souffrait aucune interruption, en trois équipes journalières de huit heures. Dans chacune d'elles, « *l'alter ego* » de Guillaume : deux allemands : l'un, la cinquantaine affirmée, l'autre, un jeune garçon.

« Tout tournant rond ! », la Direction ne se souciait pas – grave erreur – de parer à une éventuelle défaillance de l'un des régleurs. Et, ce qui devait arriver, arriva.

Le quinquagénaire, un jour, fit faux bond. Le laminoir de son équipe tombait en panne, d'où un « trou » improductif entre les deux autres équipes.

Guillaume était « du matin », soit de 6 heures à 14 heures. Il rentrait harassé et délaçait ses chaussures dans l'intention de se détendre un peu les muscles en s'allongeant sur son lit. Levant les yeux – qui s'arrondirent de stupeur – deux « grosses légumes » de la Direction accompagnant son contremaître – se trouvaient devant lui, qu'il n'avait ni vus, ni entendus entrer !

Le Directeur et son chef du Personnel avaient daigné descendre de leur piédestal. La cause devait être d'importance. Le « Grand patron prit la parole :

– *Le régleur de l'équipe d'après-midi est malade. Cela nous plonge dans un embarras extrême. Il est impensable de suspendre le laminage durant huit heures. Cela équivaudrait à un arrêt de l'usine durant ce temps ! Demain, un régleur de remplacement nous sera envoyé, en dépannage, d'une autre usine. Pour aujourd'hui, nous vous demandons instamment de vouloir bien redoubler vos huit heures de travail avec l'équipe qui vous attend actuellement !*

Guillaume protesta :

– *Je suis épuisé car vous n'ignorez pas que ce travail est éreintant ! Vous ne pouvez pas me contraindre à huit heures de plus ! Ce serait un effort surhumain !*

Le Directeur savait très bien qu'en cas de contrainte, le travail serait à demi-saboté, même avec un minimum de mauvaise volonté. Pas de sanctions possibles : le seul responsable du mauvais rendement ne pouvant être… que la fatigue ! Ils insistèrent :

– *Nous vous demandons seulement de travailler ces présentes huit heures, sans ignorer que cela vous demanderait un très gros effort… Aussi, si vous acceptez, en récompense, demandez-nous ce que vous voulez – dans la limite du raisonnable, bien sûr ! – Tickets de rationnement supplémentaires, bleus de travail, chaussures,… Vous l'obtiendrez !*

Guillaume se fit tirer l'oreille, voyant que ses interlocuteurs devenaient de plus en plus inquiets. Néanmoins, il réalisait bien qu'il devrait finir par accepter… mais, au moins essayer d'en tirer le meilleur avantage possible. Il se décida :

– *Pour vous rendre service, j'accepterai donc… et cela sera très dur ! Vous me proposez de vous dire ce que je veux, de raisonnable ? Eh bien ! Octroyez-moi quinze jours de congés pour me permettre de revoir ma famille en France. Je vous rappelle que j'ai été hospitalisé récemment et que ce serait aussi, en sorte, un congé… de convalescence*

Le jeune homme misait sur le fait qu'à la Zinkhutte, le caractère « bidon » de sa diphtérie était ignoré ! Il ne risquait pas grand' chose en ajoutant cette corde supplémentaire à son arc !

Ses interlocuteurs parurent interloqués par sa requête. S'ensuivit une discussion entre eux… Mais, le temps pressait : le laminoir attendait ! Le Directeur édicta :

– *D'accord pour les congés… à la condition expresse que vous initiez l'un de vos compagnons qui vous remplacera durant votre absence. Demain, après votre équipe normale du matin, vous viendrez au bureau où sera établi le dossier en vue de votre départ. Pour vous témoigner de notre gratitude, vous pourrez, en outre, désigner l'un de vos compagnons qui vous accompagnera en France !*

Sur ces bonnes paroles, l'aréopage tourna les talons non sans avoir – ô surprise ! – serré la main de leur jeune ouvrier, tout éberlué d'avoir obtenu si facilement ce dont il rêvait depuis des mois. Les portes de sa semi-prison s'entr'ouvraient. Dans sa tête, résonnaient des chants d'allégresse ! Il pourrait s'évader… légalement, sans encourir les risques de son escapade précédente, aux abords de la frontière hollandaise. Et en plus, « libérer » un ami ! Formidable !

Restait à accomplir sa part de la promesse. Pas le moment de faire la mauvaise tête !

Il se hâta vers le laminoir où trois Allemands inconnus attendaient son arrivée, de pied ferme. Guillaume les trouva infiniment moins sympathiques que ses partenaires habituels. D'abord, à côté des siens, ils semblaient fluets (?). Et puis, ils avaient une mine antipathique ! etc… etc… Il avait oublié ses premiers contacts avec ses athlètes mal embouchés, devenus des amis.

Il eut une bouffée d'orgueil : de lui, minable petit Français, dépendait la marche de l'usine ! Sans laminage, tout s'arrêtait : inutile de couler de nouveaux lingots. Sans la production de nouvelles tôles, plus de découpage pour mise au gabarit exact, plus d'opérations de stockage, etc… A lui seul, il pouvait stopper l'industrie allemande (!)… Il retomba sur terre et se mit au travail. Quand même, quel chemin parcouru depuis la Bleïhutte où il était le boy, le larbin que l'on expédiait de tous les côtés, au gré des caprices des contremaîtres, jamais satisfaits…

Avec sa nouvelle équipe, Guillaume fut tenté de jouer la « Prima Donna », capricieuse et fantasque. Il se raisonna et jugea plus avisé de donner satisfaction afin de ne pas mettre en péril la réalisation de la mirobolante promesse… Il termina ses huit heures pratiquement sur les genoux. Non seulement ses muscles se rebellaient contre cet horaire inhumain de 6 heures/22 heures, mais ses nerfs commençaient à flancher, le réglage demandant une attention soutenue de toutes les instants. Seize heures consécutives d'un tel travail ne conduisent pas au « Nirvana » !

Rentré au baraquement, il prit quand même le temps de chercher à joindre Félix qui « flânait dans un coin » lui dirent ses copains. En dehors de ses heures de boulot, ce farfelu de garçon tournicotait dans des endroits impossibles où le poussaient ses idées excentriques Il parvint à le retrouver, tout excité par la perspective de lui annoncer la bonne nouvelle :

– *Félix, il nous arrive une chance inouïe : le Directeur m'a formellement promis de m'octroyer quinze jours de congés en France... avec la possibilité pour moi de choisir un compagnon de voyage. Toi, si tu es d'accord... et pourquoi ne le serais-tu pas ? Ta participation à notre malchanceuse tentative d'évasion suffirait pour savoir à l'avance que ta réponse sera affirmative ! Prenons donc rendez-vous, sans faute, devant le bureau, demain à 14 h 15 afin de remplir nos dossiers. « Il faut battre le fer quand il est chaud » !*

Contrairement à ce qu'escomptait Guillaume, Félix n'exprima qu'un enthousiasme mitigé :

– *On t'a promis n'importe quoi pour te faire marcher. Mais, je suis d'accord avec toi, il faut essayer ! Entendu pour le rendez-vous !*

Guillaume avait grande hâte d'aller s'étendre, le corps rompu de fatigue. Il pensait à la reprise du travail, le lendemain matin, à six heures et... d'être à peu près d'attaque.

Heureusement, il n'était plus le petit gars du début, moralement et physiquement fragile. Il s'était drôlement endurci et, à force de devoir faire face aux difficultés multiples et quotidiennes, son caractère s'était affirmé. Il ne se laissait plus marcher sur les pieds par quiconque, quelle que soit sa nationalité.

Le lendemain, sa besogne avec son équipe habituelle, terminée – péniblement – il se présenta au bureau du Personnel. Il craignait à moitié d'être remballé comme un rêveur indésirable prenant ses fabulations pour des réalités (comme en somme, le prétendait Félix...), toutes les promesses de la veille n'étant que fariboles !

Félix vainement et impatiemment attendu, ne se pointa pas.

Le Chef du Personnel – Monsieur Plumm – le reçut aimablement, ce qui rassura le jeune homme ! Il sembla même prendre plaisir à converser en français. Apprenant, à sa grande surprise, que son interlocuteur était enseignant en France, il lui demanda :

– *J'essaie de me perfectionner dans la maîtrise de votre langue. Pourriez-vous, lors de votre retour, me procurer un dictionnaire franco-allemand et une grammaire de langue française ? Ces ouvrages sont introuvables ici !*

En toute bonne foi, Guillaume promit... La glace était rompue.

M. Plumm remplit les formulaires... La paperasserie n'est pas une exclusivité française ! Il assura :

– *Je transmettrai rapidement votre dossier aux autorités compétentes. Cela demandera certainement quelques semaines pour obtenir une réponse, que j'espère favorable. Votre ami ne s'est pas présenté ! Maintenant, il est trop tard ! Tant pis pour lui !*

Guillaume sortit tout guilleret. Une seule ombre au tableau : que fabriquait ce sacré Félix ? Pourvu qu'un grain de sable ne vienne pas se coincer dans le délicat rouage du dossier congés ! Il avait appris – quelquefois douloureusement – qu'il ne fallait pas laisser passer une chance, même problématique. « Aide-toi et le Ciel t'aidera ! »... c'est bien vrai !

Dans l'après-midi, il vit un Félix tout décontracté, n'extériorisant aucun regret d'avoir manqué le rendez-vous :

– *Excuse-moi ! J'ai oublié l'heure ! D'ailleurs, je ne crois pas en ces folles promesses ! Tu verras, tout cela n'est que de la poudre aux yeux ! Tu seras bien déçu !*

Guillaume, déconcerté, ne sut que répondre. Et si son ami avait raison ? Il venait de recevoir une sérieuse douche froide sur son bouillant enthousiasme !

21

L'attente dura longtemps… pour l'impatience du permissionnaire potentiel !

La vie continuait, pénible, astreignante, sans confort, ni joie. Guillaume avait choisi son remplaçant – s'il partait – Il proposa Félix… parce que lui ne partait pas, convaincu de lui « faire une fleur » ! Une fois bien initié, le nouveau régleur jouirait d'un prestige incontesté, d'un ravitaillement amélioré, de bons coéquipiers en dépit de leur aspect rébarbatif.

Félix peina pour assimiler la technique du réglage, cependant beaucoup plus favorisé que son « instructeur » qui, lui, avait dû se débrouiller tout seul, sans la chance d'avoir un mentor bienveillant, toujours prêt à le seconder en cas de besoin.

Les trois Allemands n'appréciaient pas la venue de ce perturbateur. Tout marchait tellement bien… avant ! Pourquoi changer ? Quand ils apprirent le départ espéré de leur jeune collègue, ils firent la grimace, mais admirent qu'il l'avait bien mérité !

Toute une nouvelle adaptation de l'équipe à ce novice, se déclarant lui-même « pas à la hauteur » ! Souvent copieusement houspillé pour ses maladresses à répétition, il ne se défendait pas, acceptant tout passivement, avec philosophie… Son tempérament bohême s'accommodait mal de la méticulosité qu'exigeait son nouveau travail à la barre. Guillaume plaidait constamment en sa faveur prés des ouvriers irrités.

Félix avait beau faire, il ne bénéficiait pas de l'estime dont jouissait son ami…

Arriva le moment de la révision périodique du laminoir : descendre dans la fosse sous la machine, nettoyer les rouages pleins d'une graisse nauséabonde, lubrifier « au propre ». Une besogne d'esclave, tout juste bonne pour un ilote du temps de guerre. Aucun ouvrier allemand qualifié, chevronné, galonné n'accepterait jamais de s'y coller. Les équipiers de Guillaume s'opposèrent formellement – à haute et intelligible voix – quand le contremaître désigna leur régleur préféré pour la descente aux enfers… Félix devint la victime tout désignée ! Son ami, honteux de son régime de faveur et pris de pitié pour le malchanceux, voulut l'aider dans sa besogne rebutante. Veto intransigeant des trois costauds. Guillaume eut l'impression qu'en choisissant son copain comme nouveau régleur, il lui avait fait un cadeau empoisonné !

Le nettoyage dura toute la journée pendant laquelle les quatre désoeuvrés se tournaient les pouces tandis que le malheureux esclave s'échinait… Celui-ci sortit de sa fosse couvert de cambouis dont il eut bien du mal à se débarrasser. L'apprenti (sorcier) parvint peu à peu à mieux se débrouiller, gagnant progressivement la confiance – à défaut de l'amitié – de ses compagnons de travail. Les deux régleurs – le maître et l'élève – travaillèrent de pair en attendant le retour du dossier « congés » qui ne venait pas ! Félix, pour la X éme fois, répétait

– *Je te l'avais bien dit ! C'était trop beau pour être vrai !*

Ce qui effilochait les espérances de Guillaume.

La fin de l'année 1943 s'approchait ! Un froid mordant attaquait de toute sa vigueur de climat continental, bien différent du climat maritime des Flandres. Bientôt Noël ! Les jeunes Français déploraient de ne pas avoir de sapin, qui leur manquait encore bien plus dans leur exil que chez eux. L'arbre symbolique rappelait les beaux jours d'antan desquels ils étaient douloureusement coupés.

Ils se creusèrent la tête pour savoir comment y remédier. Les quatre spécialistes (?) de l'évasion avortée – Guillaume, Félix, Jean et Roger – toujours prêts à prendre – parfois inconsidérément – des initiatives risquées, décidèrent... tout simplement, d'aller se servir là où il y en avait en abondance. Dans la forêt voisine !

Pour les Allemands – écologistes avant la lettre – couper un arbre constitue un crime d'Etat quand l'opération n'est pas programmée, ordonnée, dirigée par un Organisme compétent. Ce dont les quatre iconoclastes d'un nouveau genre n'avaient pas conscience ! Pour eux, il ne s'agissait que d'un petit larcin sans importance eu égard à la prolifération de la gent sapinière dans la forêt...

Munis d'une hachette finement aiguisée, ils prospectèrent sans se cacher. Ce sapin là ? Trop grand ! Celui-ci ? Trop petit ! Cet autre ? Pas beau, parce que déplumé ! Etc...

Ils tombèrent enfin en arrêt devant l' « idéal » : deux mètres environ, bien vert et touffu, au tronc pas excessivement volumineux. Celui-là et pas un autre se dressant fièrement devant une cabane inhabitée, à la porte de bois brut ornée d'une inscription hiéroglyphique dont ils ne se soucièrent guère !

En deux temps, trois mouvements... et quelques coups de hachette bien appliqués, ils vinrent à bout de leur victime. Le roi des forêts chuta bientôt à terre. Avant de l'emporter, par pure curiosité, ils revinrent consulter l'inscription indéchiffrable devant laquelle ils se grattèrent la tête. Après quelques palabres, ils convinrent que cela devait signifier : « garde-forestier ». Ils avaient abattu un arbre devant le local de celui qui était censé le protéger ! Un peu tardivement, ils sentirent leurs cheveux se dresser sur la tête... mais le mal était fait ! Autant achever leur forfait !

Par où revenir au baraquement ? Ils ne connaissaient que leur itinéraire de l'aller, c'est à dire en passant en plein village ! Rentrer en longeant les murs, en essayant vainement de dissimuler leur cadavre végétal ? Cela ne ferait qu'attirer l'attention suspicieuse des autochtones.

– *Allons-y carrément,* conclurent-ils !

A trois, ils transportèrent leur victime innocente. Le quatrième... ne portait rien, comme dit la chanson... Si... la hachette !

Ils ne poussèrent quand même pas l'audace – l'inconscience – jusqu'à scander une marche victorieuse sur un air plus ou moins guerrier ! Ne pas aller trop loin dans le bluff !

La traversée en plein village se fit sans encombre. Les gens, intrigués, les regardaient passer en pensant :

– *Ces diables de petits Français ont obtenu une autorisation que nous n'avons jamais eue !*

Parvenus au cantonnement, après un « ouf » de soulagement, ils dressèrent l'arbre devant le baraquement, lui conférant un air de fête... Il y resta quinze jours !

Un contremaître, plus curieux que les autres, s'intéressa quant à l'origine du beau sapin. Devant leurs explications confuses, il jugea bon de ne pas insister... Mieux valait ne pas savoir ! Aux innocents, les mains pleines.

De temps à autre, les jeunes gens recevaient la visite d'un aumônier, lui, vraiment volontaire pour apporter son soutien moral aux gars expatriés... qui en avaient parfois bien besoin ! Il couvrait un vaste secteur, apportant réconfort à tous, même aux athées indécrottables. Il prit l'initiative de suggérer de donner un spectacle dont les acteurs seraient les jeunes gens eux-mêmes. S'ensuivirent, rencontres et colloques inter-usines. Les garçons de la Zinkhutte furent surpris de se voir si nombreux. Ils se croyaient rares dans le coin !

L'un d'eux prit les rênes. Après discussion avec les autres, il décida des « pièces » qu'il s'agirait de monter. Sans vedette féminine... et pour cause ! D'abord, un sombre drame : deux individus prisonniers, de par la tempête faisant rage, dans un phare au milieu de l'océan... L'un d'eux devenait fou !

Puis une comédie burlesque, ce qu'il fallait pour tenter de dissiper un peu les idées noires des spectateurs et leur faire oublier un moment leur piteuse existence. Sans que Guillaume ne se manifeste, le responsable-organisateur le choisit comme acteur principal de la susdite comédie, chargé, en outre des fonctions de metteur en scène ! Il eut beau arguer qu'il était en sursis de départ... rien n'y fit !

Se demandant à quoi il devait cet honneur, il se souvint que l'aumônier, en bavardant, lui avait demandé sa profession en France... Évidemment, un enseignant était censé... enseigner, même les jeux de scène !

A son tour, Guillaume sélectionna pour les rôles secondaires mais multiples, car il fallait concerner le plus possible de garçons afin qu'ils participent... L'un de ces rôles caricaturisait un campagnard particulièrement naïf et affligé d'un terrible accent du terroir. Pour ce rôle, pas de problème, parmi ses compagnons de dortoir, le metteur en scène improvisé avait ce qu'il fallait : un garçon profondément marqué par sa Flandre natale quant à son parler… Pas plus bête qu'un autre, mais capable de faire semblant de l'être !

Guillaume se dit :

– *Il fera l'affaire sans devoir se forcer… pour l'accent !*

Erreur fondamentale ! Mis au courant du scénario, le sélectionné voulut outrer son naturel – qui ne revint pas au galop – ce qui donna un charabia parfaitement exempt de l'originalité recherchée. On eut beau lui répéter : *Sois donc naturel !* rien n'y fit et la pièce fut jouée par un Flamand, vierge de son accent inné semi-belge, pour aboutir à un salmigondis helvèto-germano-lillois.

Cela passa bien quand même car, ceux qui le connaissaient en rirent beaucoup… ce qui était en somme, le but de l'opération !

La fête fut un succès ! Le sombre drame émut profondément les nombreux spectateurs – ils étaient plus d'une centaine – Les deux protagonistes avaient su trouver des accents déchirants, remuant les tripes ! L'un d'eux avoua, après… qu'il avait une colique du tonnerre lorsqu'il déclamait, ce qui l'aida beaucoup dans son rôle tragique… Il ajouta : *Il était d'ailleurs plus que temps que la pièce s'achève ! Je ne pouvais plus « tenir » !*

La comédie plongea l'assistance dans l'hilarité. Le public était bon enfant et réagissait facilement. Guillaume figurait un PDG prétentieux mais légèrement… demeuré. Il s'évertua à jouer le parfait imbécile heureux ! Il crût y être parvenu, à en croire les rires et applaudissements. L'aumônier le félicita chaudement :

– *Très réussi ! Bravo ! Mais, tu auras beau faire, tu ne réussiras jamais à te faire passer pour un parfait crétin !*

C'était un compliment… à double tranchant.

Les jours passaient, monotones, déprimants… Les bombardiers alliés avaient cessé leur activité dans la région bien que, maintenant, de jour comme de nuit, les forteresses volantes sillonnaient le ciel inlassablement, sans manifester d'intention belliqueuse… A croire que la mort de Christiane et celle de ses parents avaient apaisé, localement, la soif de sang de Mars, Dieu de la Guerre.

Une nouvelle stupéfiante leur parvint : le sympathique chef du camp russe – Godfritz – quittait son poste pour gagner le Front russe. On relata les faits à Guillaume :

– *L'Oberleutnant est un pratiquant sincère. Lors des fêtes de Noël, il voulut permettre à l'interprète-prisonnier russe d'assister à la messe de minuit ! Hors de question de laisser sortir le Russe officiellement de son enclos de barbelés (les Nazis, pas particulièrement portés sur la Religion !) Il lui procura un uniforme allemand et se rendit, avec son pseudo-subalterne, à la messe de Noël.*

Il prenait des risques considérables. Il fut repéré avec le Russe travesti et dénoncé à sa hiérarchie, qui n'apprécia pas du tout! Sanction immédiate: choix entre le Conseil de Guerre ou l'engagement volontaire pour les neiges moscovites. Pour éviter l'éventuel poteau d'exécution, il opta pour la seconde solution, évitant le déshonneur.

Il vint faire ses adieux à Guillaume. Le lendemain, il partait pour les steppes russes, le froid glacial, les cosaques… Aucun des jeunes Français ne sut ce qu'il était advenu de ce brave homme… Son souvenir resta longtemps ancré dans la mémoire des garçons. En pensant à lui, ils se rappelaient d'un type formidable…

22

Guillaume, au fil des jours, perdait tout espoir de partir.

Soudain, bénédiction ! M. Plumm, chef du Personnel le fit prévenir du retour de son dossier. Accepté ! Convoqué d'urgence au bureau, ce qu'il fit sans temporiser un seul instant.

– *Feu vert est donné pour votre départ ! Pour clore le dossier, il convient d'obtenir le visa de la Kommandantur régionale ! Vous devrez vous en charger. Simple formalité, mais indispensable !*

Il décrivit les tenants et aboutissants de ladite Kommandantur en recommandant de ne pas tarder. Bien l'avis de Guillaume !

A dix kilomètres environ, on pouvait s'y rendre en tramway, marcher ensuite une dizaine de minutes. Pas compliqué !

Il parvint aisément à destination, un grand immeuble lugubre, au bout d'une rue déserte. Un vrai coupe-gorge comme on en voit dans les films d'épouvante. Un manoir hanté ?

Le jeune homme ravala sa salive, prit son courage à deux mains. Si près du but, pas le moment de tergiverser ! Il pénétra dans un vaste hall aussi peu engageant que le laissait prévoir la façade. Pas un chien. D'ailleurs aucun représentant sensé de la race canine n'oserait s'aventurer là-dedans… Pas de bureau d'accueil !

A la périphérie du hall, plusieurs portes hermétiquement closes, donnant vraisemblablement sur des bureaux. Pas un bruit ! S'agissait-il du Palais de la Belle au Bois dormant ? Encore que ladite Belle aurait bien mal choisi son Palais ! Pas du tout féerique.

Désemparé, il repéra un banc dans un coin. Que faire d'autre que d'attendre, Dieu sait qui… ou quoi ? Il s'assit, angoissé… et se dit :

– *Si je reste ici longtemps, sans bouger, je finirai par prendre racine !*

Un quart d'heure s'écoula sans qu'il vît âme qui vive. Enfin une porte s'ouvrit. Ils n'étaient donc pas tous morts ou endormis. Une jeune « soldate » traversa le hall d'un pas rapide, un dossier à la main. En passant, elle jeta un coup d'œil distrait à ce bonhomme prostré sur son banc et poursuivit son chemin. Puis, comme prise d'un remords, elle effectua une volte-face pour demander :

– *Que désirez-vous ?*

Bien qu'exprimée en allemand, la question était compréhensible. Guillaume pensa :

– *C'est maintenant ou… jamais!*

Il rassembla à la hâte ses maigres connaissances en la langue de Goethe pour exposer sa requête:

– *Je suis venu solliciter un visa pour ma permission. Sans lui, je ne pourrai partir!*

La demoiselle, à peine plus âgée que son interlocuteur, même sanglée dans un uniforme sans élégance, était seyante. De longs cheveux blonds soyeux s'échappaient de son calot. Sa silhouette ne ressemblait en rien à celle de la « dondon dodue » que l'on se représente pour la femme-soldat teutonne. Idée préconçue ou… faisait-elle exception à la règle? Incontestable, la fräulein n'était pas désagréable à regarder. Quel dommage de travestir une si jolie fille dans un si disgracieux uniforme cogita « in petto » le solliciteur.

La fräulein examina un instant le jeune homme. Elle en conclut:

– *Il est mignon tout plein ce petit Français… et il a l'air terrorisé!*

Sa conclusion, quant à la nationalité du patient, résultait d'une logique subtile:

– *Évidemment pas Allemand! Pas Russe! Pas Italien! Donc… Français!*

– *Ein moment,* prononça-t-elle en prenant le document en question, se dirigea vers une porte, frappa, entra et… ressortit aussi vite poursuivie par des vociférations… La sieste du Seigneur du lieu avait-elle été troublée?

La demoiselle revint vers Guillaume, apparemment non traumatisée par le fâcheux accueil. Elle devait être accoutumée aux sautes d'humeur de son Chef. Elle calma l'inquiétude de son protégé et lui fit comprendre:

– *Patience! Ce n'était pas le bon moment! J'y retournerai dans un instant!*

Elle s'éclipsa, au grand désespoir du garçon…

– *çà y est! C'est fichu! Elle va m'abandonner à mon triste sort et ne pas risquer de nouvelles rebuffades. Et maintenant, que vais-je faire?*

Mais non! La charmante Walkyrie reparut et tenta héroïquement (?) une nouvelle approche du fauve. Elle en revint, toute souriante, (il ne l'avait pas dévorée toute crue), invita le jeune homme à la suivre dans l'antre sacré. Il fut en face d'un officier barricadé derrière son bureau, la mine patibulaire, peu enclin à engager conversation, qui le dévisagea d'un œil froidement inquisiteur, tendit une main impatiente pour saisir la formule sur laquelle il asséna un coup de tampon rageur. Vraiment sympathique ce Monsieur!

Que lui ai-je fait? pensa Guillaume… *même pas troublé le breuvage de cet animal plein de rage!* Pas le moment de se vexer! Muni de son inestimable visa, il opéra une retraite précipitée. Que lui importait, en somme, la hargne de ce « bouledogue galonné »: il avait eu gain de cause et… ne s'était même pas fait mordre!

Sa « bienfaitrice » l'attendait dans le hall. Profond embarras de Guillaume… Comment la remercier? Il n'était plus l'adolescent timide et fragile d'il y avait quelques mois Aussi lança-t-il un vibrant: *Danke!* serrant une main étonnée. D'un coup, il s'enhardit, déposa sur la joue militaire mais néanmoins veloutée, un chaste baiser qui fit frémir « l'impétrante »! D'étonnement? De plaisir? Certainement pas fréquent qu'un jeune Français administre une bise à une jeune fille en strict uniforme de l'armée de la grande Allemagne, en plein hall d'une kommandantur! Ce n'eût pas l'air de lui déplaire!

Avant de refermer la porte donnant sur l'extérieur, Guillaume se retourna. La demoiselle, statufiée à l'endroit où il l'avait quittée... souriait! La façon d'exprimer son « merci! » semblait lui plaire! Elle esquissa un geste d'adieu cordial que lui retourna le jeune homme.

Par delà les nationalités, en dépit des différences de situation, un courant d'amicale complicité était passé!

Les événements se précipitaient dans la vie de Guillaume alors que l'année 1944 venait de naître. Il avait remis sa feuille de route, revêtue du précieux visa militaire, au chef du Personnel. Celui-ci, satisfait, lui annonça:

– *Maintenant, vous pouvez partir quand vous le déciderez ou, plutôt dès que vous aurez votre billet de chemin de fer (aller et retour). Nous nous en chargerons et la Direction prendra à sa charge vos frais de transport en récompense supplémentaire pour votre dépannage du laminoir. Vous connaîtrez alors les jour et heure de votre départ!*

Merci beaucoup, dit Guillaume en pensant: *Dépense inutile pour le billet de retour! J'ai été piégé une fois, pas deux! Errare humanum est!* Il eut grand soin de n'en rien laisser paraître en répétant qu'il n'oublierait pas dictionnaire et grammaire.

Il avait déjà arrangé la chose: donner à Félix le dictionnaire de poche qu'il détenait actuellement pour qu'il le remette à M. Plumm, une fois passés les quinze jours fatidiques. Il enverrait la grammaire par la Poste française... Son destinataire n'aurait pas besoin d'un dessin pour comprendre qu'il ne le reverrait plus, son gaillard ayant décidé, unilatéralement, que sa permission était... libérable. Peut-être s'en doutait-il dès le début!

Ses parents avaient inculqué à leur fils, le respect de la parole donnée! Chose promise, chose due. Même si rien, ni personne ne pourrait le lui reprocher par la suite, s'il y avait manqué.

La joie intense que lui causait la perspective du proche départ se teintait de peine à l'idée de quitter ses copains... de chaîne auxquels il s'était profondément attaché. Tout compte fait, ces quelques mois de galère se terminaient beaucoup mieux qu'ils n'avaient débuté bien que le douloureux souvenir de Christiane demeurât tenace... Même ses « trois mal-embouchés » du laminoir lui manqueraient.

Quand sonna l'heure de la séparation, il eut le sentiment d'abandonner trois amis, soudés par le travail. L'un d'eux, le plus rustre, essuya furtivement une larme qui, à sa grande honte, avait glissé sur sa joue mal rasée. Les trois hommes pressentaient que cet « au revoir » était un adieu et qu'ils ne retrouveraient plus, à leurs côtés, leur jeune coéquipier. Ils insistèrent néanmoins, espérant quand même que, les deux semaines écoulées, la bonne équipe se reconstituerait devant le laminoir

Guillaume manqua certainement de conviction quand il… mentit :

– *Bien sûr que je reviendrai ! Comment pourrais-je faire autrement ?*

La date du départ fut fixée au 27 janvier 1944. Ses espérances se concrétisaient.

La dernière tôle écrasée, rentré au baraquement, il mit la dernière main à ses préparatifs pour le lendemain, triant ce qu'il emportait de ce qu'il laissait aux copains qui, eux savaient bien que son départ était définitif…

Ils avaient eu la sagesse, au début de leur exil allemand, de convenir entre eux que celui qui avait la chance de partir n'était pas – moralement – obligé de revenir, même si cela entraînait des sanctions pour les autres… Personne ne savait quel allait être le premier chanceux.

Un voisin de chambrée vint le voir, arborant une mine de conspirateur. Après avoir scrupuleusement vérifié s'ils étaient bien seuls, il chuchota d'étranges révélations :

– *Tout le monde sait que tu pars demain. Veinard ! On m'a délégué pour te dévoiler un secret, sachant que tu sauras le tenir. Voilà : à cinq, nous avions programmé notre évasion… pour ce soir ! Oh, pas comme vous l'aviez fait, à l'improviste. Au contraire, avec un plan mûrement établi, par une filière à peu près sûre. Si nous nous étions… envolés ce soir, toutes les « perms » auraient été annulées et toi, tu restais là ! A l'unanimité, nous avons reconnu que nous ne pouvions pas te faire cette… vacherie ! Nous avons retardé notre projet de quelques jours… pour te laisser ta chance… en espérant que rien ne viendra se mettre au travers !*

Interloqué par ces confidences stupéfiantes, Guillaume eut du mal… à les assimiler. Sans le savoir, il l'avait échappé belle, frôlant de justesse l'effondrement de ses rêves, si près de se réaliser. Il se rendit compte du mérite que ses copains avaient de remettre leur tentative à plus tard alors, que dans le cas contraire, il n'aurait même pas pu leur en vouloir, eu égard à la règle « Chacun pour soi ! »

Preuve d'une amitié réelle, pas de simples paroles !

La gorge nouée par l'émotion, il ne sût comment assez remercier ces braves gars…

Son interlocuteur, lancé dans les révélations, détailla leur plan. Quelle confiance !

– *Tu sais qu'à notre groupe, un jeune Belge est venu s'adjoindre. Celui-ci nous confia un jour qu'il se faisait fort de nous procurer un moyen d'évasion… contre espèces sonnantes et trébuchantes car, son dévouement à notre cause n'allait pas… jusqu'au sacrifice ! Il avait fait la connaissance de certains de ses compatriotes qui, n'habitant pas loin de la frontière, avaient le privilège de retourner chez eux à chaque fin de semaine. Ils détiennent une carte de travailleur à peu près identique à la nôtre, comportant évidemment la mention « nationalité belge ». Chacune d'elles est affectée d'un numéro d'immmatriculation correspondant à une inscription sur le registre des passages au poste frontière. En fait, le fonctionnaire se contente de cocher sur sa liste, lors de l'annonce au passage, du précieux numéro... sans se faire représenter le document.*

Les copains du Belge se « sacrifieront » (?) contre rémunération, en ne rentrant pas chez eux cette semaine, et confieront leur carte de travailleur aux Français, quitte à la récupérer de l'autre côté de la frontière. Nous avons appris à prononcer correctement les chiffres fatidiques avec intonation et accent voulus. Une sorte de formule chiffrée du « Sésame, ouvre-toi! » Il suffirait du moindre soupçon du garde-frontière pour que la combinaison capote... Un examen sommaire de la carte découvrirait vite la supercherie!

Guillaume demeura confondu devant l'abnégation de ses copains. Tout cela pour lui permettre, à lui tout seul, de partir. Une gratitude qu'il ne parvenait pas à exprimer suffisamment, lui bloquait la gorge...

Félix, lui, se sentait floué. Il restait en rade et, en était d'autant plus dépité qu'il ne pouvait qu'en accuser sa négligence. Il voulut accompagner le « permissionnaire » à la gare. Il lui confia une lettre destinée à ses parents, à poster en France. Pratique strictement interdite par les autorités germaniques! De cette façon, la missive échappait à l'impitoyable censure occultant toute allusion jugée déplaisante ou tendancieuse. En outre, le courrier arrivait plus vite...

Les deux amis se séparèrent le cœur serré. Ils avaient vécu ensemble durant plusieurs mois, partageant peines et ennuis, ce qui tisse des liens solides... Chacun se sentait à la croisée d'un chemin de sa destinée: l'un voguerait allégrement vers une France tant espérée tandis que l'autre restait quasiment prisonnier de l'usine, sans savoir « jusques à quand », ni comment cela se terminerait...

Des « au revoir » qui avaient le goût amer d'adieux!

Le train s'ébranla à peu près à l'heure. Félix, désespéré, demeura sur le quai jusqu'à disparition complète du convoi, agitant le bras dans un ultime signe de désolation...

Le tortillard le conduisit jusqu'à Aix-la-Chapelle où il prit le « grand train ». Dans celui-ci, formant convoi, beaucoup de Prisonniers de guerre retournaient chez eux, pas toujours dans la meilleure des formes. Les Allemands lâchaient les malades, les plus âgés, les chargés de famille, bref, ce n'était pas la porte grande ouverte des Stalags. Quelques wagons concernaient les travailleurs STO, quelques uns, comme Guillaume, bénéficiaires d'une permission, d'autres rentraient suite à maladie ou accident... Ceux qui ne pouvaient plus être utiles à la cause allemande!

Un itinéraire fantaisiste : Liège, Givet, Sedan, Rethel, Reims, terminus du convoi à Châlons-sur-Marne. Les Alliés connaissaient-ils la qualité des voyageurs ? Toujours est-il que leur aviation les épargna, les ignora totalement… Pas de quoi se vexer !

On ne les laissa pas dépérir d'inanition. Le long des quais, la « Croix Rouge » pourvoyait, tant bien que mal, à leurs besoins essentiels en ravitaillement.

Dans son wagon, Guillaume lia connaissance avec quelques STO. Chacun raconta ses aventures et… mésaventures !

Quelle euphorie à l'arrivée à Givet, première gare française ! Enfin des inscriptions intelligibles, des gens parlant leur langage. Quel bonheur de se retrouver chez soi !

Par crainte de déconvenue, Guillaume n'avait pas averti sa famille de son retour… Ainsi, personne ne s'inquiéterait d'éventuels retards à répétition.

Il balançait entre le bonheur indicible de rouler vers la Liberté – même restreinte – et la peine persistante d'avoir quitté ceux dont il avait gagné une affection qu'il partageait…

Une page de sa destinée se tournait…

23

Le retour dura trois jours interminables. Les jeunes voyageurs avaient les reins rompus à force de rester assis sur les dures banquettes de bois des 3° classe, de dormir dans des positions inconfortables: par terre dans le couloir, sur la banquette, affalés les uns sur les autres, l'un d'eux s'était même juché... dans le porte-bagages.

Accoutumés à une activité physique intense, les jeunes gens se trouvaient, tout à coup, contraints à une quasi-immobilité qui leur tétanisait les muscles plus qu'avait pu leur causer l'usine! Quelques pas dans le couloir, presque à tour de rôle, suffisaient tout juste à leur épargner de douloureuses crampes musculaires

Il aurait été plus confortable de voyager dans des wagons affectés au transport des chevaux et... hommes de troupe! Se coucher sur de la paille eut été moins pénible... Au moins... être allongés.

Néanmoins, ils conservaient le moral. Chaque tour de roue – et il y en avait beaucoup – les rapprochait de chez eux même si le convoi se livrait à des tours et des détours. Pour revenir au Pays, ils étaient prêts à supporter bien pire.

A Châlons-sur-Marne, le terminus du convoi sonna le moment de la séparation d'avec les copains de courte date. Certains remontaient vers le Nord, d'autres ne dépassaient pas la région Parisienne. D'autres encore, vogueraient vers la Bretagne ou la Normandie ou plongeraient plus au Sud...

A Paris, Guillaume ne se soucia pas de passer admirer Tour Eiffel et Arc de Triomphe qu'il n'avait jamais vus en réel. Trop pressé de gagner la Gare du Nord et le train pour Lille!

Dernière étape ferroviaire: Lille-Dunkerque par un train omnibus desservant imperturbablement toutes les gares, même des stations désertes...

A mesure qu'approchait la zone interdite – la région côtière – les contrôles devenaient plus fréquents, plus pointilleux... La « feuille de route », revêtue du visa de la Kommandantur sinistre – souvenir pénible bien qu'enjolivé par la pensée de la gentille « soldate » – faisait merveille. Après examen sérieux, le militaire rendait le document presque... avec une révérence. Pensez donc! Ce gaillard était un fidèle serviteur de la cause teutonne!

A chaque transbordement, Guillaume devait hâler cette sacrée valise, plus encombrante que lourde. Par bonheur, il ne dut jamais l'ouvrir, son statut de permissionnaire bien-aimé du Grand Reich l'en dispensait!

Le train déboucha enfin en gare de Dunkerque. Toujours aussi minable: de tristes baraquements avaient remplacé la vieille gare – presque monument historique – détruite durant les événements de mai 1940.

Il débarqua, ému d'être enfin arrivé à bon port. Personne ne l'attendait... et pour cause! Cela ne doucha point son euphorie!

Une vingtaine de minutes *Pedibus cum jambis* ne lui faisait pas peur. Même la compagnie de la semi-malle ne le rebutait pas! Avant son exil de l'autre côté du Rhin, il aurait bien été incapable de parcourir la même route sans moult pauses pour reprendre haleine, avec un tel boulet au bout des bras... Pas de tramway, ni de bus! Une seule solution: marcher, ce qu'il fit au pas de chasseur alpin.

A l'approche de la maison familiale, un flux d'inquiétude l'envahit. Qu'allait-il retrouver? Des ruines? Ses parents disparus? Blessés? Pire?

Débouchant dans la rue: soulagement, rien n'avait changé. Seule la maison d'en face continuait de présenter, à ciel ouvert, les entrailles de ses étages.

Coup de sonnette (çà marchait donc) presque timide. Son cœur battait la chamade! Après une attente interminable, la porte s'ouvrit lentement. Sur le seuil, sa mère, les yeux écarquillés, pétrifiée de surprise, le regardait, croyant rêver. Nul doute que de tels rêves avaient hanté ses nuits! Mère et fils se jetèrent dans bras l'un de l'autre. La maman sanglotait de bonheur! « Il » était bien là, en chair et en os. Plus solide que jamais! Puis, vint la rafale des questions dont elle n'écoutait que peu les réponses, l'essentiel étant « lui », bien présent, indemne...

Elle avait vécu l'absence de son fils dans la crainte morbide de ne plus le revoir ou, de le retrouver handicapé, malade, réduit à l'état de semi-squelette, pulmonaire de surcroît, les joues émaciées, la poitrine creuse, affamé... Et elle contemplait un gaillard, les épaules carrées, le teint fleuri bien que marqué par la fatigue du long trajet. Que Dieu soit mille fois loué! Elle constatait que son jouvenceau du départ s'était mué en un garçon plein d'assurance. Le gentil-petit-mouton devenu un... semi-lion... qui ne rugissait pas pour le moment mais ronronnait plutôt de plaisir dans les bras maternels.

– Et papa?

– Il rentrera bientôt. Il a trouvé un petit travail, peu rémunéré, mais avec le grand avantage... de l'occuper.

– Et les grands-parents?

– Ils vont bien, tout en se faisant beaucoup de souci à ton sujet! Lors des retrouvailles, pense à les ménager, vu leur grand âge! Pas comme avec moi! De quoi contracter une crise cardiaque de saisissement... même si c'est de bonheur!

L'heure s'écoula, meublée de bavardages à bâtons rompus... Guillaume n'entra pas dans les détails pénibles mais, résuma en gros, ces quelques mois de vacances (?) offerts par Vichy et consorts! On verrait bien par la suite!

Le père rentra enfin, sans hâte! Il avait la clef! Gara posément dans le couloir son fidèle vélo « Manufacture d'Armes et de Cycles de St Etienne » – pneus ballons, rétro-pédalage, le top-niveau au moment de l'achat – Acquisition d'avant-guerre! Increvable... sauf les pneus! Dans la cuisine, mère et fils, silencieux, l'attendaient. Il les regarda d'un œil distrait (l'autre avait été « éteint » par la guerre 14/18). Il mit quelques secondes avant de retomber dans la réalité et, sans manifester une quelconque émotion, de grosses larmes lui jaillirent des yeux, inondant ses joues... Incapable de parler, il serra fébrilement son fils dans ses bras. L'Enfant Prodigue était revenu!

Guillaume réitéra le récit de ses « aventures » allemandes que ses parents écoutèrent bouche-bée. Son père, reprenant progressivement son sang-froid, l'informa, tout heureux:

– Il y a deux ou trois mois, nous avons entendu de nouveau à la T.S.F, le message qui t'avait tant ému: « Reine à Guillaume du square Guynemer: Nous deux, toujours! »

Donc, ton amie, toujours en vie, est à cent lieues de t'oublier!

Guillaume tressaillit d'allégresse. Bonheur indicible, incommensurable! Reine lui restait indéfectiblement fidèle. Ni les mois, ni les années n'arriveraient à entamer ce sentiment si profondément ancré de part et d'autre! Une fidélité réciproque à l'épreuve des balles, du temps, de la séparation, des tentations... et, Dieu sait quoi encore!

Dieu... dont il se sentait béni!

La nouvelle lui insuffla un regain de vitalité. Nul doute qu'ils se retrouveraient enfin un jour pour goûter les délices paradisiaques de se tenir dans les bras après cette longue traversée du... Purgatoire!

Il se hâta ensuite d'aller voir ses grands-parents, émerveillés de retrouver leur petit-fils sain et sauf. Sa mère l'avait précédé pour les préparer au choc de la surprise!

Pendant les jours suivants, Guillaume rencontra ses amis qui s'extasièrent devant sa bonne mine, sa carrure, son évidente transformation, tant physique que morale, en pensant *in petto:*

– Ce n'est sans doute pas si pénible qu'on veut nous le faire croire! Il n'y a qu'à le regarder pour être... rassurés!

Ils changèrent d'opinion quand Guillaume leur narra quelques épisodes de sa soi-disant Vie de château. Pas en Espagne, à coup sûr!

La vie à la française n'avait guère évolué d'un iota durant son absence. Rationnement, marché noir florissant, petits boulots, propagande forcenée du Gouvernement Pétain ouvertement anglophobe et germanophile... à la mesure des « Maîtres », l'obsession de subir indéfiniment le joug allemand.

Des soldats dans tous les azimuts! L'armée allemande sentait le vent tourner. Non seulement, elle n'avançait plus, mais battait en retraite sur certains Fronts. Les contrôles devenaient plus fréquents, plus tatillons... A chaque instant, dans la rue, un barrage: *Contrôle, papiers!*

Parfois, des rafles... Bouclage inopiné d'un quartier et les « poissons » pris dans la nasse étaient triés, le menu-fretin séparé du gros gibier. Ces « Messieurs » ressentaient tout à coup un besoin urgent de main-d'œuvre et... ils se servaient au plus près. Après quelques heures ou jours de terrassement, de bétonnage ou autres, les malheureux « rafflés » s'estimaient heureux d'en sortir à si bon compte, alors que leurs familles s'angoissaient, sans savoir ce qu'il leur était advenu.

Parfois pire! Les garçons piégés étaient purement et simplement expatriés, sans pré-avis, en Allemagne. Les Nazis avaient renoncé à la fable du Travail Volontaire. Sur leur évidente consigne, le Gouvernement de Vichy avait décrété, le 11 novembre 1943, l'amnistie des Réfractaires au STO! Personne n'y croyait vraiment! Un nouveau piège?

Durant son séjour bienheureux de permissionnaire, Guillaume jouissait d'une immunité certaine. Aucune crainte d'être cravaté, sa position de vaillant Travailleur de grand Mérite, le rendait – normalement – intouchable! Au point d'en être gêné: il ne tenait pas à être considéré comme un partisan de l'Occupant, un « collabo »!

La période de douce quiétude tira à sa fin.

Avec l'assentiment sans réserve de toute sa famille, il décida qu'il n'éprouvait aucune envie de retraverser le Rhin... Mais que faire? Rester chez lui entraînerait le danger de se faire cueillir au nid et réexpédié dans son usine bien-aimée (?) via un possible passage de quelques jours en taule, dont la durée croîtrait avec le retard mis à reprendre le bon chemin (version germanique). Sans compter les représailles encourues par la famille, hautement coupable d'avoir hébergé un rebelle, un traître à la cause teutonne. Impossible de s'éterniser sur place! Sinon vivre sur un qui-vive permanent dans la crainte d'une intervention de la Police allemande ou française, de nuit comme de jour. Une terrible usure des nerfs!

Encore une fois, l'oncle Emile lui sauva la mise en proposant de l'héberger en son domicile lillois, le temps de reprendre son souffle et… de voir venir!

Son séjour officiel terminé, il fit semblant de reprendre la route de la Zinkhutte. Nouveau départ, bidon cette fois. Tous, famille, amis, savaient que la marche vers l'Est s'arrêterait à… Lille.

Il fut reçu à bras ouverts. Oncle, tante, cousins, sincèrement heureux de le revoir, de partager son existence durant un moment! Ils savaient parfaitement que le transfuge ne possédait pas de carte de ravitaillement, donc qu'il mangerait à leur râtelier, partageant leur avoine… En prime, d'éventuelles sanctions, si le neveu se faisait gauler!

Le nouveau Réfractaire se terrait prudemment, n'osant pas mettre le nez dehors. Après quelques jours à ce régime, l'inaction lui pesa lourdement. Les menus services, rendus bien volontiers: mettre la table, éplucher les légumes, casser du petit bois, soigner le mini-jardin, etc…, ne comblaient pas le vide de cette vie d'embastillé!

Quand on ne fait rien, ou pas grand-chose, on ressasse. La pensée de Reine impliquée dans la tourmente anglaise, le hantait de plus en plus…

Sans papier d'identité valable, il se ferait coincer au premier tournant. Né en 1922, donc de la classe 42, réputée exilée en totalité en Allemagne, sa situation serait inévitablement passée au crible avec l'issue inéluctable: réexpédition Outre-Rhin!

Son oncle providentiel lui ramena un jour une carte d'identité vierge revêtue de sa photo – celle qu'il lui avait remise quelques jours avant en se demandant bien ce qui se tramait – photo dûment estampillée du cachet officiel d'un commissariat de Police… Aucune mention n'y était portée. Toute latitude lui était laissée pour la remplir à sa guise!

– *Et pourquoi ne pas changer de sexe,* pensa Guillaume. *Ce serait la couverture idéale pour ne pas être recherché pour le Travail Obligatoire!*

Idée qu'il qualifia immédiatement de farfelue: son apparence physique donnerait difficilement le change et ne duperait personne, même travestie!

Armé de sa plus belle plume – en acier, « Sergent Major », marque déposée – et de sa bouteille d'encre noire, il se constitua une nouvelle identité… tout en restant dans la limite du vraisemblable!

Nom de famille: « Seyname »… maintenu. Si, par le plus grand des hasards, il rencontrait une personne de sa connaissance, difficile d'expliquer pourquoi il s'appelait dorénavant « Tartempion » ou autre patronyme fantaisiste! Il décida de se prénommer (au hasard!) Michel – Émile – Jean. Se domicilia à Dunkerque, 4, rue de la Marine. Changea légèrement sa date de naissance en se rajeunissant d'un an. Combien de dames eussent été heureuses de perdre ainsi officiellement une année? Né donc en 1923, il évitait de retomber dans la classe 42 si honnie!

Toujours né à Dunkerque, il souhaitait que le registre d'Etat civil de l'époque y ait été réduit en cendres lors des bombardements, ce qui retarderait au moins la découverte de la falsification. Il ne se faisait guère d'illusions, sa carte d'identité factice tiendrait lors d'un contrôle superficiel à un coin de rue mais, s'écroulerait rapidement après un examen poussé. Les Occupants, suivant la méthode qui leur était chère, arrêtaient d'abord, emprisonnaient pour questionner ensuite de façon... plus ou moins pressante ! Des rumeurs de tortures sur des suspects soumis à la « Question » comme au Moyen Age, couraient de bouche à oreille...

Le « moins pire » qu'il puisse lui arriver, si cela tournait mal... était de se retrouver en Allemagne pour subir de nouveau *Die Zwangsarbeit* (les travaux forcés !), plus volontaires du tout, même en apparence !

Mais, au moins, corrélation ne pourrait être faite facilement avec la famille, sauf si les « Inquisiteurs »... insistaient beaucoup. Qui connaît son point ultime de résistance à la douleur accompagnant certains interrogatoires... musclés ?

Guillaume limitait au maximum ses sorties, même avec sa nouvelle identité... virginale. Sa feuille de route de vaillant permissionnaire devenait une dénonciation empoisonnée de son état de hors-la-loi !

Il en eut une fois assez d'être enfermé à longueur de journée, même avec la compagnie constante, aussi discrète que bienveillante, de sa tante. Il prit le tramway pour se rendre au centre de la capitale flamande, prenant le soin de rester sur la plate-forme d'où il pourrait plus rapidement s'éclipser en cas d'intervention policière.

Son seul voisin, un *feldwebel* (adjudant) le dévisageait avec insistance, ce qui finit par l'inquiéter sérieusement. Que lui voulait-il ? Le militaire, cessant de le regarder, murmura sans remuer sensiblement les lèvres :

– *Rühren Sie Sich nicht !* (Ne bougez pas !), continua en français (avec quelques écarts germaniques)

– *Jeune homme, je suis Alsacien et je reste Français de cœur en dépit de ce maudit uniforme vert-de-gris. J'ai été enrôlé de force dans l'armée allemande. Je suis bien forcé de marcher Für das deutsche Vaterland !* (Pour la patrie allemande !)... *qui n'est pas la mienne !*

Je me rends Grand-Place, à quelques arrêts d'ici. Je suis requis pour participer à une action dont mes supérieurs ne m'ont pas dévoilé la nature... A votre place, Die Vorsicht (la prudence) *me pousserait à retourner bien vite chez moi ! Descendez donc au prochain arrêt ! Gott ahalte Ihnen die Gesundheit noch lange !* (Dieu vous conserve la santé encore longtemps)

Déconcerté par ces propos sibyllins, Guillaume obtempéra sur le champ avec un « *Vielen dank !* (merci beaucoup)... tout aussi chuchoté, descendit à l'arrêt suivant et s'en retourna dare-dare à la maison.

Le lendemain, son oncle lui apprit qu'une rafle gigantesque s'était déroulée Grand-Place, à la recherche de juifs, maquisards, réfractaires, etc..., se soldant par de nombreuses arrestations. Il eut, rétroactivement, des sueurs froides... Il bénit l'Alsace, les Alsaciens et tout particulièrement son informateur providentiel. Encore une fois, la chance ne l'avait pas abandonné. Mais, à trop s'y fier, on court à sa perte! Par prudence, il ne bougea plus de son trou.

Cette vie de reclus devint vite insupportable...

Il en discuta avec son oncle:

– *Je ne pourrai rester longtemps ici... Je finirais par me faire prendre, vous entraînant dans ma perte alors que vous me traitez comme votre propre fils! De par ton métier, je suppose que tu sais... beaucoup de choses secrètes! Me serait-il possible de rejoindre un réseau de Résistance où, au moins, je servirais à quelque chose au lieu de me morfondre sur place en vous mettant, de surcroît, en danger!*

Son interlocuteur promit de se renseigner... à certaines sources, à travers ses multiples relations!

Plusieurs jours passèrent, sans apporter de nouvelles informations. Pas le genre de conversation à tenir devant femme et enfants! Non par méfiance, loin s'en faut! Mais par un souci élémentaire de prudence: Moins on en sait, moins on court le risque d'en révéler!

Profitant de l 'opportunité d'un tête à tête, un après-midi, l'oncle exposa: *J'ai contacté « qui de droit »! Grâce à une filière d'agents fiables, tu pourrais rejoindre un groupe de jeunes gens, eux aussi dans la clandestinité pour de diverses raisons, quelque part dans le Centre de la France. Le tout était de savoir comment. Depuis novembre 1942, il n'y a plus de « Zone libre » donc plus de contrôles ponctuels sur la ligne de démarcation, mais les vérifications se multiplient un peu partout, les Allemands deviennent de plus en plus méfiants!*

Te planquer dans un wagon de marchandises, dissimulé au milieu de colis, bagages ou autres machines? Possible! Mais le truc a été éventé depuis longue date, donc de gros risques! Avec quelques « initiés bien placés », rôdés à ces problèmes, nous avons conclu que la meilleure façon de se dissimuler est... de ne pas se cacher! On recherche moins ce qui est exposé à la vue!

Nous avons trouvé une combine que nous jugeons imparable de la part de nos ennemis! Ce serait, bien sûr, une opération d'exception car... j'ai un peu poussé à la roue!

Chaque train de voyageurs est convoyé par un Contrôleur officiel des Chemins de fer, chargé de vérifier les billets. Il est accompagné d'un factionnaire allemand en uniforme qui, lui, contrôle le bien-fondé des déplacements par la production d' ausweis, par exemple! Nombreux sont ceux qui se font coincer en cours de route... même en s'enfermant dans les W. C!

La combine en question? Te confier le rôle de Contrôleur en uniforme muni d'une Commission officielle attestant en bonne et due forme, de cette qualité... Pour obtenir tout cela, il a fallu… monter assez haut dans la hiérarchie ferroviaire, mais, par chance, je le pouvais !

Ce « vrai-faux » document ne devrait pas mettre les autorités policières en éveil tant le bluff est gros. D'ailleurs, le factionnaire allemand accompagnateur est quasi-systématiquement un « vieux de la vieille », trop âgé pour être envoyé au Front, ne se souciant de rien d'autre que du contrôle de routine des voyageurs…

Pour éviter les soupçons à posteriori, ton double français qui assurera le convoyage du retour (un vrai de vrai, lui) sera un jeune gars ayant à peu près tes âge et aspect physique. L'Allemand accompagnateur du retour sera vraisemblablement différent de celui de l'aller ! Cela devrait marcher sans accroc ! Le terminus du train en question est Clermont-Ferrand où tu descendras officiellement… pour t'évaporer ensuite dans la nature ! Le chef de gare – une vieille connaissance – sera… au parfum. Il te fournira des vêtements… civils. Pas question de te balader en uniforme dans la campagne, même sans galons. « On » te prendra ensuite en charge pour te planquer… Dieu sait où… mais moi pas !

Guillaume fut époustouflé par la hardiesse du plan. Par là même, il avait beaucoup de chances de réussite ! Comment qualifier son oncle : d'ange-gardien, de Père Noël, de Sauveur de neveu en péril, de bras de la Providence ? Il se contenta de serrer dans ses bras, avec une immense reconnaissance, cet oncle merveilleux !

24

Les événements démarrèrent en flèche…

Guillaume fut succinctement initié aux arcanes du métier de Contrôleur des Chemins de fer, à base de petits trous perforés dans les billets des voyageurs. Plus quelques notions de géographie – ferroviaire – axées sur les principales stations traversées par son train. Muni du tableau des correspondances à diverses destinations. Même s'il arguait être novice, il ne pouvait pas paraître trop ignare en la matière.

En interlude, le trajet Lille-Paris, en tant que simple voyageur, car le train à destination de Clermont-Ferrand démarrait de la capitale. Là encore, une astuce : voyager non pas comme le commun des mortels, taillable et corvéable eu égard aux aléas policiers, mais dans le fourgon postal tel un agent des Postes, Télégraphes et Téléphones.

L'oncle vint le présenter aux deux fonctionnaires chargés des opérations de tri postal en cours de route. Il était, bien sûr, connu d'eux ! Ceux-ci, sentant le vent, eurent bien soin de ne pas questionner, sans paraître s'étonner du collègue ainsi imposé…

Adieu, cher oncle ! Merci encore pour tout ce que tu as fait pour moi et continue à faire ! Je ne l'oublierai jamais ! dit Guillaume avant le départ.

Ne sachant que faire de ses mains et de son temps, il proposa d'aider au tri… mais fut incapable de suivre le train d'enfer de rapidité d'exécution des Postiers. Les lettres volaient pour atterrir dans les casiers « ad hoc » tandis qu'il s'évertuait à déchiffrer le lieu de destination pour repérer la case correspondante.

Arrivée sans anicroches. Changement de gare pour prendre le train en partance pour le Centre de la France. Le comble serait qu'il le manque, flanquant tout le plan à terre ! A pied, tremblant à chaque instant de se faire arrêter dès qu'il voyait un képi ou un casque ! Ce serait quand même idiot de se faire piéger dans le simple trajet inter-gares parisien, non couvert par une combine quelconque… A part sa frousse intense, tout se passa bien !

On lui avait prescrit de contacter Monsieur X dans le bureau Y de la gare de départ. Ce qu'il fit ! Il y était attendu… L'oncle avait le bras long !

Il y revêtit l'uniforme de Contrôleur, volontairement élimé aux coudes et entournures. Trop neuf, il aurait davantage attiré l'attention. La casquette lui serrait un peu le crâne… mais à cela prés !

Le cœur battant d'appréhension, il prit possession de son train, sanglé de la sacoche réglementaire incluant la précieuse pince à trouer. Quelle contenance prendre ? D'après les consignes : être naturel, décontracté, un garçon à la conscience pure ! A l'occasion, lancer quelques plaisanteries innocentes. Les gens… amusés, posent moins de questions et l'incompétence passe mieux dans la jovialité. Eviter de choquer les passagers par des gauloiseries !

Il se tracassait au sujet de son « alter ego » allemand pour la route ! Arrogant ? Pète sec ? Curieux ? Farfouilleur et méfiant ?

Il se rassura en voyant apparaître un feldwebel ; version germanique du « Père tranquille ». Petit, corpulent, la quarantaine bien en chair, la mine réjouie… Aucunement le croquemitaine craint par le néo-contrôleur. Le militaire aimait sûrement le bon vin et considérait, sans doute, la France comme un pays de cocagne, en cette matière. Guillaume comprit la raison pour laquelle un « inconnu » – qui lui voulait du bien ? – lui avait remis discrètement, dès sa montée dans le train, une gourde qu'on lui dit contenir deux litres de bon vin rouge ! Encore le plan ? « On » n'ignorait pas le penchant affirmé de son compère galonné pour la dive bouteille, même sous la forme moins élégante… d'un bidon.

Sans acrimonie aucune, le sous-officier allemand serra la main du jeune français, ne paraissant pas surpris de ne l'avoir jamais vu antérieurement, sans manifester le moindre soupçon quant à la véracité de sa fonction… A bout de bras, il balançait négligemment son casque destiné à remplacer, selon toute vraisemblance, son calot, lors de ses opérations de contrôle. Pour lui conférer un air plus martial…

Sur les lignes ferroviaires plus fréquentées que celle-ci, les contrôles policiers s'effectuaient par équipe de deux militaires, un gradé, un soldat. La présente ligne était calme, avait-on assuré à Guillaume. En cas d'irrégularités relevées par le feldwebel, le ou les coupables étaient déférés à la patrouille faisant les cents pas sur les quais de chaque station d'arrêt.

Le sous-officier parlait – laborieusement – un français hésitant. Il fut ravi d'apprendre que son jeune compagnon de route se débrouillait un peu dans sa langue à lui. S'il avait su que ces connaissances provenaient d'un séjour récent dans une usine rhénane, fuie actuellement à chaque tour de roue par l'intéressé…

Dans la mesure du possible, le bonhomme espérait un voyage sans histoires. A juste titre, il estimait que sa tâche présente valait cent fois mieux qu'une excursion à Moscou, Kharkov ou Stalingrad. Pour s'y maintenir, il ne pouvait se permettre de fermer les yeux en cas d'infractions constatées... sous peine de tâter aux joies des sports d'hiver russes. Le moindre passe-droit pouvait lui coûter sa place

Le train s'ébranla. Adieu Paris!

Guillaume, inquiet, commença timidement la vérification des titres de transport en la compagnie assidue de Hans (il avait décliné son prénom...) Casqué, celui-ci devenait plus impressionnant. Le premier wagon passa comme une lettre à la Poste... – bien que ce ne fût plus un wagon postal! – ce qui rasséréna le jeune homme.

Le feldwebel fit comprendre... qu'il avait soif! En compagnie, ils revinrent à leur cagibi affecté... aux besoins du Service. Guillaume servit une généreuse portion à son militaire, se contentant d'une mini-dose pour lui. Il n'avait point coutume de consommer des boissons alcoolisées et ne voulait pas courir le risque – ne sachant comment il tenait la boisson – de chanter sur tous les toits... les secrets de sa vie de pseudo-contrôleur-vrai-réfractaire!

Ils se portèrent un toast réciproque:

– *Ich trinke auf Ihr Wohl!* (Je bois à votre santé)

Bref, l'Entente cordiale!

Les libations terminées, ils continuèrent ces satanés contrôles. Guillaume, se décontractait progressivement. Les voyageurs se prêtaient docilement aux pointages, l'ascendant de son compère y était certes pour quelque chose.

Le train entra en gare de Giens. A l'extrémité du compartiment où ils officiaient, un jeune homme s'agita fébrilement, bouscula les gens, se précipita vers la porte, bondit sur le quai et détala de toutes ses jambes... Hans, interloqué n'eut pas le temps de réagir...

Las, sur le quai, l'inévitable patrouille composée de plusieurs soldats armés de pied en cap veillait. Voyant surgir le fuyard, ils lancèrent un impératif: *Halt!* Le jeune homme redoubla d'ardeur, comptant se perdre parmi les quelques personnes présentes. Les soldats le mirent en joue, réitérèrent leur ordre en même temps qu'une salve crépitait. Ils n'avaient pas tiré en l'air à titre de sommation... L'infortuné fut fauché dans son élan! Ce fut l'affolement, les gens se jetaient à terre, les femmes criaient en essayant de protéger leurs enfants. Le fugitif demeurait inerte sur le sol. Les Allemands n'avaient point coutume de prendre le soin d'éviter de toucher les parties vitales... Atteint en pleine poitrine, le malheureux, baignant dans son sang, avait terminé sa fuite... dans l'éternité!

Guillaume et Hans, descendus sur le quai, assistaient à la scène tragique, aussi désolés l'un que l'autre. Ils remontèrent à bord, le train ne pouvait attendre... D'ailleurs, à quoi cela aurait-il servi?

L'Allemand murmura: *Gewalt geht vor Recht!* (Force prime le Droit), poussa un soupir en regardant son jeune compagnon: *Es ist kalt!* (il fait froid!) *Allons boire un coup!* (cela, il savait bien le dire en français!)

Le voyage se poursuivit sans encombre…

A mesure des kilomètres avalés (et des verres de vin!) Hans devenait lyrique. Il déplorait la guerre, véritable fléau, destructeur de toute une génération d'hommes jeunes ne souhaitant aucunement s'entretuer! Il était à cent lieues de soupçonner que son gentil compagnon français roulait vers cet affreux maquis tant décrié par la propagande hitlérienne: tous des brigands, des assassins, des terroristes!

De son côté, Guillaume s'interrogeait:

– Si un jour, je me trouvais dans le maquis, une arme à la main, face à un tel gaillard, aurais-je le courage de presser sur la détente?

Comme Hans, il se disait: *Pourquoi cette guerre impitoyable alors qu'une multitude d'hommes de bonne volonté ne demandent qu'à vivre en Paix?* ajoutant en son for intérieur:

Et à retrouver leur Reine!

Clermont-Ferrand, tout le monde descend.

Guillaume et Hans se quittèrent avec un sincère regret, en se serrant une cordiale poignée de mains… Tout juste s'ils ne se firent pas l'accolade!

Guillaume se rendit immédiatement dans le bureau du Chef de gare qui l'attendait.

– Avez-vous fait un voyage tranquille? Puisque vous voilà, je suppose que tout à bien fonctionné! Maintenant, à nous de jouer! Je vous ai fait préparer des habits… civils, un peu usagés, ce qu'il faut pour présenter l'apparence d'un jeune campagnard en goguette en ville. Je me rends compte tout à coup, que nul ne s'est soucié de savoir si vous saviez rouler à bicyclette. Car c'est avec ce mode de locomotion que vous quitterez la ville pour parvenir dans un petit patelin à une quinzaine de kilomètres d'ici. Nous vous avons concocté un itinéraire évitant les grands axes dangereux vu la fréquence des contrôles policiers. Peut-être au détriment de la fatigue, car ces petites routes grimpent rudement à certains endroits!

Guillaume le rassura: il pratiquait le vélo depuis sa tendre enfance… sans être devenu pour autant un champion de la pédale!

Son interlocuteur poursuivit:

– A St Genès-Champignolle, vous irez à l'auberge de la place de l'église, à l'enseigne « Au bon Patriote » (au nom prédestiné, sans l'avoir prémédité!). Vous verrez le patron, un gros moustachu, brave type, nommé Arsène. Votre mot de passe: « Le train est arrivé! » Il comprendra et se chargera… de la suite. Vous ne pouvez plus partir ce soir. Vous dormirez à la dure, dans une pièce de l'arrière gare, à l'abri des regards curieux. Ma femme vous a préparé un panier… pour ce soir et demain matin.

L'un de nos « correspondants » vous remettra le vélo demain, à la première heure. A l'arrivée, vous le laisserez à Arsène… Je vous dis adieu, car je ne vous reverrai plus de si tôt.

Officiellement, je ne vous ai jamais vu, nous ne nous connaissons pas ! Quand vous retrouverez votre oncle, transmettez-lui mes amitiés. Bonne chance !

Le jeune homme fut conduit dans une petite pièce encombrée de matériel de bureau au rebut et d'archives. Un sac de couchage l'attendait à côté du panier de provisions de la chère Madame-du-Chef-de-Gare. Elle l'avait gâté : pain blanc, beurre, blanc de poulet, fromage, biscuits, bière… « Lucullus mange chez Lucullus ! »

Il dormit, comme annoncé, à la dure, mais au chaud ! Il parvenait à une certaine accoutumance de ces mœurs spartiates. Il s'endormit avec une pensée attendrie pour Reine dont il s'éloignait, physiquement, encore et toujours… Mais leurs cœurs demeuraient tellement proches !

Le lendemain, dès l'aube, debout ! Il plia soigneusement… sa literie (ce fut vite fait) revêtit les frusques remises. Trop grands ! Et quand, on disait « usagés », c'était faire preuve de grande indulgence. Ils paraissaient tout juste assez bons pour servir… d'épouvantail ! Mais, pas le moment de faire le difficile, ses protecteurs agissaient pour le mieux.

En prime, les défroques offraient des senteurs nouvelles au jeune odorat : un mélange de remugles de foin, de paille, agrémentés d'un discret (?) relent d'étable. Rien que le fumet en émanant suffisait pour convaincre quiconque que le bonhomme ainsi affublé n'avait pas quitté ses bêtes depuis bien longtemps !

Quant il vit le vélocipède – c'est ainsi qu'il dénomma l'engin tant il lui semblât antédiluvien – il faillit s'esclaffer. Mais, réflexion faite, cela faisait partie aussi d'une intention bien définie, la vieille ferraille concordait tout à fait avec les oripeaux du cycliste !

Après une nuit, courbaturé par l'absence de sommier et paillasse, lesté du petit déjeuner du panier, il se mit en route dès potron-minet.

Le plan rudimentaire lui permit de sortir commodément de la ville. Il s'élança sur la route… le terme « élancer » était bien exagéré : pour actionner la lourde machine, il fallait un sacré coup de pédale, ne permettant aucunement de prendre son envol ! Il eût fallu être un super-athlète ! Or, Guillaume doutait fortement de ses performances vélocipédiques, son entraînement en la matière ayant été tant soit peu négligé…

Dès la sortie de la ville, une montée se présenta qu'il attaqua vaillamment. Las, à peine arrivé au premier tiers, au prix d'efforts héroïques, il capitula… Chaîne et pignons gémissaient à fendre l'âme. Eux aussi faisaient de la résistance ?

Vélo à la main, pied à terre, il ahana jusqu'au sommet où il parvint mouillé de transpiration. Mais, sa « couverture »… impeccable ! Alors qu'il peinait dans l'ascension, un camion bâché chargé de soldats le dépassa. Ils lui lancèrent force plaisanteries, à la fois sur la vétusté de sa monture rouillée et sur l'aspect, loin d'être fringant, du cycliste… qui marmonna :

– *Riez donc ! Rira bien qui rira le dernier !*

Au sommet de la côte, une vue superbe ! Des collines à perte de vue, la route étroite serpentait entre des champs fraîchement labourés, des haies déplumées (le printemps n'était pas encore au rendez-vous), des prairies verdoyantes où paissaient de paisibles bovins ne lui prêtant nullement attention. Le tout baigné d'une lumière éblouissante d'un soleil trop bas sur l'horizon pour être chaud, vu la saison. Mais, il n'était pas venu en touriste !

La descente l'inquiéta :

– *çà sera moins dur qu'à la montée, mais cela descend assez sec ! Pourrais-je suffisamment me ralentir ? Si les freins sont à la hauteur du reste, je suis mal parti !*

Examinant lesdits freins, il se rendit compte qu'un seul fonctionnait. L'autre était-il là… pour « faire joli » ? Et encore, le premier, plutôt anémique, ne faisait pas preuve d'un dynamisme excessif !

– *Il me faudra beaucoup de virtuosité pour ne pas plonger dans le fossé ou atterrir dans la haie,* réalisa-il avec anxiété…

Prudemment, il se laissa partir. Son allure progressa vite, trop vite… le frein rescapé faisait plutôt semblant ! Par chance, le garde-boue de la roue-avant manquait, ce qui lui permit de frotter sa chaussure sur le pneu provoquant un ralentissement aléatoire. Une sorte d'acrobatie assez périlleuse… sans filet ! Il se demanda si, somme toute, s'il ne préférait pas la montée. Avec beaucoup de constance, par à coups, il parvint au bas de la côte sans se rompre le cou. Ce serait bien diable d'être accidenté, puis ramassé au bord de la route par une patrouille quelconque, gendarmes, miliciens ou autres… et d'échouer dans une geôle, après tout ce parcours sans fautes !

Le relief devint moins accidenté. Parfois quelques fortes dénivellations que le cycliste franchit sans trop de mal. Il roula longtemps… au point où il se demanda s'il ne s'était pas trompé d'itinéraire…

Lorsque la route devenait par trop fastidieuse, il laissait son esprit vagabonder, folâtrer ses idées folles, le poussant à soliloquer comme un vieillard égrotant :

– *Dire que cet engin est pompeusement surnommé « la petite reine »*

Par association d'idées, il établit un parallèle entre les deux « Reines », sachant que, par définition… deux parallèles ne se rencontrent jamais.

– *La reine que je chevauche est aussi revêche, froide, rugueuse, grinçante que la « mienne » est tendre, enjouée, agréable, à la peau satinée si délicieuse à caresser ! La première, je l'abandonnerais sans regret au premier carrefour… l'autre, jamais ! Plutôt mourir !*

Il se mit à fredonner :

– *J'aime aussi ma Paimpolaise*
Qui m'attend au Pays Breton !

En ajoutant :

– *Ma Reine aussi, m'attend au Pays… Grande-Bretagne !*

Pour conclure, se morigénant lui-même :

– *Arrête Guillaume, tu délires !*

Ces divagations aidaient à passer le temps. Insensiblement la route défilait au prix de fastidieux coups de pédale. Le pays était vraiment magnifique. Guillaume, plongé dans cette nature sauvage, appréciait sans pouvoir s'y attarder. Le charme brumeux des Flandres, le plat Pays avec ses canaux, c'est formidable mais, cette région-ci, toute différente, ne l'est pas moins, estima-t-il !

Au loin, soudain, un panneau… Quand il parvint à proximité, agréablement surpris, il déchiffra – car les lettres dataient sûrement d'un demi-siècle – Saint Genès – Champignolle. Il était arrivé… Encore quelques efforts… grinçants – les engrenages allaient-ils rendre l'âme – et il déboucha sur la place de l'église. Au fond, l'estaminet « Au bon Patriote », ce qui le réjouit car il commençait à douter d'avoir conservé le bon chemin et de se sentir un peu seul en l'unique compagnie de son vieux vélo récalcitrant qui avait cependant « bien mérité de la Patrie » en le menant à bon port !

Sur la petite place, un side-car stationnait. Assis, deux soldats allemands devisaient en riant comme des gamins. Ils ne regardèrent même pas ce jeune rustaud sur son antique monture. Tellement couleur locale ! La moto démarra dans un tourbillon de poussière.

Bon vent, leur souhaita Guillaume, néanmoins soulagé par leur départ !

Il posa son vélo contre la façade… sans y mettre d'antivol – qu 'il ne possédait d'ailleurs pas – Précaution inutile ! Qui se serait soucié de subtiliser un tel tas de ferraille ? Peut-être un collectionneur archéologique ? Bien qu'aux dernières nouvelles, nos ancêtres les Gaulois ne roulassent point en bécane !

Il entra. Au comptoir, le gros patron moustachu tant espéré essuyait les verres en le scrutant d'un œil méfiant. La salle était aussi obscure que silencieuse. Personne à bord !

Guillaume s'approcha et souffla :

– *Le train est arrivé !*

L'attitude du bistrotier changea du tout au tout. Il jeta un rapide coup d'œil inquisiteur sur la place, toujours déserte, fit signe au jeune homme de le suivre dans la pièce du fond.

– *Pas de problèmes ? Sans doute, puisque vous voilà ! Vous devez avoir faim, venez par ici !*

Il l'entraîna dans la cuisine où il le présenta à sa femme, à mots couverts :

– Voici un garçon qui nous est chaudement recommandé! Il ne fait que passer, mais il ne repartira pas le ventre vide. Prépare-lui… ce qu'il faut!

Guillaume trouva charmant que, depuis quelque temps, on s'inquiéte constamment… de l'état de son appétit! Sans questionner, ni s'étonner, la Patronne s'activa. Pain blanc, beurre, jambon, carafe de vin rouge apparurent sur la table comme par enchantement

Pour mes débuts de maquisard, ce n'est pas trop mal, pensa-t-il!

Il avait grande faim – le sport cycliste ouvre l'appétit –, dévora le tout, but le vin et… s'en trouva réconforté! S'il espérait faire une sieste digestive, il fut déçu par son hôte:

– Maintenant que vous êtes bien lesté, prêt pour l'étape suivante, attendez un peu, on viendra vous chercher!

Une heure passa alors qu'il se faisait tout petit dans un recoin de la salle obscure, attablé devant une chopine de rouge pour faire vrai, si besoin en était en cas d'entrée de vrais clients. Une énorme charrette chargée de foin, déboucha sur la place… tirée par deux bœufs flegmatiques. La scène aurait pu servir de motif à un peintre bucolique! Le conducteur, aussi décontracté que ses animaux, arrêta son attelage devant l'auberge, noua ses bœufs par une longe à un anneau pendouillant au mur – à cet usage probablement depuis un temps immémorial – entra dans l'établissement en lançant:

– Salut Arsène! Sers-moi une chopine!

A observer l'appendice nasal – de taille respectable – du gaillard, d'une couleur tirant sur l'aubergine, on pouvait se douter… qu'il ne buvait pas uniquement de l'eau de source.

Un dialogue « mezza voce » s'engagea entre les deux hommes dans un dialecte qui aurait pu aussi bien être de l'Iroquois ou du Javanais pour l'aspirant-maquisard. Nul doute: il faisait l'objet de leur conversation.

Le charretier lança un coup d'œil curieux vers cet étrange client – qui ne buvait même pas sa chopine – et vint s'attabler à sa table, comme s'il s'agissait d'une vieille connaissance.

– Salut mon gars! Je suis chargé de te conduire… plus loin! Tu viendras avec moi, en profitant de mon char!

Lequel me semble moins véloce que celui de Ben-Hu, se dit Guillaume qui se voyait déjà enfoui sous une tonne de foin afin de déjouer d'éventuelles curiosités policières dont la région n'était peut-être pas exempte. Il se figura la scène: une patrouille arrête l'attelage, sonde le foin à l'aide d'une fourche ou d'un aiguillon bien pointu, à la recherche du clandestin. Il en frémit d'appréhension: un coup de fourche dans les fesses – quand cela se limite là – ne plait à personne.

Le conducteur le rassura:

– Tu mèneras les bœufs, je marcherai derrière la charrette. Tu apprendras très facilement à les manœuvrer à l'aide d'un aiguillon. Les bêtes sont très paisibles. Pour la vraisemblance, tu dois faire paysan jusqu'au bout.

Il se leva en compagnie de son nouvel associé... Après de brefs adieux au tenancier et à sa femme, ils sortirent sur la place, inondée par un soleil resplendissant fièrement au zénith. Le jeune homme « resplendissait » beaucoup moins. Il se demandait en quelle aventure il s'engageait... Maintenant, conducteur de bœufs! On aura tout vu.

Il fut muni d'une longue perche pointue avec laquelle il se trouva bien embarrassé. Son instructeur lui inculqua les rudiments du métier, la façon de diriger les grosses bêtes. L'aiguillon avait surtout un rôle symbolique: il suffisait de toucher les animaux pour les faire virer. Quelques claquements de langue... un vocabulaire « bovin » à base de sons inarticulés qu'ils comprenaient très bien. Le néophyte fut bien surpris de constater qu'il était compris et... obéi! Et vogue la galère!

Après quelques kilomètres, Guillaume se sentit plus sûr de lui et de ses manœuvres. Au début, le cheminement sinuait peu académiquement – si l'on peut dire pour une activité aussi champêtre – Tantôt trop à droite, tantôt trop à gauche. Les bœufs devaient se demander si leur nouveau maître... n'avait pas bu un coup de trop... Il assimila assez rapidement la bonne technique d'autant plus que les bestiaux étaient « vachement » – terme peu approprié pour qualifier des bœufs – coopératifs!

Après quelques heures de marche en plein soleil, le charretier – il déclara se prénommer Julien, ne voulant rien connaître de son jeune compagnon, même pas son prénom, fit arrêter l'assemblage à l'ombre, dénicha d'une cachette de dessous le foin, à l'arrière du chargement, un baluchon rempli de trésors: pain blanc, un respectable saucisson (fabrication maison proclama-t-il) et une pleine gourde de vin.

Guillaume se dit: *Je suis en passe de devenir un fervent disciple de Bacchus! Reine voudra-t-elle d'un alcoolique invétéré? Il est vrai que je suis bien loin d'être en phase finale. D'ailleurs, j'ai choix entre boire le vin... ou rien! Et, il fait soif.*

Assis au pied d'un arbre, ils dégustèrent le frugal repas... une merveille pour leur robuste appétit. En veine de confidences, Julien s'épancha:

– *Je te conduis en pleine nature, assez loin pour l'allure d'escargot de mes bœufs. Là, tu seras pris en charge par d'autres dont je connais pas l'identité car tout est cloisonné afin d'éviter les fuites! Ils te mèneront ailleurs! Je me doute bien qu'il s'agit d'activités qui ne plairaient guère aux « frisés ». Nous surnommons ainsi les soldats verts, la plupart d'entre eux étant tondus... Je ne veux pas en savoir davantage. Je rends épisodiquement des services à ces mystérieux personnages... comme aujourd'hui!*

Ils reprirent la route.

Julien connaissait bien un itinéraire auquel un non initié y perdrait son latin... ou plutôt son chemin! La route départementale n'était plus qu'un vague souvenir, ils cahotaient sur des chemins de plus en plus... vicinaux. La nature affichait une paix sereine. Difficile de croire que la guerre faisait rage... autre part!

La lenteur de l'attelage devenait exaspérante. Cela ne semblait pas incommoder le charretier accoutumé à cette progression de tortue. La Fontaine prétend que, dans une course, la tortue a devancé le lièvre, se souvint Guillaume. Acceptons-en l'augure! Les bœufs marchaient d'un pas égal, que cela monte ou descende! On finissait par se demander s'il ne s'agissait pas d'automates au ressort parfaitement remonté ou munis de piles inusables... Point n'était besoin d'être expert pour les mener. Une fois engagés sur le bon chemin, après une bifurcation, les deux grosses bêtes se débrouillaient toutes seules. Qu'arriverait-il si leur conducteur se trouvait mal? Marcheraient-elles de leur pas égal jusqu'à faire le tour de la Terre, certainement pas! Pas si bête, les bêtes! L'attelage stopperait sans tarder, attendant... de nouveaux ordres! Claquements de langue ou paroles d'encouragement servaient de... remontoir!

Le postulant maquisard commençait à sentir ses jambes! Une nouvelle pause à l'ombre de laquelle Julien déterra, non pas la hache de guerre, mais un nouveau paquet de l'amas de foin. Avait-il emporté tout le garde-manger?

Repartir lui fut pénible! A première vue, ni pour les bœufs, ni pour leur maître officiel, habitués aux longs cheminements...

Le soir s'annonçait. Des bancs de brume cernaient les bosquets. Guillaume se demanda s'ils allaient coucher à la belle étoile, sa seule et unique expérience en la matière, en Allemagne, ne lui laissait pas des souvenirs paradisiaques.

Soudain, ils obliquèrent dans, ce qu'en Flandres, on appelle une « drève », c'est à dire un chemin, souvent bien rustique, reliant la route à la ferme. Après une centaine de mètres, caillouteux, crevassés de profonds nids de poule, le brillant (?) équipage parvint dans une vaste cour enclose de bâtiments divers: granges, étables, hangars et, au fond, l'habitation. Au milieu de la cour, le fumier.

Deux molosses – Dieu merci, ils étaient enchaînés – protestèrent avec rage contre cette violation de domicile. Ce qui fit sortir – non pas le Loup du bois, quoique l'homme ne semblât pas plus accueillant – mais le fermier, sur le pas de sa porte. Hirsute! Il devait se raser une fois l'an. Le coiffeur ne lui était certes pas, une fréquentation assidue. Les humbles nippes de Guillaume faisaient « dimanche » à côté des siennes! Pas l'air engageant du tout! L'abord aussi agréable... que ses chiens!

Le paysan et Julien échangèrent quelques phrases que le jeune homme ne comprit guère. Les deux hommes se connaissaient et visiblement, ils discutaient du cas de leur « colis humain ». Un accord bi-latéral en résulta...

Les bœufs dételés, sans fatigue apparente d'avoir tracté le lourd charroi sur un trajet aussi accidenté, se dirigèrent, sans rien perdre de leur dédaigneuse majesté, dans l'étable de l'autre côté de la cour. Les deux hommes entraînèrent leur jeune client dans une immense cuisine. Guillaume, au premier abord, ne perçut strictement rien tellement la pénombre était épaisse. Etait-ce dû aux carreaux de l'étroite fenêtre si encrassés que le jour mourant ne réussissait plus à traverser, ou à la suie régnant en maître en ces lieux ? Dans un âtre monumental occupant tout un mur de la pièce, crépitait une grosse bûche au-dessus de laquelle une marmite suspendue bouillait de tout son couvercle. La soupe du soir !

Ses yeux s'accommodant, il distingua une femme, tout de noir vêtue (bien assortie à sa cuisine), la fermière à coup sûr, qui s'affairait autour d'une table massive, ceinturée de bancs grossiers. La dame, loin d'être un prototype d'élégance citadine, adressa aux arrivants un cordial sourire d'accueil. Ce qui remonta le moral de Guillaume, un peu abasourdi de se trouver plongé soudain dans un décor du Moyen Age. Ce n'était donc pas des sauvages et en plus, la fermière parlait... français :

– *Mon garçon, tu dois être fatigué par la longue route ! Viens te laver les mains à la pompe du coin de l'évier, nous allons manger. Ensuite, Julien et toi, vous irez vous nicher dans la paille fraîche de l'étable, à côté de vos bœufs. Là, vous aurez chaud !*

Les trois hommes s'attablèrent tandis que la fermière, restée debout, taillait de robustes tranches de pain, décrochait un jambon pendouillant à une solive dont elle distribua de solides portions, en ponctuant par *Bon appétit !*

Les deux paysans ne se le firent pas répéter. Ils lapèrent bruyamment leur soupe dans laquelle ils avaient émietté une large part du pain, avalèrent avidement pain et jambon sans articuler une seule parole. Pour eux, manger est une célébration, une cérémonie, à ne pas gâcher par d'inutiles bavardages. Surtout... que tout avait été dit en son temps.

Chacun travaillait religieusement des mandibules, aidé du couteau extrait de leur poche qu'ils ne quittaient sûrement pas plus que Guillaume... son médaillon porte-cheveux !

Celui-ci, d'abord gêné ; se mit à l'unisson. Lui aussi avait une faim de loup... Malgré tous ses efforts (?), il ne put égaler l'intensité du bruit de succion de ses voisins. Pas facile de se débarrasser si brusquement des principes du savoir-vivre inculqués durant toute sa jeunesse. Il éprouvait la sensation de tomber dans une autre civilisation.

La fermière, servant les hommes, mangeait debout.

Guillaume se surprit à penser à la tête que ferait Reine s'il lui proposait le même régime ! Cela heurterait violemment ses principes d'égalité entre les sexes... opinion que lui-même partageait d'ailleurs sans aucune restriction.

La brave dame reversa à chacun de ses convives – sans même demander leur approbation – une nouvelle bonne louchée de soupe que ceux-ci baptisèrent d'une large rasade de vin rouge. Ils faisaient chabrot. Guillaume suivit leur exemple, sans chercher à comprendre. Son palais, d'abord surpris par l'amalgame insolite, finit par approuver le savant breuvage.

En l'honneur de l'invité, la fermière sortit une boule de fromage-maison emmitouflé dans un torchon… d'une propreté douteuse. Mais baste ! Le trésor déballé, le garçon s'horrifia des quelques asticots se baladant sur la croûte. Apparemment, lui seul s'en offusquait ! Quel était ce monde étrange où il venait de pénétrer ? Quoi qu'il en soit, autant s'y adapter tout de suite. Il se tailla une bonne portion de fromage, imitant ses rustiques compagnons qui avalaient sans sourciller, fromage et croûte, sans se soucier des promeneurs peu ragoûtants. Il prit grand soin d'enlever la croûte en souhaitant avoir mis une marge suffisante entre ce qu'il mangeait et les indésirables vermisseaux. Les autres durent le trouver bien délicat ! En définitive, le fromage s'avèra délicieux !

Après quelques rôts retentissants – ce qui surprit encore le jeune homme – les deux paysans se levèrent après avoir soigneusement cliqué leur couteau. Leur invité fit de même (sans couteau…)

Un bref *Bonne nuit ! au* fermier et à sa femme. Il suivit Julien qui semblait connaître les lieux, dans l'étable où les deux bovins ruminaient langoureusement leur provende. A l'instar de son compagnon, il se fit un nid dans la paille épaisse. La chaleur des animaux assurait une température sympathique. L'odeur rappelait celle… de ses habits du moment.

Quelques instants plus tard, Julien sonnait « les grandes orgues » à s'en déchirer le palais. Guillaume ne put s'endormir de suite, bien que moulu de fatigue. La situation le tracassait. Où le menait-on, vers quelle existence invraisemblable ?

Comme dans un kaléidoscope, il se remémora la dernière fois où il avait ainsi dormi dans la paille, dans la Somme en compagnie de la gentille Elisabeth… en mai 1940 ! Presque quatre ans déjà ! Ce qui le fit penser à la mort tragique de Didier, transpercé de balles pour avoir voulu sauver le petit garçon au chaton. Il revit le massacre de Pierre, le patron-pêcheur, fauché au gouvernail de son rafiot, le déchirement ressenti à la mort de Christiane, sa fidèle amie allemande, écrasée sous les bombes… Quand cela prendrait-il fin ?

Il avait déjà perdu quatre années de sa vie à vivre loin de sa bien-aimée. Et tout cela pourquoi ?

Puis ce fut le trou noir. Un second moteur – plus modeste – démarra à l'unisson du premier. Un véritable récital…

25

Le lendemain, à la pointe du jour, tout le monde debout! Ils n'avaient pas souffert du froid dans leur « crèche » avec les bœufs leur soufflant dessus... L'Enfant Jésus, lui, avait un âne en plus!

Dehors, un petit vent piquant les incitait... à se passer de toilette, même sommaire!

Je finirai par sentir... le terroir, comme les autres, jugea Guillaume.

La fermière les attendait dans sa sombre cuisine. Le mari, déjà parti « aux bêtes »!

Encore de la soupe! En mangeaient-ils inlassablement à chaque repas? Somme toute, ce n'était pas déplaisant et bien réconfortant. Mieux que du café à l'orge grillé.

A peine la soupe avalée, une pétarade éclata dans la cour. Cela ne troubla pas leur hôtesse! Par la fenêtre, ils virent – difficilement, vu l'opacité des vitres – arriver un antique véhicule chargé de rondins. Sur le le côté de la cabine, un gros réservoir et d'étranges tuyauteries... Un gazogène! Cet engin fonctionnait avec du charbon de bois distillé, en quelque sorte, par une savante alchimie dans une chaudière tubulaire. Les gaz obtenus remplaçaient vaille que vaille, les vapeurs pétrolières. Succédané obligatoire de l'essence, pratiquement introuvable pour des usages privés! Théoriquement, source d'énergie idéale pour ce pays boisé. Mais le gazogène est capricieux comme une star de cinéma au sommet de la gloire! Aussi rétif qu'un âne, arcquebouté sur ses quatre pattes, décidé à ne pas avancer d'un pouce. La machine se mettait en route... quand elle le voulait bien et ne faisait pas toujours preuve de bonne volonté. Son bon fonctionnement dépendait de la matière première. Or, le charbon de bois, souvent produit artisanalement, manquait de régularité dans sa qualité.

Avec cette énergie champêtre, le moteur reste mou, les reprises plus que mollasses... Grimper les côtes exige de la patience, mais on finit quand même par arriver.

Le véhicule expira dans la cour. Le fermier, abandonnant ses vaches, vint à la rencontre de l'arrivant, descendu de son royal (?) carrosse. Ils se serrèrent la main. De vieilles connaissances? Resté dans la cuisine, Julien-le-conducteur-de-bœufs, marmonna:

– *Il vient prendre livraison de son colis!*

Guillaume comprit que le colis... c'était lui!

L'homme pénétra dans la cuisine, salua la fermière d'un cordial bonjour (pas en patois, le gars n'était pas un « natif »), regarda le jeune homme (jaugeait-il son colis), lui serra la main :

– *Je viens te chercher !*

Sans plus ! Pas très bavards, les maquisards… Car Guillaume supposait que c'en était un ! Il n'avait point coutume de côtoyer cette espèce en voie de prolifération.

Il remercia sincèrement le fermier et sa femme pour leur accueil. Simple, même rustique mais cordial ! Tous deux beaucoup plus sympathiques que le laissait supposer leur premier abord. On dit : ne pas juger les gens sur leur mine ! Des rustres au bon cœur valent infiniment mieux que de raffinés fieffés égoïstes…

Guillaume et son nouveau cicérone montèrent sur le « char » soufflant et pétaradant de plus belle. Fâché de devoir encore travailler ? Mais, il consentit à démarrer sans trop se faire prier. L'allure soutenue ne correspondait pas à celle d'un circuit de course automobile, la cargaison de bois risquait de se déséquilibrer en passant dans les profondes ornières de l'allée fermière. Donc, prudence et longueur de temps…

Arrivés sur la route (à peine plus large, mais tout de même en meilleur état…), le conducteur accélérera. Du pas, il passa… au trot.

Il engagea une brève conversation :

– *Je te conduis au camp. Ne t'inquiète pas de savoir où. Ici, tu entres vraiment dans la clandestinité. Jamais une patrouille, Allemands ou Miliciens, n'a mis le nez dans le coin. Ce serait d'ailleurs bien risqué… pour leur appendice nasal ! La route sera longuette vu l'allure d'escargot de cet engin. J'ai de quoi casser la croûte ce midi, nous n'arriverons que dans l'après-midi. Dans les fortes montées, tu devras descendre pour pousser au c… ! Sinon, on risque de rester en carafe au milieu de la côte.*

Les descentes succédaient aux montées. Dans ces chemins rocailleux, nul ne se souciait du pourcentage de la pente. Guillaume pensa :

– *Dans ce Pays, çà monte et çà descend toujours. Quelle différence avec mon plat Pays de Flandre !*

De verdoyantes vallées, de grasses prairies, des champs labourés cédaient parfois place à des plateaux désertiques, à de sombres forêts profondes. Pas un chien en route, quelques fermes perdues dans la nature. Un Pays idéal pour vivre… hors la loi germanique !

Par son bruyant passage, le gazogène troublait la quiétude de quelques troupeaux de vaches rouges étonnées de voir passer cet étrange équipage. Guillaume estima, au jugé, se trouver quelque part dans le Cantal ou dans ses abords. Le conducteur s'évertuait à éviter les villages, choisissant de parti-pris, des chemins détournés, parfois très défoncés, qu'il paraissait connaître.

Les surfaces boisées progressaient, au détriment des cultures. Insensiblement, ils gagnaient de l'altitude. Ils apercevaient parfois des montagnettes au sommet arrondi.

– *D'anciens volcans,* spécifia l'homme au volant.

Vers midi, celui-ci décréta :

– *Nous ferons une pause pour bouffer !*

Après un rapide repas, suffisamment arrosé, la langue du chauffeur se délia un peu. Il se laissa aller à quelques confidences :

– *Ici, personne ne conserve son vrai nom. Sage précaution pour éviter d'éventuelles représailles sur la famille du clandestin. Chacun choisit librement le pseudonyme de son choix. Ville, animal, personnage historique ou autre. Moi, apprenant mon affectation au service de cette garce de bagnole, j'ai choisi « Gazo ». Je possède une certaine pratique de la mécanique et on m'a jugé capable de m'accommoder des caprices de cette vieille prima-dona.*

Je vais te conduire au « Chef » que nous surnommons – pas méchamment – le « Vieux », responsable de ton sort futur. Tu bénéficies d'un drôle de traitement de faveur : on vient chercher « Mossieur » alors que les autres doivent se débrouiller tout seuls. Tu es super-gâté !

Les fermes se raréfiaient encore. Un vrai pays du bout du monde ! Par contre, ils apercevaient de petits abris, trapus, aux murs épais de pierres naturelles assemblées grossièrement avec ce qui semblait être de la chaux.

– *Des burons,* éructa Gazo. *Là-dedans, durant la bonne saison, vivent les pâtres soignant leurs animaux, y fabriquant leur fromage appelé ici « fourme » et ailleurs « Cantal » !*

Guillaume dut descendre de temps en temps pour soulager le véhicule poussif. Il se demanda à quoi pouvait bien servir ce chargement de rondins, sinon qu'à les alourdir inconsidérément ?

– *Pour la vraisemblance !* dit Gazo

Le jeune homme finit par s'assoupir en dépit des cahots. Il rêva d'un bateau durement secoué par la tempête, cinglant vers la Grande-Bretagne, cachant sa bien-aimée en ses flancs...

Quand il retomba dans la réalité, l'après-midi était bien engagé. Gazo l'avertit :

– *Nous sommes bientôt arrivés !*

Effectivement, après un quart d'heure de navigation sur des chemins de plus en plus étroits et défoncés, le gazogène s'engagea dans un sentier tout juste carrossable et parvint cahin-caha près d'un buron

Gazo stoppa son véhicule sous le couvert d'arbres, le dissimulant parfaitement.

Pour les avions, précisa-t-il.

Il entraîna le garçon vers le buron. Après s'être annoncé – était-ce bien nécessaire, après tout ce tintamarre – il entra, poussa son compagnon à l'intérieur. Une première pièce avec une table-bureau, quelques chaises, une armoire, dans un coin, une grande radio nantie de son antenne. Par la porte intérieure entr'ouverte, dans la pièce voisine, un lit pliant... Pas vraiment le luxe.

S'y trouvait un robuste gaillard, d'une cinquantaine d'années, le teint bis, les cheveux taillés à la brosse, grisonnants, les yeux sombres profondément enfoncés dans les orbites, la mine sévère. Il ne devait pas faire bon de lui écraser les orteils.

De sa personne émanait l'aura d'une forte personnalité faite pour le commandement. Pas du genre fantaisiste!

Guillaume se sentit mal à l'aise sous son regard d'aigle qui l'examinait de la tête aux pieds, le jaugeant sans souffler mot... L'examen parut le satisfaire. Il articula brièvement:

– *Merci Gazo! Tu as bien fait ton boulot! Tu peux nous laisser, je me charge de la suite!*

Le chauffeur-homme-de-confiance se retira après une esquisse de salut n'ayant rien de vraiment militaire.

L'énigmatique personnage s'adressa à l'arrivant, plutôt décontenancé:

– *Je suis Caméron. Connais-tu ce nom? C'est celui d'une ville mexicaine, Camerone (que j'ai masculinisé en enlevant le e final) où les Légionnaires s'illustrèrent, au siècle dernier, en résistant contre des forces mexicaines écrasantes. Tu en concluras, à juste titre, que je suis un ancien de la Légion!*

De ma seule volonté, j'ai repris du service, avec l'accord des Forces militaires françaises à Londres. Ma mission est de constituer un groupe de combattants d'élite auquel j'enseignerai mon savoir-faire d'ancien Instructeur. Mon groupe devra être opérationnel quand l'heure sonnera. Le signal sera donné par les autorités responsables de la coordination des activités de guérilla. Nous n'agissons pas en francs-tireurs, sans consignes, ni méthode, mettant parfois inconsidérément en péril les populations par la prise d'otages en représailles d'actions de harcèlement.

Le temps nous presse, donc l'entraînement est intensif, presque rebutant mais je compte faire de mes hommes des combattants aguerris ne se faisant pas descendre comme des mouches à la première embuscade!

Au camp, chacun opte pour un pseudonyme. Seul, je connais ta véritable identité. Je sais beaucoup de choses sur ton compte: ancien instituteur, ex-travailleur STO en rupture de ban, vivement recommandé pour ta moralité et ton courage par... diverses personnalités et... une fiancée quelque part en Angleterre...

Guillaume, de surprise, ouvrit de grands yeux. Comment savait-il tout cela? Même l'existence de Reine! Il se dit qu'il devait y avoir de l'oncle Emile là-dessous.

Caméron poursuivit :

– *Peut-être deviendras-tu l'un de mes chefs de groupe ? Mes hommes sont des gars qui ont du cœur au ventre mais, peu dans la tête… Ils sauront parfaitement se battre car je les ai sélectionnés après mise à l'épreuve sur le terrain, mais ils doivent être dirigés.*

Une fâcheuse blessure à la rotule m'interdit de jouer moi-même le rôle de combattant. Je marche… en claudiquant ! En plus, je me paie sporadiquement des crises de paludisme récolté aux Colonies !

Je ne transigerai pas avec la discipline et… pas de favoritisme. Si tu ne me donnes pas entière satisfaction, tu seras renvoyé d'où tu viens… Ici, ce n'est pas l'Armée du Salut ! Pas plus qu'un ramassis de brigands ! De sérieuses précautions ont été prises afin que les « évincés » ne puissent localiser notre emplacement !

Guillaume comprit le pourquoi des tours et des détours incessants de Gazo. Il était complètement perdu… quelque part au centre de la France.

Lancé dans ses explications, Caméron continua :

– *Le groupe compte une vingtaine d'hommes. Pour satisfaire à leurs besoins alimentaires, pas question de piller ou de rançonner les quelques fermiers du voisinage déjà pressurés par les réquisitions officielles. En conséquence, j'ai mis un système au point : le groupe a été scindé en deux parties de même importance, à tour de rôle chacun subit une période d'entraînement intensif, puis part se reposer (?) dans des fermes ayant accepté de prendre le risque de coopérer avec nous. Un homme dans chaque ferme avec le statut d'ouvrier agricole… dans la boue et le fumier. Le fermier ne paie pas son ouvrier mais il le loge et le nourrit. Souvent, un petit supplément de nourriture à ramener au camp.*

L'organisation procure une fausse carte d'identité avec domiciliation dans la région afin de sauver les apparences. On se demanderait ce que vient faire un Nordiste ou un Breton dans une ferme d'Auvergne.

Les hommes du groupe à l'entraînement logent sous des tentes dissimulées sous les arbres. Une popote sommaire fonctionne avec les moyens du bord : provisions ramenées de la ferme, gibier capturé… en braconnage, rations parachutées par les Alliés en même temps que des armes… Ce n'est pas Byzance. La vie est dure, d'où le découragement de certains !

Tu débuteras avec l'équipe actuellement en place. Avant de d'y conduire, choisis ton nom de guerre…

Guillaume avait écouté ce long exposé avec beaucoup d'attention. Il admira l'autorité, la compétence, l'esprit d'organisation du Chef, la façon dont il mettait les choses au point sans tourner autour du pot… Il réfléchit quelques instants. Illumination ! Pourquoi pas opter pour « Guynemer », ce qui avait le grand mérite de lui rappeler une – trop courte – période d'intense bonheur.

Caméron le conduisit, à quelques dizaines de mètres, à un endroit où se dressaient une grande tente et trois plus petites, invisibles du ciel sous les frondaisons Les hommes présents bavardaient dans la tente-réfectoire, lieu de réunion.

Le Chef rassembla son petit monde et présenta le nouveau venu :

– *Voilà du renfort! Guynemer! Il fera partie de votre équipe et dormira dans la tente n° 3 avec Toulouse, Auvergne et Roméo où une place est disponible. Dès ce soir, il mangera avec nous!*

Caméron les quitta. Guillaume ne savait quelle contenance prendre face à ces rudes gaillards qui le détaillaient de pied en cap. Ils étaient neuf! Avec l'arrivant, dix... le compte était bon.

Accueil sans fioritures mais cordial. Au contact de ces solides bonshommes, il se sentait un fragile intellectuel au milieu de frustes natures à la peau tannée. Heureusement, son séjour allemand l'avait fortement déniaisé.

La plupart affichaient quelques années de plus que lui. Toulouse notamment, devait avoisiner la quarantaine. Celui-là était volubile et contribuait à décoincer l'atmosphère. Son accent chantant ne pouvait tromper : il venait du sud! Peut-être même de la ville dont il avait adopté le nom. Il s'approcha de Guillaume, lui tapa sur l'épaule, prit la parole au nom de tous :

– *Bienvenu au club des « traîne-misère » sur le sentier de la guerre. Notre existence ressemble à celle des Indiens : vie sous tente, nourris – mal – du produit de notre chasse, toujours sur le qui-vive. Manquent les... squaws et les chevaux. Heureusement pour ceux-ci, nous en ferions des steaks car l'appétit ne nous fait jamais défaut! La vie au grand air, l'entraînement impitoyable sous la férule du Vieux sont d'excellents apéritifs.*

Il passa l'assemblée en revue :

– *Voici « Auvergne », notre bougnat de service, toujours en train de râler envers et contre tout. Dans le fond... pas un mauvais bougre! Lui, c'est « Roméo », notre séducteur-maison. Par chance, il n'y a pas de filles à séduire dans nos bois et... il n'a pas amené sa Juliette!! Avec moi, ces deux-là partageront notre luxueux (?) appartement... à la belle étoile.*

Je te signale charitablement qu'Auvergne pue des pieds. Assez désagréable sous la tente. Il ne se lave, selon toute vraisemblance... que lorsqu'il tombe à l'eau!

Puis les autres :

« Praha », un tchèque qui nous est arivé sans que nul ne sache comment. Lui non plus sans doute! Le hasard? Un peu teigneux sur les bords! « Aubagne », méridional pur teint. Extraordinaire, il n'a pas encore ouvert la bouche! Serait-il impressionné par ta présence? Cela me surprendrait!

« Gazo » que tu connais déjà. Bricoleur, mécanicien, chauffeur à l'occasion, et même un peu radio. « Hercule », notre colosse. La légende dit (quand nous le blaguons...) qu'il serait capable de stopper un tank d'une seule main ? Ne te place pas à table à ses côtés car il dévore tout ce qui passe à sa portée, ne te laissant que les yeux pour pleurer devant ta gamelle vide ! « Paimpol », notre Breton qui pleure toujours sa Paimpolaise qui l'attend au Pays breton !

Tiens, lui aussi, se dit Guillaume.

Cuistot de fortune, infirmier bénévole. Entre nous, il vaut mieux ne pas avoir trop faim et ne pas être ni blessé, ni malade afin de se passer, le plus possible, des bons offices de Paimpol. Et le dernier, « Racine », très peu racines carrées, toujours dans les nuages. Notre poête ? On se demande ce qu'il vient faire en cette galère ? Mais quand on le voit en action, on s'aperçoit que se fier à son air débonnaire serait une erreur !

Voilà, tu les connais tous. Malgré leur air de mal embouchés, ce sont des types... potables avec lesquels on réussit à s'entendre. D'ailleurs le « Vieux » y met bon ordre, prétendant apprendre à nous battre contre les Allemands et pas entre nous...

Suite à cette présentation épicée de quelques flèches sardoniques – vraies ou inventées par Toulouse ? – Guillaume eut quelques difficultés à placer un nom – un surnom – sur chaque individu.

Tous vinrent lui serrer la main, lui taper sur l'épaule... sauf Praha. Que lui ai-je fait, se demanda Guillaume ? Le Tchèque couvait-il un complexe d'infériorité ? Le jeune homme lui semblait-il trop policé, trop différent d'eux ?

Bof ! pensa Guillaume. *On verra bien !*

Les autres maquisards manifestèrent leur sympathie sans aucune affectation. Ce n'était pas des Enfants de Chœur. La vie de guérilleros ne prédispose pas à la sentimentalité.

Ils savaient – déjà – se battre, tuer, en évitant de l'être... dans toute la mesure des possibilités ! S'ils avaient un côté « fleur bleue » en arrivant, depuis lors, ladite fleur avait perdu ses pétales.

Guillaume se sentit en état d'infériorité manifeste :

– *Comment ferai-je pour être à la hauteur ? Pour rattraper mon retard ? Je serai ridicule en comparaison de leur savoir-faire guerrier.*

Interrompant ses pensées, Paimpol lança un retentissant cri de ralliement :

– *A la soupe !* C'était bien lui le cuistot de fortune...

Le Chef vint les rejoindre à la grande table où le petit nouveau avait été entraîné par Toulouse, se constituant son protecteur attitré. Il le plaça près de lui en l'avertissant de ne pas s'attendre à un menu « 4 étoiles »

Paimpol énuméra :

– Des patates, un lapin pris hier au collet, du pain pas tout à fait blanc, mais nettement mieux que dans les villes… et du pinard. Pas du super! Ceux qui n'en veulent pas, le laissent aux copains.

Guillaume apprit que cette boisson préférée de *Dionysos* provenait d'une barrique qu'un négociant en gros – sympathisant – avait offert, au mépris des règles du Rationnement. Gazo avait encouru des risques insensés pour en prendre livraison, s'aventurant en… pays civilisé, soumis aux contrôles policiers.

Caméron souhaita:

– Bon appétit, les gars!

Pas le genre d'assemblée où l'on récite le « *Benedicite* », les yeux pieusement baissés, pour rendre des grâces… avant de commencer à mastiquer!

Complémentaire au vin – un verre à chacun – de l'eau fraîche à volonté, d'une source voisine.

Aubagne persifla:

– Manque le pastis dans cette flotte! D'acord, Guynemer?

Qui n'en avait jamais bu! Il acquiesça gravement, comme s'il savait!

Le repas terminé, Caméron leur souhaita le bonsoir en ajoutant à l'intention de sa nouvelle recrue:

– Demain, debout à six heures!

Le trio Toulouse, Auvergne, Roméo entraîna leur nouvel coéquipier sous la tente. Chacun avait son sac de couchage posé sur une litière de feuilles de hêtre séchées crissant agréablement, fleurant bon la chlorophylle et surtout, les isolant du sol froid.

Un coin attendait Guillaume avec un sac de couchage à côté duquel se trouvait un treillis, sorte de salopette bariolée. Camouflage pour flâner dans les bois?

La température était fraîche en raison de la saison et de l'humidité de la végétation environnante. L'altitude n'arrangeait pas les choses, c'était l'Himalaya par comparaison avec le niveau de la mer de la Flandre maritime!

Il claquait des dents alors que ses compagnons ne paraissaient pas souffrir du froid. Ils s'étaient acclimatés…

Toulouse le remarqua:

– Ne t'inquiète pas! La tente est petite, dans peu de temps avec la chaleur… animale, comme dans une étable, il fera chaud. Par contre, je ne garantis pas une senteur d'œillet, de rose ou de jasmin mais… on s'y fait! Dehors, on serait frigorifié! Il vaut mieux être dedans, même s'il faut supporter des relents peu agréables.

Guillaume ne put s'empêcher de questionner :
– *Si tout le monde ronfle sans se soucier de rien, c'est que l'endroit est rudement peinard ? Ne risque-t-on pas de se faire massacrer en dormant ?*
Auvergne calma ses inquiétudes :
– *Par ici, on n'a jamais vu le casque d'un Allemant, ni le béret d'un Milicien, mais tu penses bien que le Vieux ne se contente pas de probabilités. Il exige une garde régulière durant la nuit… ne serait-ce que… pour nous dresser le poil avec interdiction absolue de roupiller. Il intervient inopinément à n'importe quelle heure. Cette nuit, c'est le tour de la tente n° 1. A chacun son tour de faction. Notre tour viendra ! Tu verras, c'est passionnant (?). Deux heures seul, en pleine nuit, se gelant, luttant pour ne pas piquer du nez, tressaillir au moindre bruit suspect et, je t'assure que dans les bois, çà ne manque pas ! Tout cela, alors qu'il ne se passe jamais rien ! Mais, au fond de toi-même, tu te dis : il suffirait de manquer de vigilance pour te retrouver avec un couteau entre les omoplates et les copains trucidés dans leur sommeil !*

Tout çà, c'est bien ! dit Guillaume, *mais s'il faut se défendre… on prend des bâtons ?*
Auvergne, dévoila, dissimulés sous une toile, dans un coin de la tente, quatre pistolets-mitrailleurs. Rassurant…
– *Tu apprendras vite à t'en servir. Maintenant, dors ! Tu te soucieras de tout çà… plus tard !*

Comme prédit, la température monta rapidement, les odeurs aussi…
La tente vibra sous l'effet du vigoureux quatuor de ronfleurs. Cependant, chacun d'eux eût été surpris si on lui avait afirmé qu'il avait ronflé…

26

A six heures, Paimpol, le cordon-bleu, faisant office de réveille-matin, tapa sur un gong improvisé – un chaudron – pour sonner la diane.

Une toilette ultra-rapide dans l'espèce d'auge où coulait perpétuellement un filet d'eau si glacée qu'on la soupçonnait descendre en ligne droite des neiges éternelles (en supposant qu'elles existent dans le Massif Central), galoper, transis, jusqu'à la tente-réfectoire pour y avaler un café brûlant (pour en cacher le mauvais goût ?), atroce déconction d'orge et de glands grillés, quelques tranches de pain agrémentées d'un triste fromage crayeux…

Rassemblement dans la clairière !

Tous avaient endossé leur treillis de combat. Guillaume, itou !

Caméron les attendait de pied ferme. Démarrage accéléré. Mise en train, dérouillage, décrassage ? Après quelques minutes d'une agitation fébrile, plus personne n'avait la tremblotte alors que de la buée de condensation s'échappait de la bouche des gymnastes.

Caméron dirigeait la manœuvre avec maestria, ne tolérant aucune défaillance, encore moins de ronchonnage. Cette cadence d'enfer essouffla rapidement le néophyte alors que ses voisins l'enduraient allégrement.

Il ne voulut rien en laisser paraître d'autant plus qu'il sentait peser particulièrement sur lui l'attention du Chef. Cinq minutes pour reprendre haleine puis, ce qu'ils appelaient « le parcours du combattant »… Courir comme des dératés, sauter les fossés, ramper sous des barbelés, franchir des obstacles (nés de l'imagination d'un sadique) Facile avec de gros godillots ! Escalader des arbres, en descendre aussi vite, en catastrophe ; au risque de se rompre le cou !

Après deux heures à ce régime, Guillaume était lessivé, hors d'haleine. La demi-heure de pause fut bien accueillie. Il se demanda

– *Est-ce la fin du calvaire*

Or, ce n'était que l'introduction.

Ses nouveaux compagnons lui remontèrent le moral :

– *Tiens bon ! Pour nous, c'était pareil au début. Maintenant, on va… se promener en forêt !*

Etait-ce une plaisanterie ? De mauvais goût ?

Des sacs à dos volumineux les attendaient, alignés en rang d'oignons.

Toulouse lui souffla à l'oreille :

– *On y a mis des cailloux... à la place de patates, de peur qu'on les bouffe en route !*

– *çà pèse au moins une tonne,* estima Guillaume en enfilant les bretelles du sac. Après quelques centaines de mètres, les cailloux lui pointaient douloureusement dans le dos. Un nouveau Golgotha.

Un coup d'œil à ses voisins : ils prenaient çà à la rigolade alors que lui... en bavait.

Quelques kilomètres plus loin, l'apprenti Résistant atteignit les limites de sa... résistance ! Ses compagnons eux-mêmes commençaient à rire jaune tellement l'allure était soutenue et la charge – parfaitement inutile – écrasante.

Caméron – le « Vieux » comme le surnommaient en douce ses sujets irrévérencieux – montrait l'exemple en marchant en tête, autant chargé que les autres, d'un pas décidé quoique que claudiquant (maudite rotule)

Guillaume ruminait :

– *Dire qu'il s'estime trop fragile pour être un bon combattant... Et moi qui me plaignais de mon sort en usine ! C'était une sinécure à côté de ce régime de dingues !*

Il commençait à trébucher sur les racines et manqua plusieurs fois de s'étaler... Un sacré effort de volonté pour continuer, en dépit de l'épuisement...

Caméron le veillait du coin de l'œil, les autres aussi. Soudain, un ordre :

– *Pause ! Notre nouvelle recrue n'a pas flanché. Un bon point pour elle ! Cette mise à l'épreuve pouvait se solder par une invitation à retourner en ses foyers ! Arrêt d'un quart d'heure et demi tour !*

Assis en cercle, même les plus endurcis s'estimaient heureux de pouvoir souffler un peu. Guillaume se tourmentait :

– *Comment pourrai-je crapahuter toute cette route du retour avec un pareil chargement qui me scie les épaules et me brise les reins ?*

Riant sous cape devant cette semi-panique, bien visible, les autres attendaient les ordres du Chef. Eux savaient !

– *Videz les sacs !*

Un immense soulagement apparut sur la physionomie du jeune homme. Ses compagnons apprécièrent – Caméron en tête – l'acharnement du nouveau à ne pas lâcher... plutôt crever que d'abandonner !

Sacré pince-sans-rire ce Chef ! S'agissait-il d'une sorte de bizutage, d'un test de résistance ? Maintenant, il comprenait très bien la défection de certains de ses prédécesseurs !

Ses coéquipiers le chahutaient

– *Comment as-tu trouvé la promenade? Vois-tu, si tous les jours nous apportions notre lot de cailloux au même endroit, le tas dépasserait la hauteur de la plus grande des pyramides égyptiennes!*

Praha ne participait pas à la liesse générale. Une fois de plus, il ronchonnait:

– *On n'a rien à foutre d'une pareille mauviette dans le camp! Ce jeune « con » nous casse les pieds à longueur de journée. Qu'est-ce qu'il attend le Vieux pour le liquider?*

Le retour s'effectua à une allure « *Allegro moderato* », parfois pas assez *moderato* au gré de Guillaume. Il commençait à traîner sérieusement la patte!

A l'arrivée au camp, midi approchait! Les hommes étaient couverts de sueur. Les efforts soutenus, le soleil brillant de tout son éclat, bien que pas encore très chaud, avaient réchauffé tout le monde.

Chacun eut droit à son verre de pinard. Guillaume commençait à apprécier… comme les autres. Ils trinquèrent à leur santé réciproque, à la défaite des « Boches » et… à la nouvelle recrue!

Tous, sauf Praha, comme de bien entendu!

Caméron édicta:

– *Après-midi, maniement d'armes!*

Les mains lavées – plus ou moins sérieusement – à l'aide d'un mauvais savon rappelant la pierre ponce – les « randonneurs » se bousculèrent à table pour trouver le menu concocté par Paimpol, exempté de promenade matinale, pour raison culinaire.

– *Rutabagas à la sauce royale et au poulet!*

Les convives découvrirent que la… « royale », ne l'était pas tant que çà! Quant au mélange gélatineux que présentait le plat de choux-raves-rutabagas… pas appétissant du tout. Avec un goût nettement déplaisant. Heureusement pour pallier la médiocrité du menu, Paimpol s'était débrouillé pour trouver un dessert, un plat de « caillée », parfaitement inconnu de Guillaume. Un saladier plein d'une sorte de gélatine – encore après les rutabagas? – blanchâtre, fut placé au milieu de la table. Chacun, à son tour, pouvait y piocher en creusant un trou avec sa cuillère, prélever une portion et passer le saladier au suivant. Dix trous consécutifs – onze, car Caméron n'avait pas laissé sa part – entraînèrent l'effondrement du bel ordonnancement du début. Dans la « caillée », parties solide et liquide ne sont pas mélangées et si les premiers lapent tout le dessus – le meilleur – les suivants s'estiment lésés!

Il en résulta une belle pagaille… dans le saladier. Et une franche rigolade!

Praha ne riait toujours pas et trouva le moyen de rendre responsable sa bête noire de l'imbroglio gélatineux:

– *Ce foutu gamin fiche le brin partout!*

Ledit gamin ne comprenait pas les raisons de cette animosité permanente. Trop fraîchement débarqué, il n'osait pas protester. Un peu mieux… en selle, et Praha ne perdrait rien pour attendre!

Après-midi, nouveau départ pour la forêt. Grâce au Ciel, sans sac! On allait, paraît-il; vers le terrain de manœuvre. Une demi-heure de marche rapide à travers taillis et fourrés, pour parvenir dans une clairière enclavée d'une épaisse végétation. Dissimulé sous les frondaisons, un autre « buron ». Après avoir dégagé laborieusement les amas de branchages, Caméron put déverrouiller plusieurs serrures de la porte massive.

Quels trésors s'y cachaient-ils?

De la porte ouverte s'échappa un profond relent de moississure. Pas de fenêtre, mais par la porte restée béante, on apercevait une longue table, des tréteaux supportant des planches mal rabotées. Autour d'elle, des bancs humides.

Caméron renseigna son apprenti:

– Nous apprenons les démontage et remontage rapides de toutes les armes que nous possédons, de façon à bien les connaître et de pouvoir se dépanner si l'une d'elles venait à s'enrayer malencontreusement… toujours au moment le plus critique.

Au fond de la pièce, une autre porte, tout aussi solide et barricadée que le Chef ouvrit précautionneusement. Guillaume découvrit avec surprise ce nouveau trésor d'Ali Baba. Non point or, bijoux ou pierres précieuses, mais tout un arsenal d'armes impeccablement entretenues, luisantes de graisse.

Caméron s'enorguellit:

– Nous avons réceptionné récemment un « colis » d'Angleterre – le facteur était un gros « Halifax » – Dedans, tout cet armement, des treillis, des munitions, un précieux poste émetteur-récepteur et même des rations alimentaires pour nous aider à tenir le coup dans les périodes de pénurie.

Je suis fier que notre groupe ait été pris au sérieux par les Forces Françaises libres à Londres. Bien sûr, j'y ai quelques relations.

Les hommes se mirent par deux, assis devant la table où on leur remit diverses armes.

Guillaume se trouva adjoint à Toulouse. Par chance, pas avec Praha! Le Chef n'ignorait pas l'animosité perdurant entre ces deux hommes. Chaque couple démontait et remontait son arme, faisait manœuvrer culasse, cran d'arrêt, pose et dépose du chargeur…

Toulouse chuchota à l'oreille de son compagnon:

– Bientôt, on passera à l'exercice pratique… à tir réel! On t'apprendra à te servir intelligemment de ces armes… avec modération car les munitions sont précieuses. Un jour ou l'autre, nous irons dans un vallon bien encaissé pour étouffer le plus possible le bruit des détonations. Inutile d'alerter des oreilles indésirables…

Eux deux avaient « hérité » d'un pistolet-mitrailleur dont on disait : *ne pas atteindre une vache dans un couloir*, tellement son imprécision est grande…

Quand même bien utile dans un combat rapproché… à condition « d'arroser », ajouta Toulouse.

Leurs voisins manipulaient soit un fusil-mitrailleur, soit des grenades (rondes ou à manche), d'autres encore des flacons appelés grenades Gammon, censées percer le flanc des chars. De quoi avoir les cheveux hérissés sur la tête, rien qu'à voir l'insouciance avec laquelle étaient tripotés ces engins de mort. On rassura Guillaume :

– *Ce sont des grenades d'essai, parfaitement désamorcées, neutralisées. Sévèrement éprouvées avant les exercices ! On les lance, dégoupillées, comme si elles étaient vraiment dangereuses afin de vérifier leur complète inertie !*

Caméron supervisait tout avec une extrême vigilance. Ses « sujets » lui obéissaient au doigt et à l'œil. Pas de place pour la fantaisie ! On ne jouait pas à la « guéguerre ».

Chacun était intimement convaincu que ce qu'il apprenait pouvait lui sauver la vie un jour ou l'autre.

Le repas du soir terminé, les hommes épuisés, regagnaient leur sac de couchage. Il fallait être en forme le lendemain. D'ailleurs boîtes de nuit, dancings et autres bars, brillaient par leur absence dans ce coin perdu. Et dans la tente de Guillaume, le concert d'orgues ne tardait jamais à jouer la grande Toccata…

27

Au milieu de la nuit, ils furent réveillés par des frôlements furtifs dans les fourrés avoisinants.

Guillaume s'en inquiéta. L'un des dormeurs, réveillé en sursaut, s'exclama:

– *Encore ce maudit cabot qui fouille nos poubelles! Une fois, je lui réglerai son compte!*

Il expliqua que depuis plusieurs jours – ou plutôt plusieurs nuits – ils avaient la visite intéressée – d'un chien errant en quête de nourriture dans leurs déchets de cuisine. Le jour, on l'apercevait parfois, mais l 'animal s'enfuyait à la moindre tentative d'approche.

Guillaume, s'armant de tout son courage – il en fallait pour s'extraire de la chaleur douillette du sac de couchage – résolut… d'aller voir. A quelques mètres, une forme couchée, la tête entre les pattes, geignait doucement. Le chien regarda fixement cet humain inconnu mais ne s'enfuit pas à son approche. Au contraire, il parut goûter que l'on s'intéresse à lui. Le garçon avança prudemment pour ne pas effaroucher l'animal. Il arriva tout près et prodigua quelques tapes affectueuses que l'intéressé reçut avec un plaisir évident.

– *Que t'arrive-t-il mon chien, tu as faim ou quoi?*

Il chuchotait pour ne pas gêner les dormeurs et mettre tout le camp en émoi!

Le chien sentit qu'il avait trouvé une âme compatissante, prête à comprendre ses misères, à rompre sa solitude… Après une dernière cajolerie, Guillaume retourna se coucher non sans provoquer quelques grognements des ronfleurs perturbés dans leur sommeil.

Le lendemain matin, le chien n'avait pas bougé de sa place. Couvert de rosée, il attendait le retour de celui qui lui avait témoigné de l'affection et que, dores et déjà, il considérait comme son seul et unique maître. Dès qu'il l'aperçut, il rampa à ses pieds, couinant de plaisir, les yeux rivés sur l'objet de sa vénération. Le coup de foudre existe-t-il aussi chez les animaux?

A la lueur blafarde du jour naissant, le jeune homme examina son nouveau compagnon à quatre pattes. Un grand berger-allemand! Pas reluisant: le poil hirsute, emmêlé de boue et de brindilles, efflanqué au possible, on pouvait lui compter les côtes… Apparemment, il souffrait d'une patte qu'il ne posait pas à terre. Guillaume la saisit avec précation – un coup de crocs est vite donné – l'examina sommairement et découvrit une fâcheuse écharde affleurant de la chair d'un coussinet.

Le temps pressait. Le petit déjeuner n'attendrait pas! S'il ne mangeait pas avec les autres... il n'y aurait pas de second service. La perspective de partir l'estomac vide pour un nouveau parcours, ne l'enchantait pas du tout!

Il prit quand même le temps d'arracher la perfide écharde en s'y reprenant plusieurs fois, donna une tape affectueuse sur la tête de l'animal qui n'avait pas bronché et courut rejoindre les autres. Pour aujourd'hui, il se passerait... d'abblutions! Question d'habitude!

Il fut accueilli par des plaisanteries:

– *Tu fais partie de la Société Protectrice des animaux? Tu t'es trompé d'adresse! Grouille-toi! Personne ne t'attendra...*

Guillaume engloutit café-ersatz et pain rassis au risque d'une indigestion dont il avait bénéficié (?) d'un exemplaire lors de son entrée à l'hôpital allemand pour sa pseudo-diphtérie...

Et cela repartit pour un tour!

Mêmes exercices physiques que ceux de la veille qui se rappelaient fâcheusement à ses muscles endoloris! S'il s'agissait d'un réveil musculaire, il pouvait assurer que ses muscles étaient parfaitement réveillés... au bout de quelques minutes. Plus besoin d'insister!

Mise en forme? Il trouvait que la sienne ne s'était pas vraiment arrangée!

Il eut du mal à se mettre au diapason...

Néanmoins, il se raisonna:

Heureusement que la « culture physique » endurée dans les usines allemandes m'a endurci! Sinon, j'aurais été tout à fait incapable de résister à ce train d'enfer. A quelque chose, malheur est bon!

Encore un transport farfelu de cailloux, inutile et douloureux, se demanda-t-il quand ils furent invités à se munir de leur sac à dos.

– *Au bagne, les cailloux doivent être cassés! Ici, ils jouissent d'un traitement de faveur: on les promène à dos d'homme. Le plus étonnant est que nous sommes volontaires – des vrais, cette fois, non pas comme ceux du STO –, pour ce charmant régime de forçat!*

Cette fois-ci, le système avait été inversé: départ avec les sacs délicieusement vides!

On le mit... au parfum:

– *Nous allons ramasser les cailloux là où nous les avons vidés hier. Et, la charge, on la mènera un peu plus loin pour la ramener ensuite au camp. De cette façon, le Vieux rallonge chaque fois la sauce. Hier, en ton honneur, nous n'avons fait qu'un... petit tour!*

Ce qui plongea Guillaume dans un abîme de perplexité:

– *Ah bon! Ce n'était qu'un petit tour, je me demande comment je m'en sortirais dans un circuit... normal?*

Quelques kilomètres après avoir repris le fastidieux chargement, le même Chemin de Croix commença. Les cailloux de la veille semblaient avoir laissé dans le dos du garçon des traces indélébiles, les courroies du sac lui sciaient les épaules, déjà meurtries au départ.

Enfin, l'ordre tant espéré :

– *Posez les sacs ! Pause d'un quart d'heure !*

Guillaume s'affala en se demandant s'il pourrait reprendre la marche. Le Vieux ne tolérait aucun passe-droit, aucune défaillance, poussant toujours plus loin les limites de la résistance physique de chacun, continuant d'observer les réaction du « petit nouveau »... sans souffler mot !

Lequel s'obstinait de toute sa volonté – de toute sa fierté – à ne pas céder à l'épuisement. Il réalisait comment on pouvait mourir de fatigue !

Nouveau départ... pour le retour ! Guillaume reprit son fardeau comme les autres et faillit s'écrouler sous le poids. Quelques centaines de mètres plus loin, Caméron prescrivit un nouvel arrêt :

– *Guynemer, vide ton sac !*

Ce qui signifie, au figuré, dans le langage courant :

– *Dis ce que tu penses, sans rien cacher !*

Mais Guillaume n'était plus en état de sourire à de telles subtilités, trop heureux de cette mansuétude subite du Chef, lequel dosait quand même les efforts exigés en proportion des possibilités de ses gars. Ce qui provoqua illico une réflexion acerbe du Tchèque :

– *Encore ce blanc-bec !*

Caméron l'entendit et y mit bon ordre :

— *Suffit, Praha ! Tu as oublié l'état dans lequel tu te trouvais lors de tes premiers efforts ? Tu n'étais guère plus performant !*

Le gaillard admonesté se le tint pour dit non sans lancer au dit blanc-bec, un regard exempt de toute aménité...

La troupe se remit en route. Le retour, pour Guillaume, allégé de son fardeau, fut, sinon commodément parcouru, tout au moins réalisé dans des conditions... honorables.

Près de la tente, le berger-allemand attendait le retour de son maître, frémissant de plaisir en l'apercevant. Il voulut se lever... se recoucha en gémissant. Sa patte devait le faire souffrir !

Le jeune homme le caressa et lui commanda de rester tranquille. Ses compagnons acceptaient passivement la présence du chien, sauf l'éternel mécontent qui bougonna :

– *Ce sale cabot va bouffer notre nourriture et... nous n'en avons pas de trop !*

Guillaume hésita un moment, puis se dirigea vers le P. C du Chef (le modeste buron...). Après en avoir obtenu l'autorisation, il entra et présenta sa requête :

– Chef, cette nuit, le chien, là-devant, nous a inconditionnellement adoptés, notre groupe et moi... M'autorisez-vous à le garder avec nous? J'essaierai de le dresser afin qu'il nous soit utile!

Caméron hocha la tête:

– Impossible de prendre en charge toute la misère du monde! Mais, à bien y réfléchir, ton chien pourrait, peut-être, nous servir. Je ne veux toutefois pas l'imposer au groupe. Tout à l'heure, je demanderai leur avis.

Guillaume, sentant qu'il avait gagné une première manche, osa pousser son avantage:

– Encore quelque chose, Chef! L'animal est blessé à la patte. Il me faudrait de quoi le soigner!

Caméron fit la moue. Et quoi encore, pensa-t-il! Il avait autre chose à faire que de s'occuper des chiens boiteux! Il se maîtrisa, réfléchit posément et édicta:

– D'accord! Un chien à trois pattes ne pourrait nous être utile! Autant le soigner tout de suite! Va voir Paimpol, chargé de la gestion de la trousse d'infirmerie. Rappelle-toi que nos médicaments sont précieux et, théoriquement... pas faits pour les chiens!

Soulagé, Guillaume s'empressa d'aller trouver le gardien des trésors médicaux, arrivés eux aussi par la voie des airs. Tombés du Ciel! Il eut droit à un flacon d'alcool et à un autre, de « sulfamides », avec recommandation expresse d'en user avec extrême modération.

Respectant la consigne, le chien patientait sagement. Quelques hommes lui prodiguaient d'affectueuses tapes que l'intéressé tolérait avec condescendance, le regard obstinément rivé en la direction de son jeune maître. Il était en passe de devenir la mascotte du groupe, à défaut de la « Mascotte du Régiment »

Le jeune homme examina attentivement la patte blessée. La plaie était infectée, le coussinet, gonflé. Le vétérinaire improvisé pressa légèrement sur la partie malade. Un jet de sang et de pus s'en échappa. Le chien eut un sursaut de révolte, se mit à geindre sans se débattre, conscient... qu'il était soigné.

A l'aide d'un chiffon largement mouillé, la patte fut nettoyée de ses souillures, boue et sang coagulés, puis désinfectée à l'alcool. L'animal souffrait visiblement mais... laissait faire. Problème, comment protéger la blessure de nouvelles souillures? Impossible d'empêcher un chien de marcher... même en claudiquant.

Roméo proposa une solution:

– J'ai un morceau de toile vaguement imperméabilisée. On pourrait en envelopper la patte et la coudre jusqu'à mi-hauteur. Cela lui ferait une simili-botte protégeant la plaie.

Le chien avait déjà conquis bien des cœurs.

Roméo mit son projet à exécution après avoir saupoudré de sulfamides. Le chien se trouva muni d'une botte improvisée qu'il regarda, intrigué... Sa première réaction fut d'arracher cette chose étrange. Son « seigneur » lui intima l'ordre de n'y point toucher! Le pansement tint bon durant plusieurs jours et fut renouvelé... quand ce fût nécessaire.

A table, le midi, Caméron s'adressa à l'assistance :

– *Guynemer a sollicité l'autorisation de recueillir le chien. Je pense qu'il pourrait nous être utile, ne serait-ce que pour doubler l'homme de garde, la nuit. Cela permettrait à celui-ci... de se détendre un peu. Son compagnon à quatre pattes détecterait immanquablement toute présence suspecte bien avant le veilleur en titre ! Si vous êtes d'accord, levez le bras !*

Accord unanime ! Une haie de bras levés, sauf un... Toujours le même hargneux personnage.

– *Cet animal mangera à notre détriment ! Nous n'avons rien de trop à nous mettre sous la dent ! Si, maintenant, il faut nourrir les chiens en plus !*

Le Chef – avait-il, lui aussi, été conquis – rétorqua :

– *Il mangera nos restes de table. Cela ne nous privera de pas grand-chose ! Le chien est accepté ! Guynemer disposera de son temps libre pour le dresser... avec l'aide des autres !*

Grâce aux soins prodigués, à la nourriture (bien que strictement mesurée...) dont il était dorénavant pourvu, à l'affection dont il était entouré, le chien se transforma rapidement. Robuste, le poil brillant (brossé, lavé, bichonné...), le port altier. Une bête superbe, d'une intelligence remarquable Il ne demandait qu'à satisfaire son maître ! Le minable cabot devint, un « prince », ne souhaitant que de coopérer. Guillaume jugea qu'il méritait un nom digne de sa valeur. Il hésita ! Prince, Duc ? Il opta finalement pour « Rex » dont la consonnance lui rappelait « Reine » !

Rex devint bien vite le favori de ces hommes, au cœur plus tendre que ne laissait sup poser leur mine de forçats évadés... Il prit régulièrement la veille, la nuit, en compagnie de l'homme de faction, ce qui permit à ce dernier de piquer un petit roupillon, se fiant à la vigilance sans faille de son compagnon poilu.

Mais l'animal était... raciste ! Pas moyen de lui faire accepter Praha... qui le lui rendait bien. Sentait-il l'animosité perdurant entre les deux hommes ?

Rex apprit, avec une facilité relative, un tas de choses nouvelles pour lui. Couché, debout, avancer en rampant, contourner un obstacle, attaquer, lâcher sa proie... que les consignes lui soient données à la voix, au sifflet, par signes...

Les hommes confectionnèrent même un mannequin que le chien sut attaquer par derrière, aux endroits sensibles, la gorge, la nuque, voire le poignet... D'opérer en un éclair pour disparaître sans s 'acharner sur sa victime. Ils poussèrent l'astuce jusqu'à vêtir leur épouvantail d'une vareuse vert-de-gris dérobée, Dieu sait où, que Rex apprit à détester.

Mais il réservait son dévouement absolu à celui qu'il avait choisi... Son attitude avec les autres laissait comprendre :

D'accord pour vous rendre quelques services, mais ma fidélité ne va qu'à un seul !

28

Quotidiennement, les entraînements se poursuivirent, aussi variés qu'intensifs.

Les premiers jours éprouvants passés, Guillaume s'aguerrit. Maintenant, il tenait le coup aussi bien que ses compagnons avec lesquels il nouait de solides liens de camaraderie (sauf, bien sûr…) Il avait apporté sa gentillesse, sa droiture, sa bonne humeur, sa bonne volonté, le désir d'être agréable aux autres. Il arrivait parmi des gaillards peu portés sur la sentimentalité. Divers motifs avaient poussé ceux-ci à gagner le Maquis… Pas pour y cueillir des pâquerettes mais, pour lutter contre l'Occupant détesté et, pour cela, ils n'entendaient pas s'encombrer des mignardises inutiles. Ils appliquaient le principe : « *Chacun pour soi! Système D! Tant pis pour les autres!*

Le jeune homme débarquait avec une mentalité toute différente. Motivé par son naturel cordial, il rendit quelques services, fit de petites gentillesses que ces frustes bonshommes reçurent d'abord avec méfiance et mépris, avec circonspection ensuite, se demandant ce que cela signifiait !

Praha résuma :

– *Qu'est-ce qu'on a foutre de ces manières de gonzesse?*

Caméron lui même ne vit pas d'un œil favorable cette sorte… d'amollissement des mœurs, peu compatible avec l'esprit guerrier qu'il tentait d'inculquer… Puis, il se rendit compte que les coups de gueule, l'agressivité latente, n'augmentaient en rien la combativité de ses gars. Au contraire, l'énergie dépensée lors de leurs querelles intestines, nuisait au but fixé : une lutte efficace contre le seul ennemi : l'Allemand !

Il admit qu'un groupe uni par des liens de bonne camaraderie était drôlement plus redoutable qu'un autre divisé par des antagonismes, des rancoeurs, des chamailleries.

Progressivement, l'ambiance du groupe de Guynemer changea. Les farouches individualistes s'humanisèrent, commencèrent à prendre en considération les misères du voisin. Le Chef constata que depuis l'arrivée du jeune garçon, dans son groupe, au moins, lentement mais sûrement, la devise des Mousquetaires « *Un pour tous, tous pour un!* » entrait en application. Bien sûr, ce ne fut pas le Paradis sur Terre. La vie en commun de ces rudes gaillards ne pouvait se passer… sur un nuage rose !

Pour les exercices à tir réel, ils se rendirent au fond d'un vallon désert, profond, où les détonations seraient assourdies. Ils surent manipuler, sans hésitation, toutes les armes automatiques en leur possession.

Lancer de grenades, ces engins maléfiques… La « ronde à la française » à dégoupiller, à serrer dans la main avant de l'expédier exploser plus loin. A manche, type allemand – où les avaient-ils pêchées – à amorçage par traction sur un cordon. Celles-ci plus commodes pour jeter au loin, mais peut-être plus dangereuses pour le lanceur. Leur maniement n'était pas facile. Il y a deux façons de s'en servir, leur apprit Caméron :

– soit dégoupiller et lancer immédiatement le projectile qui, arivé à destination met quelques secondes avant d'exploser, laissant ainsi à l'ennemi la brève possibilité de réagir, soit de se planquer, ou même, pour les plus téméraires, de renvoyer la grenade à son expéditeur… au risque de se faire arracher une main ou hacher en menus morceaux.

– soit une fois la grenade dégoupillée et amorcée, attendre un très court moment pour la lancer… Elle explosera ainsi au dessus de l'ennemi ou immédiatement à ses pieds. Pas de parade possible !

Seconde méthode efficace mais, périlleuse également pour… le lanceur !

Inlassablement, ils expédièrent leurs engins désamorcés sur les cibles de plus en plus éloignées, leur substituant souvent des pierres de volume et poids sensiblement égaux afin d'améliorer la précision de leurs jets. Ils acquirent de la sorte une adresse insoupçonnée au début. Atteindre une bouteille à trente pas, leur devint chose aisée…

Caméron passa aux explosifs. Il ne disposait que de bâtons de dynamite mis à feu par un cordeau Bickford, mèche fusante enduite de poudre noire dont la longueur conditionnait le temps de grâce entre l'allumage et l'explosion. Connaître la juste correspondance entre longueur du cordeau et les secondes de sursis avant l'explosion était d'importance primordiale pour permettre de prendre le large et de mettre à feu au bon moment. Quantités de cordeaux, de longueurs différentes furent ainsi allumés, à blanc, (sans dynamite au bout), pour mémoriser, quasi-instinctivement, les temps correspondants.

Savoir disposer les charges destinées à faire sauter efficacement une traverse de chemin de fer, un tronc d'arbre ou autre, exigeait une parfaite maîtrise de cet art dangereux. Et, autant que possible, ne pas sauter de pair avec l'objectif à détruire !

Tout l'armement ayant été passé en revue, testé, essayé, éprouvé, le Chef sortit son arme secrète, cachée dans un obscur recoin de son buron-armurerie. Un mortier et… ses enfants, de mignons obus, presque des joujoux !

L'obusier se compose d'un socle, plaque de fonte carrée d'un poids écrasant et d'un tube s'y articulant. Caméron devint lyrique :

– *Les obus de mortier ? Des projectiles redoutables ! En explosant, ils fauchent l'herbe, détruisant tout jusqu'à hauteur d'homme. Tout être vivant, à découvert, dans un rayon de vingt mètres n'a aucune chance d'en réchapper ! Transformé en passoire !*

Le hic est d'atteindre le but ! Le projectile décrit une courbe gracieuse pour retomber sur la cible ou, le plus souvent... à côté ! On ne peut tirer droit mais cela permet de toucher des objectifs situés derrière une protection quelconque puisque l'obus passe au-dessus ! Le problème consiste à apprécier au juste l'angle d'inclinaison du tube. A la limite, un tir vertical... vous retombe sur le nez... l'obus ne connaît personne. Nécessité de tirer à tâtons. Un observateur, à travers ses jumelles, signale les points d'impact : trop long, trop court, trop à droite, etc...

On passa aux exercices pratiques.

Caméron avait décidé de confier à Guynemer la responsabilité principale du tir au mortier. Ce qui n'enchanta guère l'intéressé, peu confiant en cette arme diabolique !

Prémices désagréables : le transport du tube et de la plaque de fonte, à dos d'homme, à tour de rôle. Pas du gâteau. Installation de la plaque sur une surface stable, bien horizontale, si possible. Pose du tube, détermination au jugé – au pif, disaient les hommes – de l'angle d'inclinaison par rapport à la distance de la cible. Encore fallait-il préparer les obus ! Tâche délicate au possible.

Guillaume (çà commence, se dit-il !) et deux aides – plus ou moins volontaires – furent sélectionnés. Le premier sortait l'obus inoffensif de la caisse, le passait au suivant qui insérait les deux charges d'explosif propulsif à la base, de chaque côté des ailettes. Au troisième, Guillaume, incombait la périlleuse mission de visser la tête percutante sur l'obus... avec une extrême prudence, tout mouvement brusque, le moindre choc pouvait provoquer une... réaction fatale. Il ne resterait alors pas grand – chose des exécutants.

Le reste de la troupe s'était prudemment allongé derrière la moindre levée de terrain, sauf Caméron, s'étant autoproclamé « observateur de tir ». Les trois servants n'en menaient pas large. Chacun observait avec inquiétude les mouvements de son voisin !

La mise à feu consistait à saisir l'obus dûment mis en condition, de le laisser coulisser dans le tube au fond duquel il se percutait lui-même, de par la force d'inertie. Recommandation superfétatoire : ne laissez pas les mains au dessus du tube !

Ordre de mise à feu !

Premier tir : trop loin ! Rectification de l'angle. Second tir : trop court ! Nouvel angle. Troisième et quatrième : dans les environs de la cible, un peu trop à droite !

Pas mal, pour un début, encouragea Caméron...

Le hasard fait bien les choses, pensa Guillaume.

Le cinquième obus n'allait pas manquer de tomber pile où il le fallait…

Pas du tout ! Il glissa dans le tube et… y resta ! La percussion avait foiré ! Nul ne savait pourquoi. Toute une gymnastique pour l'en extraire. D'abord : alerte rouge ! Tous les hommes tapis contre le sol, derrière les talus, aucune tête ne devait dépasser ! Seuls Guynemer et un aide restaient en poste. Sur les indications de Caméron, le premier servant saisit le tube, le souleva, le retourna au-dessus des mains – tremblantes – de l'autre… Fortement conseillé de cueillir l'obus à sa sortie. *Pourvu que ce maudit engin n'explose pas durant la manipulation,* s'inquiétaient les deux « sacrifiés » *Ou qu'il s'échappe des mains malhabiles du réceptionnaire !*

La récupération se fit avec beaucoup plus de peur que de mal ! Le Chef décréta que la journée avait fait son plein d'émotions fortes. Halte au feu ! Ce qui fit réapparaître les silhouettes évanouies dans la nature. Pour leur édification, Caméron les emmena voir les effets des tirs aux points d'impact. A terre, un léger creux comme si on y avait laissé choir… une boule de pétanque. Autour, les arbres étaient criblés de minuscules éclats.

Encore une machine du diable !

– *Bien dangereuse aussi pour les tireurs !* ronchonna Guillaume, à peine revenu de ses émois…

Caméron tira les conclusions :

– *Une arme redoutable, mais pas très maniable dans une optique de guérilla. Comment ajuster le tir sur la cible avant une attaque surprise ? En admettant que l'on puisse le faire en certaines circonstances, une fois le tir terminé, comment emmener ce lourd matériel en se faufilant dans les sous-bois ? Néanmoins, il ne faut négliger aucune possiblité et, puisque nous disposons d'un mortier, autant apprendre à s'en servir…*

Ce qu'ils firent durant les jours suivants… au point d'en acquérir une certaine pratique…

Ils abordèrent aussi la technique du close-combat, méthode d'attaque et de défense dans un engagement au corps à corps. Savoir neutraliser son adversaire… souvent pour le détruire, l'annihiler ! Caméron chapitra ses élèves, enclins à tout prendre à la rigolade :

– *Tout cela n'est pas de la foutaise ! Un jour, peut-être, serez-vous heureux de pouvoir ainsi sauver votre peau !*

Dans le feu de l'action, les garçons devaient maîtriser leurs coups sous peine de dépasser le stade du simple entraînement. Ils étaient disposés par couple, variant à chaque fois d'adversaire. Chacun avait sa façon de réagir… qu'il convenait de connaître pour y résister efficacement. Et fatalement, Guynemer se trouva un jour opposé à Praha !

Au début, rituels mouvements offensifs ou défensifs auxquels ils étaient accoutumés afin de parvenir à un parfait automatisme. Puis le Tchèque s'énerva et porta des coups plus appuyés qu'exigeait un simple entraînement. Coups qui finirent par agacer, par faire mal à son adversaire qui l'avertit :

– *Tu oublies de te maîtriser. Si je te réponds de la même façon, çà va dégénérer en une bagarre sans merci. Nous avons à combattre un ennemi commun, pas entre nous !*

Vain avertissement ! Devenant de plus en plus agressif, Praha se déchaîna. Heureusement, son jeune adversaire avait acquis assez d'expérience en close-combat pour pouvoir faire face et son séjour allemand lui avait constitué une musculature solide, prête à la riposte. Il finit par répondre en proportion de ce qu'il recevait...

Son adversaire dépassant les bornes, avec le désir évident de faire mal, Guillaume perdit un moment le contrôle de sa force et envoya l'autre à cinq pas mordre la poussière – ou plutôt, la boue. Celui-ci se releva furieux, une écume de rage aux lèvres.

– *Quoi... cet avorton prétendait me donner des leçons !*

Ô stupeur ! Un couteau à cran d'arrêt jaillit de sa poche, avec l'intention manifeste de s'en servir. Guillaume blêmit !

Ses compagnons voulurent maîtriser le Tchèque mais Caméron les arrêta :

– *Laissez-les faire ! Excellente leçon de mise en pratique de ce que je vous ai appris. Guynemer peut et doit s'en sortir tout seul !*

Praha avait plus de métier mais sa fureur nuisait à la bonne application de la technique. Il était plus lourd, moins agile ! En plus, il sentait la réprobation unanime des compagnons... ce qui le rendait encore plus furieux et, de ce fait, plus maladroit. Dans cette sorte de combat, on gagne avec ses muscles mais aussi... avec de bons réflexes dépendant de nerfs solides.

Rex, à qui on avait enseigné à rester tranquille lors des exercices de close-combat – car il était toujours sur le qui-vive pour secourir son maître, même lorsqu'il ne s'agissait que de simulacres – sentait que, cette fois, l'affaire était sérieuse et que son maître courait un danger. Il se préparait à sauter à la gorge de l'attaquant... Tenu très court par deux hommes, il grondait férocement. Lâché, il n'aurait qu'une bouchée du « méchant ».

Ce dernier brandissait sa lame, lançait des attaques tous azimuts que son adversaire esquivait tant bien que mal. Se rendant compte que ses tentatives meurtrières n'aboutissaient pas, il devint de plus en plus nerveux, perdant d'autant plus ses réflexes.

Il réussit à toucher le jeune homme : une estafilade au bras... Ce faisant, il se découvrit et cela lui fut fatal ! Guillaume se saisit du poignet armé. D'un mouvement sec de torsion, il fit tomber le couteau. Enchaînant son action, il cravata Praha d'une clef arrière éclair, le serra impitoyablement de son avant-bras gauche devenu bielle, menant sa capture au bord de l'étouffement. Celui-ci devint cramoisi, les yeux exorbités... sans pour autant implorer grâce !

Mettre un terme définitif à la querelle en brisant la nuque du vaincu était facile, cela faisait partie de leur apprentissage de guérilléros. L'idée effleura Guillaume. Puis, il eut honte. On n'était pas dans les arènes romaines où le gladiateur terrassé était mis à mort, si César et la foule l'exigeaient! Ni au temps de Brennus s'écriant « *Malheur aux vaincus!* »

Il avait repris assez d'emprise sur lui-même pour ne pas céder à cette tentation meurtrière. Sûr de sa victoire, d'une secousse, il fit voltiger sa proie, déjà pantelante, à quelques mètres.

Praha, à terre, récupérait péniblement son souffle, n'admettant toujours pas sa défaite. Quelle honte! Vaincu par un bleu! Il se releva en grinçant des dents:

– *Sale morveux! J'aurai ta peau!*

Caméron clôtura la bagarre en renvoyant tout son monde:

– *Tous au réfectoire! On boira un coup à la santé de Guynemer! Il vient de prouver qu'il n'est plus un jeunot.*

Il se retourna vers Praha:

– *J'interdis formellement toute action de représailles. S'il arrive quoi que ce soit à Guynemer, tu m'en rendras compte. Et ne compte pas sur mon indulgence!*

Rex put enfin être libéré. Il se précipita sur son maître qu'il avait pressenti en danger, le léchant avec frénésie. Le Tchèque avait intérêt à se méfier de ses crocs! Rex n'était pas un éléphant, mais il en avait la mémoire fidèle.

La blessure au bras était superficielle. Guillaume passa entre les mains de Paimpol qui lui fit un léger bandage:

– *Ce n'est qu'une égratignure. Pas la peine d'en faire un plat. Le plus difficilee à réparer sera... l'accroc dans le treillis!*

Réunis dans la grande tente, les hommes trinquèrent à cette sorte d'adoubement moderne du dernier arrivé. Non seulement, il avait leur sympathie mais il venait de gagner leur estime. Praha fut invité à sceller la réconciliation. Après s'être bien fait prier, il y consentit... du bout des lèvres, convenant qu'il avait sous-estimé le « jeune »... Sans pour autant le serrer sur son cœur...

29

Caméron décida que le groupe ayant bien travaillé, il méritait d'aller se reposer (?) au vert ! Ses hommes éprouvèrent des regrets à l'annonce de leur prochaine séparation, cette vie à la dure avait tissé de solides liens de camaraderie. Ils se consolèrent sachant que… bientôt, ils se retrouveraient pour en baver ensemble… sauf si des évènements imprévisibles venaient troubler cet ordonnancement. Avec la guerre, on ne sait jamais.

Guillaume reçut sa nouvelle fausse-carte d'identité. Il s'étonna s'appeler dorénavant Nayrol, de son prénom Maurice, né en 1924. On l'avait encore généreusement rajeuni d'un an par rapport à la pièce officielle – déjà fausse – précédente. Deux ans de retard sur sa vraie date de naissance ! Serait-ce pour contrebalancer les deux heures d'avance allemande à la pendule ? La photo figurant sur la première fausse carte avait été astucieusement récupérée. Le faussaire devait être un artiste en son genre ! Le nouveau document présentait un aspect vieillot, écorné, même un peu crasseux… à force de traîner dans les poches. Plus vrai que nature !

Né à Riom ! Il ne situait pas exactement cette ville mais, il savait que, pour la vraisemblance, elle ne pouvait être aux cinq cents diables. Il s'agissait maintenant de ne pas s'embrouiller dans ces identités mouvantes !

Avant le départ, Caméron, soucieux de la bonne présentation de son équipe, prescrivit un décrassage général. Non seulement les tentes, le matériel, les armes mais aussi et surtout les corps qui en avaient pas mal besoin. Ils s'étrillèrent mutuellement dans l'auge, en plein air. Leur teint, plus que bis – pas uniquement dû au soleil – vira presque au rose… toute proportion gardée.

Chacun dut passer devant le coiffeur-maison – encore Paimpol, vraie caméristе – Bien limité cependant son savoir-faire en art capillaire, d'autant plus qu'il ne disposait aucunement de matériel adéquat. Une simple paire de ciseaux lui suffisait pour débroussailler les toisons exubérantes. Ses clients craignaient grandement de se voir amputer… d'une oreille, le coiffeur-amateur y allant dare-dare…

Leur système pileux avait prospéré au delà de toute espérance pour la bonne raison qu'ils ne disposaient ni de rasoir, ni de savon à barbe et blaireau. Se raser – à sec – avec son sabre comme dans la Grande armée napoléonienne, du cinéma ou de la légende! Seul, Caméron détenait le bon matériel... pour son usage personnel. Il était le « Chef » et, comme tel, se devait d'être impeccable. Contraste frappant entre sa face glabre et ses... barbus, se contentant, par la force des choses, de se rafraîchir à l'aide de ciseaux ébréchés. Enfin, ils devinrent – à peu près – présentables, juste assez pour ne pas effrayer leurs futurs hôtes...

Caméron assigna à Guynemer une ferme distante d'une dizaine de kilomètres. A sa disposition, un vieux vélo – encore un – Quand même plus pratique que la marche à pied...

La question « chien » restait pendante. Le Chef conseilla de laisser Rex au camp, de travailler quelques jours à la ferme afin de faire connaissance avant d'aborder le problème de cet hébergement supplémentaire. Il serait toujours possible, en cas d'acceptation, de revenir le chercher...

Un véritable drame quand Rex se rendit compte que son maître allait partir sans lui. Il fallut l'enfermer à double tour pour l'empêcher de le suivre... même au bout de la Terre. Quand on le relâcha, il traîna sa nostalgie, cherchant désespérément d'un bord et d'autre.

Les compagnons de Guillaume, eux aussi, se virent catapultés dans la nature, mais eux connaissaient... ce n'était pas la première fois. Au camp, les hommes de l'autre équipe – celle de retour des vacances (?) champêtres – les remplaceraient. Rex ne les connaissait pas. Seul le Chef lui rappelait son maître. Aussi, ne quittait-il plus ses pas... Qui donc se trouvait sous la protection de l'autre?

Caméron fit connaître le berger-allemand aux nouveaux équipiers qui l'adoptèrent sans façons. Rex daignait accepter cajoleries et hommages sans manifester, en contre-partie, de marques d'affection. Durant plusieurs jours, il refusa obstinément toute nourriture, perdant ainsi une partie de sa royale prestance. Il n'était plus qu'un chien malheureux.

Pendant ce temps, Guillaume pédalait par monts et par vaux pour finir par arriver sans encombre en vue de la ferme blottie loin de toute circulation. Pour y parvenir, il fallait vraiment le vouloir. Après de petites routes parfois bien pénibles, une longue allée sinueuse, défoncée par de profonds nids-de-poule, le mena dans une vaste cour avec le rituel tas de fumier malodorant au milieu, des bâtiments vétustes autour.

Un molosse inquiétant signala son arrivée par des aboiements frénétiques. Il remplissait consciencieusement ses fonctions de gardien. Plus bruyant qu'agressif. Il vint flairer l'intrus et, méfiant, l'accompagna jusqu'à la porte de la barrière ceinturant l'habitation, protection évidente contre porcs et volailles soupçonnés de vouloir partager, à parts égales, le domicile des humains...

Beaucoup de similitude avec la ferme d'il y avait quelques semaines, avec Julien-le-meneur-de-bœufs... Aussi sombre et trapue. Murs épais en pierre du pays liée par de la chaux. Cour grossièrement pavée, parsemée de trous fangeux!

La fermière apparut sur le seuil de sa porte. Une robuste personne dont l 'âge difficilement détectable avec exactitude, se situait entre quarante et cinquante printemps un peu fânés! Vêtue de noir – devenu grisâtre à l'usage – Aux pieds, de gros sabots ferrés claquant à chaque pas. Coiffée à la bonne franquette: un chignon survolant son crâne, hérissé de multiples épingles à cheveux... mais, pas l'air revêche du tout!

– *Bonjour, jeune homme! Je savais que vous deviez arriver aujourd'hui en remplacement de votre prédécesseur. Casimir nous a quittés hier pour rejoindre votre camp. Mon mari est occupé « aux vaches ». Il aura bientôt fini.*

Elle offrit à l'arrivant une bolée de café – toujours pur ersatz – de la cafetière perpétuellement sur le feu – Geste de bon accueil.

Guillaume se présenta:

– *Je suis Guynemer et j'ai... presque vingt ans!*

Il dut réfléchir un court instant pour se remémorer son âge, toujours si fluctuant.

– *Je viens vous aider pendant un moment, dans la mesure de mes possibilités car je vous avoue que je ne connais rien en agriculture. J'essaierai de vous être utile.*

A ce moment, le fermier fit irruption, les fers de ses sabots tintant tout aussi clairement sur le dallage mais lui, avait du foin dans ses chaussures de bois. Il salua son nouvel ouvrier agriucole:

– *Salut, mon gars! Je vois que tu as fait connaissance avec la patronne. C'est bien! C 'est donc toi mon nouveau commis. Louise, verse une goutte pour trinquer à son arrivée!*

La fermière sortit deux verres que le jeune homme trouva de taille démesurée vu leur usage, versa une sérieuse rasade à chacun.

– *Santé,* souhaita le fermier.

Guillaume faillit s'étrangler dans la goulée « d'eau de feu » qu'il avala! Ne connaissant rien en ce genre de boisson, il fut bien incapable d'en déterminer la nature... Pas du calvados, on n'était pas en Normandie! Pas du genièvre du Nord, ni du cognac des Charentes! Bref, de l'eau-de-vie, drôlement « épicée »! Des larmes lui vinrent aux yeux tandis qu'une traînée brûlante lui labourait l'œsophage jusqu'au creux de l'estomac. De quoi réveiller un moribond.

L'accueil était chaleureux! A la hauteur de la concentration alcoolique de la boisson.

Ses hôtes donnaient l'impression d'être de braves gens. Le fermier, de petite taille, râblé, noir de cheveux et bis de peau, ne pouvait passer pour un blond « Aryen »! Il ne devait pas s'être rasé depuis un temps immémorable – un peu comme moi, se dit Guillaume – Sa barbe, parsemée de fils gris, faisait penser à un buisson d'épines… avec un contact similaire!

– *Il ne doit pas souvent embrasser sa femme, sinon, la pauvre aurait les joues en feu!*

Le fermier, heureux d'avoir un auditoire attentif, s'épancha:

Je suis évidemment au courant – vaguement – des activités de votre groupe. Officiellement, nous ne savons rien! Tu es le commis que j'ai embauché dernièrement lorsque tu t'es présenté, en quête de travail! Jusqu'à présent, la police allemande ou française nous ignore sinon, je doute que ces « messieurs » eussent été dupes. Les gendarmes se font rares par ici, ils sont cantonnés en ville à plus de vingt kilomètres. Prudemment, ils s'abstiennent de toute curiosité, ne voulant pas faire de vagues, étant donné les incertitudes de la guerre…

Je m'appelle Gaëtan et elle, c'est Louise… Elle te l'a peut-être déjà dit? Tu m'aideras aux travaux de la ferme. Notre seul fils est prisonnier en Allemagne… Tenir à nous deux cette exploitation de plus de six vaches, est difficile. A part l'élevage, vu l'altitude, nous n'avons pas beaucoup de cultures: du seigle, du sarrasin, qui s'accommodent au terrain et au climat. Pas de blé! Un peu de pommes de terre, surtout pour notre propre consommation. Les prairies fournissent le fourrage pour les bêtes en hiver durant lequel elles restent à l'étable. La bonne saison, elles broutent dans les pâturages.

Même dans ce coin perdu, la réquisition ne nous oublie pas! Du lait à fournir tous les jours! Chaque mois, nous devons dresser un inventaire des récoltes et de l'élevage y compris les naissances… Tricher, mais sans exagérer… ni se faire prendre! De la sorte, nous avons de quoi manger et même posséder de quoi faire du troc… Contre de la farine, du vin, par exemple! En ce moment, il n'y a pas beaucoup de travail aux champs. Seigle et sarrasin sont semés depuis longtemps, pommes de terre, plantées et bien levées… Le gros du travail ce sont les bestiaux: étable à récurer, vaches à traire et à conduire au pré où elles doivent être surveillées (les clôtures ne sont pas bien étanches…) sinon elles divagueraient un peu partout! En attendant, nous allons manger.

Louise, la cordiale hôtesse, déposa au milieu de la table, un plat que le jeune Nordiste ne reconnut pas. Inconnu chez lui, mais çà sentait bon! La fermière expliqua:

– *C'est une truffade. Tranches de pommes de terre (qu'ici on appelle truffes) cuites dans de la graisse auxquelles on ajoute ensuite de la tomme, le fromage local.!*

Guillaume se régala. Le pain, fabrication-maison, fleurait bon le frais. Après le verre de vin, de l'eau fraîche ne sentant pas le chlore. Elle provenait d'une source voisine, paraît-il! C'était simple mais délicieux, surtout après la tambouille sommaire de Paimpol.

Gaëtan continua:

Tu dormiras dans la maison, là où couchait le gars avant toi. Ne t'attends pas à du luxe mais tu seras mieux que… d'où tu viens, j'imagine! Un lit de planches, une paillasse de feuilles de hêtre (tiens donc, il devait y avoir beaucoup de hêtres dans la région) *des couvertures en suffisance. Pas de « cabinets » comme à la ville. Pour cela, il y a le fumier, l'étable, un coin de champ ! A ta guise ! Pas non plus d'électricité, elle n'est pas encore parvenue jusqu'ici. Nous vivons avec la lumière du jour : lever à l'aube, coucher avec le soleil… ou presque ! C'est la raison pour laquelle nous refusons l'heure allemande, en avance de deux heures sur le soleil. Pour manger ou être traites, les bêtes ne connaissent pas l'heure « officielle » !*

Quelques lampes existaient quand même. A huile ? Au pétrole ? Allumées avec parcimonie ! Dans la cuisine, l'âtre fournissait une lueur que les fermiers jugeaient bien suffisante… Pour se laver, ce qui ne semblait pas constituer un problème majeur dans le coin… l'abreuvoir de la cour dans lequel coulait perpétuellement un filet d'eau, toujours aussi froide. S'y bichonner par matin frisquet, plein de brume ? L'opération se réduirait au… strict minimum !

Prendre un bain en plein air, nous verrons une autre fois ! dit Guillaume.

L'idée de se plonger dans cette eau glaciale ne lui disait rien que vaille.

La fermière mena son nouvel hôte… en ses appartements (?) Une petite pièce proprette, meublée monastiquement : un lit, une armoire, une chaise (un peu bancale) une table (boiteuse aussi) Un sol rustiquement dallé d'ardoise, pas tout à fait de niveau. Un Palace quand même à côté de la précarité du camp.

Louise lui souhaita :

– *Bonne nuit ! C'est la chambre de notre fils, prisonnier. Dans l'armoire, quelques habits à votre disposition. Dans le tiroir, un vieux matériel de rasage, vous pourrez vous en servir !*

Le jeune homme remarqua sur une étagère, à côté d'une vierge polychrome en plâtre, la photographie d'un garçon dégingandé que sa mère regardait avec attendrissement.

Il la consola :

– *La guerre ne durera plus très longtemps. Tous les hommes rentreront chez eux pour reprendre une vie normale !*

Louise apprécia cette compréhension à ses misères.

– *Ce garçon est poli, agréable et… tout et tout !*

De son côté, Guillaume se réjouissait d'être tombé chez de tels braves gens. Avec eux, la vie ne serait pas compliquée. Il fit un inventaire sommaire du linge gracieusement proposé à son usage : quelques chemises épaisses, un pantalon de velours, une veste de grosse toile, des chaussettes de laine, visiblement tricotées main, de solides godasses… un peu trop grandes mais, en bourrant le bout de papier journal, cela devrait aller. Même une paire de sabots solidement ferrés selon la coutume locale, très utiles pour certains travaux champêtres… Un peu de linge de corps. Le tout d'une propreté impeccable. Le linge et… le souvenir du fils étaient bien entretenus…

Il se trouva incomparablement heureux de pouvoir enfin dormir dans du linge réservé à cet effet et, non plus, comme depuis une éternité, dans des vêtements conservés de jour comme de nuit. Son propre linge de corps, de blanc avait viré au gris… sombre. Pas faute d'être lavé au camp, mais à l'eau froide, avec un savon crayeux, après une journée épuisante passée à se balader (?) dans les bois. Pas étonnant que les résultats soient aussi… minables !

En se déshabillant, son odorat constata – à sa grande honte – que son propre fumet ne pouvait se comparer à la senteur des près… Il se promit une toilette corporelle rigoureuse… dès qu'il en trouverait l'occasion. Surtout… le courage !

Quel délice de se glisser sous des couvertures bien sèches, dans une chambre aux murs solides dont les parois n'étaient pas à la merci du moindre zéphyr, comme sous la tente. La paillasse crissait agréablement à chacun de ses mouvements. Il baigna vite dans une douce chaleur, oubliée depuis longtemps. Dire que jadis, c'était une existence normale !

A peine eut-il le temps de souhaiter un chaleureux « Bonsoir ! » à sa Reine lointaine, à penser à ses parents torturés par le manque de nouvelles, aux copains du camp dispersés aux quatre vents, à l'étrange existence qu'était devenue la sienne, navigant entre mitraillettes et fourches. Il se remémora les Templiers, moines-soldats. Lui devenait… Maquisard – agricole ! Et Rex, son brave chien, désespéré par son absence !

Il sombra tout à coup dans un grand trou noir.

30

Il en émergea le matin, se demandant où il se trouvait. Il se rappela les événements de la veille.

Debout, bien vite! S'extraire du lit douillet! Il n'était pas là pour flemmarder. On l'attendait! Quelle heure pouvait-il bien être? Pas de réveil, montre ou pendule! Seule une faible lueur annonçait que le jour n'allait pas tarder à se lever. Dans la cuisine résonnaient de sympathiques bruits de casseroles. Il se dépêcha d'y aller faire un tour! La faim fait bien sortir le loup du bois!

Une agréable odeur de café – son odorat avait perdu tout point de repère quant à l'arôme du véritable café – l'accueillit avec le jovial sourire de la fermière.

– *As-tu bien dormi? Je suppose que je peux te tutoyer, tu es plus jeune que mon fils… Assieds-toi, bois ton café. Le patron est déjà « à traire »! Nous t'avons laissé dormir tout ton soûl pour ta première nuit ici. Demain, on te réveillera.*

Le café était bien chaud – à défaut d'être succulent – Peu importait d'ailleurs la qualité du produit, Guillaume ne s'en souciait aucunement. Louise lui proposa du lait bien crémeux, de grosses tranches de pain et… ô miracle, du beurre vrai-de-vrai, dont il avait perdu un peu le goût…

Gaëtan entra à son tour en lui souhaitant un cordial bonjour. Le jeune homme se sentait un peu chez lui… Placé à ses côtés, le fermier commença à mastiquer laborieusement. Il devait lui manquer quelques molaires. Il ne quittait pas son chapeau noir à larges bords, crasseux à souhait, dont il ne se découvrait même pas à l'intérieur. Il devait tout de même le retirer pour dormir…

Il exposa le programme de la journée:

– *Sortir les vaches dans la pâture où elles resteront sous la garde de Louise qui viendra nous relayer, aidée de Fidèle, le chien qui t'a accueilli en premier, hier! Il sait manœuvrer les vaches parfois un peu fofolles! Nous deux, nous irons « butter » les pommes de terre.*

Il expliqua qu'elles étaient sorties de terre d'une dizaine de centimètres. Si on les laisse pousser telles quelles, beaucoup de tubercules émergeront de terre, verdiront et seront immangeables. Il fallait aménager un sillon afin de ramener de la terre autour de la tige pour les protéger…

– Nous cultivons ce qu'il faut pour nous et… un peu plus pour échanger contre d'autres produits. Du vin, par exemple ! Ce n'est pas avec les quatre litres et demi mensuels par personne, du Ravitaillement, que nous pourrions survivre.

Gaëtan fit un clin d'œil complice…

Sans préavis, un éclair blanc bondit sur les genoux de Guillaume ! Accompagné d'un ronronnement profond. Un chat ! Blanc avec de larges tâches noires sur le dos simulant des ailes ainsi que sur la tête, tel un masque, un petit nez rose comme les coussinets de ses pattes. Délicate comme une fée. Jolie comme un cœur. Sa blancheur immaculée tranchait avec le sombre intérieur de la cuisine enduite de suie.

Louise s'exclama :

– La chatte, Séraphine, – nous l'appelons Phine – te trouve à son goût ! Tu as de la chance, le gars d'avant toi, Casimir, elle ne pouvait pas le sentir malgré toutes ses tentatives de séduction ! Elle a réussi à nous séduire, Gaëtan et moi. Contrairement aux chats d'avant elle dont le rôle était de pourchasser rats et souris, celle-ci jouit de privilèges surprenants dans une ferme ! Elle se prélasse, avec notre bénédiction, près de l'âtre, mange en même temps que nous (et pas n'importe quoi), sort quand elle en a envie… Pendant ce temps, les souris dansent…

Guillaume s'interrogea, où avaient-ils trouvé ce nom, Séraphine ? Peu courant au fond du bled auvergnat ! Plus tard, il sut que Louise était une lectrice passionnée de romans-feuilletons du genre à faire pleurer dans les chaumières. Elle échangeait ses lectures à la sortie de la messe du dimanche. Sous la fruste écorce de robuste paysanne, se cachait un cœur de midinette, friande d'histoires « fleur bleue ». Plus étonnant encore… passion partagée par Gaétan !

Le jeune homme plaisait à la princesse à quatre pattes. Elle se lova sur ses genoux, exprimant sa profonde satisfaction par un ronronnement persistant, heureuse de recevoir force caresses. La vie est belle, devait-elle se dire !

Gaëtan finit par trouver que les… câlineries duraient bien longtemps.

– Il est temps d'aller travailler. Flemmarder, c'est bon pour la chatte, pas pour nous ! Les vaches s'impatientent dans l'étable. Elles savent que c'est le moment de sortir.

Dès la porte de leur étable ouverte, libérés de leurs attaches, les bestiaux se hâtèrent vers la sortie de la ferme. Fidèle, le chien, les attendait. Une sorte de connivence existait entre les bovins et leur gardien, ils savaient tous où il fallait aller… Quelquefois, une « délurée » s'écartait du droit chemin, ayant repéré une touffe d'herbe plus appétissante. Le chien avait vite fait de ramener la délinquante à résipiscence.

Une fois les vaches installées au pré, Louise vint pour la relève. Son rôle se limitait à une garde symbolique, se fiant à la vigilance de Fidèle. Les clôtures, sommaires, ne garantissaient pas une parfaite imperméabilité. Les grosses bêtes, en insistant un peu, les forçaient facilement quand l'humeur les en prenait…

Les deux hommes revinrent à la ferme où ils se munirent chacun d'une houe à large lame. Outil sur le dos, ils se dirigèrent vers le champ de pommes de terre, visible de loin

Gaëtan fit démonstration de la technique voulue : se placer au début d'une rangée, de biais comme les Egyptiens antiques, un pied devant, l'autre dans le sillon arrière, relever la terre d'un coup sec de la houe autour de la tige sans renverser, ni blesser celle-ci. Quelques manœuvres maladroites avant d'être… opérationnel. Pas compliqué, le tout était de posséder le coup de main ou plutôt le… tour de rein !

Moins difficile qu'au four d'argent de la Bleïhutte avec leur trou à percer ou à bouche, pensa Guillaume. Pas la même ambiance, non plus.

Le paysan conversait volontiers avec son apprenti, pendant que chacun oeuvrait dans une rangée parallèle :

– *Depuis le départ du fils à la guerre et, maintenant, enfermé dans un Stalag, Louise et moi devons subvenir à tous les travaux de l'exploitation. Bien sûr, nous avons de l'aide, comme avec toi aujourd'hui, mais vous êtes des amateurs, vous n'aurez jamais le métier dans la peau comme celui qui est né et a grandi dans un milieu agricole… N'empêche que nous sommes bien contents de ta présence avec nous. Tous les jours, la coopérative embarque les trois bidons de lait déposés au bout du chemin, les remplaçant par trois vides pour le lendemain. Il ne reste pas grand' chose pour nous, en lait, beurre et fromage ! Et la réquisition prélève une bête tous les six mois, que je le veuille ou non ! Payé en monnaie de singe : un bon remboursable, Dieu sait quand ! Une chance encore que le Maquis n'exige pas sa part. Payé aussi avec des bons… ou avec une balle dans la peau, si vous refusez. Dans la Résistance, on trouve de tout : de vrais Patriotes et… des bandes de brigands armés…*

Notre ferme bénéficie de la protection de Caméron. Aucun maquisard, patriote ou fripouille, n'oserait s'y frotter.

Guillaume entendit soudain de puissants braiements.

C'est Némo, dit Gaëtan, *allons lui dire bonjour !*

A quelques dizaines de mètres, à l'attache, attendait un âne superbe. Dans son langage, il souhaitait aux visiteurs, un vibrant bonjour ! Grand, brun aux longues oreilles avec le bout du nez blanc… Guillaume apprit que Némo remplaçait, vaille que vaille, le cheval réquisitionné par l'Armée française au début de la guerre. Il lui incombait de multiples travaux que sa robustesse insoupçonnée lui permettait d'accomplir. Même de labourer de petites parcelles quand la terre n'était pas détrempée. Les grands labours s'effectuaient avec deux vaches tirant par un joug fixé sur leur tête. L'âne attelé à la carriole livrait des produits, conduisait ses patrons à la messe, etc...

Némo est docile et très affectueux, affirma le fermier en caressant le blanc museau de son animal, ce que celui-ci semblait beaucoup apprécier...

Entre le jeune homme et son aîné naquit une sincère amitié.

Peu à peu, Guillaume, sans trahir ce qui devait rester secret, parla de lui, de sa vie au camp, de la camaraderie entre les gars, de la compétence et de l'intégrité du Chef, très exigeant quant aux performances de ses hommes. Il en vint à parler de Rex, déplorant d'avoir dû l'abandonner. En dépit de la bienveillance des « pensionnaires » actuels du camp, le chien se désespérait certainement sans son maître. Gaëtan réfléchit un moment:

– *Je ne suis pas opposé à ce que tu amènes ton chien à la ferme... s'il s'entend avec le vieux Fidèle et, surtout avec Phine. Louise n'admettra jamais que sa chatte bien-aimée courre le risque de se faire croquer par un cabot, même si c'est le tien!*

Si tu as l'accord de la patronne, tu pourras retourner, dès demain matin, chercher ton chien pour le ramener ici. Et être de retour pour midi, si ton Rex veut bien courir derrière ton vélo!

Consultée, dès leur retour à la ferme, Louise acquiesça à la demande de Guillaume en émettant des réserves quant à l'accueil que réserverait sa précieuse minette au gros toutou.

– *Va donc chercher ton chien. S'il s'entend avec Fidèle et avec Phine, il secondera notre vieux chien pour garder les vaches...*

Le jeune homme assura qu'il ne doutait pas que Rex ne donne satisfaction dans cette nouvelle tâche. Il avait appris beaucoup plus compliqué!

Il passa une nuit agitée, impatient d'enfourcher son vélo pour regagner le camp. Il ne put s'en aller qu'après avoir pris un solide petit déjeuner. Louise avait les attentions d'une mère pour lui. Elle lui remit, en outre, une énorme miche de pain et un gros morceau de lard... « pour les hommes de là-haut! »

Il ficela le tout, tant bien que mal, sur le porte-bagage branlant. Plein d'ardeur, il pédala sans croiser âme qui vive sur son chemin, ne prêtant aucune attention au paysage défilant devant lui. Bien vite couvert de sueur, il fit quelques courtes pauses pour souffler un peu. Se hâter, c'est bien... mais en dosant ses efforts!

Il approchait du camp. Vaguement inquiet car, s'il avait pris soigneusement quelques points de repère à l'aller, il craignait de ne pas retrouver le chemin d'accès, si bien camouflé. Soulagement, il reconnut quelques signes caractéristiques, peu visibles pour un profane mais évidents pour le coureur des bois qu'il était devenu.

Encore quelques centaines de mètres ! Une boule de poils roux jaillit des fourrés, poussant des aboiements frénétiques, témoignage d'une joie délirante. Le cycliste descendit prudemment de sa machine de crainte d'être renversé par ce maelström nouveau modèle. Dans son élan, Rex l'aurait, à coup sûr, envoyé à terre... pour mieux le couvrir de coups de langue amoureux...

Le chien n'en finissait pas de couiner de plaisir, regardant son maître retrouvé, avec adoration de ses yeux marron, pailletés d'étoiles. Ce remue-ménage attira l'attention des Maquisards qui surgirent, arme au poing. Guillaume s'empressa de se faire reconnaître... Inutile de récolter un pruneau de ses propres condisciples qu'il avait seulement entr'aperçus avant son départ. L'attitude de Rex attestait d'ailleurs qu'il s'agissait bien d'un ami !

Introduit devant Caméron, celui s'étonna :

– *Que fais-tu là, pourquoi as-tu quitté la ferme sans mon ordre ? Ton tour au camp n'est pas encore venu !*

Guillaume, encore essoufflé par son vigoureux pédalage et le fougueux accueil du chien, expliqua :

– *Le fermier et sa femme acceptent d'héberger Rex... en même temps que moi. Ils lui ont même trouvé du boulot.*

Le Chef se radoucit :

– *Depuis ton départ, plus moyen de faire quelque chose de valable avec ton animal. Il faut constamment l'attacher, son seul désir est de s'enfuir pour te retrouver. Tout à l'heure, sentant ton arrivée, il a rompu son attache, pourtant solide, pour te rejoindre plus vite. Il refuse de manger et dépérit. Tu l'emmèneras donc et il reviendra avec toi... quand le moment sera venu...*

Rassuré, Guillaume remercia vivement, puis s'en alla serrer la main des hommes présents qu'il ne connaissait guère... allant jusqu'à quelques tapes de congratulations. Ils regrettaient le départ de Rex, mais... il le fallait bien, autrement, il finirait par crever !

Le nouveau cuistot – Paimpol, lui aussi, était parti en villégiature – réceptionna pain et lard avec un plaisir évident. Sans plus tarder, le jeune homme renfourcha son cheval rouillé, suivi de Rex, trottant allègrement à ses côtés. Il suivait facilement l'allure, d'ailleurs modulée suivant les possibilités du coureur. De temps en temps, un arrêt pour permettre au chien de tirer la langue, de boire une lapée dans une mare, puis de repartir, toujours aussi vaillant.

Quand ils arrivèrent à la ferme, Fidèle manifesta sa profonde désapprobation. Que venait faire cet intrus en son territoire ? Rex, sur le qui-vive, s'apprêtait à une éventuelle riposte... dont son vieil adversaire ne survivrait pas... ce qui n'aurait pas arrangé les affaires du nouveau pensionnaire, avant même sa mise à l'épreuve.

Guillaume calma les inquiétudes du berger-allemand, appela Fidèle qui obéit de mauvaise grâce, en grommelant. Les deux chiens se regardaient avec méfiance. Le jeune homme les approcha à ses côtés, fit une sorte de présentation en leur caressant la tête. Nul doute qu'ils ne comprirent que goutte mais, réalisèrent que « l'autre » n'était pas forcément un ennemi. Que d'antagonismes eussent été évités s'il y avait eu, au préalable, essai de compréhension ? Valable pour les bêtes comme pour les gens !

Les deux compères, prêts à s'entretuer l'instant d'avant, en vinrent à se flairer avec un reste de réticence. Puis, le vieux chien reconnaissant en l'autre, le mâle dominant, se coucha d'un air soumis. Rex accepta, de bonne grâce, ce témoignage de vassalité. La glace était rompue, cédant place à une entente – presque – cordiale.

Guillaume poussa un soupir de soulagement :

– *Une étape franchie ! Avec le chien çà marche, mais qu'en sera-t-il avec la chatte ?*

Il saisit Rex par le col et le mena jusqu'à la cuisine où se tenait Louise ayant rentré les vaches dans leur enclos, le temps du repas de midi ! Voyant la puissante bête entrer, la fermière eut un frisson de crainte pour sa chatte dont le chien n'aurait fait qu'une bouchée… Phine, toute proprette, sommeillait devant l'âtre. Dès l'entrée du « monstre », elle se dressa, le poil hérissé, la queue doublée de volume, crachant de toutes ses babines retroussées.

Rex, sur l'ordre de son maître, s'assit, l'œil aux aguets. Que de nouvelles connaissances en si peu de temps, devait-il se dire. Phine, constatant l'absence d'agressivité de son ennemi virtuel, se calma… tenta une approche craintive, curieuse comme une demoiselle !

– *Si ce malabar me balance un coup de ses crocs terrifiants, qu'adviendra-t-il de mon pelage si soigné ?*

Elle s'arrêta non loin du motif de sa frayeur, persistant dans son examen attentif. Louise et Guillaume observaient et laissaient faire… non sans quelque inquiétude. Qu'allait-il sortir de cet affrontement silencieux ?

Le chien se décida, avança doucement et, de son museau, bouscula affectueusement la boule de poils blancs… ce qui déclencha une bagarre… pour rire, un jeu effréné consistant à sauter l'un autour de l'autre. La chatte poussa l'effronterie jusqu'à entourer le museau de son nouvel ami de ses deux pattes, douces comme du velours, toutes griffes soigneusement rétractées… La joute se prolongea jusqu'à ce que Phine la capricieuse en eût assez… Elle regagna sa place près de l'âtre où Rex vint lui rendre un ultime hommage d'affection…

Louise jubilait :

– *Ces deux-là s'entendent comme larrons en foire ! L'amitié des bêtes est souvent plus sincère que celle des humains !*

Gaëtan, de retour des champs, constata avec plaisir la bonne entente entre les animaux. Il proposa qu'après le repas, ils aillent au pré, voir si les deux chiens sauraient coopérer pour la surveillance des vaches.

Tout marcha à merveille... Fidèle s'avéra un bon initiateur et, Rex, un excellent élève. Celui-ci, d'abord surpris par la taille de ces énormes bestiaux, comprit vite ce qu'on lui demandait. Quelques jours suffirent pour qu'il devienne... performant.

Fidèle exécutait scrupuleusement les ordres du fermier: faire avancer ou revenir les vaches, changer de direction, ramener une « émancipée »... ce que Guillaume réitérait à son chien, agissant alors de pair avec son compagnon. Il fut bientôt un chien de berger accompli. Somme toute, ces nouvelles besognes étaient plus faciles que celles du camp. Peut-être aussi; plus agréables... Il gagna l'affection des fermiers, conquis par son intelligence et sa docilité.

La vie à la ferme ne posa plus aucun problème.

Le dimanche, Louise et Gaëtan se rendaient régulièrement à l'église, à plusieurs kilomètres, afin d'y assister à la messe. Ils proposèrent à Guillaume de les accompagner... ce qui lui parut risqué:

– *N'est-ce pas dangereux de me montrer en public alors que je me cache depuis une éternité? Si on me demande qui je suis, d'où je viens? C'est aussi bien risqué pour vous!*

Louise le rassura:

– *Dans la région, nous ne connaissons pas les contrôles policiers. Tous les gens du coin savent que des étrangers travaillent dans certaines fermes et qu'il vaut mieux... ne pas s'y intéresser.*

Leur faisant confiance, Guillaume accepta leur proposition. Il voulut faire honneur à ses hôtes en faisant une toilette à fond... ce qui ne lui était pas arrivé depuis un temps immémorial. Même se raser, ce qui ne fut pas une mince affaire, vu la rusticité du matériel emprunté au fils, l'épaisseur de la broussaille pileuse à liquider... Louise ne le reconnut pas, tellement il avait rajeuni par rapport au gaillard semi-hirsute d'avant...

Némo qui semblait considérer ce rôle comme honorifique, attelé à la carriole, les mena à l'église. Pendant ce temps, les deux compères-chiens gardaient la ferme. On pouvait leur faire confiance.

Au Service divin, une assemblée assez importante pour un pareil bled! Le vieux curé prêchait la concorde, la tolérance, la charité entre les hommes, s'abstenant délibérément de prendre parti pour ou contre Gaullistes ou Pétinistes. En cela, il désobéissait aux consignes de son évêque, partisan inconditionnel de l'obédience au Gouvernement de Vichy...

Personne ne parut remarquer la présence du nouvel ouvrier agricole. Les seuls regards attentifs qu'il attirait étaient ceux de quelques demoiselles, le trouvant sans doute... à leur goût. Il s'évertua à ignorer l'intêret qu'il suscitait chez la gent féminine. Il ne manquerait plus que d'attiser une rivalité jalouse entre ces donzelles. Il n'était pas en situation – ni d'humeur – à jouer le « Don Juan » du village...

Il remarqua cependant un individu, presque tapi dans un coin de l'église, contre un pilier, l'observant avec grand intérêt. Il tranchait avec l'indifférence affichée par le reste de l'assistance, mises à part ces demoiselles... A la sortie, il en parla à Gaëtan, lui aussi sceptique sur la fiabilité absolue du type :

– *C'est le fils d'un fermier... un peu malade dans sa tête. Il n'est peut-être pas mal intentionné, mais mieux vaut ne pas s'y fier. Faisons comme s'il n'existait pas, en souhaitant qu'il t'oublie.*

Le village se trouvait en bas et le retour à la ferme dura plus d'une heure dans un chemin difficile. Némo s'évertua vaillamment à remonter tout son petit monde. Parvenu à proximité de la ferme, il signala son arrivée par de joyeux « Hi-Han » auxquels répondirent, à l'unisson, de vigoureux aboiements.

Le travail attendait les hommes. Pas de repos dominical, ni de jour férié pour le cheptel. Nettoyer l'étable, donner à manger aux vaches en complément de ce qu'elles broutaient dans la pâture, surtout de les traire, matin et soir, à heures régulières.

Pas évident de traire ! Les vaches n 'appréciaient pas d'être tripotées par un bricoleur ! Elles retenaient leur lait... Il fallut beaucoup de patience... de part et d'autre, pour parvenir à un résultat honorable ! Après quelques jours difficiles, les laitières acceptèrent le nouveau. Assis sur un tabouret, la tête contre le flanc de l'animal pour lui inspirer confiance, le jeune homme se livrait de bonne grâce, à ce travail fastidieux.

Il se rendit compte que, dans la culture comme dans l'élevage, rien ne se fait dans la précipitation. Il faut « laisser du temps au temps »... ce qui explique peut-être la placidité quasi-générale des paysans, rompus au contact de la nature, qu'il ne faut pas brusquer...

La chatte et les deux chiens formaient un trio de fidèles copains... Après le travail de gardiennage – pas pour Phine, exemptée d'office – venait le moment de se retrouver, bien au chaud devant l'âtre où ils dormaient, lovés côte à côte.

Guillaume gagna l'affection des fermiers, le considérant un peu comme leur fils. Il lâcha quelques confidences, parla de sa bien-aimée dont il était séparé depuis... des siècles, de ses parents plongés dans l'inquiétude (bien qu'ayant, sans nul oute, été partiellement informés de son sort par l'oncle Emile...)

Gaëtan et Louise compatissaient sincèrement et s'évertuaient à rendre moins pénible la vie à la ferme, de leur protégé.

Le moment vint où les vacances à la ferme se terminèrent… pour reprendre l'entraînement. Quitter la charrue pour le glaive.

Il eut le cœur lourd de quitter ses hôtes, si sympathiques!

Louise serra le jeune homme sur son ample poitrine, versant un pleur tout en souhaitant son rapide retour parmi eux… Gaëtan se contenta d'une solide poignée de main mais, on le sentait ému.

Même Némo, sentant que quelque chose se préparait, exprima sa réprobation dans son bruyant langage.

Rex, toujours prêt, avant tout, à suivre aveuglément son jeune maître, ne partit cependant pas dans l'allégresse.

Les deux arrivés avaient conquis, haut la main, le cœur de leurs hôtes.

31

L'agitation fébrile du camp le reprit sans tarder. Il retrouva avec plaisir le « Vieux » et ses compagnons, revenus eux aussi, de leur séjour agricole...

Praha lui restait toujours hostile mais, ne tentait plus de lui nuire.

Rex poursuivit également son apprentissage de chien de guerre. Il devenait un « pro », obéissant au moindre signal de son maître dont il comprenait parfaitement les directives.

Caméron trouva le moyen d'utiliser le problématique mortier. Pour parvenir au camp, un seul chemin, drôlement encaissé. Pour en défendre l'accès, il suffirait de placer le mortier dans un endroit sûr, de le régler par des tirs d'essai sur un endroit délimité, de le laisser sur place après sa stricte mise au point. Simplement, le protéger des intempéries. Y laisser quelques obus prêts à tirer, entreposés dans leur caisse étanche de façon qu'à la première alerte sérieuse, le tir puisse être déclenché rapidement et... sûrement.

Projet mis immédiatement à exécution !

Le mortier fut placé dans une petite clairière, hors de tout passage, où aucun arbre ne gênait la trajectoire des obus. L'engin et les obus dans leur caisse furent recouverts d'une forte toile imperméable et camouflés sous d'épais branchages. Le tout disposé de façon à pouvoir mettre rapidement l'obusier en batterie.

– *Souhaitons que ce soit une précaution inutile,* soupira Caméron.

A Guynemer incomba la responsabilité de la mise en action ultra-rapide de l'engin meurtrier. Plusieurs répétitions permirent d'y arriver dans un minimum de temps. Tout avait été parfaitement réglé de façon à ce que les obus tombent en plein sur la cible, au milieu du chemin. Un véritable barrage de fer et de feu pouvait ainsi être établi...

Un autre jour, ce fut un exercice spécial « grenades ». Ils manœuvrèrent dans un vallon après s'être assurés que personne n'y flânait... Bien étonnant, vu l'endroit désert !

Les lanceurs se tenaient sur une ligne d'où chacun expédiait, à son tour, son explosif sur un objectif bien défini... Le lancement se déroulait depuis un moment – avec... modération, car les réserves étaient limitées – quand tout à coup quelqu'un cria :

– *Faites gaffe ! Le feu !*

Un intense brasier rougeoyait déjà dans les broussailles entourant le groupe. Il s'en dégageait une épaisse fumée, les contraignant à une fuite éperdue, s'ils voulaient échapper à l'asphyxie. L'air devint irrespirable ! Tous les hommes parvinrent à fuir la zone fatale, toussant à s'en décrocher les poumons, lorsque l'un d'eux s'inquiéta :

– *Où est passé Praha ?*

L'incendie, si rapidement devenu fournaise, provenait peut-être d'une grenade incendiaire « Gammon » involontairement amorcée... Une fois à terre, une chaleur infernale s'en dégageant, embrasait les broussailles humides, peu inflammables autrement.

Praha avait fait comme les autres : il s'était précipité pour s'éloigner du brasier mais, dans sa hâte, il s'était emmêlé les pieds dans un lacis de racines, avait perdu l'équilibre en terminant sa chute, le front contre un tronc d'arbre. Assommé, il gisait inerte, au pied de l'arbre, en s'asphyxiant irrémédiablement...

Les autres réussirent à localiser l'endroit où il se tenait avant le feu. Que faire, toute la partie embrasée s'enténèbrait d'une fumée opaque... Guynemer protesta :

– *Nous ne pouvons pas l'abandonner et le laisser mourir ! J'y vais !*

Ses voisins voulurent le retenir, lui démontrant les risques insensés de cette tentative-suicide. En vain ! Il s'empara d'un foulard, le trempa dans une flaque d'eau fangeuse, le noua sur son visage et s'élança dans la direction approximativement indiquée... Son masque à gaz improvisé s'avéra bien vite peu efficace. Il crut étouffer et commença à tousser à perdre haleine. Il n'en poursuivit pas moins ses recherches alors que ses copains hurlaient :

– *Guynemer, reviens ! Tu vas y laisser ta peau inutilement !*

Cela ne pouvait se prolonger... Il buta par hasard sur le corps de Praha, rassembla ses dernières forces pour le charger sur ses épaules, comme on le lui avait montré pour le transport d'un blessé... Titubant, à la limite de l'étouffement, il parvint à sortir de la fumée la plus épaisse où, heureusement quelques hommes s'étaient empressés de venir le secourir, pour sauver... le sauveteur !

Les deux rescapés n'étaient guère brillants. Guynemer toussait à fendre l'âme mais reprenait lentement son souffle. Praha, étendu à terre, complètement K. O, faisait l'objet de soins énergiques, respiration artificielle notamment... Péniblement, il revint à la vie, reprit conscience, finit par s'asseoir, complètement hébété. Après un moment, il découvrit à ses côtés, Guynemer, lui aussi en piteux état En haletant, il s'exclama :

– *C'est toi qui m'as tiré de là ?*

Chose stupéfiante pour un gaillard de cette trempe, il se mit à sangloter... Réaction à l'épreuve... du feu !

Il en arriva à la confession, entre deux toux déchirantes :

– Je suis un vrai salaud! Depuis ton arrivée parmi nous, je n'ai fait que te démolir près des autres. Et, pour te venger, tu me sauves la vie au péril de la tienne!

Guillaume haussa les épaules:

– Nous ne sommes pas ennemis! Je sais que, malgré ton animosité à mon égard, tu n'es pas un sale type! Mon devoir était d'essayer de te sauver. Je suis heureux d'avoir réussi!

Praha protesta:

– Je ne mérite pas ton dévouement. Je ne me pardonnerai jamais mon hostilité injustifiée envers toi!

Les deux « gazés » se rétablirent après quelques jours difficiles. Le Tchèque avait viré de 180 ° dans son comportement vis à vis de son ex-ennemi. Il devint un second Rex, un inconditionnel de Guynemer, au point où celui-ci en fut gêné, se trouvant indigne d'une telle vénération.

La notoriété du jeune homme grimpa en flèche. Ses équipiers le considéraient dorénavant comme le meilleur des leurs. Avis largement partagé par le Chef… Non seulement, il avait conquis leur estime par son courage, son esprit d'initiative mais aussi par son allant, allié à une compétence incontestée en matière de guérilla.

Guillaume s'en étonnait, cette considération élogieuse lui semblait outrée… modestie qui ajoutait à son attrait.

32

Depuis la fin de 1943, le mouvement des Forces Françaises Libres (F.F.I) avait pris corps. Beaucoup de groupuscules, tel celui de Caméron, furent conviés à s'unir à cette force nationale de l'ombre.

Le Chef réunit ses hommes, leur exposa avantages et inconvénients de cette proposition et leur demanda s'ils étaient d'accord pour l'accepter. Principal avantage : ils devenaient infiniment plus puissants… Inconvénient essentiel : perte d'une certaine liberté d'action… Les consignes des F.F.I prévaudraient dorénavant. Plus de contacts directs avec Londres. La réponse positive fut unanime.

Jusqu'à présent, ils avaient ingurgité beaucoup de théorie mais sans l'occasion de s'affronter réellement avec l'ennemi. Chacun se demandait comment il réagirait en présence du risque de se faire tuer… Ils connaissaient parfaitement leur métier de combattant mais, sauraient-ils le mettre en pratique, sans paniquer…

Ils s'endormaient un peu dans un faux sentiment de sécurité. Ils furent brusquement rappelés aux dures réalités de la guerre !

Caméron rassembla de toute urgence l'ensemble de ses hommes. Les « ouvriers agricoles » devaient rentrer immédiatement. Une estafette passa en chaque ferme pour rameuter tout le monde…

Caméron, fébrile, leur dévoila la situation :

– Les Américains viennent de débarquer en Normandie ! Ordre général est donné à la Résistance de s'opposer, par tous les moyens, à la remontée des divisions allemandes venant du Sud pour renforcer les troupes résistant aux forces alliées débarquées.

C'était le 6 juin 1944.

Le Chef poursuivit :

– Jusqu'à présent, vous avez suivi l'entraînement, tous égaux ! La théorie, c'est fini ! Pour combattre efficacement, notre groupe a besoin d'un chef sur le terrain. Les F.F.I m'ont habilité pour choisir l'un de vous pour remplir ce rôle. Celui-là sera promu lieutenant… pour la durée des hostilités… Je propose Guynemer qui a fait ses preuves ! Cependant, vous ne serez parfaitement opérationnels que si vous êtes soudés entre vous, autour de votre chef…

Je tiendrai donc compte de vos objections! Que les partisans de cette nomination lèvent la main! Sachez que votre acceptation vaudra engagement de suivre aveuglément votre nouveau lieutenant.

Surprise! Toutes les mains se levèrent – sauf celle de l'intéressé lui-même – y compris parmi les hommes de l'autre équipe... Le nouvel élu n'avait que des adeptes.

Le plus ardent de tous était Praha qui hurla:

– *A la vie, à la mort!*

En serrant la main de son lieutenant, frais émoulu, Caméron conclut:

– *A l'unanimité, Guynemer est nommé lieutenant, avec effet immédiat! Dorénavant, il est chargé d'appliquer sur le terrain les consignes que je lui donnerai, d'après les recommandations des autorités supérieures.*

Fortement ému, Guillaume se leva:

– *Merci à vous, Chef et à vous, mes amis, pour votre confiance dont j'essaierai de me montrer digne. Vous êtes des gars du tonnerre et, avec ce que nous avons appris ici, vous serez bougrement performants!*

Le groupe au complet – vingt maquisards – se retrouva, serré comme harengs en caque, pour dormir sous les tentes et même, dans le « buron » de Caméron.

Redoutant d'être harcelés par les Résistants lors du passage de ses troupes, l'Etat major allemand, décida de nettoyer le terrain. Il détenait certaines informations à propos de l'implantation de certains nids de Résistance, informations qu'il avait laissées... dormir. Il craignait maintenant que le feu couvant sous la cendre ne se ravive brutalement...

Une belle nuit, le veilleur du camp en poste fut alerté par les grognements de Rex. Il avait perçu, de son ouïe ultra fine, des mouvements suspects dans les environs...

L'alerte fut donnée. Tout le monde sur le pied de guerre. Chaque homme muni de son arme, se rendit au poste assigné depuis longue date, aux endroits stratégiques de façon à stopper l'avance de toute troupe hostile. Disposés pour ne pas se mitrailler entre eux et hors du champ d'action du mortier...

Guillaume et ses aides se ruèrent à l'endroit où sommeillait l'obusier. Branchages, toile de protection furent dégagés en un rien de temps, les obus, extraits de leur caisse étanche.

– *Pourvu que ces maudits projectiles ne fassent pas long feu!*

Le lieutenant commanda à ses tirailleurs d'attendre la première salve du mortier pour déclencher le « feu à volonté » De l'endroit où il était posté, il observait à la jumelle l'avance de l'ennemi: une colonne de miliciens progressait en silence. Une vingtaine d'hommes munis d'armes légères. De piètres combattants! Ils avançaient serrés, agglutinés les uns aux autres (comme s'ils avaient peur), à la queue leu-leu, alors que la technique militaire recommandait de rester dispersés afin de présenter une moindre cible aux tirs ennemis.

Sans la vigilance de Rex, qui sait quels dégâts eussent été infligés aux maquisards surpris dans leur sommeil ou, au minimum, trop tardivement alertés. Comment et par qui, les Miliciens avaient-ils été renseignés sur la localisation précise du camp ? Guillaume se remémora l'individu planqué derrière le pilier de l'église du village. Enfant du Pays, il lui était facile de rassembler divers recoupements sur les emplacements, l'importance du groupe, etc...

Les Miliciens arrivèrent à l'endroit-cible sur le chemin d'accès. Une partie de la colonne passait tandis que le premier obus glissait dans le tube. Coup de fouet dans la nuit silencieuse. Tir en plein but, fauchant les hommes en bleu marine du milieu de la colonne. Un projectile démoniaque, aspergeant les alentours de centaines d'éclats...

Chez les assaillants, ce fut la panique d'autant plus que, dès la première explosion, un tir nourri crépita de tous côtés. Les obus de mortier continuaient de pleuvoir, accentuant la débandade des attaquants, déconcertés par cette riposte inattendue alors qu'ils escomptaient bien surprendre eux-mêmes leurs ennemis !

Ils ne furent guère que quelques uns à se tirer indemnes du piège dans lequel ils étaient tombés. Tel est pris qui croyait prendre ! Ils s'enfuirent en emportant leurs blessés, sans opposer de résistance notable mais les survivants ne manqueraient pas de fournir des coordonnées encore plus exactes aux autorités allemandes. Si celles-ci s'en mêlaient, l'affaire se corserait sérieusement... Peut-être seraient-elles trop occupées ailleurs pour s'attader à ce petit nid de résistance ?

Dans les jours suivants, les Maquisards de Caméron lancèrent des opérations de guérilla dans des endroits fragiles pour les colonnes allemandes. Là où ils pouvaient attaquer par surprise, semer la pagaille et disparaître dans la nature, sans attendre la riposte des armes lourdes... Harcèlements destinés essentiellement à saper le moral vert-de-gris.

Eviter de heurter de front les véhicules blindés contre lesquels ils ne pouvaient pas grand-chose... sinon se faire tuer. Et les grenades incendiaires Gammon, censées être efficaces contre les chars, encore fallait-il parvenir à bonne portée de l'objectif sans se faire, au préalable, descendre comme des lapins !

A son grand étonnement, Guillaume se découvrit des talents – insoupçonnés – de bon statège... au moins pour ces opérations éclairs... Ses hommes lui accordèrent vite pleine et entière confiance...

Ce jour-là, ils tendaient une embuscade sur une route relativement importante où devait passer, de façon quasi-certaine, une colonne allemande remontant du Sud, des renforts pour leurs armées s'opposant aux Américains débarqués en Normandie.

Dans la colonne, plusieurs camions remplis de soldats encadrés, à l'avant comme à l'arrière, d'un redoutable véhicule blindé. La route en question, bordée de bois, montait en serpentant. Il convenait de déterminer – et vite – la portion propice pour tendre un piège. Guynemer devait décider rapidement, le convoi étant signalé au loin…

Tout le groupe se mobilisa pour cette attaque plus importante que d'ordinaire. Ils repérèrent une section rectilique d'une centaine de mètres, entre deux virages à angle droit. L'idéal! La statégie cogitée par Guynemer consistait à laisser passer, sans réagir, le premier tank et quelques camions, bloquer la route en amont, dès après leur passage tandis que quelques camions circuleraient sur la partie droite. Derrière ceux-ci, fermer le piège en obstruant le passage, surtout devant le char d'arrière-garde. Tout devait être parfaitement coordonné!

Les Partisans n'étaient pas outillés – de bazookas, par exemple – pour arrêter les blindés avec leurs seules armes légères… Le jeune lieutenant tissa rapidement la nasse. En arrière du virage supérieur, il plaça deux hommes, les plus adroits, dissimulés dans les broussailles de chaque côté de la route. Leur rôle: asperger le plus possible de grenades, incendiaires, notamment les premiers camions en souhaitant qu'ils prennent feu, barrant la route du retour au premier blindé… Leur action achevée – et elle était périlleuse – ils disparaîtraient aussi vite que possible sans laisser le temps de la riposte.

Stopper simultanément l'avance de la queue du convoi, derrière les quelques camions navigant sur la ligne droite. Pas facile! Attaquer là aussi à la grenade: opération « kamikaze » en affrontant le tir direct du blindé!

Juste avant le virage inférieur, la route était bordée de quelques grands arbres, providentiellement inclinés au dessus de la chaussée. Autour de deux troncs, le lieutenant fit disposer un chapelet de bâtons de dynamite. Niché dans les fourrés, un homme à chaque tronc allumerait une courte mèche ne laissant que quelques secondes pour se défiler. Bien court, en raison de la nécessité de viser juste pour barrer la route à temps voulu. Il ne fallait pas laisser passer trop de camions dans la nasse… ils ne pourraient maîtriser des soldats accourant de partout.

Et si ces foutus arbres avaient la malencontreuse idée de dégringoler ailleurs que sur le route? Tout le plan tomberait alors à l'eau et… ils courraient le risque d'être tous massacrés!

Le lieutenant doubla ses chances… en pensant au mythique Hercule et… à ses douze travaux! Il avait remarqué plusieurs rochers imposants en surplomb de la route, au dessus des arbres piégés. Beaucoup trop lourds pour les manœuvrer à la main, même pour leur copain Hercule. Dynamiter la base du bloc le plus élevé entraînerait les autres rochers dans sa chute et tous dévaleraient sur la route! Tâche confiée à Hercule avec consigne de n'allumer la mèche que dès après l'explosion des arbres afin que les compagnons du dessous aient le temps de se sauver avant de se faire écrabouiller par l'avalanche de pierres...

Les autres hommes furent disséminés dans les taillis encadrant la chaussée rectiligne. On allait leur faire la fête... aux Allemands! Armés de mitraillettes et placés de manière à ne pas présenter un danger pour les gars d'en face!

L'attente fut longue! Soudain des moteurs ronronnèrent au loin... L'ennemi approchait. Dans ses jumelles, Guynemer s'assura que la disposition des véhicules n'avait pas changé par rapport à ce qu'on lui avait annoncé... Épatant! Un blindé devant, un autre derrière et entre les deux, sept ou huit camions, comme prévu! Tout était prêt pour les accueillir... en fanfare.

La gorge serrée, hypertendus, les maquisards tapis dans les fourrés se préparaient à l'action.

Le premier tank déboucha après le premier virage, virant sur ses chenillettes grinçantes, suivi de plusieurs véhicules bourrés de soldats. Ils passèrent comme à la parade. Le tournant d'en haut à peine franchi, plusieurs détonations étouffées retentirent. Les « grenadiers » entraient en action... juste à point! Si le char semblait ne pas se porter plus mal, deux camions s'embrasaient, interdisant au blindé de rebrousser chemin. Tout s'était passé si vite que les soldats ne purent riposter efficacement, tirant au jugé.

Première opération pleinement réussie!

Trois camions s'engageaient sur la ligne droite quand les Partisans ouvrirent un concerto de tirs serrés. Sitôt après, deux violentes explosions simultanées, puis quelques secondes plus tard, une troisième suivie d'un grondement d'éboulement. Les deux arbres volèrent en éclat. L'un d'eux eut la fâcheuse idée de s'abattre dans les fourrés. Un coup pour rien! Son voisin, plus discipliné (?) dégringola sur la chaussée, emprisonnant un camion sous ses épais branchages. L'avalanche de rochers paracheva parfaitement le blocage de la route pour la queue du convoi.

Les soldats crurent venue la fin du monde, tellement tout avait été parfaitement synchronisé. Ils n'arrivaient même pas à localiser leurs assaillants. Pour eux, ce fut le désordre total. Des trois camions pris au piège entre les deux barrages, les hommes sautaient pour tenter de gagner l'abri des fossés. Peine perdue! Ils furent cueillis au vol, abattus comme des mouches avant d'y parvenir. Les rares rescapés ne survécurent que quelques instants, les tireurs étaient partout.

Un tir concentré empêchait les soldats, bloqués par arbre et rochers après le dernier tournant, de progresser vers le haut. Ils n'en manifestaient d'ailleurs pas l'intention, préoccupés d'abord de s'extraire des branchages et de sauver quelques blessés, coincés sous de grosses pierres...

Des trois camions du milieu, tout fut vite liquidé. Tout… sauf un soldat. Plus chanceux que les autres, il était passé indemne entre les balles et avait trouvé un bon emplacement. Allongé derrière un talus, ses arrières garantis par un muret surmonté de taillis impénétrables, il pouvait tenir suffisamment longtemps pour permettre aux secours d'arriver jusqu'à lui.

Inaccessible par tir direct, trop éloigné pour les grenades, d'ailleurs le lanceur serait abattu à l'instant même où il se dresserait pour effectuer son jet. De la sorte, l'Allemand tenait en respect tout mouvement sur la route, interdisant toute initiative de repli général. De son fusil-mitrailleur, il balayait inexorablement tout ce qui bougeait…

Or, les moments de répit des Maquisards étaient comptés. Le blindé du bas s'échinait à se frayer un passage et… il finirait bien par y arriver.

Guillaume, regardant Rex couché à ses pieds, eut une étincelle de génie : utiliser les compétences du chien… Il lui désigna le tireur embusqué, décrivit par gestes le circuit à emprunter dans les broussailles bordant la route, la traverser pour arriver de l'autre côté et se trouver derrière l'ennemi. Attendre le signal pour attaquer…

Le chien hésita, parut réfléchir pour assimiler les ordres, partit en rampant souplement dans les herbes hautes où lui, se frayait facilement un passage. Parvenu près du tournant, il bondit de l'autre côté pour pénétrer de nouveau dans les taillis. Il reparut silencieusement au-dessus du tireur, poussa son museau à travers les branchages, quêtant le signal.

Pour détourner un instant l'attention de l'Allemand, le jeune homme lança une grosse pierre au milieu de la chaussée, provoquant une rafale… Un coup de sifflet strident parvint aux oreilles attentives de Rex. Un éclair fauve jaillit des fourrés. Le soldat, surpris par ce bruit insolite, tourna la tête. Il n'eut pas le temps de réagir que déjà le chien lui broyait le larynx avant de s'enfuir… à toutes pattes dans les sous-bois

Il était temps ! Le tank du bas, bousculant tronc et rochers aux endroits moins encombrés, se frayait un passage. Il patinait rageusement sur les branchages, faisant rugir sa puissante ménanique. Bientôt, il surgirait au détour de la route…

Le lieutenant commanda le repli général. Des deux côtés émergèrent les maquisards se précipitant vers l'asile des sous-bois. L'un des hommes, un lanceur de grenades de l'avant, avait pris une balle dans le bras. Son voisin avait ramassé sa mitraillette et l'aidait à s'enfuir au péril de sa vie. Quelques secondes de retard pouvaient être fatales…

En un éclair, la route redevint déserte. Quand le tank arriva, il ne restait que les camions vides et les corps ensanglantés des soldats teutons. Trop tard pour poursuivre les combattants-fantômes. Le chef de la colonne, revenu de l'avant, vitupéra contre ces terroristes, ces assassins !

Ceux-ci étaient déjà loin, filant dans les bois par des passages soigneusement repérés à l'avance, précédés d'un Rex, tout fier de ses exploits guerriers...

Guynemer l'était tout autant! De l'heureuse issue de l'affrontement, de ses hommes, de son chien! Sa satisfaction se teintait de regrets d'avoir dû se livrer à cette tuerie. Les soldats « d'en face » avaient aussi été embrigadés – sauf sans doute quelques fanatiques – dans une guerre qu'ils ne souhaitaient pas toujours. Eux aussi seraient pleurés par des êtres chers. Quand les hommes cesseraient-ils de se massacrer?

33

Depuis la tentative avortée de la Milice française d'éliminer le groupe Caméron, les Allemands n'insistèrent pas, jugeant vraisemblablement une telle expédition trop hasardeuse pour un groupuscule... Le jeu n'en valait pas la chandelle.

Ils optèrent pour une autre méthode, beaucoup plus cruelle... Renseignés – comment, par qui – ils repérèrent quelques fermes, coupables, à leurs yeux, du crime abominable d'avoir aidé la Résistance. Comme ils ne pouvaient atteindre les guérilléros eux-mêmes, rien de plus simple que de les couper de leurs sources de ravitaillement...

Pour cette impitoyable opération de nettoyage, les autorités nazies lâchèrent sur la région une section de la Waffen S. S (*Schutzstaffel* – échelon de protection –), chiens enragés, inaccessibles à toute pitié...

Opération d'épuration (?) dont ils s'acquittèrent vite et... horriblement.

Du haut de leurs collines, les hommes de Caméron virent s'élever, en différents points, d'épaisses colonnes de fumée. Le Chef ordonna immédiatement :

– *Guynemer, avec quelques hommes, tu iras voir ce qui se passe. Gazo vous conduira avec sa fabuleuse machine. Consigne stricte : observer mais éviter tout affrontement, revenir au camp me rendre compte...* Ils se mirent en route, se guidant sur les volutes de fumée traçant toujours leurs sillons dans le ciel. De précieux points de repère mais, de sinistre présage.

Première station... La ferme de Gaëtan et Louise quittée par Guillaume, il y avait peu de temps

Aux alentours, régnait un silence profond, de mauvais augure... Gazo gara son véhicule dans un taillis, ils progressèrent ensuite à pied, déployés en tirailleurs, l'arme à la hanche, prêts à tirer... L'ennemi pouvait encore être présent !

De loin, ils virent la grange et l'étable achevant de se consumer. Les S. S n'avaient pas réussi à mettre le feu à l'habitation elle-même, avec ses murs épais, dépourvue de paille et de foin... Pas un bruit, pas un signe de vie !

Angoissé, Guillaume courut vers la cuisine, négligeant toute prudence. La porte, restée entr'ouverte, battait lugubrement au vent. Ils bondirent dans la pièce obscure, complètement saccagée, table renversée, chaises démantibulées, sol jonché de débris de verre et de vaisselle...

Leurs yeux s'accoutumèrent à la pénombre. Ils découvrirent, horrifiés, le corps recroquevillé de Gaëtan recouvrant celui de Louise. Le fermier avait-il voulu protéger sa femme? Massacrés tous les deux à bout portant, leurs corps atrocement déchiquetés par des rafales tirées de très prés… Le cœur serré, le jeune homme s'écroula prés des dépouilles de ces braves gens devenus des amis. Une immense détresse l'envahit en même temps que montait un flot de haine exacerbée; il se sentait capable d'abattre sans pitié tout ennemi, armé ou pas, surgissant dans son champ de vision. Il se fit d'amères reproches… Il n'avait même pas été capable de défendre ces malheureux… S'ils avaient pû arriver un peu plus tôt!

Des gémissements attirèrent l'attention des Résistants. Rex les avait suivis et, furetant dans l'arrière-cuisine, il avait découvert les dépouilles de ses deux amis, le vieux chien Fidèle et la blanche Phine. Les Allemands n'avaient épargné personne… Rex paraissait pleurer sur les deux corps inertes…

Emprisonnées dans l'étable en feu, les vaches avaient péri, carbonisées dans l'incendie. Une épuration complète. Les S. S éliminaient sans pitié tout ce qui vivait, ils étaient passés maîtres dans ce genre particulier de nettoyage…

De puissants braiements retentirent au loin. Guillaume et son chien se hâtèrent vers le pré où pâturait souvent Némo. Celui-ci les appelait, les ayant reconnus ou pressentis. Lui était indemne! Il avait eu le bon sens de ne pas se manifester lors de la tuerie, même de se cacher. Un âne est beaucoup plus malin qu'on ne le croit.

Némo se livra à une sarabande effrénée à l'approche de Rex et de son maître. Joie délirante de retrouver enfin des amis. Guillaume se posa la question:

– *Qu'allons-nous faire de lui? Impossible de le prendre avec nous! Pas le temps de lui chercher un asile dans une autre ferme, sans parler de la réticence des fermiers, peu enclins à nouer ainsi contact avec le Maquis.*

Seule solution – provisoire – ouvrir la barrière du pré et laisser Némo se débrouiller tout seul! Les ânes sauvages – les onagres – le font bien et, en plus, dans des régions beaucoup moins favorisées question herbages! Ils se passent parfaitement des humains.

Némo, tout surpris de se trouver libre de vagabonder où bon lui semblait, ne sut que faire de cette liberté soudaine. A lui de s'adapter!

Guynemer et les siens ne pouvaient partir en abandonnant les corps sans sépulture, sinon chrétienne, tout au moins décente… Ne pas les laisser à la merci des prédateurs (même si les chacals sont rares dans le coin…, pensèrent les hommes, bien ne n'ayant pas le cœur à plaisanter en de pareilles circonstances)

Munis de pelles, ils se muèrent en fossoyeurs. Derrière la maison, ils creusèrent un grand trou (genre fosse commune, mais comment faire autrement), destiné à l'ensevelissement collectif des victimes. Ainsi, bêtes et gens resteraient unis dans la mort comme ils l'avaient été dans la vie. Sans doute, comme ils l'auraient souhaité.

Ils dénichèrent des draps de grosse toile pour faire office de linceuls. A défaut de tombe rituelle, au moins ne reposeraient-ils pas « tout brut » dans la terre!

Chaque pelletée lancée sur les corps retentissait douloureusement sur le cœur du jeune lieutenant. Rex gémissait de plus belle, sa façon de pleurer!

Leur funeste besogne achevée, les hommes se recueillirent sur la tombe toute fraîche. Guillaume adressa un ultime adieu à ces pauvres gens qui l'avaient accueilli comme un fils.

Ils reprirent la route, guidés par d'autres colonnes de fumée. A chaque arrêt, le même spectacle d'horreur alors que, leurs forfaits accomplis, les tueurs avaient disparu... Des cadavres pêle-mêle de paysans figés dans la mort avec une expression de terreur. Des animaux, brûlés dans leur étable ou, froidement abattus dans les pâturages. Sans aucune pitié. Parmi les hommes du groupe, plusieurs avaient travaillé dans les fermes incendies. Consternés, ils retrouvaient leurs hôtes massacrés, baignant dans leur sang...

Toutes ces victimes, abattues sans qu'elles puissent opposer la moindre résistance. Du travail de tout repos – sinon pour leur conscience, en supposant qu'ils en aient une – pour les valeureux (?) S. S!

Plus ils constataient les pitoyables résultats de la cruauté de ces barbares, plus la haine envahissait le cœur des Maquisards. Ils voulurent poursuivre les assassins, sans attendre, faire justice en les anéantissant jusqu'au dernier, comme des bêtes féroces... ce qu'ils étaient devenus!

Guynemer, respectueux des ordres reçus, prescrivit le retour immédiat au camp avant d'entreprendre une quelconque action de représailles. A contre-cœur! Lui aussi maîtrisait difficilement son ardent désir de justice immanente...

Caméron, mis au courant de ces tueries, déplora la disparition de ces braves paysans, punis, par une mort atroce, de leur patriotisme fidèle.

Quel était l'ignoble individu, à la source des renseignements aussi précis fournis aux Allemands quant à l'implantation des fermes « coupables » Les événements se précipitant, ne leur laissèrent pas le loisir de tenter de résoudre cette énigme... Ils souhaitèrent que le remords étouffe le ou les responsables... Que le feu de Ciel les foudroie!

34

Depuis le massacre des fermiers gagnés à leur cause, les hommes de Caméron brûlaient d'en découdre, de châtier ces bourreaux sanguinaires. *Œil pour oeil, dent pour dent!*

Le Chef réfrena le désir de vengeance aveuglant sa troupe. Il leur interdit de s'exposer inconsidérément à des risques disproportionnés, contre des forces supérieures en nombre, puissamment armées, prêtes à les décimer... Il répétait inlassablement: *Attendons les ordres!*

Quelques jours après la funeste journée dans les fermes dévastées, le « feu vert », tant attendu arriva... Dans le modeste village où le jeune homme avait assisté à la messe en compagnie de Louise et Gaëtan, s'était abattue une section de la Waffen SS, peut-être même, les responsables de « l'épuration fermière ». Peut-être une opération de représailles en réponse à l'action d'autres Maquisards...

Une vingtaine de soldats investirent le malheureux bourg. Les habitants s'étaient peureusement terrés chez eux... Les SS défoncèrent les portes; firent sortir hommes, femmes et enfants, sans distinction d'âge ou de sexe. A coups de crosse, ils les groupèrent sur la place de l'église, le vieux curé en tête. Un sous-officier commandant la section leur lut une sorte de manifeste suivant lequel la population, coupable d'aide à des terroristes, allait être punie collectivement... Même s'ils étaient individuellement innocents! Application la sentence du Loup de la fable au fragile Agneau:

– *Si ce n'est toi, c'est donc ton frère!*

Les villageois en tremblant – une trentaine – se blottissaient les uns contre les autres. Des mères pleuraient en enlaçant leurs enfants affolés. Un couple de personnes âgées avait été pris dans la nasse. Le vieil homme soutenait sa femme, prête à défaillir. Visiblement, les soldats attendaient des ordres. Pour le moment, ils se contentaient de boucher toutes les issues pour interdire les évasions. Sûrs de leur impunité, ils n'avaient même pas pris la plus élémentaire des précautions: celle de poster des sentinelles aux abords du village...

Dès ses débuts, cette prise d'otages fut portée à la connaissance de Caméron. On lui demandait *s'il pouvait faire quelque chose.*

Décision immédiate : on y va ! Rassemblement général, tous les hommes s'entassèrent vaille que vaille dans la camionnette de Gazo, rendue encore plus poussive par cette surcherge. Une vingtaine de kilomètres à parcourir pour parvenir sur les lieux. Les hommes bouillaient d'impatience, se demandant s'ils arriveraient à temps.

Gazo mit toute la gomme et son véhicule fit preuve de beaucoup de bonne volonté. Qu'il tombe en panne et c'était l'arrêt de mort pour les villageois encerclés.

Guynemer fit stopper la camionnette à distance respectable du village, inutile d'alerter les tueurs en uniforme. Par d'étroits sentiers, les maquisards se faufilèrent silencieusement vers le centre du village. Arrivés à proximité, Guynemer, connaissant la topographie des lieux (la messe), disposa ses hommes, leur assigna leur rôle.

Pendant ce temps, une voiture militaire débouchait en trombe sur la place, dans un nuage de poussière. Un *Hauptmann* jaillit de la voiture et, d'une voix gutturale, cracha ses ordres aux soldats au garde-à-vous. Comme un troupeau de bestiaux, les otages furent poussés dans l'église dont la porte massive, une fois fermée, fut solidement barricadée par de lourds fagots de bois prélevés sur un tas voisin.

A l'invite du curé, les prisonniers s'agenouillèrent pour prier, ils sentaient leur dernière heure approcher…

Sous la surveillance hargneuse du Hauptmann, les S. S entassaient des hauteurs de paille, de fagots, de branchages contre le portail, dans l'intention évidente d'y mettre le feu afin d'asphyxier, sinon de carboniser, leurs innocents captifs… Ceux-ci, sous la direction du curé – dont l'âge ne semblait pas avoir entamé la force d'âme – se mirent à chanter des psaumes…

Guynemer divisa ses forces en deux parties : l'une se posterait aux abords de la place pour en surgir au moment de l'attaque afin de liquider les Allemands restés un peu à l'écart de l'église, l'autre, avec lui-même, foncerait vers l'église et les soldats occupés aux fagots qu'ils s'apprêtaient à asperger d'essence… L'un de ses meilleurs tireurs eut pour tâche d'abattre le capitaine allemand, toujours tonitruant… pour le faire taire à jamais…

Au signal donné, le tireur, qui avait rampé jusqu'à l'angle d'une maison bordant la place et tenait depuis un instant le gradé S. S dans sa ligne de mire, appuya sur la détente. L'homme s'écroula, atteint en pleine tête, provoquant le désarroi parmi sa troupe. Encore ces maudits terroristes !

Simultanément, le groupe de Guynemer, celui-ci en tête, courut vers l'église en lâchant de courtes rafales anéantissant les soldats chargés des fagots. L'autre groupe déclenchait en même temps un tir soutenu contre les autres Allemands, un peu à l'écart. En quelques secondes, il ne resta que des cadavres épars sur la place. Les attaquants n'essuyèrent aucun coup de feu tant l'action avait été bien minutée. Les maquisards s'empressèrent de dégager les fagots de la lourde porte et en firent sauter le verrouillage.

La porte s'ouvrit sur une assistance paniquée. Les prisonniers avaient bien perçu le crépitement des mitraillettes sans oser espérer une possible délivrance *in extremis.* Lorsqu'ils aperçurent leurs sauveurs, ils eurent un sursaut de crainte. En fait d'anges-libérateurs, ils voyaient apparaître des guerriers hirsutes, ressemblant davantage à des démons qu'à l'archange Gabriel.

Le jeune lieutenant apaisa leurs craintes :

– *Nous, F.F.I, venons vous délivrer. Les S. S sont occis jusqu'au dernier. Vous êtes libres! Craignez cependant des représailles, les Allemands digéreront mal cet échec. Ne restez pas dans le village, fuyez à toutes jambes, gagnez les bois environnants et restez-y quelques jours jusqu'à ce que les ennemis quittent le secteur… Ce qui ne devrait pas tarder.*

Les « miraculés » pleuraient de joie, de soulagement, ils avaient vu la mort de près. De leurs voix enrouées d'émotion, ils poussèrent de vigoureux hourras en l'honneur de leurs sauveurs. Le curé les bénit avec gratitude avant de recommander à ses ouailles de prendre la poudre d'escampette après s'être munis, chez eux, de quelque nourriture, de couvertures et de disparaître dans les bois. Vite ! Vite !

Guynemer et ses hommes pouvaient s'éclipser, leur mission, heureusement accomplie

Ils remarquèrent, garé dans une ruelle adjacente, le robuste camion ayant transporté les S. S sur les lieux de leur forfait. Prise de guerre inespérée, à ne pas laisser passer !

Aux alentours, rien ne bougeait… Ils s'approchèrent du véhicule, sans méfiance, les ennemis avaient bien été tous liquidés. Apparence trompeuse…

Dans le camion, le chauffeur avait entendu les détonations mais sans bouger, respectant la consigne : ne quitter son siège sous aucun prétexte ! Il se tapit prudemment sous le tableau de bord, attendant la suite des événements. Ses amis ne feraient qu'une bouchée de ces minus ! Par réflexe guerrier, il sortit son gros revolver au cas où… L'envie le démangeait de rejoindre les autres mais, jugulaire ! jugulaire ! Respecter les ordres, sinon gare au Hauptmann.

Il entendit des pas… parler français. Ce n'était pas les siens.

Jouant le tout pour le tout, sa découverte devenant inéluctable, il surgit, tel un diable de sa boîte, en braquant son arme par la glace de portière ouverte, sur l'adversaire le plus proche… le lieutenant. Celui-ci ne put réagir. En un éclait, il revit Reine, ses parents, ses amis… Le gros œil du revolver le menaçait. A cette distance, il ne pouvait en réchapper. Il était perdu !

Soudain, une tornade s'abattir sur lui, le projetant à terre tandis qu'une flamme sortait de l'arme. Un corps s'écroula à ses pieds. Plusieurs détonations crépitèrent au dessus de sa tête, l'Allemand criblé de balles, bascula sur son siège…

Guillaume, abasourdi, réalisa qu'il vivait toujours… Se penchant sur le corps prés de lui, il reconnut… Praha !

Celui-ci s'était jeté devant son lieutenant au moment de la détonation, le sauvant d'une mort certaine, sacrifiant sa propre vie.

Le Tchèque, atteint en pleine poitrine par la balle de gros calibre, expirait…

Il eut la force de murmurer :

– *Nous sommes quittes !*

Guillaume le prit dans les bras, soutenant sa tête qui bientôt retomba…

– *Adieu, brave Praha !*

Le jeune Français ne parvenait pas à s'endurcir, le cœur chaviré à chaque cruelle disparition d'un être auquel il s'était attaché. La guerre est impitoyable ! Quand prendrait-t-elle fin ?

Mais, il fallait fuir. Le lieutenant choisit l'un de ses hommes pour conduire la grosse machine, une fois le corps du soldat évacué, afin de la ramener au camp. Il fit accompagner le chauffeur par plusieurs hommes pour défendre, le cas échéant, leur prise de guerre, mais ils arrivèrent sans anicroches.

Caméron fut très affecté en apercevant la dépouille de Praha, transportée par plusieurs de ses copains. Il avait beau se dire que c'était le prix à payer… pour la libération inespérée des villageois, l'anéantissement de la section S. S et la… superbe prise de guerre, cela ne le consolait guère. Ses hommes étaient devenus ses enfants…

Dans le camion, ils trouvèrent plusieurs jerricans remplis d'essence. Les Allemands ne s'embarquaient jamais sans biscuits…, en l'occurrence, sans carburant de réserve.

Rex, privé de cette sortie, boudait son maître. Il ne comprenait pas pourquoi il avait été tenu à l'écart.

Caméron réunit tous les siens devant le corps de Praha, il composa *ex abrupto* l'éloge funèbre du disparu, mettant en exergue son courage, ce qui fit monter des larmes aux yeux des assistants… Ils procédèrent à l'ensevelissement du malheureux Tchèque, « mort pour la France » mais aussi pour son idéal de dévouement sans faille à son jeune ami.

35

Le succès de Guynemer et de ses hommes enthousiasma le Chef. Il se réjouissait d'avoir si bien éduqué son commando dont la réputation *Urbi et Orbi* ne faisait que croître et embellir.

Dorénavant, les autorités F.F.I classaient le commando Caméron parmi les meilleurs, à qui on pouvait confier, en toute confiance, des missions délicates.

On les laissa souffler un peu. La blessure du compagnon blessé (le lanceur de grenades...) s'avéra relativement bénigne et ne nécessita pas de soins médicaux particuliers. Au cas contraire, il eut été impossible de se passer d'une aide médicale extérieure, ce qui aurait posé problème... La balle, ressortie d'elle-même, n'avait lésé aucun organe essentiel.

Juillet s'annonçait. Les Allemands résistaient comme de beaux diables. Toutefois leur moral commençait à flancher. Les F.F.I s'implantaient progressivement en diverses régions. L'ennemi occupait villes importantes et lignes de communication vitales pour la circulation de leurs troupes, perdant la maîtrise des villages et routes secondaires, se contentant de lancer sporadiquement des attaques surprises.

Après quelques jours de détente, Guynemer et ses hommes reprirent leurs opérations de harcèlement, axées sur des points névralgiques. Tactique inchangée qui avait fait ses preuves: tendre une embuscade, tirailler et disparaître avant l'arrivée du gros des renforts, ce qui démoralisait puissamment les armées ennemies et rendait encore plus furieux les Nazis contre les mouvements de Résistance.

La propagande de Vichy en faveur de la Collaboration, devint plus discrète. Même les dirigeants fidèles à Pétain sentaient tourner le vent...

Puis, un beau jour, arriva une nouvelle renversante... Caméron crut d'abord à une galéjade, mais ce genre de plaisanterie ne figurait pas dans le répertoire de l'Etat major FFI. On lui demandait, tout simplement, de prêter son commando pour une action ponctuelle... en Italie. A plus de cinq cents kilomètres!

La Résistance italienne sollicitait un coup de main et les autorités FFI avaient *ipso facto* pensé au groupe Caméron, le meilleur! Tout était déjà programmé... Un avion viendrait chercher les hommes, de nuit, à proximité de leur camp, là où le gros Halifax avait livré antérieurement matériel, armes et munitions, pour les lâcher ensuite dans la nature italienne où les attendraient les maquisards du coin. A Guynemer, la responsabilité de l'opération. Le Chef leur apporta les précisions qu'il détenait:

L'affaire se passait près de Bologne. Le Maquis transalpin assiégeait une section allemande retranchée dans une ferme. Parmi elle, un haut gradé – colonel ou général, on ne savait pas exactement – susceptible de détenir des informations de premier ordre que les Alliés voulaient tenter de lui extorquer.

Les Allemands encerclés se défendaient âprement, bien pourvus de quoi survivre longtemps sans, en plus, risquer de manquer de munitions... A la tête du maquis italien local – chose surprenante – un jeune officier *français* dont l'avion avait été abattu au dessus de la région, quelques mois auparavant. Recueilli par la Résistance, l'aviateur avait pris le commandement de la section. Ses hommes, bien que pleins de bravoure, manquaient de l'expérience guerrière nécessaire pour enlever le morceau. Sans la tentative envisagée de capturer vivant l'informateur éventuel, il eut suffit d'investir la ferme et de... laisser le temps faire son œuvre.

C'est là que la notoriété de Caméron et de son commando avait fait merveille!

Guillaume, ébahi, se demanda où il allait encore être catapulté.

Carte blanche pour agir de concert avec les Italiens et d'emmener avec lui tous les compagnons qui voudraient bien le suivre. Tous furent volontaires! Seul le « bras blessé » fut écarté de la sélection... Pas assez retapé pour ce genre de sport.

Par radio, Caméron reçut les ultimes instructions pour un départ... tout proche. L'affaire ne souffrait aucun retard. Les volontaires se hâtèrent de fourbir leurs armes et de préparer leur barda, assez restreint, leur séjour sur la Péninsule ne devant pas s'éterniser. Pour la *dolce vita,* on verra plus tard!

Mitraillettes, fusils-mitrailleurs, grenades furent minutieusement bichonnés.

Rex ne serait pas du voyage. Il n'aurait pas à se désespérer longtemps de l'absence et tiendrait compagnie au Chef, l'aidant à garder la maison.

Par une nuit sans lune, ils s'entassèrent dans le camion ex-allemand chargé de les mener sur le lieu du rendez-vous. Une demi-heure de trajet et le véhicule soigneusement dissimulé dans un bois touffu... Le temps de monter un balisage de la piste d'atterrissage improvisée à l'aide de feux de Bengale à allumer dès l'approche du gros oiseau...

L'attente commença... Ce ne fut pas long. L'avion s'annonça dans le ciel en émettant les signaux lumineux convenus. Réponse de terre par une torche électrique... Les deux clans s'étaient reconnus. Les fusées allumées, la piste vue du ciel se présentait comme l'avenue des Champs Elysées, un soir de 14 juillet. Du sol, l'illumination, prise entre les bois, s'apercevait à peine...

L'avion fit un tour de reconnaissance au dessus du terrain, vira de bord, amorça son atterrissage de façon impeccable et se posa en douceur. Manifestement, le pilote n'en était pas à sa première sortie. Combien de missions identiques avait-il déjà réalisées ?

Les maquisards se précipitèrent pour se serrer dans la carlingue démunie de sièges alors que les feux finissaient de brûler, offrant encore assez de points de repère pour un départ immédiat. Les passagers n'en menaient pas large, cachant leur appréhension par des plaisanteries comme s'ils s'offraient des vacances. Aucun n'avait jamais quitté le plancher des vaches pour se rapprocher des étoiles. Les tressautements de l'appareil sur le sol inégal ne les rassuraient guère...

Une fois l'altitude de croisière atteinte, et ce fut rapide, car le vol s'effectuait à basse altitude afin d'échapper le plus possible aux radars ennemis, les garçons se rassérénèrent. L'avion avançait maintenant sans à coups. A leur arrivée à bord, le pilote – Anglais ? Américain ? – leur avait lancé un joyeux *hello boys* comme s'il ramassait une colonie de vacances pour un séjour à la mer.

Ils volaient paisiblement depuis une demi-heure et commençaient à se dire que, somme toute, ce n'était pas si terrible... quand, par les hublots, ils remarquèrent d'étranges fleurs les encadrant de plus ou moins près. Perplexes quant à la nature de cette étrange floraison, ils réalisèrent, avec terreur, que ces orchidées célestes n'étaient autres que les explosions d'obus de la défense aérienne les canardant du sol...

Le pilote ne s'en souciait guère, continuant de mâcher imperturbablement son chewing-gum... Puis la floraison cessa. Les artilleurs avaient égaré leur proie ! Etaient-ils sortis de la zone périlleuse ? Ils n'osaient – et ne savaient pas – questionner l'aviateur à ce sujet. Bah, on verrait bien... Ils s'interrogeaient quand même :

– *Si l'avion est touché, sans parachute, nous sommes fichus ! Et même, munis de cet appareillage, comment s'en servir, difficile de parvenir intacts sur le sol !*

Même le moins Croyant adressa une brève prière à un Dieu dont, par ailleurs, il niait peut-être l'existence !

Après un temps qui leur parut bien long, l'appareil commença à descendre. En bas, deux traînées lumineuses s'illuminèrent : la piste d'atterrissage bienvenue !

Du sol, quelques brefs éclairs lumineux, signalèrent que le Comité d'accueil – et le bon – les attendait. L'avion se posa sans trop de heurts. Rudement cahotés en roulant sur le sol herbeux, les passagers poussèrent un profond soupir de soulagement quand ils s'arrêtèrent... Pas un instant à perdre, l'Ennemi pouvait les avoir repérés et ne leur ferait pas de cadeau. Ils se bousculèrent vers la porte de sortie, sautèrent à terre l'un après l'autre, accompagnés d'un cordial *Good luck* du pilote. Le dernier homme débarqué, déjà l'appareil amorçait un demi-tour pour se mettre en position de décollage. Quelques instants après, il grimpait à l'assaut des nuages.

A terre, les maquisards se dirent que, somme toute, le sort de l'aviateur n'était guère enviable. Pour lui de telles missions devaient être fréquentes avec tous les risques insensés inhérents. La moindre fuite dans la filière de l'organisation et un comité de réception ennemi mettrait un terme définitif à sa carrière, dès son arrivée au sol.

A terre, les maquisards italiens les attendaient, un camion rongeant son frein au bout de la piste dans lequel ils s'entassèrent. Démarrage immédiat, tous feux éteints... Trajet de plus d'une heure par des chemins difficiles. Les Italiens, dans la crainte d'une embuscade, étaient tendus et peu loquaces. Ils surveillaient attentivement les abords boisés, continuellement sur leur garde...

Au camp, ils furent reçus comme des sauveurs... Réception à l'italienne : tout le monde baragouinait en même temps, force gestes à l'appui. Sorte de sabir international où se mêlaient divers dialectes mais, ils finissaient par se comprendre... D 'ailleurs l'invitation boire un coup s'assimile facilement, même... en Javanais.

Guynemer, conduit au P. C, fut reçu cordialement par un jeune homme, un peu plus âgé que lui. C'était le lieutenant, chef du groupe italien...

– *Heureux de votre arrivée à bon port. Bienvenue en Italie ! Il y a quelques jours, on m'a annoncé le renfort d'un commando d'élite. Et vous voilà !*

Je suis le lieutenant Michel, à la tête d'une trentaine de Résistants italiens, courageux mais sans expérience du combat. Moi-même, officier aviateur, je ne suis pas expert en la matière. Lancer une offensive contre un ennemi solidement retranché, équivaudrait à une opération suicide. Et, comment capturer vivant l'officier supérieur, tant convoité, se trouvant, paraît-il là-dedans !

Il y a quelques mois, mon avion, au cours d'un raid au dessus de la région, a été abattu... Après une descente mouvementée en parachute, des maquisards m'ont trouvé avant les Allemands alors que je m'étais foulé une cheville lors de la réception au sol. Durant le temps de la convalescence, une sympathique famille de Carpi, pas très loin d'ici, m'a hébergé, sans ignorer le risque de se faire fusiller si on me découvrait chez eux.

A la demande de la section locale de Résistance, j'ai été propulsé à la tête du groupe et voilà !

Les jeunes lieutenants, l'un, vrai de vrai, mais de l'Armée de l'Air française, l'autre, promu « à la sauvette » mais mûrement formé, sympathisèrent rapidement... De fil en aiguille, ils se découvrirent, avec surprise, des origines nordistes communes, mais aussi que leurs grands-parents réciproques... avaient été maraîchers dans le même patelin de la région dunkerquoise.

Le père de Michel y était né. Durant son Service militaire, il connut une Bretonne qu'il épousa, d'où son implantation à St Nazaire où lui-même avait vu le jour, aîné de plusieurs sœurs… Bizarrerie du sort ! Les deux garçons fraternisaient ainsi à plus de mille kilomètres de chez eux après maintes péripéries, pour combattre ensemble un ennemi commun…

Pendant ce temps, Français et Italiens célébraient bruyamment leur union. Le vin – italien, comme il se doit – ne manquait pas et les hommes se balançaient de grandes tapes se voulant conviviales. Hercule dut rattraper un gaillard avec lequel il sympathisait trop fortement, sa bourrade avait coupé la respiration de son nouvel ami un peu fluet de surcroît…

La ferme investie se trouvait à quelques kilomètres. Un contingent de quelques hommes en assurait actuellement la surveillance, d'où ils étaient relevés régulièrement. Les assiégés ne manifestaient aucune velléité belliqueuse : ils ne voulaient pas se rendre, mais sans tenter de sortir de là. Ils attendaient la suite des événements, peut-être leur délivrance par une colonne allemande de passage.

Si l'Etat major allié n'avait pas envisagé de « questionner » l'officier soupçonné de détenir d'importantes informations sur la statégie en cours ou future de l'armée du Reich… il eut été très simple d'écraser ce nid de guêpes sous un bombardement intensif. Ou bien… de se contenter de les encercler et d'attendre… d'un commun accord tacite !

Guynemer se fit décrire position de la ferme et implantation des locaux la composant : une grange assez vaste jouxtant l'habitation où cantonnaient une trentaine de soldats solidement armés, à même de repousser toute tentative d'approche.

Les deux lieutenants discutèrent longtemps sur la tactique à adopter pour obtenir la reddition des assiégés. Comment les faire sortir de leur tanière ? Pourquoi ne pas arroser la grange, bourrée de paille et de foin, de grenades incendiaires, les Allemands n'allaient tout de même pas se laisser griller tout vifs ! A cela, Michel argumenta :

– Des grenades incendiaires, nous n'en possédons pas ! D'ailleurs comment s'approcher à bonne distance de l'objectif à atteindre sans se faire massacrer, bien avant d'y arriver…

Son compère le rassura :

– Coup de chance ! Nous avons apporté plusieurs grenades de ce type. Evidemment, les lancer au but pose problème ! Mes hommes sont de fins lanceurs, mais ne peuvent faire de miracles. D'après la description des lieux, il semble, en effet, que le terrain à découvert est trop important pour permettre un tir au but. Il faudra trouver une astuce.

Ah, si nous avions emporté le mortie ! Et encore, les obus auraient-ils enflammé la paille.

Dans sa tête, il passa en revue tous les engins susceptibles d'un lancer à longue distance. Il songea à l'onagre, machine de guerre utilisée par les Romains dont le bras flexible, tendu comme un arc, expédiait de lourds boulets de pierre... Impossible, au pied levé, de fabriquer une telle machine et comment proportionner la force du bras aux faibles poids et encombrement d'une grenade. Sinon le projectile atteindrait, sinon Mars, au moins la Lune. Solution à écarter!

Par association d'idées, il en arriva aux frondes de son enfance dans la ferme de ses grands-parents. Jouets – dangereux – confectionnés par lui-même et ses cousins à partir de deux lanières élastiques prélevées sur une chambre à air réformée, tendues sur une branche en Y...

Atteindre la grange, distante d'une trentaine de mètres du bosquet protecteur avec une grenade d'un volume tout de même supérieur à celui d'un modeste caillou, nécessiterait un engin plus puissant que la normale et des muscles en conséquence. Cela ne devrait pas effrayer Hercule aux bisceps d'acier... à condition qu'il sache se servir d'une fronde! La force ne suffit pas, il faut aussi l'adresse.

Tout réjoui, le colosse consulté, se déclara champion en la matière. Durant son jeune âge, il avait brisé nombre de vitres en tentant d'atteindre de minuscules moineaux pour parvenir, à force de persévérance, à toucher ces innocents volatiles au lieu des – encore plus – innocentes fenêtres, au grand soulagement des voisins, lassés d'avoir constamment recours au vitrier, même aux frais des parents du gamin maladroit.

Les lieutenants réunirent leurs hommes, leur exposèrent le problème et la solution adoptée, un peu folklorique. Ce qui provoqua l'hilarité de l'assistance se demandant si l'on était revenu à l'époque de Géronimo ou de Buffalo Bill... Puis, en y réfléchissant, ils convinrent que ce projet farfelu ne l'était peut-être tant que cela.

Gazo, grand bricoleur devant l'Eternel, se fit fort de découvrir la fourche désirée, plus robuste que celles de ses modestes consoeurs de fabrication écolière... Un Italien savait où trouver une chambre à air de camion susceptible de fournir des brins assez costauds! Guynemer confia audit Gazo, aidé de volontaires, la tâche de confectionner, en vitesse, une ou deux frondes... guerrières! Un autre Italien suggéra:

– *Pourquoi ne pas essayer d'envoyer des flèches enflammées – comme les Indiens dans les Westerns?*

Il se prétendit habile en la matière, faisant partie, avant guerre, d'un club de tir à l'arc. Il se faisait fort d'atteindre, avec précision, une cible à plus de trente mètres. Quelle serait la trajectoire d'une flèche empêtrée à sa pointe d'un chiffon enflammé? Si les Peaux-rouges y parvenaient, pourquoi pas un bon tireur, même « visage pâle ».

On pouvait toujours tenter le coup.

Originaire de la région, l'archer connaissait, dans un village voisin, un confrère susceptible de lui prêter – pour la bonne cause – son arc de compétition.

Michel lui donna carte blanche...

Gazo revint peu après avec deux fourches grand modèle et plusieurs brins élastiques taillés dans du caoutchouc épais. Le tout assemblé avec de la ficelle solide et une poche destinée à recevoir le projectile. Il avait fait merveille... Hercule choisit la plus fort des deux et partit illico s'exercer dans l'intention de récupérer sa forme juvénile. A la fin de la journée, il savait renouveler ses prouesses d'antan.

Un autre maquisard de Michel se proposa pour utiliser l'autre fronde, un peu moins puissante mais quand même impresionnante. Il se dit adroit en ce sport. Sans avoir la force peu commune d'Hercule, il était, lui aussi, fortement musclé... et il savait viser juste. Cela pouvait toujours servir.

Un de ses compagnons s'avança avec une fronde d'un autre modèle qu'il venait de bricoler... Décidément, les projets fantaisistes des lieutenants avaient fait des adeptes... Deux lanières réunies par une sangle dans laquelle on glissait le projectile. Tout l'art consistait à faire tournoyer l'engin et de lâcher à point voulu l'une des deux lanières. Le caillou (ou autre), libéré s'éjectait bien loin. Lui également était assez expert à ce jeu... en étant gamin. Il proposa ses services! Accepté! Il ne fallait négliger aucune chance.

L'archer italien revint muni d'un arc imposant capable, d'après lui, de toucher un objet à une cinquantaine de mètres. Quatre sources de foyers d'incendie potentiels...

Les maquisards des deux bords, d'entrée sceptiques quant au recours à ces procédés guerriers jugés archaïques, n'en plaisantaient plus... Cela pouvait, cela devait marcher.

Les deux lieutenants effectuèrent une tournée de reconnaissance sur les lieux. Par chance, la ferme était ceinturée, sur trois côtés, par d'épais bosquets où pouvaient se planquer les hommes de Michel surveillant les mouvements des assiégés, sans se faire canarder... Entre bâtiments et fourrés, une distance variant de vingt à trente mètres. Ils choisirent soigneusement les emplacements des incendiaires en puissance, ceux à l'élastique, le plus prés possible de la paille à enflammer tout en restant à couvert, celui aux lanières, un peu plus en retrait. Les trois, sur la façade avant!

L'archer, de l'autre côté où la grange comportait un genre d'avancée ouverte surmontée d'une poulie. Vraisemblablement pour faciliter l'engrangement de ballots de paille ou de sacs de grain. Par l'ouverture béante, on apercevait de la paille alors qu'un taillis épais s'étalait à une trentaine de mètres de la façade. Une place rêvée pour l'archer!

Michel fit un ardent souhait :

– *Pourvu que mon émule de Guillaume Tell n'ait pas surestimé son adresse!*

Il connaissait le côté hâbleur de certains Italiens, un peu comme des Marseillais... transalpins.

Ils convinrent de la tactique à suivre: une fois tous les hommes dissimulés à leur poste, au signal donné, tir à volonté des deux côtés de la ferme, les Français devant, les Italiens derrière. Les Allemands forcément surpris par ce tintamarre insolite, seraient dissuadés de pousser le nez dehors en espérant qu'ils ne remarqueraient pas tout de suite, les tentatives incendiaires débutant quelques instants après le déclenchement du feu nourri.

Revenus au camp, plan dessiné à l'appui, ils assignèrent la place à chacun. Les lanceurs de brûlots seraient accompagnés d'un aide chargé de les protéger et de les aider pour la mise à feu de leurs projectiles, à temps voulu.

Tous les hommes approuvèrent chaleureusement. Enthousiasme général!

Exécution: le lendemain, à l'aube. L'opération avait d'abord été envisagée durant la nuit afin de profiter des ténèbres. Parfait pour le mitraillage mais, le point de départ des flammèches deviendrait beaucoup trop visible. Archer et frondeurs constitueraient alors des cibles trop faciles...

La veillée d'armes s'écoula dans la bonne humeur bien qu'en son for intérieur, chacun s'interrogeât sur le sort que lui réservait le lendemain... Etant donné leur nombre, ils burent, mangèrent, dormirent... comme ils le purent, serrés comme des harengs en caque.

Avant le lever du jour, tous furent sur le pied de guerre, impatients de passer à l'action. Les deux groupes se déployèrent en silence (remarquable pour des Italiens, facilement volubiles...). Michel remarqua – et en fit éloge à son alter-ego – la maîtrise des Français qui évoluaient comme des chats sauvages. Parvenus aux environs de la ferme, les hommes en poste s'éclipsèrent aussitôt, cédant place à la relève.

Chaque combattant gagna sa place sans hésitation et se mit en position... dans l'attente du coup d'envoi qui fut donné par une courte rafale de mitraillette lâchée par Guynemer, rompant le profond silence. Immédiatement, les balles crépitèrent tous azimuts, troublant la quiétude des Allemands accoutumés à plus de discrétion. Depuis plusieurs jours, des deux côtés, régnait une trêve tacite. On imaginait très bien les assiégés se livrant à leur petite lessive entre deux parties de cartes. Ils durent se demander quel démon poussait les Italiens pour les réveiller ainsi en fanfare.

Profitant de la divertion ainsi créée, l'opération « brûlots » démarra aussitôt. Hercule lança son premier projectile qui atteignit la façade. Manqué! Son voisin arriva trop court! L'archer, de l'autre côté, eut plus de veine. Sa flèche enflammée entra carrément dans la soupente, provoquant immédiatement un intense embrasement Il n'avait pas exagéré sa dextérité!

Hercule persista en ajustant ses jets. L'un d'eux passa au travers d'une lucarne, déclenchant un second foyer d'incendie. Ses voisins « frondeurs » ne parvinrent pas à atteindre leur but, mais l'objectif était atteint: la grange flambait...

Les Allemands, déconcertés par la virulence des tirs, ripostèrent aux armes automatiques, sans prendre le risque de trop se découvrir. Lorsque, enfin, ils réalisèrent les intentions de ces guerriers d'un autre âge, Hercule et les autres lanceurs, estimant, à juste titre, leur mission belle et bien terminée, se hâtèrent de disparaître sans attendre leur reste…

Par contre, l'autre tireur à la fronde élastique, vexé de son inefficacité, persista imprudemment. Son compagnon, allongé sur le sol, le pressait de s'enfuir. Rien à faire! Les Allemands repérèrent sa présence et une balle mit fin aux exploits du téméraire Italien. Il s'écroula dans les broussailles. Trop dangereux d'y aller voir car les balles continuaient à hacher furieusement le feuillage.

L'incendie prit rapidement de l'ampleur, surtout à l'endroit où était tombée la grenade. De hautes flammes montaient au ciel, dégageant une fumée opaque. Le brasier commença à toucher l'habitation où se retranchaient les assiégés. Ils ne pourraient pas tenir bien longtemps, l'atmosphère devenant irrespirable…

Soudain, sur le devant de la ferme, la porte s'ouvrit brusquement, laissant passer le porteur d'un drapeau blanc suivi d'autres soldats, mains sur la tête, encadrant leur officier, comme pour le protéger. Dès leur apparition, Guynemer ordonna le cessez le feu et, avec ses hommes largement déployés, ils investirent les vaincus, surtout soucieux de récupérer leur souffle et de quitter la zone devenue irrespirable. Ils avaient résisté jusqu'au bout… A l'impossible, nul n'est tenu… dans tous les pays du monde.

De l'autre côté du bâtiment, un second groupe apparut, lui aussi précédé du signal de reddition, bras levés, sans armes. Michel et ses hommes se débusquèrent pour s'assurer des prisonniers.

A ce moment, de l'intérieur de la ferme, un coup de feu claqua. Michel, touché en pleine tête, piqua du nez… Un fanatique, resté à l'intérieur, réussissait un ultime beau carton avant l'hallali. Les voisins du lieutenant, sans se demander si les porteurs du drapeau blanc étaient ou non complices du tireur pervers, balayèrent le terrain de rafales impitoyables. Quand, quelques instants après, le tireur embusqué, ayant tenu jusqu'à la limite de l'asphyxie, se décida à mettre le nez dehors, il fut transpercé de balles suffisant pour le tuer dix fois.

Michel était mort au champ d'honneur alors qu'il aurait pu, lors de la destruction de son appareil, se terrer, bien peinard dans la famille d'accueil, y couler des jours paisibles en attendant la fin des hostilités. Mais ce n'était pas dans son tempérament; il avait l'étoffe d'un héros.

Guillaume fut atterré lorsqu' il apprit la mort de son valeureux confrère qu'il n'avait pas côtoyé longtemps, mais suffisamment pour apprécier son courage et sa cordialité. Ses hommes, furieux de la mort par traîtrise de leur chef, voulurent massacrer tous les prisonniers survivants, gradés ou non! Guynemer dut faire appel à toute son autorité, bien que n'étant pas directement responsable des maquisards italiens, pour s'y opposer. Il fit ressortir que le traître était unique, qu'ils se déhonnoreraient en abattant des hommes désarmés. En outre, l'objectif de leur mission – capturer vivant l'officier supérieur – et pour lequel leur lieutenant avait perdu la vie, était atteint et qu'il ne convenait pas, par une action méprisable, d'en anéantir les résultats.

Les Italiens maugréèrent, mais finirent par accepter de rester tranquilles.

Le « lanceur » n° 2, secouru par Hercule, réapparut, transporté sur les robustes épaules du colosse. Il avait pris une balle dans l'épaule, mais ses jours ne semblaient pas en danger, bien que sa blessure le fasse beaucoup souffrir.

La mission des Français était terminée. Avec leurs collègues italiens, ils rendirent un émouvant hommage au vaillant lieutenant Michel, fauché à la fleur de l'âge...

En lui-même, Guillaume déplora :

– *Encore un jeune garçon plein d'avenir, rayé de ce monde alors que les hostilités ne dureront vraisemblablement plus bien longtemps. Quel gâchis !*

Prudence élémentaire : avant son départ, il s'assura du transfert des prisonniers ailleurs... car quelques Italiens n'avaient pas abandonné toute idée de représailles sur leurs captifs.

Le rendez-vous avec l'avion du retour avait été fixé, dès le début de l'opération, à quatre jours après leur arrivée et, ils étaient en avance sur le programme. A grand renfort de pâtes, minestrone et autres pizzas et surtout de *vino rosso*, ils durent ronger leur frein en attendant le jour J et l'heure H... Ce qui finit par arriver ! Même terrain d'atterrissage en pleine nature, même scénario de balisage de la piste dès l'annonce de l'appareil dans le ciel.

Atterrissage réalisé de main de maître par leur vieille connaissance de pilote, immuablement jovial et flegmatique. Bourrades de camaraderie entre les maquisards s'envolant et ceux qui restaient, heureux d'avoir mené à bien leur mission. Serrement de cœur à la pensée de l'infortuné lieutenant !

Avec étonnement, Guillaume se rendit compte que, depuis un moment, pris par la fièvre de l'action quasi-permanente, il avait moins pensé à sa chère Reine, ce qui ne l'empêchait pas de lui conserver une place énorme – et unique – dans son cœur...

Le commando Guynemer revenait intact... si l'on excepte Toulouse qui s'était foulé une cheville dans un trou de taupe, en galopant sur l'herbe du terrain d'atterrissage. Ses copains, tout en le soutenant dans sa démarche claudiquante, le charriaient sur sa glorieuse blessure de guerre.

Mais, ils ne rirent pas longtemps.

A peine décollé, l'avion pénétra dans une zone de fortes turbulences. Il se mit à vibrer de toutes ses membrures au point où l'on pouvait craindre que les ailes ne se détachent du fuselage, perdant sporadiquement de l'altitude, puis grimpant de nouveau… au point de s'en décrocher le cœur. Un vrai « pro » le pilote! Sang froid impavide. Seul son chewingum, mâché plus brusquement, trahissait son inquiétude. De temps en temps, quand une secousse plus forte ébranlait davantage l'appareil, il lâchait une bordée de jurons, parfaitement incompréhensibles pour ses « non initiés » de passagers.

Ceux-ci, affalés sur le plancher, les sièges étant toujours aussi remarquablement absents, croyaient leur dernière heure venue. Leur teint avait uniformément viré à l'olivâtre. Certains rendaient tripes et boyaux… dans des sacs en papier providentiellement stockés dans un coin. Sage précaution! Fallait-il croire en la fréquence coutumière de telles intempéries?

Quand ils sortirent des turbulences, cessant aussi vite qu'elles étaient arrivées, les passagers n'en crurent pas leur bonheur. Le pilote ne dit mot mais leva un pouce en signe de victoire… Victoire à la Pyrrhus dans laquelle les vainqueurs en sortaient aussi abîmés que les vaincus.

Lors de l'atterrissage, les vaillants guerriers n'en avaient plus du tout l'air. A choisir, ils auraient préféré se lancer à l'assaut d'un ennemi bien retranché plutôt que de revivre les quelques instants – interminables – qu'ils venaient de passer.

A peine avaient-ils posé un pied tremblant sur le sol que l'avion s'envolait déjà vers de nouveaux horizons…

Caméron s'était chargé, avec la seule aide du blessé resté avec lui, du balisage de la piste avec ses feux de Bengale. Venu avec le gazogène, il engagea ses hommes à monter vite fait dans le gros camion ex-allemand sommeillant sous les frondaisons. Ne pas s'éterniser! Ce genre de feu d'artifice pouvait très bien attirer des spectateurs non démunis d'intentions belliqueuses. A plus tard, les comptes-rendus!

Gazo, encore mal remis de ses émotions aériennes, sauta au volant du lourd véhicule qui démarra sans rechigner. *Y a pas à dire! C'est de la bonne mécanique*, s'exclama-t-il. Tous s'empressèrent de grimper dans le camion, Toulouse grimaçant de douleur en boitant lamentablement bien que soutenu par deux copains…

Parvenus au camp, tous au rapport.

Caméron se fit exposer le déroulement des opérations transalpines de son commando alors qu'il en connaissait déjà les excellents résultats, sans en avoir le détail. Il se réjouissait sans retenue: les autorités FFI lui avaient prodigué de vives félicitations qu'il répercuta chaleureusement sur son jeune lieutenant et ses hommes, terminant par:

– *Je suis fier de vous,* ce qui émut ces vieux (?) briscards cependant bien endurcis par cette vie pleine de risques, d'imprévus, de privations de toutes sortes…

Paimpol se hâta de reprendre (virtuellement) sa coiffe de grand cuisinier et de préparer la « bouffe ». Ils mouraient de faim… A la base du menu : des conserves ! Pas de le temps de mitonner de savoureux (?) petits plats.

– *çà sera meilleur demain,* prophétisa-t-il !

Ils eurent droit à une triple ration de pinard qui leur remit le cœur d'aplomb. Leurs copains italiens avaient eu la délicate attention de leur refiler une bonbonne de leur vin, pour le plus grand plaisir de tous… Pas mauvais, bien qu'ayant été drôlement chahuté lors du transport aérien… Ce n'était pas de l'*Asti spumante,* mais pas mal quand même !

Rex fit la fête aux arrivants. Il ne quitta plus son maître d'une seule patte, redoutant un nouvel abandon.

Quelques jours de répit leur permirent de se remettre de leurs émotions. Les turbulences de là-haut les avaient davantage marqués que leurs péripéties guerrières.

Pendant ce temps, le guerre continuait à faire rage. Les armées allemandes se repliaient un peu partout. La débâcle commençait pour eux mais, ce n'était pas encore l'effondrement général, certaines troupes conservaient du mordant.

36

Leur quiétude dura peu. Caméron reçut l'ordre de faire sauter un pont sur lequel devait passer prochainement une division ennemie. Il ne s'agissait plus d'une demande comme préalablement à l'expédition italienne, mais d'un ordre ferme et précis de l'Etat major FFI.

Août 1944 était commencé. Les Américains progressaient après avoir forcé les principales défenses allemandes en Normandie. L'ennemi cédait, mais ne rompait pas...

Dans le Massiif Central, les Nazis avaient envoyé des troupes, plus ou moins mercenaires, à base de Russes blancs transfuges, d'un ramassis de renégats, de repris de Justice de toutes nationalités haïssant davantage la Russie communiste que les Allemands, avec mission de mettre au pas la Résistance française, là où elle se montrait par trop remuante. Ces groupuscules, lâchés dans le centre de la France faisait étalage d'une cruauté inouïe, tuant, incendiant, violant, sans oublier de piller... se préoccupant peu de distinguer entre ennemis ou alliés.

Les Allemands leur avaient fait miroiter les délices de la vie en France, les avaient armés, munis de chevaux (comme des Cosaques...) et lâchés dans la nature où ils pouvaient agir comme bon leur semblait. De véritables barbares! Méprisés par les Allemands eux-mêmes! Jusqu'à présent, le commando de Caméron avait eu la chance de ne pas se heurter à de tels brigands.

Les hommes de Guynemer détenaient maintenant des explosifs plus modernes: plastic avec détonateurs et dispositif de mise à feu à distance par contact électrique. Ils avaient appris rapidement à manipuler ce nouveau genre d'explosif à base de nitroglycérine. Problème: en cas d'opération coup de poing, avoir le temps de dérouler un fil suffisamment long pour ménager à l'artificier, une distance de sécurité raisonnable.

Guynemer enrôla les hommes de son propre groupe, tous volontaires... Equipe parfaitement soudée par de profonds liens de camaraderie, dévouée au jeune chef qui en avait bavé, avec et autant qu'eux, à leurs débuts. Il se remémora leur cordial accueil teinté d'un brin de méfiance à l'égard de ce jeunôt, semblable à un oisillon tombé du nid. Pas une existence pour un gamin ! Leur opinion changea vite en faveur du susdit oisillon ! Et la hargne de Praha à son égard, radicalement « transmutée » après l'incendie de la fôret, en un dévouement à toute épreuve, allant jusqu'à sacrifier sa vie pour sauver celle de son ex-bête noire. Mentalement, il passa ses hommes en revue :

Toulouse, son cordial mentor – Roméo, le séducteur en manque de... pratiques – Auvergne, le systématique mécontent – Aubagne, le méridional blagueur – Gazo, son premier contact avec le groupe, chauffeur-homme-à-tout-faire – Hercule, le sympathique géant – Paimpol, l'infirmier – cuisinier débrouillard – Racine, le doux rêveur, se déchaînant en « tigre de guerre » dans l'action...

Tous étaient sortis indemnes des multiples accrochages et escarmouches de ces dernières semaines. Seul manquait Praha... ce qui chagrinait le jeune lieutenant...

Caméron possédait une carte détaillée de la région sur laquelle figurait l'ouvrage à détruire. On l'avait avisé que le pont avait une vingtaine de mètres de portée, constitué de poutrelles métalliques reposant sur des piliers de béton, recouvertes d'épaisses plaques d'acier. Assez résistant pour permettre le passage de tanks et d'artillerie lourde...

Ne pas le détruire complètement, seulement l'endommager en pratiquant une brèche assez large pour interrompre momentanément tout passage motorisé. Par la suite, il pourrait encore servir... pour les armées alliées, après quelques rafistolages...

A neuf, ils s'entassèrent dans le camion ex-allemand, revêtu maintenant, sur capot et toit, du sigle rutilant : « F.F.I ». Sage précaution pour éviter de se faire prendre à partie par d'autres Résistants, abusés par l'apparence teutonne du véhicule

Leur objectif, à une cinquantaine de kilomètres !

Rex, tout guilleret, faisait partie de l'expédition. Se considérait-il comme un combattant à part entière au même titre que les humains qu'il accompagnait ? Et pourquoi pas, il possédait la ténacité, le courage, le respect de la discipline... comme tout bon soldat !

Dans les quelques moments de répit, les hommes lui avaient appris à obéir mécaniquement à l'injonction « Garde à vous ! ». Dressé sur ses quatre pattes, la tête hautement levée, les oreilles droites, il avait fière allure. Et semblait en être conscient ! Au commandement : « repos ! », il se posait benoîtement sur son arrière-train, tout à fait détendu. Jamais il ne se trompait, ni ne bougeait, même une oreille, durant le garde à vous.

De temps à autre, Guillaume ressassait un « spleen » tenace, rêvant à sa douce bien-aimée, à ses chers parents. Ils se demandaient sûrement s'il était encore en vie... Le temps passait vite avec cette existence en accéléré mais, toujours, subsistait l'angoisse du lendemain. Quand cela finirait-il ? Quand la Paix, une fois retrouvée, pourrait-il vivre autrement qu'avec une arme à la main et être heureux après une aussi longue et douloureuse séparation ? Son médaillon-fétiche ne le quittait toujours pas, double souvenir de sa dulcinée et de sa défunte douce amie allemande.

Pour l'instant, le programme n'était pas à la rêverie.

Ils roulèrent longtemps, cahotant affreusement sur des routes et chemins abominablement défoncés, itinéraire choisi pour éviter les mauvaises rencontres... autant que faire se pouvait.

Après deux heures pénibles, ils parvinrent à proximité de leur objectif où Gazo, muni de la carte d'état major, les avait conduits avec brio. Le fûté chauffeur trouva un endroit propice pour camoufler le camion, tout en restant facilement accessible en cas de fuite éperdue, de départ en catastrophe.

Puis, à pied, longeant la route sinueuse bordée d'épais taillis, ils débouchèrent prudemment sur le pont qu'ils ne découvrirent qu'en y parvenant.

Guynemer répartit les tâches : Roméo et Racine ; les plus agiles de la troupe, installeraient la charge d'explosif sous le pont, à peu près au milieu, dans l'espoir que l'explosion provoquerait assez de dégats pour empêcher le passage à tout véhicule motorisé. Les deux hommes se mirent immédiatement à l'ouvrage. Roméo, agile comme un quadrumane, escalada le garde-fou, passa sous le pont tandis que Racine lui passait l'explosif à fixer sur une poutrelle.

Le reste de l'équipe se dissimula de chaque côté de la route par laquelle ils étaient arrivés. Tous soigneusement tapis dans les fourrés. Peu probable que le danger survienne de l'autre côté du pont... Les Allemands se dirigeaient invariablement vers le Nord, leur intention obsessionnelle étant de renforcer leurs troupes aux prises avec les Américains, les boutant hors de la Normandie !

Le contacteur de mise à feu resterait prés des hommes embusqués, caché lui aussi, mais bien accessible. Il serait peut-être nécessaire... de faire vite ! Paimpol brancherait les fils dès le retour des deux artificiers. A lui également de déclencher l'explosion... le moment venu !

Dès achèvement du travail et le retour des Roméo, Racine et lieutenant : Gazo au volant de son camion, tout le monde à bord. Démarrage immédiat dès que Paimpol aurait actionné sa manette... Si l'un des hommes tardait par trop ou s'il n'était plus en mesure de revenir : quitter les lieux en abandonnant l'absent qui se débrouillerait tout seul, s'il en avait encore la possibilité !

Guynemer traversa le pont pour s'enquérir près de ses deux hommes de l'avancement de leur travail. Ceux-ci assurèrent que tout serait « au poil » dans quelques minutes.

Soudain, un bruit de moteur retentit au loin. Une moto arrivait à grande allure… du côté où on ne s'y attendait pas! Le lieutenant se reprocha amèrement d'avoir manqué de vigilance… n'ayant pas su prévoir… l'imprévisible!

Roméo et Racine avaient entendu et se démenaient activement. Maintenant, tous deux sur le pont, ils déroulaient fébrilement ce fichu fil.

Guynemer, que Rex n'avait pas quitté, se précipita vers l'endroit où la route débouchait sur le pont après un tournant. Un bosquet providentiel se dressait juste au coin. Guynemer s'y glissa dans l'intention de stopper l'arrivant, couvrant ainsi la fuite des deux hommes qui détalaient en débobinant toujours leur fameux cordon. Il comptait bien, après avoir neutralisé l'avant-garde, qu'il espérait peu nombreuse, pouvoir s'enfuir à son tour pour rejoindre son groupe.

Un side-car apparut, roulant à toute vitesse. Les deux occupants n'eurent pas le temps de réagir que déjà, ils étaient abattus par le tir précis de Guynemer. Les deux artificiers avaient disparu du pont. Guynemer bondit hors de sa cachette, dans l'intention de les suivre.

Trop tard, un second motocycliste surgit au détour de la route alors que le jeune homme courait à perdre haleine. Trop tard aussi pour tenter d'arrêter le nouvel arrivant se rapprochant dangereusement. Comment dégager à temps son pistolet-mitrailleur qu'il avait passé en bandoulière afin de pouvoir mieux courir? Il n'avait pas cru à un danger immédiat, n'ayant pas perçu le bruit du moteur de la seconde moto…

Seule solution: sauter par dessus le garde-fou alors qu'il était parvenu au milieu du pont, en priant le Ciel pour que les eaux tourbillonnant là-dessous soient assez profondes pour amortir un plongeon de plusieurs mètres. En même temps qu'il se débarrassait de son arme inutile, il sauta alors que le motocycliste lui fonçait dessus. Par chance, l'Allemand, pris au dépourvu en apercevant le side-car et les corps ensanglantés de ses compatriotes, s'empêtra un instant dans son armement. Il stoppa brutalement sa moto qui bascula sur le sol, dégagea sa mitraillette, lâcha une courte rafale en direction de l'endroit où venait de disparaître son ennemi, emporté par le torrent impétueux…

Rex hésita un court instant avant de suivre son maître dans ces éléments terrifiants. Il bondit sur le soldat, lui broya le poignet d'un coup de croc rageur, sauta d'un jet par dessus la balustrade pour s'engloutir dans les eaux écumantes.

Les hommes du commando, impuissants, de loin, avaient assisté au drame. Se conformant aux ordres, Paimpol actionna le mécanisme de mise à feu…

Le pont sauta, catapultant dans les nues le soldat au poignet brisé, hurlant de douleur. Il ne souffrit pas longtemps! Le reste de la colonne arrivait. Bloquée par la large brèche, elle ne constituait plus un danger immédiat pour les maquisards…

Une balle avait atteint Guynemer à l'épaule, lui paralysant le bras gauche, alourdi en plus par chaussures et treillis. Il se débattit désespérément, disparut sous les eaux pour émerger de nouveau. Puis la douleur atroce de sa blessure le submergea… Il perdit connaissance… Etait-ce la fin ? Une fulgurante pensée d'adieu à tous ceux qu'il aimait…

Rex, après le saut dans le vide, nageait furieusement pour rattraper son maître qu'il voyait se débattre avec l'énergie du désespoir. Entraîné lui aussi par le courant violent, à force d'efforts, il finit par rejoindre le naufragé disparaissant sous les flots… Après plusieurs tentatives infructueuses, balloté en tous sens par le torrent déchaîné; il parvint à happer Guynemer par le col de son treillis, heureusement solide. Il lutta farouchement pour rester à la surface avec son précieux fardeau, tentant de gagner la rive…

Son combat contre les éléments déchaînés dura longtemps. Le chien s'épuisait en efforts désespérés mais ne renonçait pas, la mâchoire toujours rivée sur le treillis. Il atteignait la limite de ses forces, mais plutôt périr ensemble que de lâcher prise.

Le chien et l'homme inconscient étaient sur le point d'être submergés définitivement par les eaux quand, à un méandre, un courant secondaire les propulsa sur la rive. Rex, rassemblant ses dernières forces, hissa le corps inerte sur le sable où il s'affaissa, à demi-mort de fatigue. Le jeune homme perdait son sang en abondance…

Les hommes de Guynemer décidèrent unanimement de s'élancer immédiatement à la recherche de leur chef malgré tous les risques que cela comportait, le coin semblant « puer le boche ! »

Après avoir roulé quelques centaines de mètres sur le petit chemin suivant plus ou moins le cours descendant de la rivière, ils s'arrêtèrent et se séparèrent en deux groupes : l'un patrouillerait en amont (au cas où le lieutenant aurait échoué peu de temps après son plongeon), l'autre descendrait le cours du torrent, en examinant attentivement les deux rives. Dès la découverte du lieutenant, mort ou vif, alerter les autres par trois coups de feu, signal du retour rapide au camion.

A pied, le long de la berge, la progression était pénible, interrompue fréquemment par bosquets et taillis. Remonter, contourner l'obstacle boisé par le haut, descendre plus loin tout en inspectant minutieusement les abords… L'équipe descendante (Toulouse, Auvergne, Hercule, Aubagne) s'échinait depuis plus d'un quart d'heure, désespérant de retrouver le chef quand, dans un méandre, ils repérèrent une forme humaine flottant encore à demi dans l'eau. Par chance, c'était du bon côté, celui sur lequel ils se trouvaient…

Ils se précipitèrent, manquant maintes fois de tomber eux-mêmes dans le torrent. Le cœur serré, ils découvrirent leur lieutenant inerte, baignant dans son sang. Lové contre lui, comme pour le protéger jusqu'à son dernier souffle, Rex, tout aussi immobile... Ils se demandèrent avec angoisse s'ils n'avaient retrouvé que deux cadavres.

Toulouse palpa la carotide du noyé et s'écria, en poussant un grand soupir de soulagement :

– *Il vit, son pouls est faible mais tout espoir n'est pas perdu! Hâtons-nous car il a certainement perdu beaucoup de sang.*

Aubagne s'était inquiété du chien qui commençait à bouger, revenant lentement à la vie. Hercule avait emporté une trousse de secours d'urgence. Il compressa la blessure par un pansement sommaire, tentant de ralentir l'hémorragie... Précautionneusement, il souleva Guynemer dans ses bras, comme s'il portait un enfant.

Dès la découverte, Auvergne avait lâché les trois coups de feu. Pourvu que les autres perçoivent le signal! Rex, incapable de se dresser sur les pattes fut, lui aussi, chargé sur des bras robustes, ceux d'Aubagne.

Après quelques centaines de mètres, le plus pénible ayant été de gravir la berge avec leurs fardeaux pour reprendre le chemin du haut, ils regagnèrent le camion où, déjà le reste du commando les attendait anxieusement. D'abord réjouis, ils se désolèrent à la vue du piteux état du lieutenant.

Le camion conduit par un Gazo surexcité, fonça vers le camp. Négligeant toute prudence, ils s'engagèrent sur des routes importantes au risque de se heurter à une colonne ennemie... Ils ne rencontrèrent personne! Les deux heures de route à l'aller se réduisirent à moins d'une, par des routes plus praticables.

Arrivés au camp, ce fut la consternation. Le rude Caméron laissait paraître sa peine, lui dont le visage restait habituellement parfaitement impassible. La gorge nouée, il s'exclama :

– *Il est mort?*

Toulouse le rassura... à demi, insistant sur l'extrême urgence qu'il y avait de le soigner. Paimpol, infirmier bénévole, examina le blessé qui reprenait lentement ses esprits et semblait beaucoup souffrir, constata que le saignement avait à peu près cessé. Il refit le pansement en aspergeant la plaie de sulfamides. Il conclut :

– *Son état est critique et exige des soins sérieux, hors de nos compétences. Sa blessure peut s'infecter et il a perdu beaucoup de sang. Il faut l'hospitaliser d'urgence, sinon le pire est à craindre.*

Facile à dire! Conduire à l'hopital un maquisard, blessé par balle? La moindre intervention allemande le ferait prendre pour être fusillé séance tenante. Ce serait tomber de Charybde en Scylla.

Caméron, crispé d'angoisse, se creusait la cervelle pour trouver une solution valable et... rapide. Il s'exclama :

– *Je connais le médecin-chef d'une clinique privée, dans un petit patelin à une cinquantaine de kilomètres! Dix hommes avec moi... pour parer à d'éventuelles mauvaises rencontres. Gazo au volant ! Nous fonçons vers la clinique. Pendant que nous y sommes, emmenons Rex, fichu de claquer si, en plus de son épuisement, il subit le choc de la séparation. A la clinique, ils savent soigner les gens… pourquoi pas les chiens.*

Transporté dans le camion, Rex se coucha contre la civière sur laquelle on avait étendu le blessé, toujours semi-inanimé, civière soutenue par plusieurs hommes afin d'éviter au maximum les cahots de la route… Une veine (dans leur malheur) : pas de mauvaises rencontres encore cette fois-ci. Ils firent le trajet en un temps record, empruntant les grands axes qu'ils n'avaient pas fréquentés depuis longtemps… Sans un seul casque abhorré à l'horizon…

Débouchant sur les chapeaux de roue dans la cour de la clinique, leur irruption fit sensation. Le Personnel se questionnait sur les raisons de cette descente insolite de maquisards, hirsutes, armés et visiblement… très énervés ! Soulagement général quand, seul Caméron jaillit du véhicule, courut vers l'entrée de l'établissement. Il venait donc en client et non pas en guerrier ! Lui, au moins, avait un aspect moins belliqueux, plus engageant…

Au bureau d'accueil, il bouscula (verbalement…) tant soi peu l'hôtesse, terrorisée par l'apparition de Caméron. Qu'aurait-elle éprouvé si le reste du commando était descendu en même temps dans le hall !

Il exigea de rencontrer le Docteur X sur le champ, pour un cas d'extrême urgence, en précisant que ledit docteur le connaissait parfaitement. La jeune dame, subjuguée par l'autorité, presque la brutalité, de son interlocuteur, n'osa opposer aucune objection. Elle prit docilement le téléphone et transmit fidèlement le message.

Heureusement, le Docteur, présent en son bureau, se hâta vers le hall de réception. Il reconnut Caméron et les deux hommes se serrèrent une cordiale poignée de mains :

– Je vous amène l'un de mes hommes gravement blessé au combat. Il est exsangue, son état critique exige des soins immédiats.

Après un moment d'hésitation, le Docteur répondit :

– Vous me posez un sacré dilemme ! Mon cœur est de votre côté, vous le savez, mais en hébergeant un maquisard blessé par balle, je m'expose, avec mon Personnel, à de sérieuses représailles en cas de contrôle allemand. Certes, les Occupants sont dans un état de déliquescence et ont bien d'autres soucis mais… on ne sait jamais ! Il me vient une Idée : je placerai votre blessé dans la section des « Contagieux ». Les Allemands ont une peur morbide des épidémies… Ils ne viendront pas y mettre le nez. Je donne des ordres immédiats en ce sens.

Caméron remercia vivement :

– Je n'en attendais pas moins de vous, docteur. Merci de tout cœur ! Le blessé, un jeune lieutenant, est un brave. C'est en voulant protéger la retraite de ses hommes qu'il a été touché.

Le Docteur donna quelques ordres brefs et deux infirmiers s'élancèrent dans la cour, avec une civière.

Caméron ajouta :

– *Encore une faveur à vous demander... même si cela vous semblera extravagant ! Pouvez-vous trouver un coin dans votre clinique pour un chien ?*

Il narra à son interlocuteur l'épopée de Guynemer et de Rex telle que lui avait relatée ses hommes, durant le trajet vers la clinique. D'abord interloqué, le docteur, touché par le comportement héroïque de l'animal, pour le principe, grommela :

– *Je ne suis pas vétérinaire... Mais bon, ce chien est meilleur que bien des humains... Il mérite qu'on s'occupe de lui. D'accord, on le soignera !*

D'autre part, je vous demande de ne pas vous éterniser ici. Le stationnement prolongé de vos vaillants guerriers dans la cour, ne manquerait pas d'attirer une attention... malsaine. Je suis sûr de mon Personnel, mais la moindre fuite pourrait être fatale.

Revenez dans quelques jours, revoir votre protégé ! Et surtout, seul !

Caméron échangea une chaleureuse poignée de mains avec le brave docteur et regagna le camion. Deux infirmiers emportaient Rex, d'abord réticent mais, du moment qu'il s'agissait de suivre son maître. Guynemer avait déjà été emmené en la clinique.

Caméron et ses hommes s'en retournèrent beaucoup moins soucieux qu'à l'aller... Le blessé se trouvait en de bonnes mains.

Pendant ce temps, l'équipe médicale s'affairait autour de leur nouveau client. Soins d'urgence, reéanimation, transfusion, extraction de la balle restée logée dans les chairs, désinfection de la plaie et sérieux pansement. A la fin de la journée, Guillaume reprit conscience... au grand plaisir des infirmières, papillonnant autour de ce plaisant garçon et de surcroît un héros.

Il se demanda où il se trouvait... aucun souvenir ne lui restait de ce qui lui était advenu depuis son plongeon dans le torrent impétueux. Les infirmières se firent un plaisir de lui narrer sa propre aventure, ce qui l'émut jusqu'aux larmes en apprenant la conduite de ce sacré Rex.

– *Où est-il,* s'inquiéta-t-il aussitôt !

L'hospitalisation conjointe de son chien le rassura et il se rendormit sans plus se poser de questions. Lorsqu'il se réveilla, son premier réflexe fut de tâter son précieux médaillon, normalement pendu à son cou. Horreur, rien ! L'avait-il perdu dans la bagarre, arraché par le violent courant, perdu à tout jamais ?

Paniqué, il insista longuement sur le bouton « Appel d'urgence ». Une infirmière se précipita, convaincue d'avoir à faire avec une nouvelle hémorragie ou qui sait quel autre problème majeur ! Soulagement quand le jeune homme lui eut expliqué les raisons de son désarroi. La jeune fille sourit, saisit sur la table à côté du lit, le fameux médaillon se balançant au bout de sa chaîne... L'objet lui avait été retiré dès son arrivée... Comment soigner une épaule avec cet encombrant pendule se mettant constamment au travers...

L'infirmière avoua n'avoir pu résister à la tentation d'ouvrir la boîte, croyant y trouver une photo révélatrice. Déception pour elle : une simple mèche de cheveux blonds, bien anonyme.

De votre fiancée, s'enquit-elle !

Un hochement affirmatif de tête confirma l'hypothèse émise. La jeune fille en blanc fut sincèrement heureuse à la vue de la joie intense éprouvée par son patient en retrouvant ce qui lui semblait, à elle, une simple babiole, qu'elle lui remit sans tarder autour du cou.

Les humains attachent à certaines choses, une valeur sentimentale inestimable...

Son tempérament, sain et robuste, endurci par la vie au grand air, reprit vite le dessus et le sortit du marasme. Le lendemain, il déclara... mourir de faim. Ce qui ravit ses soignantes !

Isolé dans la section des « Contagieux » où il n'y avait personne d'autre que lui, il finit par trouver le temps long, d'autant plus qu'il était interdit, par mesure de sécurité, « de couloir et de parc » !

En même temps que son premier repas, on amena Rex alors que lui, tentait déjà, au grand dam de l'infirmière, de poser un pied à terre. Il ne persista guère car la tête lui tourna comme un carroussel forain en plein dimanche de ducasse.

Le chien avait retrouvé la pleine forme. Il fit une fête effrénée lors de ces retrouvailles, au point où le convalescent alité dut modérer ces élans intempestifs. Le bras blessé, ultrasensible, ne tolérait guère de chahuts !

Rex se calma, se coucha dans un coin où une infirmière lui avait plié une couverture. Allongé, la tête entre les pattes, il dévorait des yeux l'objet de sa vénération !

Le chien eut droit à des repas... en même temps que le convalescent. A tour de rôle, les infirmières le menaien quand il le fallait... dans le parc entourant la clinique. Ce que Rex acceptait avec condescendance, ayant compris que la séparation n'était que momentanée !

Quelques jours après, les deux compères, gâtés, chouchoutés, cajolés, se portaient à meveille. Guynemer restait faible mais reprenait des forces de jour en jour. La blessure se cicatrisait rapidement, mais restait douloureuse.

Une alerte mit la clinique en émoi. Une voiture militaire allemande, à bord un officier, deux soldats, stoppa brusquement devant l'entrée. A la réception, l'officier déclara : *vouloir faire un petit tour d'inspection !*

Au pas de course, il n'avait pas l'intention de flâner! Avait-il eut vent de quelque chose touchant le séjour du maquisard blessé?

Parvenu devant la porte de la section « Contagieux », l'officier s'enquit du nombre de malades et de la maladie de chacun d'eux! Le docteur lui répondit:

– *Il n'y a qu'un seul malade, atteint des oreillons. Très dangereux pour les « Messieurs » Il est à un stade assez critique! Voulez-vous l'ausculter?*

L'Allemand jeta un coup d'œil inquiet par la vitre de la porte de la chambre. Il vit un homme alité, la gorge entourée d'un épais bandage, le visage visiblement enflé... Il toussota un peu avant de se décider:

– *çà suffira! Sehr gut!*

Il tourna rapidement les talons suivi de ses sbires, aussi pressés que lui de fuir cet endroit malsain. Dans un tourbillon de poussière, ils quittèrent en hâte la clinique, surtout soucieux de ne pas avoir emporté quelque virus.

Tout le Personnel – car la présence et les circonstances ayant amené le blessé à la clinique n'étaient plus un secret pour personne – respira plus librement et rit de bon cœur. Une infirmière avait eu le temps et la présence d'esprit de dissimuler le bandage du bras sous le drap et de confectionner un sérieux rembourrage autour du cou. Une boule de coton hydrophile dans chaque joue et les symptômes des oreillons ne faisaient plus aucun doute... pour un visiteur extérieur!

Comme convenu, Caméron revint seul rendre visite au convalescent. Il s'était efforcé de gommer son apparence militaire pour devenir celle d'un paisible retraité visitant... son neveu souffrant! Il constata avec grand plaisir, le merveilleux rétablissement du jeune homme. Il était radieux:

– *J'ai d'excellentes nouvelles à t'annoncer! L'Etat major des Forces Françaises, mis au courant – par mes bons soins, je l'avoue! – de tes valeureux exploits, me charge de te transmettre ses vœux de prompt rétablissement et toutes ses félicitations pour ta conduite exemplaire devant l'ennemi! Ces Messieurs ont décidé... d'ajouter une barette aux deux que tu possèdes déjà. De lieutenant, tu deviens capitaine « pour la durée des hostilités ». Tu le mérites. Tes hommes te portent aux nues! A les en croire, ils t'auraient, eux, conféré au moins le grade... de général!*

Il expliqua à Guynemer, sidéré:

– *Les F.F.I t'ont découvert une nouvelle mission, sachant que ta blessure t'interdirait toute activité guerrière pour un temps. Comme ils ne veulent pas se passer des services d'un homme de ta trempe et de toute confiance, ils désirent te confier de nouvelles responsabilités!*

Depuis l'hospitalisation du jeune homme, la déroute allemande s'était accentuée. Vaguement du genre « mai 40 », en sens inverse! A chacun son tour!

L'anonymat des maquisards, justifié en période de répression policière durant l'Occupation victorieuse, n'avait plus de raison d'être maintenant que l'Ennemi se trouvait en complète déconfiture. Apprenant que le jeune capitaine, ex-lieutenant, était originaire du Nord, les Autorités supérieures lui avaient concocté un nouveau rôle… celui de pacificateur!

Caméron poursuivit:

– *Le déferlement des armées alliées amène de profonds bouleversements pour la population civile. La gendarmerie est désorganisée, surtout dans les régions où la police était exercée en priorité par les Occupants eux-mêmes. Dans la mesure du possible, la sécurité publique doit être assurée: réprimer les pillages, interdire les jugements sommaires et règlements de comptes, bref, faire respecter l'ordre républicain!*

Ils ont pensé à toi! Et en plus, Ils te font une fleur: tu pourras embarquer avec toi, les hommes du commando volontaires pour te suivre!

Le Docteur m'a assuré qu'il ne s'opposerait pas à ta sortie de la clinique… dans quelques jours. Je reviendrai te chercher!

Guynemer, stupéfié de tout ce qui lui tombait dessus en si peu de temps, ne parvint qu'à bredouiller quelques remerciements maladroits. Mis au courant de la promotion de leur patient, l'équipe médicale défila pour féliciter le nouveau promu mais, ils firent grise mine – surtout le Personnel féminin – quand fut annoncé son prochain départ…

En son for intérieur, Guillaume, se rappelant son séjour à l'hôpital allemand, s'étonnait – sans en tirer vanité – de posséder une sorte de fluide attirant la gent féminine, quelle que soit la nationalité…

Le 16 août arriva et Caméron aussi… pour prendre livraison du blessé, à peu prés rétabli et de Rex, complètement remis de son équipée aquatique. A la clinique, le défilé fut long dans la chambre du partant. En premier, le docteur souhaita à son patient une bonne poursuite de sa convalescence, lui assurant que tout irait bien avec son bras… à condition qu'il le ménage et le conserve en bandoulière pour soulager ses muscles, le temps d'un complet rétablissement. Puis, ce furent les infirmières, la larme à l'œil, chagrinées de voir partir ce garçon si sympathique… Rex eut droit à sa part de caresses qu'il reçut avec un plaisir évident.

Dans la cour de la clinique – le danger allemand s'étant considérablement amenuisé depuis l'arrivée en catastrophe de Guynemer – tous les hommes du commando attendaient. A dix huit, çà fait du bruit! Ils formèrent une haie d'honneur entre laquelle passèrent Caméron, Guynemer escorté de son chien. Ce dernier, un peu inquiet de tout ce tintamarre, reconnut ses compagnons d'armes et frétilla la queue pour marquer sa totale approbation quant à ce chaleureux accueil.

Tout le commando poussa de vigoureux « Hourra, vive Guynemer ! Vive Rex ! à la surprise de celui-ci, se demandant ce qu'on lui voulait encore. Qu'ils sont étranges, ces humains !

Ceux-ci, n'eut été la fragilité du bras de leur héros, l'auraient bien volontiers porté en triomphe sur leurs épaules. Lequel, touché par ces témoignages – exubérants – auquels vinrent se joindre ceux de plusieurs employés de la clinique, ne savait plus quelle contenance prendre.

La Gloire, se dit Guillaume ! *Je n'ai cependant rien fait d'extraordinaire !*

Au camp, avec les moyens du bord, ce fut la fiesta. D'une voix émue, Caméron prononça le panégyrique de son brillant élève qui s'en trouva gêné, *C'était trop !*

Le Chef remit au nouveau promu, son brevet de capitaine, dûment revêtu des signatures et cachets officiels ainsi que l' ordre de mission donnant carte blanche au capitaine Guillaume Seyname chargé d'assurer l'ordre public et la sécurité dans le secteur des Flandres maritimes.

Comment rejoindre le grand Nord… de la France ?

Caméron décida de leur confier le camion ex-allemand. La réserve de carburant des jerricans commençait à faiblir. Le Chef s'en inquiéta et, après d'âpres pourpalers, assurance lui fut donnée qu'à Riom, un nouveau stock les attendrait, suffisant pour toute la longue route…

Le 15 août, les Alliés dont sept divisions françaises sous les ordres de De Lattre de Tassigny, avaient débarqué en Provence et progressaient rapidement vers le Nord.

Tout s'accéléra ! Paris, libéré du 18 au 20 août par la 2° division blindée de Leclerc (pseudonyme de Philippe de Hautecloque). Le général De Gaulle assistait au Magificat en Notre Dame de Paris alors que des coups de feu retentissaient encore dans la capitale !

En somme, Guynemer et ses hommes suivaient, de loin, la marche libératrice des Alliés.

Vint le moment des adieux !

Caméron les réunit :

– Mon rôle d'instructeur s'achève ! Je rentre chez moi, dans mon mas de Haute-Provence pour y cultiver mon coin de terre. Vous avez été des élèves épatants, dépassant toutes mes espérances. Je suis content de vous… et de moi ! Notre groupe va se dissoudre : les uns remonteront vers le Nord avec leur nouveau capitaine, les autres seront incorporés dans d'autres unités de maquisards… s'ils le jugent utile, ou rentreront chez eux, le Devoir accompli. Vous avez tous bien mérité de la Patrie !

Il fit l'accolade à chacun des partants, devenus un peu ses enfants et – ô surprise ! – certains crurent déceler une larme furtive zigzagant sur sa joue… Les hommes se congratulèrent entre eux en se balançant d'amicales tapes dans le dos… *Tout doux, Hercule, maîtrise tes chevaux,* avertirent certains, craignant de se faire estropier !

Rex participait à la fête et, si la compagnie leva moult toasts à la santé générale, les rendant de plus en plus guillerets, lui eut droit à un gros os que Paimpol avait thésaurisé à cet effet !

Le commando Guynemer se préparait au départ depuis plusieurs jours. Treillis rapetassés, brossés, décapés des traînées boueuses accumulées au cours de leurs périgrinations guerrières. Chaussures, pas cirées mais, au moins, débarrassées du gros de leur gangue terreuse. Leurs armes reluisaient de propreté. Ils n'emportaient que leurs pistolets-mitrailleurs et quelques grenades, la guerre (la vraie de vrai…) était – théoriquement – terminée pour eux.

Caméron leur remit des bons de réquisition… signés en blanc (la confiance règne) en vue de pourvoir à leurs besoins alimentaires en cours de route.

Le camion démarra, accompagné par les hourras de ceux qui restaient. Ils agitèrent longtemps les bras en signe d'adieu. Serrement de cœur pour tous… C'est bien çà : on râle quand on est ensemble pour pleurer… quand on se quitte !

Chacun sentait qu'un épisode de son existence venait de prendre fin !

37

Guillaume décida de « faire un petit détour » (c'était presque la route) par la ferme où l'avait « cueilli » Gazo, là où il avait été conduit par Julien et ses bœufs ! Une éternité de cela ! L'endroit demeurait toujours aussi désert et calme. Quand ils débouchèrent dans la cour, ce fut la panique… Que leur voulait cette horde de gaillards plus ou moins mal embouchés, se demandaient les fermiers ? Certains Maquisards – ou, se prétendant tels – plus pillards que patriotes, se conduisaient comme des barbares et les gens ne savaient jamais s'ils avaient affaire à d'authentiques Résistants ou à de véritables bandits de grands chemins.

La fermière reconnut d'abord Gazo, puis ouvrit de grands yeux en dévisageant le chef de l'escouade. Sous le képi, elle découvrit le visage, drôlement mûri… du jeune garçon timide, arrivé désemparé quelques mois auparavant. Avec un bras en bandoulière, par dessus le marché !

Ce furent accolades, embrassades et effusions, dans la joie de retrouver, notamment, la tête galonnée de celui qui fut leur hôte d'une nuit. Les fermiers ouvrirent tout grands… leurs bras, leur porte et… leur garde-manger pour improviser, impromptu, un festin écornant largement leurs réserves, débusquant même de leur cachette, quelques bonnes bouteilles… Rien n'était trop beau pour leurs illustres visiteurs.

Bien vite, l'ambiance devint euphorique. Rex se sentant en terrain ami, allait de l'un à l'autre… Afin que nul ne l'ignore…

Quand ils eurent bien mangé, bien bu… et raconté quelques unes de leurs aventures, dans lesquelles Guynemer faisait figure de héros (en dépit des dénégations de l'intéressé) tout le monde s'en fut dans la grange où les ronflements ne tardèrent pas.

Tôt le lendemain, tous furent debout, leur mission ne pouvait attendre… Leurs hôtes leur offrirent un plantureux petit déjeuner. *Afin que vous ayez l'estomac bien câlé,* précisa la brave fermière.

Au moment du départ, forces embrassades de ces braves gens, tout honorés d'avoir accueilli un groupe aussi prestigieux. Ils en auraient pour longtemps à raconter leurs retrouvailles d'avec Guynemer, porté au pinacle par ses hommes, eux-mêmes extraordinaires. Et, pourquoi pas, en enjolivant encore un peu !

Leur remontée vers le Nord continua.

Guillaume se remémora le lent parcours en char à bœufs entre St Genès-Champignolle et le ferme qu'ils venaient de quitter. Il proposa à ses hommes d'aller dire bonjour au bistrot « Au bon Patriote », d'autant plus que le détour était insignifiant. Tous furent d'accord. Boire un coup, çà ne se refuse pas !

A proximité du village, leur sixième sens, acquis au cours des mois de guérilla, les alerta : quelque chose d'anormal se passait dans le coin. Tout était trop calme, même les oiseaux ne sifflaient plus. Un homme, tout échevelé, leur fit de grands signes du bord de la route. Hors d'haleine, il déballa :

– *Dans le village, c'est l'horreur ! Une horde sauvage a investi le patelin pour le piller et, peut-être même aussi, pour massacrer les gens ! J'ai réussi à m'enfuir avant le complet encerclement. Faites quelque chose, je vous en supplie !*

Prudemment le commando quitta le véhicule pour continuer silencieusement à pied, aux aguets, arme au poing. Ils se glissèrent sans bruit le long d'une petite ruelle qui débouchait, plus loin, sur la place de l'église. Guynemer fit stopper ses hommes et envoya Roméo en éclaireur. Celui-ci, souple comme une anguille, se faufila jusqu'aux abords immédiats de la place afin de voir... sans être vu !

Il ne tarda pas longtemps ! Encore tout horrifié par ce qu'il avait observé, il fit son rapport :

– *D'un côté de la place, contre la façade du bistrot, un groupe de villageois est massé sous la garde de quelques cavaliers armés de lances avec lesquelles ils s'amusent à... asticoter leurs prisonniers, sans faire de distinction entre hommes, femmes ou enfants !*

Ces sauvages – une douzaine au total – semblent avoir inventé un nouveau divertissement. Entre deux chevauchées et beaucoups de libations, un villageois est détaché du groupe, obligé de courir de l'autre côté de la place. Vers le milieu de son parcours, un cavalier galope, à bride abattue, à la poursuite du fuyard, lance baissée. J'ai assisté à une séance : une femme s'enfuyait, affolée, cheveux au vent... Le cavalier l'a rejointe et frappée de sa lance pour la laisser inanimée dans la poussière. Déjà deux ou trois corps jonchent le sol. Les assassins paraissent beaucoup s'amuser. Au bout de la place, quelques hommes, plus agiles ou plus chanceux, sont tapis sur le sol. Ont-ils échappé aux lances fatales ? Certains sont visiblement blessés. Tout retard de notre part entraînerait quelques victimes de plus !

Guillaume réalisa qu'il s'agissait des redoutables mercenaires semant la terreur dans la région sous le prétexte fallacieux de mâter la rebellion de la Résistance contre les Allemands !

Ceux-là continuaient leur propre guerre, à base de brigandages et de cruauté sans se soucier de se replier comme leurs seigneurs et maîtres teutons qui se désintéressaient certainement de leur sort.

D'après Roméo, les canailles ne disposaient que d'armes légères – en plus de leurs lances folkloriques pour paraître plus Cosaques ? – Comme ceux-ci, ils se déplaçaient sur de petits chevaux nerveux, vifs comme l'éclair et se révélaient de fameux cavaliers. Convaincus de leur impunité (les armées alliées avaient bien d'autres chats à fouetter que de s'occuper d'eux) ils n'avaient pris aucune précaution de surveillance. Pas de sentinelle pouvant donner l'alerte.

Sans attendre, Guynemer déploya ses forces :

– Trois hommes de l'autre côté de la place, en face, en faisant le grand tour en vitesse, sans se faire repérer. Trois autres, sur le côté droit pour se rapprocher des cavaliers attendant leur tour de joute ! Les deux derniers, avec moi, à partir d'ici. Nous abattrons les quelques soldats cernant les villageois, après une salve en l'air, en espérant que les prisonniers auront le bon réflexe de se jeter immédiatement à terre. Simultanément, tous entreront en action, l'ennemi ne devra pas avoir le temps de réagir...

Rex ne serait pas de la partie : il garderait le camion...

Chaque groupe eut rapidement rejoint le poste assigné. Souples comme des félins, rien n'avait trahit leur présence. Le capitaine dégaina son gros revolver d'ordonnance, la manipulation d'une mitraillette avec un seul bras relève de mission impossible.

A son signal, les trois hommes s'élancèrent. Le temps de répérer leur cible, après un coup de feu en l'air, la fusillade crépita. Les prisonniers s'étaient précipités à terre... En quelques secondes, les cavaliers avaient été anéantis, leurs chevaux affolés – quelques uns atteints aussi – se sauvaient de tous côtés en hennissant.

La place se trouva nettoyée de toute cette racaille !

Les rescapés se risquèrent à lever la tête pour connaître d'où leur tombait ce secours miraculeux ! Hébétés, ils ne pouvaient croire en leur délivrance, après avoir frôlé la mort de si prés. Délire d'embrassades et cris de joie ! Puis, ils éprouvèrent quelques craintes quand les hommes du commando approchèrent... Leur air farouche, pas tout à fait dégagé de l'atmosphère de violence de ces derniers instants, leur inspira une sacrée frousse.

Parmi les rescapés, Arsène et sa femme se levaient péniblement et reprenaient leurs esprits tant bien que mal. Ils reconnurent Guillaume, celui qu'ils avaient accueilli avant de le confier aux bons soins de Julien avec son char à bœufs.

Ce fut un déchaînement ! Ils se précipitèrent sur ce vaillant capitaine, avec une frénésie frisant l'hystérie, se jetèrent au cou de leur sauveur, l'embrassèrent avec fougue... ce qui fit blêmir l'intéressé dont le bras fragile n'appréciait pas du tout ces effusions. Le voyant sur le point de défaillir, ils se calmèrent en clamant à qui voulait les entendre que le chef du commando était l'une de leurs connaissances et que l'on pouvait lui accorder la plus entière confiance.

Coupant court à toutes ces bruyantes démonstrations de gratitude, quelques personnes s'étaient empressées de voler au secours des blessés. Parmi les victimes, recroquevillées dans la poussière, deux étaient mortes. Deux autres présentaient de sérieuses blessures. Parmi les trois rescapés de la joute barbare, terrés au bout de la place, un seul semblait grièvement touché…

Arsène, en pleine euphorie, invita tout le monde, sauveurs et sauvés, à venir boire un coup dans son établissement, aux frais du patron !

Paimpol déballa d'abord sa trousse, aidé par plusieurs villageois, eux-mêmes munis de pansements et de médicaments qu'ils s'étaient empressés d'aller quérir chez eux. L'infirmier bénévole commença par soigner… le capitaine, prêt à tomber en pâmoison. Il payait l'effort dépensé lors de l'offensive, son organisme de convalescent se rebellait contre de telles dépenses d'énergie et sa résistance, épuisée par les dernières bousculades frénétiques. Il dut s'étendre un instant avant de reprendre des couleurs. Toulouse s'institua son garde du corps, interdisant à quiconque de troubler le repos du chef. Celui-ci se rétablit rapidement et s'en fut trinquer cordialement avec Arsène et consorts pour le plus grand bonheur de l'assistance débridée… La joie de se sentir… en vie, faisait un peu oublier les malheureux qui avaient perdu la leur dans cet épisode tragique.

Cependant, ils ne pouvaient s'attarder. Arsène, surexcité, manifesta son intention d'inviter le Conseil municipal à baptiser l'une des rues du village : « Rue du Commando Guynemer », ce à quoi le jeune capitaine opposa :

– *Vous êtes tous sous le coup de l'émotion. Plus tard… vous verrez bien !*

Ils quittèrent le village sous un tonnerre d'acclamations enthousiastes.

Dans le courant du mois d'août, le Cantal avait été libéré. Les Allemands, dans leur précipitation, avaient déguerpi en abandonnant parfois certains de leurs stocks d'essence que les F.F.I, ravis de l'aubaine, avaient précieusement recueillis. C'est ainsi qu'à Riom, on leur remit, sans aucune difficulté, suffisamment de carburant pour toute la route… Un gros souci en moins !

Leur remontée vers le Nord se poursuivit sans encombres. Ils traversèrent des régions parfois libérées depuis peu. Pour ne pas gêner les mouvements stratégiques des troupes alliées, ils avaient décidé d'éviter systématiquement les grands axes de circulation. D'où leur impression de traverser la France en touristes. Ils bivouaquaient dans de petits villages où on les recevait avec ferveur. Bien souvent, les villageois n'avaient même pas entrevu de troupes alliées et s'honoraient d'accueillir dignement le commando faisant figure de libérateur après coup.

Les demoiselles papillonnaient autour des nouveaux venus apportant un peu de diversité dans le village. Le jeune capitaine faisait l'objet d'attentions particulières, au prestige auréolé par le bras en écharpe, une évidente glorieuse blessure de guerre… Lequel ne tenta pas d'en tirer avantage. Pour lui, la fidélité inconditionnelle, vertu que certains jugeaient désuète, était une règle de vie incontournable.

Principe qu'il ne prétendait pas imposer à ses hommes, leur permettant de se distraire un peu durant les pauses nocturnes en leur donnant quartier libre. Sous certaines réserves : se tenir dignement de façon à ne laisser de leur bref passage que de bons souvenirs et être – à peu prés – frais et dispos pour reprendre la route, le lendemain matin. Ses compagnons n'étaient ni des ascètes, ni de petits saints !

Aucun ne faillit à la consigne donnée !

Des plus fantaisistes, leur itinéraire, bien qu'à peu prés en ligne droite… par le chemin des écoliers !

Ils frôlèrent Châteauroux et Bourges, évitèrent Orléans, piquèrent sur Evreux pour ne pas passer par Paris certainement engorgé par les troupes, contournèrent Rouen, traversèrent Abbeville, passèrent au large de Boulogne-sur-mer et de Calais, villes encore tenues par les Allemands y retranchés.

Ils approchaient de leur destination, sachant qu'à Dunkerque, l'Ennemi persistait à résister. La « poche de Dunkerque » perdurerait jusqu'à la fin de la guerre. Par contre, l'arrière-pays était libre, sinon officiellement, au moins dans les faits. Deci – delà, quelques groupuscules teutons attardés faisaient encore retraite, ne témoignant d'aucune agressivité, si on les laissait passer en paix.

38

Ils roulaient paisiblement sur une petite route verdoyante quand leur attention fut attirée par des cris stridents… incontestablement féminins ! Intrigués, ils stoppèrent… A une vingtaine de mêtres en retrait de la route, au bout d'un chemin bordé de haies, une bergerie largement délabrée, porte grande ouverte !

De plus belle, des cris de détresse s'échappaient de l'intérieur. Que se passait-il là-dedans ? A côté de la cabane, stationnait une vieille voiture, sans personne à bord. Leur instinct de guérilléros ne les avait pas quittés. Sans bruit, ils se coulèrent jusqu'à la bicoque dans laquelle il y avait beaucoup de remue-ménage.

Armes brandies, ils surgirent dans la pièce, prêts à tirer. Ils ne s'attendaient pas à ce qu'ils virent… Une fille, étendue sur la paille, solidement maintenue par deux hommes, se débattait avec l'énergie du désespoir en poussant des cris d'orfraie. Jupe complètement retroussée, sous-vêtements en pièces ! Un troisième homme, debout. Tous trois, les fesses à l'air, présentaient à la vue un… membre dans un garde à vous qui n'avait rien de militaire !

Les trois gaillards s'affairaient tout simplement dans l'intention manifeste de violer la femme clouée au sol. Dans un coin : un pistolet-mitrailleur, deux fusils de chasse, posés à côté des pantalons, paraissaient attendre que la « partie » soit terminée !

Interloqués par l'intrusion de ces trouble-fête, les deux complices lâchèrent la femme qui s'empressa de cacher un peu… de ce qui était largement dévoilé.

L 'homo sapiens « erectus » visiblement tout à coup beaucoup moins… viril, esquissa un geste vers les armes du coin.

Guynemer l'en dissuada vertement :

– *Un seul geste… et vous êtes morts ! Mains sur la tête !*

Celui qui semblait être le chef de bande – ce que le commando conclut *ipso facto* puisqu'il s'était arrogé un droit de priorité dans la tentative d'accomplissement du forfait – essaya de le prendre de haut en dépit du ridicule de la situation. Les hommes du commando trouvèrent qu'il était drôlement… culotté (bien que, physiquement il ne l'était plus du tout) Il prit le ton d'une victime outragée, sûre de son bon droit :

– Cette fille est une pute ! Elle a fricoté avec les Allemands durant toute la guerre. C'est notre rôle de Résistants que de la châtier !

Guillaume, furieux devant une telle insolence, le fit taire :

– Vous êtes des criminels dans votre genre, car le viol est une infamie ! En aucune façon, vous n'avez pouvoir de vous attribuer un rôle de justiciers. Surtout pas de cette façon ignoble ! Votre conduite inqualifiable, déshonore la cause que vous prétendez servir !

Il héla Rex, assis sur le pas de la porte, qui se demandait ce que tout cela voulait bien signifier. Toute sa vive intelligence d'animal ne pouvait lui inspirer la même horreur quant à la conduite de ces individus

Guillaume ordonna :

– Rex ! Garde ! Au moindre mouvement, le chien vous croquera les fesses, et peut-être bien… autre chose… Ce sera d'autant plus facile que tout est exposé… à l'air libre !

Rex se posta à proximité des trois hommes. Son attitude avait notoirement changé, l'ordre donné l'avertissait qu'il s'agissait d'ennemis. Immobile, aux aguets, les babines retroussées sur des crocs puissants, il épiait le premier geste qu'il aurait à sanctionner.

Les chenapans, tétanisés, frissonnaient. De froid ? Bien plus de frousse ! Les crocs d'un chien menaçant inspirent autant de crainte que celle causée par le trou noir d'une arme braquée sur soi !

Toulouse et Roméo relevèrent la fille, aussi dépoitraillée qu'échevelée. Ils durent l'empêcher de se jeter, toutes griffes dehors, sur ses bourreaux. Elle se défendit des accusations portées contre elle :

– Il est faux que je sois une fille à boches ! Pendant l'Occupation, j'ai connu un sous-officier allemand venant de perdre femme et enfants dans les bombardements de son pays. J'ai eu pitié de sa détresse, nous avons sympathisé et, peu à peu, nous sommes devenus amis ! Il a juré de revenir me chercher pour m'épouser, après la guerre. Est-ce une si grande faute. Sinon celle qu'imaginent ces ignobles individus !

Toulouse, en tant qu'aîné, sortit de son mutisme :

– Mademoiselle, nous n 'avons pas à juger votre conduite, quoi que vous ayiez fait ! Or, d'après ce que vous nous racontez – et nous voulons bien vous croire – votre faute, s'il y en a une, n'est certes pas impardonnable. Cela ne pourrait jamais égaler en horreur les scélérates intentions de ces trois vauriens !

Le jeune capitaine réfléchissait avant de prendre une décision. Il ne pouvait s'octroyer le droit de sévir mais, au moins, flanquer une bonne frousse aux coupables :

– Nous allons vous laisser partir… dans votre tenue actuelle. Nous conservons armes, pantalons et godasses… que nous remettrons à la Gendarmerie la plus proche ! Si vous voulez tout récupérer, vous irez vous expliquer avec les gendarmes auxquels nous aurons exposé la situation

dont vous n'avez pas à vous glorifier ! Je vous laisse une avance de dix secondes, après quoi je lancerai le chien à vos trousses. Il adore les fesses... surtout quand elles sont nues ! Quant à votre tacot, nous y prélèverons la tête de delco... à reprendre également à la Gendarmerie. Allez ! Ne perdez pas une seconde ! Je commence le compte à rebours !

Les trois scélérats s'envolèrent littéralement tandis que Rex était stoppé dans son élan pour les poursuivre : – *Rex ! Au pied !*

Les compagnons s'esclaffaient en voyant les trois paires de fesses détaler, les tâches blanchâtres des postérieurs tranchant sur le vert feuillage du chemin...

– *Rex ! Mors-les !*

Tel un ressort, le chien bondit derrière les fuyards, sachant d'après l'ordre reçu, qu'il ne s'agissait, non pas de tuer, mais d'opérer comme il le faisait avec les vaches... en leur mordillant les jarrets ! En peu de temps, il rejoignit les trois individus qui, terrorisés, s'étaient jetés à genoux. Eux, insensibles à la pitié criaient « Pitié ! »... à un chien ! Celui-ci les encerclait (comme le faisaient les Indiens galopant autour des chariots des Visages pâles, pionniers de l'Ouest américain, si l'on en croit les westerns), décochant au passage quelques coups de crocs.

Guynemer, jugeant l'épreuve suffisante, rappela Rex, visiblement déçu d'interrompre si vite cette partie de plaisir... pour lui.

La femme s'était composée une tenue plus décente, affreusement gênée d'avoir été vue dans une position aussi choquante. Guynemer la réconforta :

– *Nous vous conduirons à la ville en même temps que nous remettrons... nos trophées (?) à la Gendarmerie. Si vous voulez porter plainte, faites-le aux gendarmes à qui nous fournirons toutes les précisions voulues sur ce qui s'est passé !*

Gazo avait déjà démonté la tête de delco, paralysant ainsi sur place le véhicule des pseudos-résistants.

Toute l'équipe reprit la route après cet épisode tragi-comique, se rendit à la Gendarmerie pour y faire déposition des faits... ainsi qu'armes et vêtements. Leur protégée préféra s'éclipser après avoir vivement remercié ses sauveurs, elle ne voulait surtout pas que le bruit de son aventure ne se répande parmi la population...

Ils continuèrent leur remontée, satisfaits d'avoir joué le rôle d'anges gardiens... de la vertu d'une demoiselle – gravement – en péril ! Sans l'avoir prémédité, ils commençaient leur mission de pacificateurs avant même que d'être parvenus sur leur circonscription d'exercice ! Mais... nécessité fait loi.

39

Ils arrivèrent à Hondschoote... Guillaume se souvint d'avoir appris en classe: ville où l'armée anglo-autrichienne fut vaincue par les « sans-culottes » (tiens, eux aussi) commandés par le général Houchard. Le nom de ce dernier lui restait curieusement en mémoire... grâce à un copain d'école nommé lui-même Houchart, que toute la classe n'appelait plus dorénavant que « mon général ».

Petite ville tranquille, jouxtant la frontière belge, où se situait leur résidence. D'autres F.F.I y séjournaient déjà depuis quelques jours, assurant l'encerclement de la poche de Dunkerque, où régnait un *statu quo de facto*, les assiégés ne tentant aucun effort pour en sortir, ni les assiégeants, pour y entrer... Quelques coups de feu de la part des Maquisards... pour montrer qu'ils étaient bien là et... vigilants!

L'inondation des terres facilitait le bouclage de la région dunkerquoise. Certains secteurs, en dessous du niveau de la mer (comme en Hollande) étaient recouverts d'eau, d'une profondeur très variable d'un endroit à l'autre. Cela dépendait de l'altitude (négative...) du lieu. Les écluses, actionnées à contre-sens, se trouvaient ouvertes à marée haute et l'eau salée envahissait les terres tandis que celles-ci, fermées à marée basse, empêchaient les eaux de ruissellement de se déverser dans la mer.

La salinité de l'eau rendrait les terres agricoles incultes pour quelques années! De l'église du village des Moëres, près d'Hondschoote, seul le clocher émergeait encore. Ailleurs, bien souvent la hauteur d'eau fangeuse se limitait à quelques centimètres, dans lesquels les FFI pataugeaient...

Le bras de Guillaume s'améliorait de jour en jour. Il avait essayé de jeter son écharpe aux orties, mais ses muscles n'étaient pas encore prêts. A contre-cœur, il avait dû se résoudre à réenfiler cette bandoulière qui commençait à lui peser.

Leur résidence n'était pas une caserne mais une vaste maison particulière au milieu de la ville, réquisitionnée sans doute pour les besoins de la cause, dans laquelle cohabitaient quelques civils avec des militaires relativement bruyants.

Durant quelques semaines, un sous-officier des Douanes avec femme et fille, y logea. Bien perturbés par cette agitation incessante, les maquisards ne faisant qu'entrer et sortir, claquant les portes, braillant dans les couloirs. Conquis, par contraste avec les autres, par la bonne tenue, la réserve, la discipline du commando Guynemer, le douanier invita le capitaine et l'un de ses hommes à venir prendre une verre chez lui. Avec grand mérite car, en ces temps de sérieuse pénurie (et elle n'était pas prés de cesser) trouver ce qu'il fallait pour offrir l'apéritif relevait de l'exploit! Prévoyant, Guillaume amena un litre de « pinard » qu'il avait pu obtenir de la cantine... Ce qui permis de trinquer ensemble et de parler du Pays que le jeune homme avait quitté depuis une éternité (à ce qui lui semblait). A tout hasard, il parla de ses parents, dont il ignorait le sort... au cas où cette sympathique famille posséderait des tuyaux à ce sujet. Hélas, la population dunkerquoise, contrainte de quitter la ville sous la pression des Allemands, s'était disséminée dans la campagne environnante, parfois à des dizaines de kilomètres. Mais, s'ils apprenaient quelque chose...

Quelques jours après, on leur assigna une corvée qui leur parut nettement sortir du cadre de leur mission telle qu'on leur avait décrite au départ. Le lendemain, une colonne de l'armée canadienne passerait près de chez eux, aux Cinq chemins d'Oost-Cappel, pour se rendre, pour passer la nuit, dans un cantonnement improvisé dans le vaste hangard d'un teillage de lin, à Killem. Le commando Guynemer était réquisitionné pour leur rendre les honneurs lors de leur passage.

Cela valait bien la peine d'avoir sué sang et eau pour devenir des combattants émérites sous la férule impitoyable de Caméron... pour terminer en soldats d'opérette. Mais les ordres sont les ordres! Pour les réconforter, on leur assura qu'ils étaient bien les seuls à être à même d'accueillir, dans les règles de l'art militaire lesdits Libérateurs.

Ils astiquèrent, une fois encore, leurs armes et se livrèrent à une toilette corporelle hors coutume. Leur simili cantonnement comportait – ô miracle – une baignoire, sans trop d'eau chaude (et même... pas du tout!) mais baste.

Ils investirent, par groupes de trois, le salon du coiffeur local effrayé d'abord par cette descente d'hommes des bois. Ils en ressortirent imberbes, cheveux taillés court, l'artiste capillaire avait bien mérité sa rémunération si l'on juge d'après l'épaisseur des toisons recouvrant son plancher! Au point où, entre eux, ils s'estimèrent méconnaissables s'étant, sauf rares exceptions, toujours côtoyés affreusement barbus et chevelus.

Le lendemain, 7 septembre 1944, vers treize heures, le passage devant se produire en début d'après-midi, Guynemer, ses huit hommes et... Rex arrivaient au lieu-dit les Cinq chemins d'Oost-Cappel, croisement routier de cinq voies, comme l'indique son nom.

La population avoisinante avisée – on ne sait par qui – du passage des Canadiens, commençait à affluer. Le premier travail du commando fut d'y mettre un peu d'ordre en écartant les gens de la chaussée. Le capitaine disposa un homme tous les dix mètres chargé de contenir les spectateurs à leur place. Tout juste suffisant pour assurer la libre circulation sur le croisement des cinq routes, mais à l'impossible, nul n'est tenu! Lui-même marquait les cent pas, accompagné de Rex dont la seule présence imposait le respect des limites permises. Un bref grognement sur l'imprudent se risquant en zone interdite, suffisait pour ramener l'indiscipliné à sa place. Encore une besogne rappelant au chien le rassemblement des troupeaux dans la ferme de Louise et Gaétan (lui songeait plutôt à Phine, la chatte et à Fidèle, le chien)

Branle-bas de combat. Au loin, le bruit assourdi de nombreux moteurs s'amplifiait rapidement. Guynemer rassembla ses hommes, les disposa sur deux rangées (la haie d'honneur) et se plaça au centre de l'une d'elles, Rex à ses côtés.

Déjà le premier véhicule – une auto-mitrailleuse – apparaissait, chargé d'assurer la sécurité d'avant-garde de la colonne. Les applaudissements de la foule, restée sagement en place, crépitèrent. La population était – officiellement – libérée, bien que depuis plusieurs jours, nul n'ait plus entrevu d'uniforme verdâtre.

En seconde position, une « jeep », la bannière canadienne marquée de la feuille d'érable, flottant fièrement au vent. Le chef de la colonne, un commandant, se levait de son siège, ayant aperçu de loin le détachement s'apprêtant à lui rendre les honneurs.

Guynemer lança un énergique : *Garde à vous!* que ses hommes marquèrent impeccablement. Caméron leur avait même appris le maniement d'armes, le défilé, bref... la parade. Le capitaine, tête haute, le regard vidé de toute expression, fixé (d'après la doctrine militaire traditionnelle) sur la ligne bleue des Vosges, le coude levé à angle droit, la main rivée au képi. Le commando avait fière allure, même si l'écharpe au bras gauche, nuisait un tantinet au bon ordonnancement de la parade militaire.

Rex n'avait pas oublié... Sagement assis, dès l'ordre donné, il se dressa sur les pattes, tête droite, parfaitement immobile... Vaguement cabotin sur les bords, il était conscient de l'admiration des gens, étonnés par sa si parfaire obéissance.

La jeep passait devant les Maquisards, transformés en statues, quand soudain... tout dérapa. Sans que rien ne le laissât supposer, la voiture stoppa brusquement au milieu de la route, au risque de se faire emboutir par les suivantes. Une immense stupéfaction apparut sur la physionomie du commandant qui en perdit son salut militaire.

Le chauffeur de la jeep bondit sur la chaussée. Guillaume n'avait pas réalisé ce qui se passait, s'évertuant, comme il se doit en pareille circonstance, de s'abstraire de toute manifestation, de rester imperméable à toute agitation extérieure...

Une tornade (kakie...) déferla sur lui. La coiffure du chauffeur – genre chapeau de brousse – dégringola par terre, libérant une cascade de cheveux blonds jusqu'alors soigneusement...

cloîtrés dans le chapeau. Le chauffeur… une femme! Un examen tout à fait superficiel suffisait pour s'en convaincre. Même pour un mal-voyant! Certaines charmantes rondeurs spécifiques… ne trompent pas! Lesquelles se serraient étroitement contre le capitaine décontenancé, se demandant s'il délirait, si la fièvre l'avait repris. L'armée canadienne avait d'étranges comportements…

La charmante personne le couvrait de ses baisers, le mouillait de ses larmes. Elle sanglotait:

– *Mon Guillaume! Je t'ai enfin retrouvé*!

Lequel, dans un éclair de lucidité, reconnut en cette splendide créature… sa Reine à laquelle il rêvait depuis plus de quatre interminables années, car la ravissante adolescente s'était muée en une merveilleuse jeune femme, rayonnant d'éclat et de vitalité. A son tour, perdant tout contrôle de lui-même – au diable, la discipline militaire – il rendit, à profusion, accolades et baisers. Comme le dit la chanson:

Comment ne pas perdre la tête,

Serré par des bras audacieux

Le monde n'existait plus en dehors d'eux-mêmes. Touchant spectacle que ces deux êtres soudés l'un à l'autre, n'en finissant pas dans leurs effusions passionnées… au milieu de la route encombrée de véhicules militaires stoppés dans leur élan guerrier.

Le commandant canadien n'en croyait pas ses yeux! Cramoisi de fureur, il se dressa sur son siège en vitupérant contre ces damnées Françaises n'en faisant qu'à leur tête.

Toute la colonne motorisée s'était figée. L'auto mitrailleuse d'avant – garde faisait demi tour pour accourir au secours de son Chef, victime de Dieu sait quelle agression. Les soldats sautaient en bas de leurs camions et se précipitaient, arme au poing, prêts à en découdre.

Un lieutenant, proche témoin de la rencontre des deux tourtereaux, courut vers le commandant pour l'informer de la situation:

– *Le sergent Maury vient de retrouver son fiancé, le capitaine chargé de nous accueillir, dont elle était sans nouvelles depuis plusieurs années… Ils sont jeunes! Le sergent s'est laissé entraîner par l'intensité de son bonheur!*

Les Canadiens, accourus en nombre, s'aperçurent qu'il ne s'agissait aucunement d'une embuscade, d'un dernier sursaut de l'ennemi en déroute. Loin de là!!! Mais, ils en restaient bouche-bée! Reine ne leur était pas inconnue… Pas surprenant, une telle fille perdue au milieu de tant de jeunes gaillards mais, dont la réputation demeurait intacte: copains oui… mais jamais plus! Certains la surnommaient même: La Reine de glace!

Les civils, tout aussi stupéfaits que les Canadiens, de cet intermède inattendu dans le déroulement de la cérémonie, se demandaient ce qui se passait... La rumeur se répandit rapidement :

– *Les deux amoureux – en question – se sont retrouvés après une longue séparation !*

L'un d'eux commença timidement à claquer des mains, ce qui déclencha un tonnerre d'applaudissements. Les hommes de Guillaume, interdits, abandonnaient leur garde-à-vous, faisant fi de toute discipline... C'était bien de discipline qu'alors il s'agissait ! Ils assistaient, effarés, aux embrassades de leur capitaine... Puis, ils se mirent à applaudir de bon cœur avec la foule.

Rex n'y comprenait plus rien ! D'abord tenté de repousser cet assaut incongru, il réalisa qu'en fait de bataille rangée, tout se passait en roucoulades. Paisiblement... il s'assit pour contempler, d'un œil intéressé, cet affrontement d'un nouveau genre auquel son maître ne l'avait point accoutumé.

Inopinément parmi les soldats accourus, l'un d'eux, avec son délicieux accent, entonna

Auprès de ma blonde
Qu'il fait bon, fait bon, fait bon !
Auprès de ma blonde
Qu'il fait bon dormir !

Ce que toute l'assistance, militaire ou non, reprit en chœur. Le commandant s'était calmé et... chose extraordinaire, il chantait aussi.

La « perturbatrice » reprit ses esprits, son partenaire, son souffle ! La demoiselle se rendit compte de la pagaille qu'elle avait provoquée... Elle devint rouge de confusion mais, tout à son bonheur, elle occultait tout le reste. Pour s'en convaincre, il suffisait de surprendre ses regards énamourés lancés à son compagnon, lui-même complètement groggy.

A la hâte, elle ramassa son chapeau, le posa sur sa tête en y enfournant, tant bien que mal, sa luxuriante chevelure d'or.

Le commandant reprit le contrôle de la situation. Quelques ordres brefs à ses subalternes firent réintégrer la troupe éparse dans les camions abandonnés. Il s'approcha du couple, immobile au milieu de la chaussée, ne sachant quelle attitude prendre. D'un air faussement courroucé, il énonça la sentence :

– *Sergent Maury*! *Garde-à-vous ! Vous êtes coupable d'abandon de poste. Devant l'Ennemi, çà vaut le Conseil de Guerre ! En outre, vous avez gravement manqué de respect au capitaine, ici présent. Vous êtes aux arrêts de rigueur ! Dès notre arrivée au cantonnement, vous serez consignée... en mon bureau ou dans la pièce en tenant lieu ! Le capitaine que vous avez sé-*

rieusement offensé, viendra ce soir y recevoir vos excuses quant à votre conduite inqualifiable. S'il consent à vous pardonner, la sanction sera levée... Sans suite!

« Mezzo voce », il ajouta :

-Je précise que votre prison sera mon bureau, avec mon ordonnance à portée de voix... Pas un dortoir. Ni un lieu de rendez-vous. Je demeure garant de votre respectabilité!

Et, à haute voix :

– *Rompez! Tout le monde à son poste! La guerre continue!*

Reine déposa un ultime et hâtif baiser sur les lèvres de son compagnon et s'enfuit vers la jeep alors que le capitaine saluait réglementairement le commandant qui lui rendit son salut... en esquissant un furtif clin d'œil! Les apparences étaient sauves!

Pénible retour dans la réalité. Le bras de Guillaume, inconsidérément malmené, le faisait souffrir mais même cette douleur lui était douce, lui rappelant les folles étreintes de son aimée... Reine rayonnait de bonheur et ne paraissait nullement affectée par l'algarade – simulée – de son chef. Elle démarra après un dernier geste d'au revoir au capitaine, de nouveau pétrifié dans un garde-à-vous impeccable.

Et toute la colonne s'ébranla, les Canadiens encore tout émoustillés par ce surprenant épisode du genre fleur au fusil, les civils redoublant d'applaudissements tant pour leurs Libérateurs que pour ces deux tourtereaux si émouvants...

Une fois revenu à Hondschoote, Guillaume se trouva gêné face à ses rugueux compagnons, peu enclins à la sensiblerie. Il craignait des apartés moqueurs, des sourires équivoques... Il se trompait! Ses huit gaillards l'entourèrent en le félicitant de sa chance d'avoir retrouvé sa dulcinée. Peu en importait les circonstances, même si elles n'avaient pas été des plus discrètes... Ils se dirent admiratifs quant la beauté, au charme de la demoiselle en ajoutant, par la voix de Roméo :

– *Nous comprenons mieux maintenant pourquoi notre Guynemer ne s'intéresse* à *aucune fille autre que celle qui a fusé de la colonne canadienne. Elle nous a tous... époustouflés!*

Le prestige de leur jeune chef s'accrut d'un sacré coup dans le groupe. Outre le combattant courageux et avisé, sa franche camaraderie, sa compétence à leur tête, ils découvraient un côté insoupçonné de sa vie sentimentale, une sorte de conte de fées... avec une « presque fée » comme héroïne.

Quel heureux mortel ce Guynemer!

Les quelques heures d'attente pesèrent lourd au jeune homme, ne tenant plus en place dans sa hâte de retrouver Reine... et pour si peu de temps! Lui, d' ordinaire si bien organisé, ne parvenait plus à coordonner valablement ses idées... Comment aller à Killem, à quelques kilomètres? A pied, un peu loin pour un aller et retour! Déplacer le gros camion pour se rendre lui seul à un rendez-vous galant! Cela risquait de faire jaser et... ricaner!

Gazo trouva la solution. Pour un groupe de FFI logeant dans le même immeuble, il avait dépanné une jeep récupérée au hasard de leurs pérégrinations. Il prit l'initiative de solliciter du chef de la section, l'autorisation d'emprunter ledit véhicule, pour quelques heures, afin de permettre à son capitaine de se rendre, ce soir, au cantonnement canadien, à quelques kilomètres... Pour motif militaire! Il eut soin de ne pas préciser lequel!

Feu vert! A condition que la jeep soit revenue « at home » intacte... pour le lendemain matin. L'intéressé eut vaguement l'impression qu'on le maternait. Il se promit de ne pas se laisser trop chouchouter quand même!

Bien sûr, il savait conduire. Caméron leur avait prescrit d'apprendre, sous la férule de Gazo, promu moniteur d'auto-école, à se débrouiller au volant, tant du vieux gazogène que du camion ex-allemand. Raison de plus pour ne pas avoir de problème de pilotage avec une modeste jeep. Evidemment, pas de permis de conduire! Caméron n'était pas qualifié pour délivrer cette pièce officielle mais quel gendarme aurait pensé – ou risqué – d'en exiger la représentation? Surtout à un capitaine FFI muni d'un ordre de mission lui conférant tous pouvoirs en matière de répression policière.

N'y tenant plus, Guillaume sauta dans la jeep que Gazo avait, une fois encore, rapidement supervisée avant son départ, dans la louable intention d'éliminer, autant que possible, les risques de panne. Rater un tel rendez-vous pour une défaillance de l'allumage ou de toute autre mécanique serait vraiment navrant...

Le cantonnement trouvé facilement, il fut étonné de se voir reconnu par la plupart des soldats, leurs retrouvailles tumultueuses avaient laissé des traces... Un sous-officier le conduisit au bureau du commandant où il était attendu. Plus question de rapports purement hiérarchiques, le commandant voulait se comporter un peu... en père de famille, la différence d'âge le lui permettant.

Heureux de vous revoir... autrement que sur la voie publique! J'en connais une *qui meurt d'impatience. Je la fais venir, certain qu'elle arrivera en courant. Vous êtes* un *favori des Dieux – Cupidon ou Eros? – Car, si le sergent Maury a fait la conquête de tous mes hommes,* à *en croire sa réputation, elle n'a jamais consenti* à *se lier intimement avec quiconque. Elle proclamait* à *qui voulait l'entendre : je suis la femme d'un seul amour auquel je resterai fidèle*! *Ce qui,* dès *l'origine, décourageait tout espoir de séduction!*

L'ordonnance revint quelques courts instants après avec Reine, plus ravissante que jamais. Pomponnée, subtil rouge aux lèvres, léger maquillage, sa splendide chevelure blonde libérée, retombant en cascades sur ses épaules, elle faisait oublier l'uniforme kaki qu'elle aurait vraisemblablement voulu troquer contre une tenue plus seyante… Subjugué, Guillaume se sentit fondre d'amour.

Se remémorant leurs folles effusions devant un nombreux public, les deux jeunes gens restaient gênés en présence du commandant qui, attendri, les observait :

– *Rassurez-vous, je m'en vais ! Mon ordonnance viendra dans deux heures vous signifier la fin de votre… entretien.* Après *cela, la* vie *militaire reprendra son cours normal. Mademoiselle Reine redeviendra* le *sergent* Maury *! Bonne chance* à vous deux *!*

Il partit, les laissant seuls… Ils se jetèrent dans les bras l'un de l'autre. Que c'était bon de se sentir ainsi aimé, d'être ensemble après une si longue séparation. Leurs étreintes devenaient de plus en plus ardentes… Soudain, Reine se raidit, sa détermination demeurait inchangée :

– *Dès notre mariage, je serai toute* à *toi alors que je ne l'ai jamais été à personne. Ne gâchons pas un si beau parcours en nous abandonnant* à *notre passion. Notre amour doit rester* pur, *même si cela paraît démodé* ou ridi*cule pour certains.* Je *t'en prie, mon Guillaume, aide-moi* à *rester… sage car, pas plus que toi, je ne suis sûre de le rester, tellement* je *suis heureuse d'être dans tes bras !*

En lui-même, Guillaume pesta contre cette obstinée intransigeance de son amie (elle n'avait quand même pas fait vœu de chasteté) tout en respectant sa force de caractère. Elle savait ce qu'elle voulait… ou plutôt, ce qu'elle ne voulait pas. Bien différente de certaines filles, dites faciles, que l'on pouvait aisément bousculer à la première occasion. Une Reine de ce type lui aurait-elle inspiré un attachement aussi exclusif ? Et… si c'était le prix à payer pour mériter un amour aussi merveilleux !

Reine poursuivit :

– *La guerre sera probablement bientôt terminée* et *notre « purgatoire » également, même si aujourd'hui nous ne faisons que de nous entrevoir, mon bonheur est immense et me donnera la force d'attendre le jour béni où nous serons enfin réunis pour de bon ! Nous avons deux heures pour nous apprendre mutuellement ces quatre années inconnues l'un de l'autre.*

Le jeune homme… ravala sa salive et convint, puisqu'elle le voulait si fort, qu'ils ne devaient pas se laisser entraîner trop loin. Tout de même, ronchonna-t-il (pour le principe) après quatre années d'abstinence… Un fauteuil, un peu décati, attendait leur bon vouloir dans un coin de la pièce. Guillaume s'y installa et attira la jeune fille sur ses genoux, la couvrant de baisers dont il s'efforçait d'en modérer… l'ardeur!

Sur la tempe de son aimée, il remarqua une fine cicatrice qui n'existait pas jadis.

– Ce n'est que le résultat d'une légère blessure récoltée en service commandé, durant une nuit de bombardements incessants. Quelques points de suture et voilà!

Veux-tu encore de moi, ainsi défigurée, ajouta-t-elle malicieusement.

– Et toi, ton bras en écharpe que j'ai sûrement malmené inconsidérément lors de notre volcanique rencontre! Ne me dis pas que tu t'es luxé l'épaule… en jouant aux cartes!

Elle n'avait pas perdu son sens de l'humour.

– La balle qui m'a blessé a failli me coûter la vie… entraînant ma noyade! Mon merveilleux chien m'a sauvé, tu l'as peut-être aperçu tout à l'heure, sur la route! Mais, peu import! Cette blessure ne sera bientôt plus qu'un souvenir désagréable! Je suis là, bel et bien vivant, dans tes bras…

Reine reprit:

– Je n'ai pas vu ton chien – je ne voyais que toi – mais, s'il t'a sauvé la vie, il devient très cher à mon cœur. Vas-y, Guillaume! Raconte ces quatre années… passées sans moi.

Et le jeune homme résuma l'essentiel: son évacuation avec les jeunes gens de la Brasserie, la mort de Didier, son retour dans Dunkerque en ruines, son désespoir devant les décombres de la maison des Maury supposés recouvrir les corps de ses habitants, ses fonctions d'instituteur-adjoint, son bonheur et son intense soulagement à l'audition du message sur les ondes anglaises, sa tentative avortée de fuite vers l'Angleterre, la mort de Pierre, le marin-pêcheur, son séjour en Allemagne, son amie Christiane et sa mort tragique, son retour en France, son engagement dans la Résistance, son dur apprentissage de guérillero avec Caméron, son incomparable Rex, ses escarmouches, sa blessure… Tout cela baignant dans le souvenir des merveilleux moments du printemps 1940, la continuelle souffrance aiguë de leur séparation.

Quel bonheur d'être enfin ensemble, même pour si peu de temps avec Reine, la tête appuyée sur l'épaule – valide – de son compagnon, ses cheveux lui chatouillant délicieusement le visage, son doux parfum, la chaleur de son corps alangui… Un avant-goût du Paradis?

Le temps s'écoulait comme sable entre les doigts. Guillaume abrégea son récit;

– Tu connais maintenant l'essentiel de ma vie depuis que nous nous sommes quittés, bien contre notre gré… Le plus atroce était de ne pas savoir ce que tu étais devenue! Je t'ai crue morte! Ton merveilleux message d'Angleterre m'a sorti du marasme… Dès lors, j'avais une raison, de vivre. A ton tour, maintenant!

Après un long soupir de bien-être et s'être étirée comme une chatte se chauffant au soleil, Reine commença :

– *Quelques jours avant la débâcle de mai 40, tandis que les tanks allemands perçaient les défenses alliées, un ami de mon père, propriétaire d'un modeste bateau de plaisance, proposa de l'emmener en Angleterre, avec sa famille en même temps que la sienne ! Selon lui, pendant que cela était encore possible. Notre départ, à la sauvette, s'est effectué en pleine nuit alors que nous abandonnions tout dans la maison. A mon grand désespoir, je ne pouvais pas te prévenir ! La traversée du « Channel » s'est accomplie sans difficultés… sinon que je pleurais toutes les larmes de mon corps durant le trajet… Quelques jours plus tard, la chanson n'aurait pas été la même !*

Mon père s'est tout de suite engagé dans les Forces Françaises libres sous l'égide du Général de Gaulle. Il ne fut jamais combattant, s'étant vu, dès le début, chargé de l'entretien électrique des locaux de l'Etat major français.

Moi, je ne voulais pas rester inactive, à ressasser mon chagrin d'être séparée de toi. Les récentes relations de mon père me permirent de m'engager dans le corps des auxiliaires féminines de l'armée à qui l'on confiait habituellement des tâches de secrétaire dans des bureaux, de cuisinière ou de serveuse dans des cantines militaires, d'aide-soignante dans des h6pitaux… Tout cela ne m'inspirait pas beaucoup. Je voulais bouger, ne pas rester cloîtrée dans un bureau ou un hôpital.

On m'offrit un poste d'ambulancière… Que j'acceptai avec enthousiasm ! Je ne savais pas dans quoi je m'engageais. Apprentissage ultra-rapide de la conduite automobile, quelques notions de dépannage, des cours accélérés de langue anglaise et succincts… de secourisme. Je devins opérationnelle !

Après quelques semaines, on me confia une ambulance, toute pimpante, aussi neuve que moi dans le métier. Une vie infernale commença, de service de jour comme de nuit (surtout la nuit, comme la généralité des bombardements) avec une équipe de deux ambulanciers chevronnés, je sillonnais Londres pour y ramasser blessés, mourants ou… cadavres. Souvent en pleins bombardements, passant en trombe entre des immeubles en flammes qui menaçaient de s'écrouler sur nous !

J'ai assisté à des scènes déchirantes : une maman pleurant sur son enfant mutilé. A l'inverse, un garçonnet refusant de se *détacher du corps de sa mère, morte depuis plusieurs heures. J'en faisais des cauchemars. J'ai vécu trois ans dans cet enfer, j'ai craint d'y laisser ma raison tellement l'accumulation de ces horreurs, loin de m'y accoutumer, finissait par me ronger nerveusement. Une catastrophe eut raison de ma résistance : lors d'une sortie nocturne, en plein bombardement, l'ambulance fut écrasée par un immeuble s'effondrant lors de notre passage, tuant mes deux copains ambulanciers. Projetée sur le sol, je m'en tirais de justesse, avec cette seule petite blessure à la tempe dont tu as admiré la jolie cicatrice.*

Le moral au plus bas, plus d'ambulance, plus d'équipiers... donc, repos forcé durant quelques jours. C'est alors que mon père me dénicha un « job » beaucoup moins stressant, chauffeur d'un « gros bonnet » de l'Etat major. Je passai ainsi à la disposition (24 h sur 24...) d'un colonel, mais lui... dormait la nuit, ce qui me permettait d'en faire autant!

Il y a un mois, j'appris que l'armée canadienne stationnée en Angleterre, recherchait un chauffeur, homme ou femme – français, connaissant le Nord de la France et débrouillé en langue anglaise... pour piloter la jeep d'un commandant, celui que tu connais maintenant et que j'ai inconsidérément retardé dans sa marche vers la Victoire (?). Pour me rapprocher de toi et avoir une chance de te retrouver, je n'ai pas hésité une seconde! Ma candidature à peine posée, je fus recrutée d'office.

Je ne m'imaginais quand même pas te revoir en uniforme, capitaine et... blessé! La Providence a exaucé mes ardentes prières puisque, presque miraculeusement, tu m'attendais sur le bord de la route! En conduisant, j'épiais les visages, convaincue que mon cœur te détecterait avant mes yeux! En t'apercevant, je n'ai pu réfréner mon élan. Je nous ai donnés tous deux en spectacle mais... je ne regrette rien! Au contraire! Je suis tellement heureuse d'être serrée dans tes bras, ce dont je rêvais depuis des années!

Elle se blottit encore plus langoureusement contre Guillaume, lui-même éperdu de bonheur.

Les meilleures choses ont une fin (heureusement, les mauvaises... aussi). Quand l'ordonnance vint leur signifier la fin de leur entretien, les deux amoureux eurent l'impression que le temps s'était écoulé à la vitesse de l'éclair. Un véritable déchirement de devoir se quitter de nouveau. Ils essayèrent de se raisonner: dans quelques semaines, au pire, quelques mois, la guerre serait finie et leur séparation également!

Il fallut bien s'y résoudre. Reine pleurait à chaudes larmes, Guillaume se glaçait jusqu'au fond de son être. Après une dernière étreinte passionnée, le jeune homme, le cœur douloureux, suivit le sous-officier chargé de le reconduire à sa jeep. Il rentra au cantonnement d'Hondschoote, le moral à zéro, mais la chaude camaraderie de ses hommes lui mit un peu de baume au cœur.

Le lendemain, à la première heure, les Canadiens reprirent la route, poursuivant leur avancée vers la frontière allemande, via la Belgique. Reine, l'âme en peine, reniflait de temps en temps en conduisant. Le commandant, compatissant, chercha à la consoler, lui promettant de la libérer à la première occasion.

Les jours suivants, Guillaume, désemparé, le cœur meurtri, éprouva de grandes difficultés pour se comporter en chef. Ses hommes, témoins admiratifs de la bouleversante rencontre, compréhensifs, le ménagèrent d'abord, le tarabustèrent ensuite gentiment, un peu comme l'avait fait Cheminod lors de leur exil dans la Somme, en mai 40.

Comme un grand frère, Toulouse l'asticota:

– *Guynemer, tu devrais te remuer un peu. Ta Belle reviendra bientôt! Le pire et le plus long sont derrière! Nous avons notre travail à faire et, sans toi, rien ne marchera.*

Guillaume admit le bien-fondé de sa réflexion. Pas question de se comporter en mauviette cultivant précieusement sa peine comme une fragile plante de serre. Ils se remirent à sillonner la région où ils commençaient à être – honorablement – connus. Certains Résistants (ceux de la dernière heure...) ne jouissaient pas de la même réputation (il y a des brebis galeuses partout) s'arrogeant des droits – ceux du plus fort – depuis que l'Occupant leur avait cédé la place. On leur rapporta que, dans un petit village des Flandres, une traction-avant (la légendaire Citroën) un beau matin, fit irruption sur la place de l'église au milieu d'un nuage de poussière. Dans un crissement de pneus, la voiture stoppa, trois individus armés en jaillirent pour interpeller le curé, un vieil homme en train de traverser la place en claudiquant.

– *Tous ceux qui résistent seront passés par les armes!*

Croyaient-ils figurer dans un film de la série noire?

Sur ces bonnes paroles (?), ils réintégrèrent leur cheval de guerre et démarrèrent bruyamment, laissant le curé pantois... Estimaient-ils rehausser ainsi le prestige des Forces Françaises libres? Les vrais Maquisards avaient des manières différentes et autre chose à faire que de terroriser la population... et les vieux curés.

Quelques jours après, le commando, lors de l'une de ses tournées de surveillance déboucha sur la place d'un village. Au centre, une trentaine de personnes entouraient une sorte d'estrade sur laquelle paradaient quelques individus braquant des armes hétéroclites sur l'assistance. Sur ce podium improvisé, l'un d'eux taillait de longues mèches qu'il brandissait fièrement, comme s'il s'agissait d'une action héroïque, dans la chevelure d'une femme assise devant lui. Silencieusement, celle-ci pleurait, de grosses larmes inondaient ses joues qu'elle ne songeait même pas à éponger, tant sa honte et son désespoir étaient intenses. Derrière elle, d'autres femmes prostrées... attendaient leur tour!

Guynemer disposa rapidement ses hommes de façon à encercler l'attroupement, puis s'avança seul vers ces justiciers improvisés. Il héla celui qui semblait en être le chef:

– *Je suis le capitaine Guynemer dûment habilité, avec mon commando, par les autorités militaires supérieures, aux fins d'assurer paix et légalité dans ce secteur. Vous ne possédez aucun droit de vous ériger en tribunal et, encore moins, d'appliquer des sanctions. S'il y a délit, ce sera à la Justice de trancher et non à vous! Je vous somme de libérer ces femmes immédiatement.*

Dans la foule, il perçut quelques timides approbations. D'après ce qu'il pût en juger, les villageois avaient été instamment invités à assister à la séance de… tonte, que cela leur plaise ou non.

Son interlocuteur, interloqué par cette mise en demeure apparentée à un crime de lèse… autorité, s'indigna :

– *Nous sommes les représentants du Peuple et nous punissons ces femmes qui ont collaboré avec l'Ennemi. Laissez-nous faire notre travail et passez votre chemin, sinon il vous en cuira !*

Guynemer rétorqua :

– *Vous ne représentez rien du tout, ni personne. Les seuls pouvoirs que vous prétendez avoir sont ceux que vous vous êtes impudemment attribués… surtout, sans doute, depuis le départ des Allemands, ce qui est nettement moins dangereux !*

L'autre, furieux de voir ainsi son autorité bafouée, sortit de son étui, un gros revolver qu'il braqua sur ce fâcheux « empêcheur de tourner en rond » en lui réitérant l'ordre de déguerpir en vitesse. Bien que sérieusement mis en danger par cet énergumène, prêt à tout pour conserver ses prérogatives, le jeune capitaine, sans s'émouvoir, lui désigna ses propres hommes, entourant la foule et tenant en joue ces artistes capillaires d'un genre nouveau :

– *Lâchez votre arme et ordonnez à vos acolytes d'en faire autant. Sinon, dans quelques secondes, les miens ouvriront le feu sans rémission car vous vous conduisez comme des rebelles à l'autorité légale que je représente… Je vous assure qu'ils feront mouche… ce sont de fameux tireurs !*

Sans insister davantage, le chef et ses « aides » déposèrent leurs armes sur le plancher, courageux (?) (mais pas téméraires) surtout pour s'attaquer à de pauvres filles sans défense.

Les hommes de Guynemer confisquèrent les armes, libérèrent les femmes en les pressant de rentrer chez elles. Le capitaine s'adressa aux villageois, ébahis par ce déroulement imprévu de la cérémonie :

– *Il est interdit de faire justice soi-même, il y a des tribunaux pour cela ! Notre présente action ne signifie nullement approbation de la conduite de quiconque, mais ce n'est pas à nous d'en juger ! Maintenant, dispersez-vous !* Et, se tournant vers les autres :

– *Nous remettrons vos armes à la gendarmerie où sera examinée la régularité de votre… agitation. Je ne veux plus vous revoir en de pareilles circonstances ! Disparaissez !*

Les vaillants (?) redresseurs de torts s'empressèrent d'obtempérer sachant qu'ils ne feraient pas le poids contre de tels adversaires qu'ils pressentaient fortement aguerris et non pas des amateurs comme ils l'étaient eux-mêmes.

Ils avaient perdu la face et n'obtiendraient jamais plus de crédibilité lors d'éventuels renouvellements de semblables expéditions punitives, craignant, en outre, de se heurter à forte partie… La place se vida rapidement, plusieurs personnes manifestèrent un prudent accord quant au bien-fondé de l'opposition du commando à de tels jugements sommaires. Fini de dépendre du bon vouloir de quelques individus, plus ou moins en marge de la légalité… Guynemer et ses hommes se retirèrent avec le sentiment d'avoir fait œuvre utile…

Journellement, ils arpentaient la campagne, inspirant aux gens la certitude d'être protégés contre les exactions, les jugements sommaires, les abus de pouvoir, au grand dam de certains loustics ne s'étant trouvé la vocation – tardive – de Maquisards qu'une fois tout danger écarté ! Le commando s'arrêtait sur la place des villages, conversait avec les gens qui leur confiaient leurs soucis, leurs craintes, leurs espérances. Tout juste s'il ne devait pas se charger de régler les différends matrimoniaux.

Guynemer et ses hommes devenaient des personnages appréciés. Des histoires couraient sur leur compte, enjolivées au fur et à mesure qu'elles étaient répétées… au point où les intéressés eux-mêmes ne reconnaissaient pas leurs propres aventures. Les retrouvailles tumultueuses aux « Cinq chemins » restèrent un moment « sur la langue des gens », à la une de l'actualité locale. Le prestige du capitaine s'en accrut : *Non seulement, il est honnête et courageux, mais il est aimé d'une créature de rêve,* disaient les commères, toujours friandes de belles histoires d'amour…

Quand quelque chose n'allait pas, le plaignant menaçait d'en référer au commando sauveur et, bien souvent, tout s'arrangeait comme par miracle. Guillaume ironisait à ce sujet :

– *Je devrais me dénicher un chêne sous lequel je rendrai la justice à l'instar de Louis IX, le bon roi St Louis !*

Au cours de leurs tournées, Guillaume se renseignait, espérant trouver trace de ses parents, réfugiés sans doute dans la campagne. Mais où ? Les A1llemands de la poche de Dunkerque avaient prescrit l'évacuation des « bouches inutiles », pratiquement tous les civils qui s'étaient éparpillés dans les villages environnants.

Un jour, leur voisin, l'adjudant des Douanes, vint trouver Guillaume :

– *Bonne nouvelle pour vous ! En bavardant avec l'un et l'autre au cours de mes patrouilles de Service, j'ai appris que des « Seyname », originaires de la région dunkerquoise, habitaient Bambecque, un petit patelin à une dizaine de kilomètres. Peut-être s'agit-il de vos parents ?*

De joie, le jeune homme lui aurait sauté au cou.

Il rameuta ses compagnons pour leur proposer d'aller faire un tour à Bambecque, histoire de voir s'il ne s'y passait rien d'anormal ! Sans leur cacher le motif réel du déplacement : voir ces Seyname de plus près. D'emblée, ils abondèrent en son sens…

Sitôt dit, sitôt fait. Tout le monde en voiture. En peu de temps, ils parvinrent à destination. Sur la place de l'église, comme de bien entendu… ils rencontrèrent le vieux curé, ventripotent, pieds plats, ventre en avant, progressant lentement. Un typique curé de campagne à la soutane élimée dont le noir avait viré au violet. Mais le violet n'est-il pas la couleur de certains dignitaires ecclésiastiques, telle la pourpre cardinalice…

Celui-ci roula des yeux effarés en apercevant le groupe armé dont le chef l'interpella, non sans l'avoir, au préalable, salué courtoisement :

– *Rassurez-vous, Monsieur le curé, nos intentions sont pures. Nous sommes le commando Guynemer dont vous avez probablement entendu parler et nous n'avons rien de hors-la-loi !*

Le curé opina du bonnet – ou plutôt de la barette !

– *Pouvez-vous me renseigner au sujet de certaines de vos ouailles ? Je recherche mes parents et j'ai appris que des « Seyname » (c'est mon nom d'état civil) sont réfugiés dans votre village ! Les connaissez-vous ?*

Le curé sortit d'abord son vaste mouchoir à carreaux, pouvant presque servir d'étendard, s'épongea consciencieusement le visage (il avait eu chaud), réfléchit un instant et, ayant retrouvé son sang-froid, répondit :

– *Excusez mon trouble ! Il y a quelques jours, j'ai été houspillé par quelques individus armés pour m'avertir : « qu'ils supprimeraient tous ceux qui résistaient ! »*

Ainsi, était bien réelle, l'histoire du vieux curé menacé d'être fusillé… s'il résistait. Sérieux adversaire que ce vénérable vieillard ! Qui poursuivit :

– *En comparaison, votre attitude est des plus correcte ! Bien sûr, j'ai entendu parler de vous et je vous félicite pour votre action. Je bénis le Ciel qui nous envoie des hommes de votre valeur !*

Un peu bavard, le Pasteur.

– *Depuis quelques mois en effet, j'ai des Seyname parmi mes bons paroissiens. Ils logent là.*

De sa dextre, il désigna une grande bâtisse, à un étage, sise derrière le cimetière entourant l'église.

– *En bas, c'est mon chantre et sa sœur. De bien braves gens !*

Guillaume craignit de se voir exposer le panégyrique des principaux habitants du village et coupa court au laïus du prêtre, lequel avec ses esprits, avait retrouvé sa faconde intarissable. Ses prêches, lors des messes dominicales, devaient être interminables ! Il remercia vivement et décida d'aller seul aux nouvelles, une intervention massive risquerait de causer de trop vives émotions aux « visités »… Il laissa ses hommes en tête-à-tête avec le Pasteur. Allait-il tenter de les convertir en de bons chrétiens, voire en faire des bigots ? Rien que de penser à la tête que feraient ses hommes – contraints de l'écouter par pure politesse – le jeune homme s'ébaudit. Si braves qu'ils fussent, ils n'en demeuraient pas moins de parfaits mécréants. Les convertir : mission impossible !

A part eux, personne sur la place mais tout le monde était aux aguets ! Les rideaux bougeaient imperceptiblement à de multiples fenêtres, trahissant la présence de nombreux curieux ! Demain, ils auraient beaucoup de choses à raconter… si, en plus, le curé, en rajoutait un peu !

Le jeune homme, gravit quatre à quatre l'escalier aux marches disjointes, frappa énergiquement – peut-être un peu trop – à la seule porte du palier. L'huis s'entrebailla lentement. Une dame (sa tante) risqua un coup d'œil prudent. Stupéfaite, elle examina la présence insolite de ce militaire qu'elle reconnut enfin. Prête à en choir d'étonnement, elle glapit:

– *Venez vite! C'est Guillaume!*

Sa mère précédant son père, fusèrent hors de la pièce pour tomber... muets de surprise dans les bras de leur fils, éperdus de bonheur! Tout le monde parlait en même temps, posait de multiples questions sans attendre la réponse. L'oncle survint à son tour pour le serrer en ses bras... Enfin de retour!

Ils pensèrent enfin à le faire entrer. Remis de leurs emotions, ils offrirent à boire! Du café, de la bière, autre chose? Dans le Nord, ce serait manquer à toute civilité que de ne pas offrir à boire à un arrivant!

Le képi galonné, tenu maintenant à bout de bras, (l'autre toujours en écharpe), par ce fringant capitaine, intimidait tout le monde, y compris même ses parents, reconnaissant difficilement en ce militaire, le timide adolescent qui les avait quittés, il n'y avait quand même pas si longtemps. Incroyable, se disaient-ils, ce qu'il a pu changer en quelques mois! Il a dû en voir de drôles pour acquérir tant d'assurance virile!

Leur confusion fut à son comble quand ils réalisèrent que le fameux capitaine Guynemer, chef du commando réputé et leur fils, ne faisaient qu'une seule et même personne.

Celui-ci, une fois le gros de l'agitation passé, les rassura:

– *C'est bien moi, en chair et en os! L'écharpe que vous voyez là ne doit pas vous effrayer, ce ne sera bientôt plus qu'un article inutile. Mon bras est pratiquement guéri! Il y a quelques jours, quasi-miraculeusement, Reine m'a littéralement tombé dessus, lors de son passage avec sa colonne canadienne. Aujourd'hui, je vous retrouve! Mon bonheur est immense. Je reviendrai bientôt vous voir... plus longuement pour vous raconter ma vie aventureuse de ces derniers mois. Pas de commune mesure avec ce que les gens peuvent colporter, une grande partie constitue... de la légende!*

Pour le moment, je dois vous quitter, je ne peux laisser moisir mes hommes que j'ai laissés en bas, aux prises avec le curé. Si je tarde trop, soupçonnant un imprévu, ils seraient capables de monter à l'assaut! Je suis bien leur chef aimé et respecté, obéi sans discussion, mais ils me considèrent encore comme le protégé qu'ils ont pris sous leur aile lors de mon arrivée au camp des maquisards alors que je peinais pour parvenir à leur niveau d'entraînement.

Toute la famille dévala dans la rue où Guillaume présenta ses farouches et fidéles durs-à-cuire: Toulouse, Aubagne, Auvergne, Gazo, Paimpol, Roméo, Racine, pour terminer avec le spectaculaire Hercule.

Après d'ultimes effusions, congratulations, serrements de mains, ils remontèrent dans leur camion où Rex les attendait sagement. Avec lui, promu gardien du précieux véhicule, aucun risque que celui-ci ne disparaisse lors de leur absence. Il fallut retarder le départ de quelques minutes afin que les parents puissent admirer le vaillant gros chien.

Guillaume jubilait ! En quelques jours, ses vœux les plus chers s'étaient réalisés en retrouvant sa bien-aimée et ses parents, objets constants de ses pensées. Encore un peu de patience et tout serait résolu sur le plan affectif ! Ses compagnons partageaient sa joie. Rompant avec la discipline coutumière, ils le chahutèrent en le bousculant cordialement comme avec un vrai copain à qui ses galons n'avaient pas tourneboulé la tête.

40

Les jours se succédèrent lentement sans apporter de grands changements.

Localement, la situation militaire demeurait inchangée. Les FFI maintenaient toujours leur symbolique investissement où, de chaque côté du « No man's land » les adversaires ne se regardaient même plus… en chiens de faïence !

Les troupes allemandes, devenues moins agressives sur les territoires qu'ils avaient envahis, ne pensaient qu'à les quitter au plus vite pour se regrouper sur leur « pré carré » et retrouvaient leur mordant pour défendre leur propre territoire, tant sur le front de l'Est contre les Russes passés à l'offensive qu'à l'Ouest, résistant âprement à la pression des armées alliées.

La guerre piétinait. Des oracles avaient prédit l'effondrement rapide du Grand Reich, forcé comme renard en sa tanière… ce qui tardait à venir !

De Reine parvenaient sporadiquement des nouvelles rassurantes… au hasard des opportunités de communication. Les Services postaux, officiant dans des zones de combat, ne brillent ordinairement pas par la régularité du courrier, quand ils existent encore ! Ecrire par le canal de la Poste militaire… avec les circuits insensés que décrivent les missives ainsi acheminées, la guerre serait terminée depuis un demi-siècle avant qu'elles n'arrivent à destination.

La jeune fille recourait à la complaisance de l'un ou de l'autre en partance vers des secteurs plus sereins, pour leur confier son courrier à poster… qui arrivait au gré du hasard, des circonstances, de la chance ! Elle griffonnait de vibrants hymnes d'amour sur un papier parfois terriblement chiffonné où elle épanchait son ardente affection et son brûlant désir de revoir son Guillaume bien-aimé, lequel accueillait ces lettres comme s'il s'agissait de précieux papyrus datant du règne de Ramsès II. Mais, il ne pouvait répondre ! Peut-on correspondre avec un… pigeon voyageur, même en uniforme kaki, sans cesse en mouvement, jamais fixé en un lieu quelconque !

Avec les armées alliées, la colonne canadienne de Reine continuait sa progression, se heurtant de plus en plus à une résistance acharnée. Dans sa littérature enflammée, elle ne pouvait apporter aucune précision quant au déroulement des opérations ou sur les lieux traversés, sous peine de trahir le secret militaire.

Où se trouvait-elle, encore en France, en Belgique, en Allemagne ?

Guillaume se rongeait les sangs ! L'écharpe-bandoulière, abandonnée depuis un moment, laissait un bras sans force, aux muscles fondus, suite à cette longue immobilisation. Il s'astreignit à de fastidieux exercices journaliers de rééducation. Beaucoup de persévérance pour regagner progressivement un usage normal du membre blessé. Avec le temps, cesserait sans doute cette raideur persistante. Mais, il s'estimait chanceux quand il se souvenait de l'état dans lequel il se trouvait quand on l'avait repêché du torrent.

Un soir, Toulouse, surexcité, surgit dans la chambre où lisait son chef :

– *Guynemer, viens vite ! Hercule provoque un scandale monstre dans un bistrot de la place. Il menace de tout démolir… à commencer par la figure de quelques consommateurs ! Aubagne, Auvergne et Paimpol parviennent tout juste à le maîtriser sans réussir à le faire évacuer les lieux. Quelques clients avaient risqué – bien imprudemment – quelques plaisanteries anodines sur notre commando et mis en doute la valeur de notre capitaine, ce qui a provoqué une colère noire de notre colosse… plus tellement lucide ! Il a bu plus d'un coup de trop !*

Guynemer se précipita à la suite de Toulouse, en saisissant son képi au passage.

Le café était en pleine effervescence, au bord de la bagarre générale. Le patron faisait, en vain, des efforts désespérés pour apaiser ses clients. Le jeune homme se dit :

Finie notre bonne réputation si, au lieu de planifier les différends, mes hommes se mettent à tout casser !

Solidement ceinturé par ses trois compagnons, Hercule éructait des hurlements de rage à l'encontre de quelques quidams qui n'en menaient pas large, sans oser toutefois prendre le large, de crainte de passer pour des froussards aux yeux de leurs compatriotes.

Guynemer cria :

– *Lâchez-le ! Pour tout le commando : Garde-à-vous !*

Un silence de mort plana sur la salle.

Emergeant des vapeurs d'alcool – apparemment bien épaisses – tout à coup libre de ses mouvements, Hercule retrouva le réflexe de discipline chèrement acquis avec Caméron. Titubant, il faillit choir, se rétablit de justesse et, à l'instar de ses compagnons à ses côtés, resta parfaitement immobile. Nouvel ordre :

– *Repos ! Tous avec moi !*

Ils sortirent à la queue-leu-leu derrière leur jeune chef, tandis que dans l'assistance décoincée, sourdaient quelques murmures appréciateurs…

Arrivés au cantonnement, Guynemer réprimanda vertement son colosse qui ne broncha pas, tout penaud d'avoir manqué à sa parole de « bien se tenir ». Le « savon » l'avait dessoulé. Il jura – mais un peu tard – qu'on ne l'y reprendrait pas. Il promit –

juré, craché – de consommer dorénavant... avec discrétion ! Absolution lui fut accordée, sans autre pénitence.

Ce débordement résultait, partiellement, de l'inaction finissant par peser aux hommes rôdés à une activité incessante. Le capitaine déplorait de les voir « tourner en rond ». L'oisiveté est bien la mère de tous les vices !

Il réunit son monde afin de se concerter et de tenter d'y remédier en instaurant un emploi du temps strict grâce auquel le « farniente » deviendrait l'exception et non point, la règle courante ! A l'unanimité, ils acceptèrent de revenir à un entraînement physique intensif, version néanmoins édulcorée de celui que leur imposait Caméron, lors de leur mise à niveau... Cela aurait au moins comme effet immédiat de... les calmer.

Tous les matins, qu'il vente, pleuve ou neige (un peu tôt en saison pour la neige) des curieux purent s'étonner de voir défiler, dans les chemins environnants, les neuf gaillards, un jour, harnachés de pied en cap (ils avaient « touché » casques, gros godillots, nouveaux treillis), un autre, en légère tenue de sport, composée de bric et de broc, à base d'éléments vestimentaires de récupération...

Rex était de la fête ! Pour lui, ces exercices quotidiens constituaient une partie de plaisir ; gambadant de l'un à l'autre, il parcourait le double du trajet sans paraître fatigué pour autant. Lui aussi s'empâtait ! Les premiers jours, ce renouveau d'efforts physiques violents leur fut pénible. Tout de suite à bout de souffle, suant sang et eau, bien que la température automnale s'avérât parfois frisquette L'endurance revint progressivement. Ils se déclarèrent enchantés d'avoir retrouvé la forme

Leurs voisins FFI, en dehors de leur tour de faction sur la ligne de feu dunkerquoise, flânaient, abandonnés à eux-mêmes. Certains passaient la majeure partie de leur temps libre à paresser dans les dortoirs, à hanter les bistrots du coin, à courir les filles quand ils ne jouaient pas d'interminables parties de cartes. S'en découlaient de fréquentes disputes dégénérant parfois en bagarres auxquelles leurs chefs s'évertuaient à mettre le holà. La discipline exemplaire régnant dans le commando Guynemer suscitait des envieux, sans que nul ne prenne les mesures en conséquence pour arriver aux mêmes résultats.

Guynemer s'aperçut, et s'en inquiéta, des absences fréquentes et prolongées de Roméo. Dès « campos » accordé, le gaillard s'éclipsait...

– *Depuis que je le connais, il se comporte correctement. Rien dans son attitude ne justifiait sa réputation – peut-être surfaite – de briseur invétéré de cœurs féminins. Pourvu qu'il ne cède pas à ses vieux démons dans cette petite ville où les esclandres font le tour de la place comme une traînée de poudre !*

Mais ici, ce n'était pas le patronage, ni ses hommes, des adolescents à surveiller de près! Il était leur chef, pas leur père. Néanmoins, il se souciait!

Un beau matin, ledit Roméo le héla en *catimini*:

– *Guynemer, je voudrais te parler quelques instants. Voilà! Depuis notre arrivée dans ce patelin, j'ai beaucoup... dragué, fréquenté de nombreuses filles, passant de l'une à l'autre sans jamais m'attacher pour de bon. Je n'avais jamais rien connu d'autre et je trouvais normal de profiter de ce que j'obtenais... sans me donner trop de mal!*

Par toi, j'ai entrevu une autre dimension des relations sentimentales, ce qui m'a rendu... nostalgique! Je me suis lassé de ces liaisons éphémères qui ne me laissaient qu'un goût d'amertume. J'ai recherché, non plus la facilité, mais la fidélité, la profondeur et la qualité de l'affection et, comme « qui cherche, trouve », à mon grand étonnement, je suis tombé éperdument amoureux d'une délicieuse jeune fille comme je ne l'avais jamais été auparavant. Et, c'est du solide! Je lui ai promis de vous la présenter, ainsi qu'aux copains, anxieux de savoir ce que vous en pensez!

Convaincu par le ton de sincérité de Roméo et heureux de la confiance qu'il lui témoignait, quelques jours après, Guynemer réunit tous ses compagnons dans la cantine... seul endroit assez spacieux et tranquille pour les recevoir en dehors des heures des repas.

Succintement, il exposa la requête de Roméo en recommandant d'éviter de trop le « charrier », celui-ci semblant avoir l'épiderme particulièrement sensible à ce sujet. Tous étaient présents sauf... le requérant qui arriva peu après, tenant la main d'une mignonne demoiselle, toute rose de confusion de se trouver face à ce parterre si hautement masculin dont les yeux la disséquaient avec curiosité. Son chevalier-servant, habituellement désinvolte et décontracté, ne paraissait, lui non plus, pas très à l'aise.

Tous deux se présentaient tels des coupables comparaissant devant un tribunal pour y subir jugement et, éventuellement sanctions...

Roméo balbutia:

– *Je vous présente Claire qui voulait absolument vous connaître car il paraît que je suis intarissable à votre sujet, au point où je finis par radoter,* dit-elle!

Guynemer salua courtoisement l'arrivante et l'invita à s'asseoir en leur compagnie. Après un temps de gêne, un bavardage à bâtons rompus démarra peu à peu. La jeune fille, la gorge serrée par l'émotion, se décontracta, conquise par l'accueil bon enfant qu'on lui accordait. Un quart d'heure après son entrée, elle pépiait joyeusement avec ses voisins, riant à pleines dents des plaisanteries – très auto-censurées – de son entourage.

Roméo était aux anges! Quand la demoiselle les eût quittés, il questionna avec l'inquiétude d'un jouvenceau lors de sa première amourette:

– *Que pensez-vous de mon amie?*

Ce qui déclencha taquineries et mises en boîte. Pour certaines d'entre elles, il valait mieux que les chastes oreilles de Claire ne les ouïssent point! Du genre:

– *Elle est beaucoup trop bien pour un satyre de ron espèce!*

– *Ta mignonne... je me la « ferais » bien!*

– *Méfie-toi, grand couillon, cette petite bonne femme te mènera par le bout du nez!*

Et tutti quanti!

Ce à quoi Guynemer mit fin, voyant le tourtereau, sur des charbons ardents, bien près de se fâcher!

– *Nous avons apprécié le charme, la gentillesse, la spontanéité de ta jolie demoiselle! Bien sûr que ton choix est le bon!*

Tous entourèrent l'heureux homme, si imprévisiblement atteint par la flèche acérée de Cupidon... et si content de l'être.

Une semaine après, Roméo, radieux, leur annonça cérémonieusement ses fiançailles avec la demoiselle de son cœur et son intention, dès que possible, de la mener à l'autel. La fine mouche avait donc réussi la prouesse d'extirper de ce mécréant, la promesse de s'unir... devant le curé!

41

Alors qu'ils stagnaient dans une certaine morosité, un ordre leur parvint qui les surprit, les secouant dans la léthargie dans laquelle ils s'enfonçaient insensiblement.

Les autorités supérieures leur prescrivaient de se tenir, le 10 décembre, sur le pont curieusement dénommé « Benkies Meulen », enjambant la Colme, pour y recevoir la reddition d'un groupe de soldats allemands autorisés à quitter leurs retranchements dunkerquois. Une trentaine, sous la responsabilité d'un officier. Les Français subodoraient que, pour la kommandantur locale, il importait de « dégraisser » les effectifs de la garnison encerclée afin d'assurer un meilleur ravitaillement aux autres.

Chose étrange ! Ils désiraient se rendre au seul commando Guynemer. Comment pouvaient-ils le connaître ? Ainsi, des informations filtraient dans les deux sens, de part et d'autre de la ligne de feu.

Consigne imposée aux FFI embusqués : laisser passer ce groupe sans se manifester !

Guynemer pensa : *Cela nous occupera toujours un moment*, conscient que l'importance de leur mission initiale s'amenuisait comme une peau de chagrin.

Dès le matin dudit jour, ils piétinaient déjà sur le pont mentionné (ils ne parvenaient pas à en mémoriser le nom bizarre, pas plus qu'à le prononcer correctement) et scrutaient l'horizon, en l'espèce, l'unique chaussée serpentant à sec au milieu de champs et prairies transformés en marécages.

Le camion garé sur le bord de la route, les hommes patientèrent longtemps, l'attente devenait interminable. On ne leur avait fourni aucune précision quant à l'heure… Les uns somnolaient, d'autres jouaient aux cartes. A tour de rôle, l'un d'eux se chargeait d'examiner les lointains à travers les jumelles du capitaine.

Même Rex se demandait ce qu'ils attendaient là.

Les minutes, les heures s'écoulaient, interminables. Ils en vinrent à se demander s'ils n'étaient pas victimes d'un mauvais canular, monté de toutes pièces par les Allemands (qui n'en avaient cependant point coutume) quand Aubagne, de faction, s'écria :

– *Guynemer, les voilà !*

Là bas, au loin, une masse encore informe se mouvait en leur direction. Fébrilement, Guynemer saisit les jumelles tendues par Aubagne. Une trentaine d'hommes avançaient péniblement. Plus rien de comparable avec les défilés triomphants des sbires du Grand Reich au temps de la victoire éclair!

En tête, marchait un soldat porteur d'un drapeau blanc. Jadis impeccables, leurs uniformes étaient fripés, genre guenilles. Quelques blessés ou malades cheminaient soutenus par des voisins. Disparue l'allure martiale d'antan! La « Grande Armée » en déroute!

Près du symbole de la défaite, se tenait un gradé, moins chiffonné que les autres... Ils avaient conservé leurs armes qui semblaient plutôt les encombrer. Toutefois, une apparence de discipline persistait dans leurs rangs.

Les soldats approchaient, Guynemer fut à même de mieux les observer... Stupeur! Dans l'officier, il reconnut le Hauptmann qui l'avait « reçu », la première fois, après algarade sur la voie publique (giffle à l'appui!) à la kommandantur pour l'admonester, la seconde, au même endroit, après son évasion manquée dans laquelle le pauvre Pierre, marin-pêcheur, avait trouvé une fin tragique. L'officier avait fait preuve de tolérance alors qu'il pouvait lui attirer un tas d'ennuis.

Comme on se retrouve! Et dans des conditions totalement inversées, chose inconcevable, il y avait seulement quelques mois.

A quelques centaines de mètres du pont, la troupe s'arrêta tandis que le Hauptmann chapitrait ses soldats... Ceux-ci parurent émerger de leur apathie. Ils reformèrent les rangs; même les éclopés retrouvèrent un regain d'énergie.

L'officier reprit la tête à côté du drapeau blanc. Maintenant, la troupe marquait martialement un pas cadencé, plus aucune ressemblance avec les « traîne-savates » d'avant

Un chant guerrier fusa parmi les rangs, repris en chœur par l'ensemble des soldats, bombant le torse, fusil en bandoulière, talons claquant sur le sol. Ils avaient recoiffé le casque qu'auparavant la plupart balançaient à bout de bras comme un panier à salade. Ils voulaient prouver que, bien que vaincus, ils ne se transformeraient pas en esclaves. Ces gars-là avaient de l'estomac.

Les hommes du commando regardaient bouche-bée, muets d'admiration... Ils se disposèrent de chaque côté du pont, leur capitaine en tête d'une file, Rex à ses côtés, dans la position d'attente « Repos »! Les Allemands avançaient toujours au pas cadencé scandé par leur chant guttural, non dépourvu d'une certaine grandeur!

Ils arrivaient à proximité!

D'un seul ensemble, les compagnons du commando se figèrent dans un garde-à-vous sans faille, leur capitaine, raidi dans un salut impeccable, rendant hommage à ces soldats sachant rester dignes dans la défaite. Les Allemands s'engagèrent entre la haie d'honneur puis, s'immobilisèrent dans un ordre parfait, sur injonction du hauptmann. Dernière fanfaronnade pour sortir de la guerre ! Ils déposèrent leurs armes en tas sur le tablier du pont et se regroupèrent à quelques mètres de là. Les fiers soldats devenaient d'humbles prisonniers de guerre rendus à la merci des vainqueurs !

Le capitaine allemand dévisagea attentivement son homologue français. Avec un étonnement non dissimulé, il retrouva dans les traits virils de son vis-à-vis, le souvenir de la physionomie du nigaud d'adolescent, persistant à s'attirer des problèmes avec les Occupants.

Dans un français toujours aussi châtié, il s'exclama :

– C'est donc vous le capitaine Guynemer dont, même derrière nos lignes, nous connaissons la correction. J'étais cependant bien loin de m'attendre de vous rencontrer ici !

Son interlocuteur rétorqua :

– Je suis content de vous revoir, même si cette situation vous est certainement bien pénible. Je n'ai pas oublié votre mansuétude à mon égard lors de mes bévues… de gamin !

Et se tournant vers ses compagnons :

– Je connais le capitaine ! Evidemment, c'est un ennemi, mais aussi un homme tolérant, bien loin de tout fanatisme. Il a droit, avec ses hommes, à notre considération !

Neuf kilomètres du pont jusqu'à Hondschoote où les prisonniers devaient être remis aux FFI. Il eut été sévère de contraindre ceux-ci à parcourir cette distance à pied alors qu'ils étaient affaiblis (on ne devait pas faire bombance tous les jours dans Dunkerque coupé de toute source de ravitaillement) et fatigués par le trajet déjà réalisé… avec des éclopés. Certes, cela n'aurait été qu'un juste retour des choses. De tels sentiments humains n'effleuraient même pas la conscience germanique des vainqueurs de 1940, sans pitié pour leurs prisonniers crapahutant kilomètre après kilomètre sous une chaleur torride, jusqu'à complet épuisement. Coups de crosse aux gens apportant un réconfort aux malheureux qui se traînaient devant eux… Seaux d'eau, déposés sur le bord de la route, systématiquement renversés par ces gardes-chiourmes d'un nouveau genre alors que leurs prisonniers mouraient de soif.

Guynemer se remémorait tout cela… Il pensait à toutes les déportations de juifs ou de résistants au régime nazi, aux traitements inhumains qu'ils subissaient, aux camps de concentration dont l'horreur commençait à être dévoilée… Comment le nazisme était-il parvenu à transformer ses adeptes, censés être normaux, en de véritables bêtes féroces ? D' autre part, tous les Allemands n'étaient pas à mettre dans le même sac ! Les fanatiques inconditionnels faisaient peut-être l'exception, les autres devant agir sous la contrainte ?

Il se raisonna :

– Nous ne sommes pas des barbares pour appliquer la loi du taliont et suivre aveuglément le principe du « Malheur aux vaincus », infligeant sadiquement vexations et souffrances !

Impossible d'embarquer tout le monde à la fois dans le camion, une quarantaine d'individus !

Il décida :

– Hauptmann, la moitié de votre groupe montera immédiatement dans le camion. Hercule, Aubagne, Auvergne, Racine, vous les convoierez. Gazo au volant, reviendra nous chercher dès le premier transfert opéré... Toulouse, Roméo, Paimpol et... Rex resteront sur place avec moi et le solde des prisonniers y compris leur officier ! Les armes déposées à terre seront embarquées lors du dernier parcours.

L'officier allemand serra chaleureusement la main de Guynemer :

– Merci pour mes hommes et pour moi ! En ce qui nous concerne, la guerre est finie ! Le temps de l'humiliation arrive ! Souhaitons que la Paix revienne bien vite et que nos deux Peuples apprennent, sinon à s'aimer, au moins à ne plus se haïr !

Ainsi, les prisonniers purent rapidement rejoindre leur camp où ils furent pris en charge correctement, suite aux recommandations de Guynemer. Il rencontra le sous-officier FFI, chef du camp provisoire des nouveaux prisonniers pour lui demander :

– Exceptionnellement, pouvez-vous me confier l'officier allemand pour cette unique soirée ?

Ce que consentit immédiatement le sous-officier, déférent devant ce jeune, mais prestigieux capitaine ! Celui-ci convia le hauptmann... à la cantine, en même temps que ses propres compagnons, après avoir demandé au cuistot : *de faire un effort, ce soir, quant à la qualité de la nourriture !*

Le cuisinier fit la moue :

– Quoi ? Faire des ronds de jambe à un boche !

Il se calma quand Guynemer lui eut narré brièvement les raisons de ce traitement de faveur. L'officier se comporta en parfait gentleman (étrange qualificatif – anglais – pour un Allemand, censé être l'ennemi juré des Britanniques), parvenant même à impressionner les frustes gars du commando qui, eux aussi, se conduisirent très civilement, pour la bonne raison que :

– le chef en avait ainsi décidé !

Le soir, le Hauptmann fut reconduit à son camp par Guynemer tout songeur... Il pensait à Godfritz, l'oberleutnant responsable du camp russe se risquant à amener son prisonnier-interprète-russe à la messe de minuit, affublé d'un uniforme vert-de-gris. En ce bas monde, un bienfait ne serait jamais perdu, même si celui-ci n'est pas toujours ristourné à celui qui l'a dispensé antérieurement !

42

Et le train-train habituel se remit à ronronner.

Le groupe Guynemer nouait de cordiales relations avec les Résistants combattant, logeant dans le même immeuble. En majorité, de braves garçons, parfois mal embouchés, d'origines, de nationalités de tous azimuts... Des Tchèques, par exemple! Quelles motivations les avaient poussés à entrer dans la clandestinité? Cela variait de l'un à l'autre... Certains français, revenus du STO ou étant Réfractaires, avaient jugé ce choix évident (ils avaient grand mérite, dans cette zone super-contrôlée) D'autres s'étaient enrôlés par patriotisme, par convictions, par haine de l'Occupant... Tous ne pensaient qu'à en découdre.

Quand ces gars reçurent l'ordre de prendre les armes pour appuyer les armées régulières, ils le firent sans rechigner malgré leur manque, parfois total, de pratique militaire et le piètre état de leur armement, à la puissance de feu souvent minable. Quelle témérité de vouloir se frotter à un ennemi bien entraîné et sur-armé. Ils n'avaient pas eu la chance de bénéficier du savoir-faire de Caméron. Beaucoup trop se firent descendre comme des lapins, comme au bois de St Acaire, près d'Herzeele, par exemple...

De temps en temps, de sérieux accrochages, tel celui de Ghyvelde. Pourquoi cela se déclenchait-il ici plutôt qu'ailleurs, aujourd'hui plutôt que demain? Personne ne le savait au juste.

Ces combattants – bénévoles – persistaient courageusement à patauger dans la boue, à passer des heures aux aguets, à risquer leur peau pour leur idéal alors qu'il leur eut été aisé de se fondre dans la nature, de disparaître, sans que nul ne s'avise à les porter déserteurs...

Ceux-là ne songeaient nullement à terroriser la population par des méthodes que ne désavoueraient pas les Nazis, en s'en prenant à des villageois sans défense dans des pratiques de jugements sommaires... Les vrais Partisans oeuvraient sans esbrouffe et sans hargne.

La quiétude du commando Guynemer ne dura pas longtemps... Ces damnés Allemands réservaient encore un tour à leur façon. Alors que le monde entier prophétisait l'effondrement rapide du régime nazi, la reddition de ses armées en déconfiture sur les fronts de l'Est comme de l'Ouest, une nouvelle fulgura, prenant à contre-pied tous les savants pronostics:

– *Les Allemands contre-attaquent dans les Ardennes!*

Le 16 décembre 1944, 250 000 hommes appuyés par les *Panzerdivisionen,* fortes de 1 000 chars, passaient à l'offensive, bousculant leurs adversaires déconcertés. Avec une météo courante, l'énorme supériorité aérienne des Alliés eut vite étouffé dans l'œuf ce dernier sursaut d'un ennemi aux abois... Las, non seulement le temps était couvert comme sur une grande partie de l'Europe occidentale, en plus les Ardennes se drapaient dans un épais manteau cotonneux. Le brouillard réduisait parfois la visibilité à une dizaine de mètres. Impossible pour l'aviation de décoller... Appareils littéralement cloués au sol.

Les attaquants voulaient s'emparer des ponts sur la Meuse, prendre Anvers et couper ainsi les Alliés de leur principal port de ravitaillement pour leurs armées en campagne. Température sibérienne: moins trente degrés centigrades dans cette région. Mettant à profit ces conditions météorologiques détestables, mais hautement bénéfiques pour eux, les Allemands enfonçaient les lignes alliées par de sacrés coups de boutoir!

La panique refleurit dans la population belge et du Nord de la France. Où les monstres germains allaient-ils être stoppés? Fallait-il reprendre le chemin de l'exode comme en mai 40... En attendant, « ils » avançaient toujours, malmenant les résistances adverses!

Guynemer et son commando se désolaient de devoir rester les bras croisés, jugeant qu'ils seraient beaucoup plus utiles dans le brasier ardennais que dans leur coin paisible où, ils en avaient la conviction, ils ne servaient plus à grand' chose. Ils proposèrent de s'engager pour lutter sous d'autres Cieux... ce qu'on leur refusa!

Votre seule présence maintient une sérénité demeurant fragile, dixit la hiérarchie militaire.

D'étranges informations filtraient: des commandos allemands en uniformes américains semaient la discorde dans l'armée alliée. En conséquence, on avait prescrit aux FFI locaux, de redoubler de vigilance: les soldats de la garnison encerclée dans Dunkerque ne tenteraient-ils pas de se dégager de leur gangue – pas très étanche – pour réaliser leur jonction avec leurs compatriotes en pleine action?

Guynemer et ses hommes multiplièrent leurs interventions dans la campagne, à l'affût du moindre suspect, de toute activité équivoque! L'obsession de « l'espionite » d'avant mai 40 allait-elle renaître de ses cendres? Mais, tout restait paisible tandis que dans les Ardennes s'installait un gigantesque chaos.

Les « Panzers » avaient poussé des pointes jusqu'à 70 kilomètres quand les Américains réussirent enfin à les arrêter... A Bastogne, en Belgique.

Le brouillard finit par se lasser d'enténébrer le paysage, ce qui permit aux chasseurs et bombardiers de s'envoler aussitôt... Pour écraser l'ennemi au sol.

Toujours rien de nouveau du côté de Reine. Pas étonnant avec la pagaille monstre régnant aux frontières belgo-franco-allemande où l'on ne savait plus bien qui était où...

Guillaume vivait dans une angoisse perpétuelle. Ses compagnons essayaient de lui remonter le moral, sans pouvoir avancer quoi que ce soit de précis... Généralités, éventualités, estimations... ne réconfortaient guère l'amoureux transi.

Ils étaient attablés pour prendre leur repas du soir – que Guillaume grignotait mécaniquement – quand on le réclama au téléphone placé dans le hall d'entrée. Appareil théoriquement réservé aux communications militaires, interdit en principe aux entretiens particuliers. Que pouvait-on bien lui vouloir ?

A demi tétanisé d'inquiétude jusqu'au fond de lui-même, il se hâta vers l'appareil que tendait un FFI :

– *Une communication de loin ! Un certain lieutenant Charlet, de l'armée canadienne, voudrait vous parler ! Très important, d'après lui !*

Il se sentit prêt à défaillir. Il se rappela vaguement du lieutenant qu'il avait croisé lors du passage de son groupe canadien aux « Cinq Chemins »... L'adjoint du commandant, si ses souvenirs restaient exacts. Mauvais présage...

Dans le téléphone, il n'entendit d'abord que crachotis et craquements tandis qu'une voix au diable vauvert répétait inlassablement :

– *Allo ! Allo ! Capitaine Guynemer !*

Ce dernier ayant enfin réussi à articuler quelques mots tellement sa gorge était coincée, son correspondant déballa son paquet comme si ce qu'il avait à dire lui pesait une tonne sur la poitrine !

– *Capitaine, je n'ai pas de bonnes nouvelles à vous annoncer ! Votre fiancée est portée disparue !*

Et vlan ! Le cœur de Guillaume rata quelques battements, au point où il craignit de s'effondrer au pied de l'appareil. Dans une sorte de brume éthérée, en dépit du mauvais état de la communication, il parvint à saisir l'essentiel de l'exposé du lieutenant :

– La colonne canadienne se trouva, tout à coup, nez à nez avec quelques redoutables panzers, embusqués dans un endroit où nul ne soupçonnait leur présence. Leur violent tir croisé ne laissait que peu de chances de survie aux Canadiens pris dans la nasse... La jeep du commandant pilotée par Reine fit une brusque embardée, escalada le talus au bord du ravin, en une manœuvre désespérée pour échapper au massacre. Elle faillit réussir à se faufiler hors du piège quand un obus l'atteignit de plein fouet. La voiture explosa et, simultanément s'embrasa... Le corps du commandant fut retrouvé dans les débris. Par contre, celui de la jeune fille demeura introuvable d'autant plus que la zone restait dangereuse... Il ne faisait pas bon s'y attarder même pour retrouver des corps. Les Allemands, obsédés par leur volonté d'avancer coûte que coûte – opération de la dernière chance – ne se souciaient pas de faire du sentiment, tirant sur tout ce qui bougeait.

Le lieutenant termina :

– *Il est peu probable que le sergent Maury ait échappé à la tuerie. Son corps se trouve vraisemblablement sous un amas de ferraille qu'il faudra des jours pour dégager… quand le coin sera sécurisé. Quant à moi, j'ai eu une chance inouïe de m'en tirer sain et sauf!*

Nous sommes actuellement en retrait de la ligne de feu et j'ai cherché vos coordonnées dans les affaires de votre fiancée restées en notre cantonnement provisoire. Je suis profondément peiné, non seulement de vous causer si brutalement un chagrin terrible, mais surtout parce que le sergent Maury était une femme remarquable, adorée de tous les hommes de ma section, moi, y compris! J'en ai vu plusieurs pleurer en apprenant la funeste nouvelle…

Guillaume ne sut que bredouiller quelques vagues remerciements, submergé par la marée de désespoir déferlant sur lui. Il revint à la cantine, décomposé, pâle à faire peur, les jambes en coton. Ses compagnons, abasourdis, accoururent pour le soutenir avant qu'il ne défaille. Un zombie surgissait devant eux.

Sanglotant, par bribes, toute fierté abolie, il résuma ce qu'il venait d'apprendre, navrant ses hommes que le souvenir de la ravissante jeune fille avait profondément marqués. Ils participaient à fond au désespoir de leur jeune chef…

Une fièvre de cheval envahit ce dernier, nécessitant l'intervention urgente d'un docteur qui lui administra quelques piqûres calmantes, le plongeant dans un profond sommeil artificiel. Il délira, tint des propos incohérents dans lesquels Reine faisait figure de Jeanne d'Arc… à moins que ce fût Blanche Neige Ses compagnons dressèrent un second lit de camp dans sa chambre afin de pouvoir le surveiller la nuit, à tour de rôle. Le jour, le commando fut bien contraint de continuer ses tournées de surveillance mais, systématiquement, l'un d'eux s'en dispensait, pour soigner le malade.

Après quelques jours d'errance dans les ténèbres extérieures, le jeune homme revint progressivement à la vie. Sans d'enthousiasme, ressassant continuellement sa douleur… Son organisme robuste l'achemina vers une vie végétative. Il ressentait des sursauts de révolte, voulut partir seul, armé de sa mitraillette, s'approcher des lignes ennemies et tirer, tirer, tirer… jusqu'à ce qu'il se fasse descendre, mettant fin à une existence ne valant plus la peine d'être vécue.

Ses infirmiers bénévoles l'en empêchèrent difficilement. Il repartit errer dans la campagne avec ses fidèles. Même Rex ne parvenait plus à le sortir de ses idées morbides !

Il revit ses parents qui pleurèrent avec lui la disparition de cette charmante demoiselle qu'ils ne connaissaient que par ouï-dire, la sachant dotée de multiples qualités et surtout, constituer l'amour exclusif de leur fils.

Les Américains avaient définitivement annihilé la contre-offensive de Von Rundstedt dans les Ardennes où la vie redevenait normale ! Les Allemands avaient brûlé leurs dernières cartouches

Guillaume n'admettait pas la mort de sa bien-aimée. Il continuait de la sentir vivre en son cœur, pressentant néanmoins que ce n'était que le fruit de son imagination, de ses espérances les plus déraisonnables. Il se rendait compte qu'il lui faudrait bien, un jour, accepter l'inéluctable. Il avait beau se dire que leur amour ayant survécu et triomphé de tant de multiples épreuves durant ces quatre interminables années de guerre, ne pouvait se terminer aussi tragiquement.

Coup de tonnerre ! Les ténèbres se déchirèrent d'un coup.

De nouveau, on appela le capitaine Guynemer au téléphone alors qu'ils étaient, cette fois encore, à la cantine. Voulait-on absolument lui gâcher le peu d'appétit lui restant ? Il y alla sans hâte. Qu'allait-on lui annoncer comme nouvelle catastrophe ? Rien ne pouvait être pire que la disparition de Reine.

Une voix féminime s'enquit d'abord s'il était bien la personne demandée… pour lui asséner ensuite un nouveau coup, le laissant pantois.

– *Capitaine, je suis infirmière à l'hôpital de Rethel – devenu militaire de par la force des choses où depuis plusieurs jours, nous soignons une jeune femme-soldat ramenée ici totalement inconsciente, victime d'un traumatisme sérieux la maintenant dans un semi-coma. Elle en est sortie hier. Maintenant, cette sacrée bonne femme refuse toute nourriture (et je vous assure que comme tête de mule, on ne fait pas mieux!) tant qu'un certain Capitaine Guynemer (son fiancé, dit-elle) n'a pas été prévenu de sa présence en nos murs.*

Un chantage efficace puisque, en désespoir de cause, le major m'a ordonné de passer ce coup de fil, la bougresse étant fichue de se laisser dépérir d'inanition. Elle est encore trop secouée pour vous parler elle-même. Rien de cassé, ni de sérieusement lésé, des plaies et des bosses, mais maintenant qu'elle sera tranquillisée à votre sujet, elle se rétablira dare-dare car, question de vitalité, son tempérament en déborde…

Permettez-moi une réflexion toute personnelle : vous avez une sacrée chance, car cette jeune personne ne vit que pour vous !

Au bout du fil, Guillaume, groggy, suffoquant de bonheur, fut incapable de répondre quoi que ce soit d'intelligible. Il avait perdu jusqu'à sa raison de vivre et voilà que, brutalement tout lui revenait ! Job sur son fumier disait :

– *Le Seigneur m'avait tout donné, Il m'a tout repris… Que son Saint Nom soit béni !!* Beaucoup plus facile de remercier Dieu, le Ciel ou la Providence, sans être sur un fumier et quand on est inondé de bonheur.

Les idées s'interféraient dans sa tête... Des gongs résonnaient... à moins que ce soit des carillons de fête! Son interlocutrice le rassura encore une fois avant de raccrocher tandis que le jeune homme, abasourdi, restait devant l'appareil devenu muet...

Son absence se prolongeant, Toulouse vint s'enquérir de ce qui se passait. Visage transfiguré, sourire béat, tellement différent de la mine de carême qu'il arborait depuis plusieurs jours... firent craindre à Toulouse qu'un subit traumatisme mental n'eût frappé son compagnon.

D'un geste, Guillaume le rassura. Il n'était pas devenu fou de douleur mais... de joie, ce qui ne conduit que bien rarement à l'hôpital psychiatrique. Toulouse n'en crut d'abord pas ses oreilles. Prendre ses désirs pour des réalités est chose courante. Puis, se rendant compte que tout cela paraissait bien réel, il saisit le bras du garçon et l'entraîna prés des autres qui commençaient à s'inquiéter, eux aussi!

Dés l'entrée de la salle, Toulouse tonna:

– *Reine est vivante!*

Ce qui déchaîna un tollé général. Ils bondirent sur l'arrivant encore hébété pour exprimer leur allégresse de façon aussi bruyante qu'expansive.

D'autres FFI prenaient également leur repas. Interloqués par ce charivari peu commun, une fois renseignés quant aux motifs de ce défoulement hors normes, ils se joignirent au commando en poussant des exclamations de joie. L'un d'eux sortit de sa poche un harmonica avec lequel il fit preuve d'une virtuosité endiablée, enchaînant valses, tangos et autres polkas. D'abord hésitants, les hommes se concertèrent du coin de l'œil. Le manque de femmes dans l'assistance se faisait cruellement sentir. Soudain, Roméo s'approcha d'Hercule devant lequel il s'inclina cérémonieusement pour l'inviter à venir se trémousser de concert! Ce fut le signal de la mêlée générale dégénérant en un pseudo-bal populaire. Leurs ébats maladroits faisaient plus penser à la bourrée auvergnate, à la fantasia de cow-boys autour du feu de camp sous un ciel étoilé... qu'à la danse telle qu'on l'enseigne aux demoiselles de la bonne société.

Le cuisinier protesta... pour le principe: sa cantine ne constituait pas une salle de danse. Puis, gagné par l'allégresse générale, il plongea dans l'assemblée pour participer à la liesse collective. Momentanément, ils avaient tous oublié les vicissitudes de cette guerre qui ne finissait pas d'en finir. Guillaume se sentait revivre. Il sautait comme un cabri au milieu des prés, l'heureuse nouvelle lui donnait des ailes, le meilleur remède contre son marasme corrodant. Une heure après seulement, le chahut prit fin, le combat cessant faute de combattants... Les danseurs épuisés, mais heureux, trinquèrent une dernière fois à la santé des victimes d'Eros, puis allèrent se coucher. Heureusement, les Ardennes se trouvaient bien loin car, ce soir-là, les armées teutonnes eussent eu beau jeu pour poursuivre leur avancée... jusqu 'à la mer du Nord!

Quelques jours après cette soirée mémorable, les voisins des FFI, ayant émis des réflexions acerbes suite au boucan nocturne, auxquels Guillaume eut la correction de présenter ses excuses en explicitant les motivations, une longue missive lui parvint de Rethel. D'une écriture un peu tremblée, la jeune fille commençait par déverser son trop-plein d'amour et sa folle joie de le revoir bientôt, puis racontait son aventure ardennaise (ce dont elle se souvenait, ce qu'on lui avait rapporté, ce qu'elle supposait)

Comme l'avait narré le lieutenant Charlet, sa colonne avait été prise à partie par quelques éléments vagabonds des *Panzerdivisionen.* Par une manœuvre hardie, Reine tenta de s'échapper du cercle de feu en braquant de toutes ses forces pour forcer le passage par le talus bordant le ravin. Simultanément, un obus touchait la jeep la faisant exposer, tuait le commandant tandis que l'essence prenait feu... Mais, juste avant, de par le choc violent contre le talus, elle avait été éjectée par dessus bord et projetée dans le ravin. Un providentiel buisson amortit sa chute lui évitant de se briser les reins et le crâne alors qu'en haut, le carnage continuait.

Quelques heures s'écoulèrent, les « panzers » s'étant égaillés, des ambulances passèrent pour enlever blessés, morts et mourants... sans apercevoir le corps gisant sur les broussailles en contre-bas.

Un détachement français suivit parmi lequel un curieux se penchant par dessus le talus, s'étonna de cette forme kakie inerte sur son buisson comme fakir sur tapis volant. Alertant ses copains, ils remontèrent la jeune femme, toujours inanimée, aux fins de la déposer dans le premier hôpital sur leur passage. A Rethel!

Reine terminait comme suit:

– Mon malheureux commandant y a laissé la vie avec beaucoup de ses hommes, devenus des amis – en tout bien tout honneur – au fil des jours. Quand on m'a amenée ici, mon état n'était – apparemment – pas brillant. Couverte d'égratignures et de sang, je n'étais – paraît-il – pas jolie-jolie à voir. Plus de peur que de mal. Mon miraculeux buisson m'avait servi d'amortisseur, de pare-choc! Cependant, l'atterrissage consécutif à mon vol plané m'a causé un choc nerveux me privant de conscience durant plusieurs jours.

Dès ma sortie de cet état second, j'ai demandé, prié, supplié... que l'on te joigne... Ce n'était pas la coutume, m'a-t-on dit, d'avertir un étranger à la famille. Or, de famille en France, je n'en ai point.

Je me suis donc conduite comme une gamine insupportable, décidée à refuser toute nourriture tant que mon ami n'aurait pas été avisé de ma présence ici. Le « corps médical » a fini par céder. Profonde ingratitude de ma part envers mes infirmières si attentionnées, mais il fallait bien te donner signe de vie. Je te savais mourir à petit feu... d'inquiètude. Il ne manquerait plus que çà alors que je sens de nouveau le sang bouillonner en mes veines... en pensant à toi.

J'ignore si beaucoup de mes chers Canadiens ont échappé au massacre, mais il est certain que ma carrière de chauffeur est parvenue à son terme. Peut-être aura-t-on la bonne idée de me démobiliser! Pour l'instant, je suis consignée à l'hôpital, encore trop faiblarde disent les Docteurs alors que je me sens capable de parcourir à pied, à cheval, en voiture, en auto-stop... les 250 km qui nous séparent.

Elle concluait en une grande envolée lyrique qui fit venir des larmes aux yeux de son lecteur attendri qui se frotta les mains... en même temps que ses joues mouillées:

– *Hourra! Maintenant, je peux lui répondre. Mon petit oiseau des îles – kaki – ne reprendra pas son envol de si tôt!*

Mais lui-même, n'avait pas grand – chose à relater, mis à part ses sentiments, ses espérances, son immense affection... Remplir plusieurs pages de prose enflammée lui était difficile, ce dont Reine s'acquittait à merveille. Lui, penchait plutôt pour:

– *Pas de paroles! Des actes!* surtout quand ces paroles, devaient être écrites.

Les événements internationaux ne manquaient guère, mais sont-ce des sujets de dissertation entre deux amoureux.

Début février 1945, à la conférence de Yalta, Churchill (l'Anglais), Roosevelt (l'Américain) et Staline (le Russe), se partageaient, sinon leurs terres d'influence dans le monde – pas officiellement – mais, au moins l'Allemagne, en zones d'occupation, laissant tout de même « un petit morceau » à la France.

Anecdote cocasse (sauf pour les malheureuses victimes). Le 27 février 1945, un aviateur anglais excentrique, décida de se faire la main en un tir réel. Quelle meilleure cible que Dunkerque dont le beffroi était toujours surmonté du drapeau à croix gammé? Ce fichu bricoleur arrosa... Calais qu'il avait confondu avec la Cité de Jean Bart, causant plusieurs victimes parmi la population civile, ne pouvant croire à un renouveau des bombardements alors que leur ville vivait libre depuis belle lurette (le 2 octobre 1944)

Début avril 45, l'armée française franchissait le Rhin... Prise de Karlsruhe, le 5 avril, de Vienne, quelques jours après...

Pendant ce temps, Guillaume se morfondait. Avec son commando, ils essayaient de compenser leur inactivité croissante par un surcroit d'activités physiques, d'entraînement, de manœuvres, des marches... mais le feu sacré n'y était plus. A quoi cela servirait-il...

Reine, déçue, écrivait:

« Ils » ne veulent pas me lâcher sous le prétexte que je me suis engagée pour la durée de la guerre. Et je ne peux pas prétendre le contraire! Loin de moi l'envie de « fréquenter » à nou-

veau les champs de bataille. J'en ai eu ma dose! Mon hôpital d'hébergement s'est débrouillé pour me faire affecter à ses Services sanitaires, arguant de mes compétences – cependant bien modestes – en matière de secourisme. Je suis donc devenue un « ersatz d'infirmière » en attendant la fin de cette sacrée guerre.

Le 21 avril, De Lattre prenait Stuttgart. Le 7 mai 1945, l'Allemagne capitulait au quartier général d'Einsenhower à Reims et le lendemain, proclamation officielle de la capitulation dans les Pays Occidentaux... Ouf!

Personne ne songea, parmi les Peuples libérés, à porter le deuil du dénommé Hitler, « suicidé » le 30 avril 1945. L'aube d'une ère nouvelle se levait!

43

Les deux amoureux poursuivaient inlassablement leur correspondance passionnée…

Rapidement, Reine devint la « coqueluche », tant des docteurs et infirmières que de leurs patients. Elle ne s'épargnait aucune peine, soucieuse avant tout de soulager les souffrances, d'apaiser les crises de dépression, par un soutien moral sans faille dans l'intention – peut-être inconsciemment – de compenser par là-même, sa mince expérience en matière médicale. Ses malades l'adoraient. Quelques minutes de la fée blonde à leur chevet leur remontaient le moral en flèche.

Pourtant, elle ne rêvait que de s'évader pour rejoindre son Guillaume.

Tout arrive à point à qui sait attendre ! Quelques jours après la proclamation de la Paix, son fascicule de démobilisation lui parvint, ce qui navra « soignants et soignés ».

Sans en informer Guillaume, pour ne pas l'inquiéter en cas de contre-temps inopiné, elle quitta, le cœur serré, les nombreux amis qu'elle s'était faits en si peu de temps… Reine n'emportait qu'un léger baluchon : quelques affaires personnelles, un peu de linge de rechange fourni par l'hôpital (pas de la soie, ni même de la satinette), munie d'un modeste pécule de démobilisation que l'Administration hospitalière avait arrondi assez généreusement. *Eu égard à la valeur des services rendus,* fut-il précisé !

Les liaisons ferroviaires Rethel – Dunkerque présentaient… des aléas avec des Chemins de Fer en pleine restructuration de leurs réseaux, souvent mis à mal par la Résistance. Elle opta, en conséquence… pour l'auto-stop !

L'apparition de cette séduisante silhouette, bien que camouflée sous un uniforme, levant un pouce quémandeur sur le bord de la route, suscitait de multiples et subites conversions à St Christophe, le saint Patron des Voyageurs. A peine postée, un gros GMC américain pila pour satisfaire à une demande si gracieusement exprimée.

Le conducteur, un sergent noir – du plus bel ébène – tout jovial, l'invita à monter à ses côtés. Ses manières, simples et sans équivoques, incitèrent l'auto-stoppeuse à accepter de s'asseoir sur le siège mal rembourré, d'une propreté toute relative.

Un dialogue, en anglais, s'instaura laborieusement. La jeune fille se remémorait des bribes de son vocabulaire en la langue de Shakespeare mis aux oubliettes depuis l'abandon de ses fonctions d'ambulancière dans Londres sous les bombes. Ses amis canadiens s'obstinaient à ne pas s'exprimer en anglais. Ils étaient du Québec, que diable.

Le sergent, décontracté au possible, roulait à une vitesse folle, méprisant les règles les plus élémentaires de prudence routière. Voulait-il épater sa passagère ? Il conduisait d'une main, l'autre dans sa poche, ne la sortant qu'à l'extrême limite pour actionner son levier de vitesses, réalisait ses reprises par un emballement sauvage du moteur, freinait au dernier moment, redémarrait ou virait sur les chapeaux de roue, propulsant son infortunée voisine d'un bord et d'autre bien qu'elle se cramponnât avec l'énergie du désespoir.

Le camion transportait de lourds fûts d'huile, heureusement bien arrimés, ce qui ne les empêchait pas de s'entrechoquer bruyamment à chaque manœuvre débridée.

A Lille, terminus.

Tout endolorie, Reine descendit, soulagée d'être encore indemne après un tel rodéo motorisé. Elle remercia son kamikase de chauffeur qui lui souhaita : *Bonne chance !* (il en faudrait beaucoup pour revenir chez lui autrement qu'en pièces détachées) avec un large sourire de ses magnifiques dents dont l'immaculé tranchait sur sa face ténébreuse.

Dans la capitale flamande, son charme aidant, un véhicule militaire s'arrêta prés d'elle alors qu'elle n'avait pas encore levé un premier pouce. Une chance, sa destination : Dunkerque !

A bord, deux jeunes soldats, le chauffeur et un sous officier devisaient gaîment en tentant d'entraîner leur passagère dans leur conversation qui, de sage et réservée au début, dériva progressivement vers de la badinerie. Ils s'enhardirent mutuellement jusqu'à lancer quelques plaisanteries à double sens. Reine craignit que cela ne dégénère en paillardises.

Elle mit brusquement un terme à la parade – verbale – de ces deux jeunes coqs, trop visiblement émoustillés.

– Je suis sergent, d'abord en Angleterre (4 ans) puis avec les Canadiens dans les Ardennes où je l'ai échappé belle. J'ai conservé mon uniforme, sans les galons… pour la bonne raison que je n'ai rien d'autre à me mettre ! Démobilisée, je rejoins mon fiancé, le capitaine Guynemer à Hondschoote. Soyez assez chics pour cesser d'essayer de me draguer ! Vous perdriez votre temps.

Les deux soldats, médusés, ravalèrent leur salive et virèrent – fictivement – immédiatement de bord. Ils se mirent à parler guerre, grades, famille, sans plus aborder de sujets scabreux. La jeune fille descendit à Bergues. Pour les remercier, elle leur plaqua, à chacun, une grosse bise sur leur joue mal rasée. Les deux jeunes hommes n'étaient pas encore revenus de leur surprise que, déjà elle s'éloignait d'un pas alerte.

Sérieuse la fille, mais pas bégueule, fut leur seul commentaire avant de redémarrer après un dernier coup d'œil – de regret – vers la svelte silhouette, déjà lointaine.

Elle continua son « stop » jusqu'à Hondschoote, ville de toutes ses espérances.

Cette fois-ci, le véhicule était « civil », ce qui prouve qu'il est plus aisé à une « pin-up », même accoutrée d'un uniforme, de trouver un automobiliste complaisant qu'à un troufion avec ses gros godillots.

C'était une vétuste bétaillère gazogène fleurant bon (?) le foin avec une prédominance d'effluve de fumier. Une grosse bête (bœuf, vache) meuglait désespérément à chaque cahot. Le conducteur, imprégné de l'odeur, peu agréable, de son véhicule, un gros bonhomme rougeaud et mafflu, lui expliqua qu'il conduisait son taureau (tiens, tiens, ni bœuf, ni vache) voir sa « belle » dans une ferme voisine. Il fallait bien penser à repeupler la population bovine décimée par les Allemands.

Il se déclara tout disposé à faire un détour pour conduire la demoiselle à destination, sans manifester d'autre intention… que celle d'être serviable !

– *Un brave homme,* pensa Reine.

Son rustique chevalier-servant la mena jusqu'à la place de l'église où elle descendit tout émue. Un « pékin » passant près d'elle lui expliqua très volontiers où se trouvait le logement des Maquisards :

– *La rue devant vous. Le grand immeuble sur la droite, à vingt mètres !*

Elle trouva facilement.

Dès l'entrée, elle tomba sur le cuisinier. Quand elle s'enquit du capitaine Guynemer, son interlocuteur, visiblement intéressé par cette belle blonde, s'exclama :

– *Je parie que vous êtes la demoiselle du capitaine ! Ici, tout le monde vous connaît… sans ne vous avoir vue ! Le capitaine et ses hommes sont partis en tournée de surveillance, mais ne tarderont pas à rentrer. Asseyez-vous donc pour l'attendre !*

Il lui avança une chaise, choisie parmi les moins branlantes…

Un quart d'heure passa… un siècle. Reine sentait son cœur battre en arythmie !

Mystérieusement avertis de cette captivante présence, des soldats défilaient dans la cantine, sans motif réel… autre que celui de voir de plus prés la fiancée, si vantée, de Guynemer. Reine leur accordait un charmant sourire, à faire fondre le cœur de ses admirateurs, d'ordinaire plus portés à faire de la bagarre que des ronds de jambe.

Enfin le commando s'annonça par de grosses voix dans le couloir. Les hommes débouchèrent d'abord pour s'arrêter, bouche-bée de surprise devant celle qu'ils avaient entrevue aux « Cinq Chemins », souvenir bien ancré en leur mémoire.

Guillaume suivait… Il n'eut pas le temps de s'étonner que déjà, la déferlante kakie s'abattait sur lui, le couvrant de baisers et de larmes de joie. Un « remake » des retrouvailles routières canadiennes.

L'heureux bénéficiaires de ces chaleureuses démonstrations, trop abasourdi et… gêné par la présence de tous ces curieux légèrement goguenards, se laissait faire, n'ayant pas encore bien réalisé ce qui lui arrivait.

Rex, aux pieds de son maître, ne bronchait pas. Pas question pour lui de s'opposer à ces attaques-surprises, ayant l'heur de plaire à leur destinataire ainsi investi.

Emergeant de leur étonnement, Toulouse, Hercule et consorts se mirent à claquer des mains en cadence comme s'il s'agissait d'un spectacle de tauromachie dans lequel chaque passe du torero est ponctuée par un encouragement à persister. Toute la « soldatesque » attirée par le tapage suivit le rythme. L'événement ne risquait pas de passer inaperçu.

Le chef local des Résistants (le commando Guynemer n'en dépendait en aucune façon) invita courtoisement la « gente damoiselle » à partager leur modeste repas. Ce que l'invitée accepta avec grâce, sans afféterie, ni minauderies. Sa vie de femme-soldat, en contact permanent avec des hommes, l 'avait délivrée de la timidité des premiers jours de leur amour et mué la fragile adolescente en une jeune femme, sûre d'elle et de son ascendant sur l'espèce mâle, sans avoir perdu un iota de son envoûtante féminité.

Les deux tourtereaux, attablés côte à côte – comme il se doit – passaient plus de temps à se dévorer des yeux qu'à picorer le contenu de leurs assiettes.

Une question primordiale se posa bientôt. Où allait-elle loger ? Loin d'elle l'intention de cohabiter avec son bien-aimé – ses principes rigides demeuraient intacts – dans cette sorte de caserne en totale promiscuité avec une bande de gaillards débordant vraisemblablement de pulsions plus ou moins… refoulées.

Guiullaume pensa aux serviables voisins de palier, le ménage douanier ! Nantis eux-mêmes d'une jeune fille, peut-être pourraient-ils trouver une petite place. Les deux jeunes gens s'y rendirent et furent cordialement accueillis. Ils étaient au courant de l'arrivée de Reine… Comment s'en étonner après tout ce tintamarre. Oui, ils avaient un lit pour la demoiselle… au moins pour quelques jours, histoire de dépanner ! Reine les avait conquis, eux-aussi…

Pas de problème pour les repas, la cantine lui restait largement ouverte. Une bouche de plus ou de moins, quelle importance, surtout quand elle est aussi charmante !

Dès le lendemain, Reine s'intégra dans l'équipe, participant (en touriste) aux tournées quotidiennes, une pure routine.

Rex l'avait également adoptée, convaincu que cette douce et blonde personne était bien « l'alter ego » de son maître…

Les compagnons du commando se multipliaient en délicates attentions pour la dulcinée de leur chef devenue un peu leur mascotte…

Roméo organisa une rencontre entre celle-ci et sa Claire. Les deux jeunes femmes sympathisèrent d'emblée bien que n'ayant pas la même tournure d'esprit. L'une, plongée dans la guerre avec ses horreurs, depuis le début, l'autre, restée frileusement à l'abri dans les jupes de maman. Claire éperdue d'admiration devant sa nouvelle compagne, la jugeait jolie, gentille autant que simple et dégourdie.

– *Une femme comme le mérite le prestigieux jeune chef de mon Roméo,* estima-t-elle.

Dunkerque, libérée dès la proclamation de la Paix, se rouvrait aux civils évacués de force par les Allemands quelques mois auparavant. Pas de nouveaux dégâts à reprocher à ces « jusqu'auboutistes germaniques ». Dans la ville, en plusieurs quartiers, il eut été difficile de trouver quelque chose à démolir. Déjà fait : un amas de ruines sur lesquelles fleurissait une végétation spontanée...

Les parents de Reine, empressés de revoir leur chère fille, s'expatrièrent de leur pays d'adoption (depuis cinq ans) et trouvèrent à se loger chez d'anciennes connaissances d'avant-guerre, en attendant l'attribution d'un baraquement modèle UK 100 américain dont l'espèce ne tarderait pas à champignonner dans tous les coins. Reine avait signalé aux Services municipaux dunkerquois sa présence et son adresse à Hondschoote. De la sorte, ils purent retrouver leur unique et inestinable progéniture, saine et sauve (sauf la petite cicatrice à la tempe qu'ils connaissaient déjà) et se déclarer en mesure de l'héberger dans leur modeste logement.

Reine ne pouvait s'éterniser chez le Douanier, ni abuser de la cantine... pas plus que de continuer cette vie de « bâton de chaise », en marge d'une activité militaire régulière. Le rôle de madone des FFI commençait à lui peser, elle ne voulait que Guillaume... et lui seul. Etre l'objet de convoitises, même bien dissimulées, de la part de tous ces gaillards, ne lui plaisait nullement.

Un beau jour (même pas un sombre dimanche), sans aucun enthousiasme, mais *nécessité fait loi,* le commando se chargea d'amener la « miss » à ses parents. Elle, ravie de revoir papa, maman, mais désolée de quitter Guillaume, ne serait-ce que pour quelques jours !

M. et Mme Maury, favorablement impressionnés par la prestance du capitaine qu'ils ne connaissaient qu'à travers les descriptions dithyrambiques de leur fille, ainsi que par la mâle mais, irréprochable tenue de ses gardes-du-corps, s'estimèrent comblés. Guillaume, perpétuellement sur les lèvres et inébranlable dans le cœur de Reine, était sûrement un « gars bien ». Pas de doute, ce choix était le bon.

Les jeunes gens ne tardèrent pas à exprimer leur intention de se marier au plus tôt... Depuis le début de leur idylle, ils avaient eu le temps de réfléchir.

Les objections ne tardèrent pas de la part des parents (des deux côtés), aux pieds bien sur terre, non pas la tête dans les étoiles comme ces deux insouciants, ne voyant l'avenir qu'à travers leur amour.

De quoi allez-vous vivre, d'amour et d'eau fraîche… ce n'est pas très nourrissant!

Reine objecta qu'elle avait contacté le Directeur de l'Hôpital de Rosendaël, banlieue de Dunkerque, qui l'embaucherait volontiers vu ses activités antérieures d'ambulancière-secouriste en Angleterre et son séjour – actif – en l'hôpital de Rethel. Un complément de formation lui assurerait une qualification d'infirmière à part entière.

De son côté, Guillaume révéla avoir le choix entre persévérer dans la carrière militaire, étant entendu que son grade – provisoire – de capitaine serait substitué à celui – définitif – de lieutenant avec perspective d'une ascension rapide dans la hiérarchie ou… de postuler pour un poste dans la gendarmerie – en pleine mutation – à un niveau à discuter, eu égard à ses états de service dans le Maquis.

Mais où allez-vous loger?

Le commandant de la Place, informé des antécédents militaires du futur couple, promettait de leur procurer, dans les environs, un logement décent, assez bien agencé pour constituer les prémices d'un nid d'amour.

Et le chien?

Le brave Rex n'était pas oublié! Son maître se disait fort de le faire accepter où qu'il se trouve. Qui repousserait un animal si bien dressé, un héros de la Résistance à quatre pattes!

Qu'objecter à tout cela? Les « jeunes » opposaient une parade – verbale – à tous les arguments, négligeant systématiquement les obstacles que leurs aînés leur signalaient. C'est beau d'être jeune!

De guerre lasse, M. Maury se résigna à dénicher un aumônier de ses connaissances, assez tolérant pour passer outre aux délais de publication des bans. Une éternité pour les deux impatients.

Les ordres de démobilisation de Toulouse, Aubagne, Paimpol et Roméo arrivèrent. Les trois premiers retournaient au « Pays » tandis que Roméo voulait se marier en même temps que Guynemer et rester dans le coin suivant les souhaits de Claire et, comme… *Ce que femme veut, Dieu veut…* Il espérait trouver facilement un emploi dans cette région dynamique où tout était à reconstruire.

Gazo, Hercule, Racine et Auvergne rempilaient. Sauf, Roméo – occupé par ailleurs – tous rallieraient Paris en camion où celui-ci devait être remis aux Autorités. Comme prise de guerre!

Là… séparation inéluctable entre les nouveaux civils et les militaires indécrottables!

Le jour tant espéré arriva. Mariage à Malo-les-Bains (banlieue de Dunkerque, en la commune du domicile des parents de la fille, selon la coutume!) dans une salle de la Mairie, pas trop endommagée par les bombardements. Tous les fidèles du capitaine étaient présents, sérieux comme des Papes, tirés à quatre épingles dans la mesure des moyens du bord. Évidemment, sous l'œil attendri des parents chagrinés de perdre de nouveau leur progéniture retrouvée depuis peu… Mais, en y réfléchissant, ils se consolèrent, estimant qu'au contraire, ils gagnaient, les uns, une délicieuse belle-fille, les autres, un gendre hors du commun. Et que dire de la ribambelle de petits-enfants qu'ils pouvaient espérer de cette union…

L'édile, chargé d'officier la cérémonie, s'inquiéta de la pléthore de témoins potentiels, tous volontaires pour signer le registre d'Etat civil. Il en désigna quatre, au hasard… dont Roméo !

Roméo et Claire se marièrent… dans la foulée. Guillaume, tout fraîchement marié, se mua en témoin pour honorer son fidèle compagnon. Quatre autres (évincés précédemment) parfairent le quota des signataires. Ainsi, chacun d'eux avaient été témoin d'une union…

Un pour tous ! Tous pour un !

Puis ce fut l'église où le gros camion, décidément mis à toutes les sauces, consacré voiture nuptiale, conduisit tout ce petit monde. Du beau monde… Certainement pas par le luxe des toilettes. Des uniformes militaires, pour ne pas dire des treillis… La jeune épousée ne se parait pas de tulle vaporeux, ni de dentelles aériennes. Cas de force majeure ! Elle n'avait d'ailleurs nul besoin de falbalas, de colifichets… pour fasciner son entourage. Tête nue, ses longs cheveux blonds auréolant son joli visage rosi par l'émotion, la souplesse de sa démarche, son port altier faisaient d'elle une reine (au prénom bien mérité) attirant les regards admiratifs de l'assistance. L'uniforme ne parvenait même pas à déformer son corps gracieux.

Une surprise attendait le cortège nuptial. Une foule nombreuse se pressait devant l'église. Les gens affluaient de la campagne environnante, en train, en auto, à vélo et même… à pied. De par leur présence, ils voulaient marquer leur gratitude au commando Guynemer, efficace garant de leur sécurité durant la période trouble suivant la Libération.

L'église était à la mesure de la simplicité des toilettes… L'édifice religieux proprement dit, ébranlé par les bombes, n'était pas ouvert au Public. L'aumônier attendait ses « clients » de pied ferme à l'entrée d'une salle de patronage proche de l'église elle-même. Une façon de salle de spectacles où sur la scéne trônait un autel de fortune. Mais baste, si « qu'importe le flacon, pourvu qu'on ait l'ivresse »... peu importaient les décors... pourvu qu'on nous marie... se disaient les jeunes gens.

Faveur ultra spéciale : Rex fut autorisé à pénétrer dans le lieu devenu sacré. Toulouse avait circonvenu le prêtre en lui résumant, en les embellissant encore sans doute (?), les faits d'armes et le dévouement aveugle du berger-allemand. Si le célébrant eut suivi son argumentation, le gros chien aurait même dû servir de témoin ! L'aumônier, un vieux briscard (il en avait vu et entendu bien d'autres) prit cela pour une galéjade (c'en était une) et rit de bon cœur... en acquiesçant à la demande ! Le chien pouvait entrer.

Les épousés échangèrent leurs anneaux – de minces fils d'argent, vu la pénurie – et leurs serments d'éternelle fidélité, inaltérables comme le plus précieux des métaux.

A la sortie de l'église – ou du local en tenant lieu – les deux couples « nouveaux mariés » resplendissaient de bonheur. Ils passèrent entre les deux rangées de militaires au garde-à-vous, acclamés par des civils enthousiastes.

Rex paradait derrière ses maîtres, donnant l'impression de se sentir tout autant concerné par ces bruyantes démonstrations...

Le repas de noces ? Prévu dans l'incontournable cantine, faute de mieux. Le père de Guillaume s'était démené pour se procurer quelques bouteilles de bon vin, quémandées prés d'anciennes relations commerciales d'avant-guerre.

Le cuistot, lui aussi, s'était décarcassé pour faire de son ordinaire, un « petit extra ». Ce ne fut pas – et ne pouvait pas l'être – un repas digne de la table de Lucullus mais, l'affection des parents, la cordialité de tous, l'amitié sincère de ces ex-combattants, l'amour s'irradiant des jeunes mariés, tenaient chaud au cœur, ce qui valait bigrement mieux que n'importe lequel des festins pantagruéliques.

A la fin du repas, Toulouse, la voix enrouée, se leva :

– Je suis l'aîné du commando ! Je dirai quelques mots au nom de tous les miens, bien que je ne sois qu'un piètre orateur... Cher Guynemer (pour nous, ton nom de guerre reste irremplaçable) tu as été un chef exceptionnel, tout en restant un ami hors pair. Nous étions prêts à te suivre jusqu'à la mort ! Praha en a apporté la preuve ! Ton arrivée parmi nous, tout jeunot, dans le commando Caméron, a modifié l'ambiance. Ta serviabilité, ta camaraderie sans chiqué ont changé la donne alors que nous étions repliés sur nous-mêmes, chacun n'obéissant qu'à ses instincts. Graduellement, nous avons formé une équipe vraie, se serrant les coudes dans les moments difficiles.

Bientôt, le cœur lourd, nous nous quitterons à jamais… C'est, hélas, la vie! La roue tourne. Mais, jamais nous n'oublierons notre existence si solidaire dans la Résistance!

De tout cœur, nous formons des vœux de bonheur et de prospérité, pour toi et ta merveilleuse épouse.

Tremblant, il se rassit!

Un profond silence pesa sur l'assistance…

Puis, éclata un tonnerre d'applaudissements!

Plus d'un renifla discrètement en songeant que leur belle équipe serait disséminée aux quatre vents à part celle des jeunes mariés… comme de bien entendu!

A l'étonnement général, Reine se leva à son tour, regarda intensément son mari si frais émoulu et entonna d'une voix cristalline, la vieille chanson française « *La claire fontaine* », légèrement modifiée pour la circonstance:

Chante, Rossignol chante!
Si tu as le cœur gai!
Tu as le corps… avide
Et moi… de te le donner!
Il y a longtemps que je t'aime!
Jamais, je ne t'oublierai!

Car, c'est bien connu… en France, tout se termine par des chansons!

Epilogue

C'est bien un roman! Pas une fidèle autobiographie, ni un récit historique (quant aux détails...) conçu à grand renfort de documentation. Si certains événements relèvent de la réalité, d'autres ont été arrangés, d'autres encore... carrément imaginés!

Les faits strictement historiques, eux, sont exacts!

J'ai voulu évoquer l'ambiance pesante dans laquelle se débattaient les Français avant mai 40, durant l'exode, pendant l'Occupation, la pénible existence des Déportés du S.T.O, la vie périlleuse des Maquisards, l'interminable attente de la fin de cette « drôle de guerre ». Et aussi, l'évolution de Guillaume au fil des ans: adolescent timoré se muant peu à peu en un homme d'honneur et de caractère, au contact des sévères réalités de la guerre.

La trâme de l'idylle Guillaume/Reine est fictive! A apprécier comme un « hymne à l'amour fidèle », ce qu'à l'époque actuelle, on ne trouve pas à tous les coins de rue. Chez certains, ce mot est en passe de tomber en désuétude

Depuis les bouleversements de Mai 68, de l'explosion de la libération sexuelle qui en découla, avec ses débordements (Faites l'amour, pas la guerre! Il est interdit d'interdire! Slogans leitmotive de la nouvelle mystique) la conception de la vie en couple a été « revue et corrigée »!

« Avant », le sentiment primait le sexe! Maintenant, on « couche » d'abord pour voir « si çà va » et on tombe – éventuellement – amoureux... après. L'obstination éperdue de Reine quant à la sauvegarde de sa virginité jusqu'au mariage déconcertera peut-être certains lecteurs de notre siècle!

Jadis, l'honneur d'une fille « bien » consistait à rester « intacte » contre vents et marées (bien que ceux-ci n'y soient pour rien). Bien sûr, il y eut des dérapages, des accidents de parcours dus à une passion... dévorante (?)

Cette conception de la vie sexuelle est devenue quasiment une anomalie... la virginité, une sorte de tare! Outrances « d'avant » comme « d'après »?

Aujourd'hui, tout est permis... au risque de perdre son âme, étouffée par des instincts dignes des « hominiens de la Guerre du feu ». Les procédés contraceptifs ont facilité sans danger – ou presque – la multiplicité des expériences sexuelles. Est-il certain que cette permissivité tous azimuts mène droit au bonheur ?

Même en cette époque dite « moderne », la valeur morale des termes fidélité, amitié, serviabilité, honnêteté, droiture ne sera jamais éclipsée par rentabilité, roublardise, individualisme forcené, vagabondage sexuel !

La première partie du récit fourmille d'anecdotes vraies (la gifle, l'école, le S.T.O avec les multiples avatars assaillant l'infortuné Guillaume) L'oncle, Emile, policier aux Chemins de fer, a réellement vécu. Il est mort, terrassé par une crise cardiaque, sur le quai d'une gare alors que, consultant sa montre, il pestait contre le retard du train qu'il attendait ! Hommage lui soit rendu !

L'évasion des « copains S.T.O » et leur décision de retarder leur départ afin de permettre au « permissionnaire » de partir, ne sont pas fabulation. La relation, par l'un d'eux, de cette évasion, a paru dans un journal local.

Par contre, la seconde partie est essentiellement mythique. Imaginaire, le commando Caméron ? Oui ! Mais il aurait pû – ou dû – exister ! Trop de jeunes gens ont payé de leur vie leur inexpérience en matière de combats guerriers ! Les hauts faits de Guynemer, Praha, Rex et consorts, leur mission de pacification après la Libération… sont fictifs, mais combien édifiants…

L'imaginaire recoupe parfois la réalité ! Si le commando Guynemer n'a pas opéré en Italie (pas plus qu'ailleurs) par contre, le lieutenant Michel a bien existé ! Il est effectivement mort en héros (dans des circonstances pouvant présenter quelques similitudes avec celles du roman) à la tête de ses Maquisards italiens. Il s'agit de Michel Seeten.

De ce fait, la ville italienne de Carpi (au nord de Modène) s'est jumelée avec St Nazaire (Loire-Atlantique) d'où était originaire le héros. Une rue de Carpi porte son nom et une stèle y a été érigée en sa mémoire…

Tout n'est donc pas pure fantaisie.

Mais, l'ensemble constitue, je l'espère, une belle histoire !

Table des matières

Cet ouvrage a été édité par
la Société des Écrivains
147-149, rue Saint-Honoré 75001 Paris
Tél. : 01 39 08 05 38 Fax. : 01 39 75 60 11
www.societedesecrivains.com

Imprimé en France

Dépôt légal 1er trimestre 2005.

ISBN 2-7480-2147-9